电影文体论

濮波 / 著

中国国际广播出版社

目 录

第一章

电影文体论：一种新的电影研究范式

第一节　什么是电影文体论

从中国电影诞生之日起，如何将电影这一现代化的技术与中国传统文化的内涵进行一种天衣无缝的对接，寻找到一种恰当的形式表达中国问题，让电影成为展现中国生活、审美、个体和族群的真实面貌，即表现中国性的媒介，一直是电影理论者和创作者们的艺术追求之一。

在这条理论路径中，中国的电影本体论、创作论、导演风格论、类型论、主题和题材论，乃至电影传播空间研究、观众研究、电影作为媒介的考古研究，可以说均能抵达这种“中国性”的电影研究场域。在世界范围的电影研究或者更广泛的文艺学、跨学科的学术语境中，突出电影类型、题材、风格和国别、文化、民族语境“契合”关系的论著，应该说汗牛充栋。新时期以来，国外对于特定国别和区域电影类型的研究，包括《剧情片和亚洲电影》[①]、《类型电影：从图像学到意识形态》[②]、《剧情电影：类型、风格和敏感性》[③]、《中国电影：一个探索、对抗和争论的世纪》[④]、《中国国家电

① Dissanayake，W.：*Melodrama and Asian cinema*，Cambridge：Cambridge University Press，1993.

② Grant，B. K.：*Film Genre: From Iconography to Ideology*，London：Wallflower Press，2007.

③ Mercer，J. and M. Shingler：*Melodrama: Genre, Style, and Sensibility*，London：Wallflower，2004.

④ Pickowicz，P.：*China on Film: a Century of Exploration, Confrontation, and Controversy*，New York：Rowman and Littlefield，2004.

影》[①]、《好莱坞的叙事之道——现代电影中的故事与风格》（美国电影理论家大卫·波德维尔）、《旧好莱坞 / 新好莱坞——仪式、艺术与工业》（美国电影史学家托马斯·沙兹），均产生了较大的影响。在中国，关注特定电影文本类型（次级类型）生产的专著，我们也尚可以在诸如学者陈旭光（《电影工业美学研究》）、丁亚平［《中国艺术电影史（1949—2017）》］、贾磊磊、王海洲、范志忠、侯光明、周星、饶曙光、李道新、陈犀禾、饶曙光等的文本中觅得。上述文本采用了将电影文本与生成的国家属性、时代语境演进进行对接和互动的研究理路。

但哪怕在这样的趋势中，电影文体这个概念也因为存在定义困难、对其内涵挖掘不深、进行系统研究的理论资源储备不足等问题，在学界尚缺乏一种理论体系建构层面的重视。事实上，中国电影文体理论的相关研究，也一直是在晦暗不明的路径中被提及、论述、转移话题和被搁置的。

我们来看从中国第一代到第六代电影人的电影文体之思的历程。第一代电影人是在电影作为诞生在现代且从西洋引进的舶来品的这种属性中领悟和实践电影艺术的。因此在电影本体问题上的实践偏重于其在封闭舞台空间里的戏剧再现模式，有了所谓“第一代的影戏实践”。到了第二代、第三代电影人那儿，随着电影叙事和表现艺术的发展，如何将电影的本体化和本土化糅合，成为电影人的积极思考和实践。这种思考和实践催生了“中国诗学影像、江南影像的早期实践”，也造就了类似袁牧之、费穆这样的电影艺术家。到了新中国成立之后的第四代至第六代导演的实践阶段，如何将“一代人的情感内化为影片中的艺术形象”[②]之历史显现之手法成为共和国导演共同的创作符码，虽然它们的技法有所不同——诚如陈旭光所言，第四代导演以启蒙者的视角，审视乡村或少数民族地区的人与景、社会底层的善良群体，第五代导演以自我意识呈现一种知识精英和启蒙者形

① Zhang，Y.：*Chinese National Cinema*，London：Routledge，2004.

② 陈旭光：《电影工业美学研究》，北京：中国电影出版社 2021 年版，第 131 页。

象，第六代导演的主体往往被设定为平民、先锋艺术家、摇滚乐手、社会边缘人、历史的缺席者、体制外的生存者等，区别于第五代导演的群体焦虑、民族焦虑，凸显个体和感性焦虑的“价值”①——但是其在揭示中国社会问题、中国人的集体性格之符码上的努力，则是一致的。

这也是研究国别电影和电影世界史的关键所在——我们试图去阐释电影，但电影文本的叙事和形成电影叙事之文化语境与叙事体制的演绎和转化，依然是我们全方位认识、剖析和理解电影的关键。

21世纪，两个学术“事件”引发笔者思考电影文体论，并提出和实践了对其系统化理论建构的行为。

第一个“事件”为始于21世纪并形成一种集体性讨论场域的“中国学派建构”。其建构将中国学问、中国艺术门类、中国时代语境，以及中国问题意识关联起来。在中国电影理论体系和学科谱系里，中国电影学派（研究者包括贾磊磊、王海洲、侯光明、周星、饶曙光、李道新、厉震林、李一鸣、万传法、刘军）、电影工业美学（研究者包括陈旭光、范志忠、徐洲赤、朱晓军、李立）、共同体美学（饶曙光）、国家理论（陈犀禾）等理论建构日益完善，给整体性中国电影的文体理论研究带来了知识资源和观念资源。以凸显“中国性”为己任的电影文体理论体系研究，也显然已经成熟。上述学者的论述重点，均在于“我们如何构建中国电影学派”、我们如何准确地用电影的文体表达地方性问题和世界性问题，以及如何在两者之间进行平衡。在这种视野中，中国传统的移步换镜、赋比兴、镜游等传统诗学再次得到重视。这给笔者以鼓励和启示。

第二个“事件”与中国学派提倡电影研究的中国性并行不悖地呈现出来：2017年开始，北京大学陈旭光提出了建构以“新时代、新力量、新美学”为显著特征的（中国）电影工业美学的主张。其间有一条学理的主

① 陈旭光：《“影像的中国”——第五代、第六代导演比较论》，《文艺研究》2006年第12期，第88-98+167页。

线——对于电影工业美学潜在的中国性之属性，它并非要嫁接西方的好莱坞电影，而是要依托于本土化的中国电影创作实践，进行一种生产和美学的双向、良性互动。诚如陈旭光教授所言：电影工业美学建构之问题意识的来源和土壤，目前来讲，更多地依托于电影工业的生产、传播和消费体制中的“生产”和“创作”实践。正是“生产”和“创作”，组成了中国电影工业中最可以被言说和讨论的“空间”，也促成了该理论建构的合理性。在这样的话语逻辑中，过去中国电影工业水平之不足，正是中国电影产业历史进程中（各种原因引发）的创作实践能力不足引起的。后者促使前者存在其合法性。与上述中国电影工业发展之不足并行不悖地呈现出来的是陈旭光所谓的——在中国电影生产工业中出现的“新时代、新力量、新美学”等新气象，成为电影工业美学体现中国性的另一个窗口。对此，陈旭光做了重点阐述。按照笔者理解，电影工业美学建构是从新现象得出新的美学实践，其本质是一次唯物主义的美学实践。因而，对“新时代、新力量、新美学”的论述就成为发展中的中国电影工业美学实践的重要组成部分。这个“从新现象得出新的美学实践”之观点，直接接通了一种客观性，即为何西方（诸如法国，20 世纪 60 年代的新浪潮运动和作品成为学界研究的重要历史对象）的电影理论和美学成形于历史中的特定年代，而中国的电影工业美学却在当下生成之客观事实。同时，上述三个关联词组中的“新”的要素，同样是作为中国性元素凸显在电影工业美学的主体性建构中的关键要素而存在的。

但平心而论，上述理论体系——虽然亟须，但其属性依然属于宏观理论。在 21 世纪的中国电影版图上，除了出现“新时代、新力量、新美学”，地域性叙事（边缘叙事）、区别于宏大叙事的小叙事（私叙事）、小城镇观影力量（观众）和类似杭州新浪潮（美学风格）这样的“中层叙事”文本正在蓬勃兴起。这些新的文本，带着浓重的文体特征。如何阐释、把握、创造之，上述中国电影学派和电影工业美学理论的知识资源显然是不够用的。换言之，在中国电影界不断涌现的这些新叙事、新现象和新美学，极大部分属于带有鲜明中国语境特色的文体叙事。

正是基于上述缘由，笔者开始了中国电影文体理论建构的实践，它分为几个步骤。

首先，在承认上述宏观理论合法性的基础上，笔者提出了建构一种比电影的体制、类型研究更为微观的，但比案例分析更为宏观的，即处在中间层面的文体理论体系之设想。

继而，笔者尝试性地定义“电影文体论”：它是关于在电影的叙事层面（人物、情节、叙述者、时间、节奏、频率、地点、空间等要素）和非叙事层面（装置、展览、时间晶体、影像即存在等意义）哪种元素（以及组合）、何种路径凸显为具有文体命名特征之媒介（母法）的理论。同时笔者需要阐明的是，虽然中国古代文体创作和有关文体的理论（两类）文章比较多，但哪怕这样，当我们谈及电影文体时，也应该从电影本体的角度谈论之。换言之，文学上的这些标准不能直接转化为建构电影文体论的“直接资源”。它们最多对电影文体论提供理论可能性。电影文体研究——理所应当是围绕电影本体的。

在理论的性质和属性上，中国电影文体论隶属于中国电影学派。因此，在学理上，凸显“中国性”“民族性”是它的根基。在总体上，需要解决中国问题（主题）、中华民族性和中国电影生产之间的内在张力问题。本章重点，第一在于定义何为中国电影文体论，即它是一种洞察和分析电影表意中的哪种元素组合、何种路径凸显为具有文体命名特征之媒介和母法的理论。第二在于建立该理论的框架，它包含本体论、形态论、生成论和创造论。第三在于揭示该理论体系中的价值和方法论。其中，电影文体的生成路径，即从“工业外部”“工业内部”“作者意向性”之三元性路径生成，为生成论的重点。

第二节　为什么要建构中国电影文体理论体系

要回答这个问题，直接原因当然是，中国电影学里面迄今没有文体论，更何况文体理论体系的完整建构。

我们先来对比国外的电影文体理论研究状况。相比中国古代的文体学家刘勰所著的《文心雕龙》（该著作共十卷，五十篇文字涉及总论、文体论、创作论、批评论四个部分），以及美国著名的《文体》杂志对文学文体的理论建构和文体史的研究，已经做出的卓越实践，今天中国的文体学处于一种相对边缘的学术位置，而且从电影理论的角度看，中国缺乏电影文体论方面的理论体系。因此，梳理文体论（史料）或者建构中国电影文体论的学术研究成为亟须开展之事。

一、国内外相关研究的学术史梳理或综述

（一）中西文体研究综述

在文学上，文体（style；literary form）研究，古今中外不乏典范。

西方的文学理论，从聚焦再现（文学和现实关系，或者文学社会互动论）的理论家柏拉图、亚里士多德、路德维希·维特根斯坦，到聚焦主体性和情感性理论的鼻祖托马斯·霍布斯、朗吉弩斯，再到对文学修辞和风格（形式、体系与结构）进行研究的学者西塞罗、亨利·詹姆斯、费迪南·德·索绪尔、瓦尔特·本雅明等，均对文体做出了有益的探索。其中，最为普及的文体分类包括：亚里士多德的《诗学》是对悲剧、喜剧和史诗进行系统性文体论述最早的论著；黑格尔的《诗学》对抒情诗、史诗和戏剧诗

进行了文体分类；牛津、剑桥等文学词典、文学史文献对各类文体（词条）的收录等；美国著名的《文体》(*Style*)杂志，对文学文体的理论建构和文体史的研究，包括对文体做更为科学的分类，做出了卓越的实践。如进入21世纪以来，描写文体学（descriptive stylistics）和解释文体学（explanatory stylistics）作为文体分支领域，吸引了越来越多的学者对之展开研究。

在关于文学文体概念（内涵和外延）的归纳中，有两个代表性的文本最为接近客观事实。一是芬兰当代著名文体学家安克威思特——在文体概念比较多样化的前提下，对于这些错综复杂的文体定义做过的归纳，分别是："以最有效的方式讲恰当的事情""环绕已存在的思想或感情的内核的外壳""在不同表达方式中的选择""个人特点的综合""对常规的变异""集合特点的综合""超出句子以外的语言单位之间的关系"。[①]

二是英国当代文体学家杰弗瑞·里奇和米歇尔·肖特合著的《小说文体论》道破的天机：文体这一术语像许多科学术语一样，承载着太多的定义。由于没有明确的定义，文学史和语言观念支离破碎，几乎所有给文体下定义的尝试都失败了。然而我们却要将那些可信的观点作为结论，本书文体观即以这些观点为基础，罗列了7条关于文学文体的定义。

①文体是语言使用的方式，即文体属于话语而不属于语言。

②文体是在语言所有表达方式中的选择。

③文体的定义以语言使用领域为准绳。

④文体学所研究的典型对象为文学语言。

⑤文学文体学的特征在于解释文体与文学功能或审美功能之间的关系。

⑥文体既是透明的，又是朦胧的：透明意味着可以解说；朦胧意味着解说不尽，而且解说在很大程度上依赖于读者的创造性想象。

⑦文体的选择限定在语言选择的各个方面，它考虑的是表现同一主题

---

① 童庆炳：《童庆炳文集　第四卷——文体与文体的创造》，北京：北京师范大学出版社2016年版，第53页。

时采用的不同手法。[①]

上述定义和解释相对严谨，因此可以看作对文学文体概念的比较客观且为学界所公认的定义。

中国古代，文体创作兴盛，创作文体和论述文体两大类作品的数量均十分丰富。创作文体以《诗经》中的诗歌文体为滥觞，演绎出从楚辞、两汉诗体、六朝诗体、两晋诗体、齐梁陈诗体、唐宋诗体、元四大家诗体，至清代诗体由盛至衰的脉络，创作文体中的小说文体，也有古体小说（传奇体）、诗文小说、公案小说等多种。论述文体（从先秦到明清）则包括“论”“续论”“广论”“说”“议”“辩”“驳”“难”“解”“释”“考”“原”等，代表性著作包括《文心雕龙》（刘勰著，共十卷，五十篇文字涉及总论、文体论、创作论、批评论四个部分）、《二十四诗品》（司空图的诗歌理论）、《闲情偶记·词曲部》（李渔的戏曲理论）、《人间词话》（王国维的词论）。其中，比较有代表性的文体学家——刘勰在《文心雕龙·序志》中道：“若乃论文叙笔，则囿别区分，原始以表末，释名以章义，选文以定篇，敷理以举统，上篇以上，纲领明矣。”这段话对行文体例进行了文体意义上的区分。

中国现代的胡适、陈独秀等人倡导的“白话体”运动，即一种文体革命。正如杰弗瑞·里奇和米歇尔·肖特在其《小说文体论》中所言，文体的选择限定在语言选择的各个方面，它考虑的是表现同一主题时采用的不同手法。用新的手法表现一以贯之的解放问题，成为这个文体运动的宗旨。自此，文体意识进入中国现代文学史，并延续到当代的写作和批评。文学中的小说“自传体”，戏剧中的史诗体（叙事体）或代言体，小说中的革命、成长和励志体，诗歌中的“朦胧体”“梨花体”“口语体”等文体不断涌现。

中国当代的文学文体研究也成果迭出，重点期刊《文学评论》《外国文

① 童庆炳：《童庆炳文集　第四卷——文体与文体的创造》，北京：北京师范大学出版社 2016 年版，第 53-54 页。

学研究》等对于文体研究侧目，刊登从古代中国文学文体研究到最前沿的世界文学文体研究之成果。聚焦文体的著作也呈现出佳作纷呈的局面。最有代表性的著作当属童庆炳的《文体与文体的创造》(1994)和《童庆炳文集　第四卷——文体与文体的创造》(2016)、罗良清的《西方寓言文体和理论及其现代转型》(2015)、吴子林的《毕达哥拉斯文体：述学文体的革新与创造》(2022)、陈奇佳的《幻想的自由：现代悲剧文体研究》(2022)。其中，《文体与文体的创造》《童庆炳文集　第四卷——文体与文体的创造》是国内出版的文学文体论的代表作。鲜有其他学者在文学文体的系统性论述上达到著名文体诗学理论家童庆炳先生的高度。童庆炳在上述著作中回顾了中西方的文论历史，提出并构建了一个文体理论系统，对文体功能与文学创作等问题进行了详尽的梳理和建构，在理论自证的同时辅以大量的中外文学文论作例，在学理上相当严谨。上述著作的理论也十分丰富，从亚里士多德的诗学、西方的泛诗论传统，以及启蒙时代的诗学到新批判的文学理论，再结合文化心理学、文学社会学等20世纪较为前沿的理论，同时还将姚鼐的阳刚与阴柔文体分法与格式塔联系起来，可以说旁征博引，十分深刻。

同时，童庆炳把中国古代文论中文学文体梳理为三个层次。第一个层次为体裁、体制层，指出“体”“文体”首先指作品的体裁、体制。① 第二层为语体层，即文学作品中的语体、语势。不同于风、雅、颂等《诗经》中古诗的体裁，也不同于赋、比、兴等诗歌的表现方法，因此属于语体、语势的范畴。朱熹在《楚辞集注》中言，赋则直陈其事，比则取物为比，兴则托物兴词。② 因此，赋、比、兴属于文体的语体层（方法）。第三层为风格层。③ 归纳童庆炳学术思想、文学文体研究之学说特质，应该是以语言学为参照的“语言体式说”。客观而言，童庆炳以体裁—语体—风格“三层次

① 童庆炳：《文体与文体的创造》，昆明：云南人民出版社1994年版，第12页。
② 童庆炳：《文体与文体的创造》，昆明：云南人民出版社1994年版，第12页。
③ 童庆炳：《文体与文体的创造》，昆明：云南人民出版社1994年版，第29页。

说”（“三元说”）相对做到了客观还原，也替代了其他任何断章取义式的“一元说”（譬如以“体裁说”“语体说”“风格说”替代“文体说”），在研究上比较符合客观事实。稍稍遗憾的是，童庆炳基本聚焦在比较大的体裁范围来兼顾文体（其中对西方传统三分法的批驳也说明了他的两部著作意在体裁而非真正意义上的次级体裁——文体）。文体论因而在本体建构上，缺乏真正的文体论体系意识。

（二）西方的电影文体研究成果

电影作为一门新颖的艺术门类，从诞生之初到发展至今，对于电影文体的思考不绝于耳。在西方的文体研究序列中，研究者往往将电影文体、风格（style）研究与类型（genre）、作者、流派和风格进行交叉研究。特别是电影本体论，对于电影文体生成的意义可谓巨大。

电影本体论是一种关于电影为何（本质和特性）的理论。在百年电影历史中，曾经诞生了爱森斯坦的杂耍说，安德烈·巴赞“木乃伊情结”、大自然的剧作说，潘诺夫斯基的物质现实说，齐格弗里德·克拉考尔对现实的复原说，诺埃尔·伯奇的时空说，克里斯蒂安·麦茨关于电影的精神分析和白日梦说，伊芙特·皮洛的世俗神话说，安德烈·塔可夫斯基的雕刻时光说，德勒兹的“时间—影像”说。进入 21 世纪，对于电影本体的论争仍没有停止的迹象，更谈不上盖棺论定。如哈佛大学斯坦利·卡维尔从分析美学入手的“银幕—框架”本体论[①]、荷兰帕特里夏·品斯特从神经科学出发的跨学科性质的“神经—影像”本体论[②]，以及对波普艺术家安迪·沃

① 刘悦笛：《作为“看见世界”与“假扮成真”的电影——再论走向新的“电影本体论”》，《电影艺术》2016 年第 4 期，第 109-114 页。

② 孙绍谊：《“大脑即银幕”——从神经科学到神经—影像》，《上海大学学报（社会科学版）》2015 年第 32 卷第 6 期，第 40-51 页。

霍尔所提出的电影是一种摄像机装置结构所引发的特殊观演结构之讨论[①]，将新的电影本体之争导向了新的可能。也就是说，电影本体论之争尚未盖棺论定，它们也应该不会有这么一天。电影本体论对于电影文体的生成，具有决定性的影响。

1. 在研究范畴上，电影文体研究介于电影本体论和类型、风格和导演叙事语言方法之间

就研究范畴来讲，电影文体研究是比类型电影研究更为微观的领域，属于一个介于电影本体论（宏大理论）和类型、风格和导演叙事语言方法之间的中层研究。由于尚未“正名”，西方已经有的电影文体研究分散在电影类型、作者风格等领域，多为如下三类：①电影类型、电影题材（形态）的理论和史学研究，包括达德利·安德鲁（Dudley Andrew）在《电影理论的概念》（*Concepts in Film Theory*）等文本中对类型和作者电影、艺术电影的关注，巴里·基思·格兰特（Barry Keith Grant）的《电影类型——从图像学到意识形态》（*Film Genre — From Iconography to Ideology*）、玛丽亚·德尔·马尔·阿兹科纳（Maria Del Mar Azcona）的《多主人公电影》（*The Multi-Protagonist Film*）和吉尔·内尔姆斯（Jill Nelmes）的《电影研究导论》对电影文体的关注。②符号研究，包括法国电影符号学家麦茨的《想象的能指——精神分析与电影》、意大利符号学家艾柯的《电影符码的分节》、英国电影认知符号学家沃伦·巴克兰德的《电影认知符号学》等文本。③诗学和作者风格研究，包括大卫·波德维尔（又译大卫·波德威尔）的《电影艺术——形式与风格》《电影诗学》《好莱坞的叙事之道——现代电影中的故事与风格》等论著，为电影诗学研究定了调性。1996 年，大卫·波德维尔开始推崇一种中等层面的电影研究——超越宏大理论框架或者文本分析的窠臼，指向一种介于宏观阐述和微观文本分析之间的作者、风格、修辞

① ［美］达蒙·R. 杨：《同感观看，或安迪·沃霍尔的装置理论》，王静译，《世界电影》2016 年第 6 期，第 4-20 页。

研究——这为电影文体理论的研究带来契机。但国内外的电影研究缺乏一种文体理论体系的建构意识，因此对于电影文体的概念和范畴界定，文体与类型、流派、风格、模式之间的关联和差异等论述，也语焉不详。而由美国学者艾伦、戈梅里合著的《电影史：理论与实践（重构中国电影史学）》侧重于对中国电影史学的重建，但是缺乏对电影文体方面的论述。

西方电影文体的研究与最为本质的电影美学观有着不可分割的联系。

在电影理论史上，写实主义理论家（以安德烈·巴赞为代表）和形式主义理论家（以爱森斯坦为代表）均重视电影的“文体”意识。在电影美学的发展和演绎过程中，写实主义和形式主义齐头并进，形成了一种可以互相对峙的美学，两者以一种风格、特征、范畴鲜明的美学样式而存在。

2. 形式主义理论和写实主义理论，泾渭分明

首先，我们来梳理形式主义（包括结构主义和符号学）电影理论的“文体”观。

在进入形式主义电影美学的正题之前，我们需要简单了解一下电影理论家（或者美学家）是干什么的。顾名思义，电影理论家是那些提出理论问题并加以证实（无论按照逻辑推理还是通过旁征博引式的论证）的人。耶鲁大学电影学者达德利·安德鲁认为，可以将每一位电影理论家提出的所有问题概括为四个基本问题，那就是：①电影的基本素材（raw materiai）是什么？②什么方法能使这些素材变成有意义的作品，使素材得以超越本身而存在？③这种超越所能形成的最有意义的形式是什么？④这个过程对我们的生活有什么价值？

达德利·安德鲁的这种思路表明，形式主义电影美学代表了一种使得电影通过形式素材表达成为有价值、有意义载体的倾向。值得说明的是，形式主义电影美学诞生在电影发展初期，就是说，恰巧是在电影诞生不到20年的时间里，就有一些理论家为探索电影的形式功能而做出非凡成绩。以雨果·明斯特伯格、爱因汉姆、爱森斯坦、巴拉兹为代表的形式主义理论，丰富了我们对于电影形式（素材和表意功能）的理解。

回眸电影百余年简史，形成于20世纪初期的形式主义电影美学与下列电影流派和实践息息相关：法国诗意电影、德国表现主义电影、法国先锋电影等无声电影，以及俄国以爱森斯坦为代表的蒙太奇电影。作为一种美学倾向，形式主义电影美学家坚称电影是一门独立的艺术，这就与后来的电影写实主义理论和美学要义呈现明显的反差。

某种程度上，电影的形式主义美学研究也包含了对电影文体的研究。譬如，形式主义电影美学家强调观影具有音乐、诗意和梦境的特质，其中的先锋派电影美学家德吕克试图用一个词来总结电影的这种新特质，那就是：上镜头性。这是电影独具的一种特殊品质，它能通过一个简单的姿态展示人和世界的形态。类似的发现还包括电影是一种摄影技术、具有自己的节奏和统一性、能够加强我们的梦境感，以及“电影是可被塑造的形象”“冻结时间”“声画与我们的梦的节奏同步”[①]等。在好莱坞电影中，类型（叙事模式、形式感、谱系）成为观众期待和评论家关注的重点。与之相吻合，形式成为叙事范式的同义词，成为评论家深入某种类型电影本质特征的“考察对象”。诚如大卫·波德维尔在《电影艺术——形式与风格》中所做的——揭示形式与风格的交相辉映，还电影以完整的艺术整体。波德维尔没有孤立地考察电影的方方面面，而是将电影视为一门完整的艺术，技术、意念、风格、人物等在其中各司其职，作者所要揭示的便是这些元素之间的整体协调运作是如何进行的，以及这种协调如何产生意义。

在形式主义理论中，最为直接的一句话就是——电影的意义一部分来自创造。譬如，形式主义理论家发现，电影的表意与电影的形式有着紧密的联系。在电影里，它的表现形式——诸如叠化与时间流逝、闪回与人类思维的那种刹那间顿悟的状态、镜头重复与人生境遇的重复等，均产生意

① ［美］达德利·安德鲁：《经典电影理论导论》，李伟峰译，北京：世界图书出版公司北京公司2013年版，第3页。

义。而这种意义是非存在于作品之前的。也即是说，“艺术可以创造意义”。这句话因而成为形式主义理论的点睛之笔。或者简单一点，在电影中镜头组成内容和形式的意义。镜头的内容意义，我们理解为“再现”的机制起作用的后果。而由镜头与镜头的组接产生蒙太奇的意义，是艺术家所“创造”的意义，这种意义是表现性的。

大卫·波德维尔和克里斯汀·汤普森在他们合著的《世界电影史（第二版）》中认为，从电影诞生之初到有声电影出现的这一阶段主要是形式主义理论（诸如爱森斯坦的蒙太奇论）主导创作实践。而有声电影，把观众的审美拉回现实主义层面。以安德烈·巴赞为首的《电影手册》派由此诞生。与此同时，被称为结构主义的知识运动起源于这个年代的法国，倡导者为人类学家列维－斯特劳斯。结构主义的核心理念为：人的思想某种程度上与语言有同样的样式。意识及其所有产物——神话、仪式和社会机构——不仅可以在个体的思想中，而且可以在集体的“结构”中，表现于语言或其他文化系统之中有迹可循。[①] 这种思维方式影响了电影研究，到了20世纪60—70年代，电影学者把注意力从文本分析和精神分析等领域转向风格与结构，建立了分类学、谱系学。[②]

正因如此，最早对电影镜头之间组接的形态进行分类的理论家并不是麦茨，而是苏联电影实验者普多夫金，他确定了电影剪辑的五个原则：对比、平行、象征、交叉剪辑和主题。另一位苏联电影美学家爱森斯坦于20世纪20—40年代的蒙太奇论著中将镜头的组接种类进行了今人来讲也叹为观止的区分，它们包括杂耍、理性蒙太奇等。这种属于形式主义的美学传统（发轫于莫斯科语言学小组对民间故事、诗歌语言的兴趣，后扩展至一种美学学

① ［美］大卫·波德维尔，［美］克里斯汀·汤普森：《世界电影史（第二版）》，范倍译，北京：北京大学出版社2014年版，第788-789页。

② ［美］大卫·波德维尔，［美］克里斯汀·汤普森：《世界电影史（第二版）》，范倍译，北京：北京大学出版社2014年版，第788页。

派，代表性文本包括俄国普洛普的《故事形态学》以及雅各布逊等学者的著作），其基本概念就是材料、间离效果、叙事形态、人物功能等。[①]

而诞生于20世纪60年代的电影符号学，某种程度上也属于结构主义的思想。麦茨在《电影表意泛论》（法文版，1968）中首次提出的八大组合段（也可以译作八类语义段），首次从符号学的角度，归纳了电影叙事表意的最小单位（镜头）到整个段落之间产生的八种可能性——这种思维就是结构主义式的。无独有偶，在几乎同时出版的美国电影理论家诺埃尔·伯奇之著作《电影实践理论》（英文版，初版于1969年）中，首次从分镜头的角度，梳理了电影镜头组接的5种时间表达：绝对连接、确定的间隙和省略、不确定的省略、确定的时间倒退（包括闪回）、不确定的时间倒退。[②]笔者将上述电影实践者和理论家的研究成果，称之为结构主义思潮下对电影语义段（包括语素和各种组合关系）的研究。随后，对电影表意的风格和结构层面做出探究的还有哲学家德勒兹、朗西埃等。德勒兹的《电影1：运动—影像》和《电影2：时间—影像》一经问世，就被誉为结束了麦茨引领的符号学时代，而把电影带到更深邃的哲学领域。德勒兹从电影是一种类似思维的精神自动装置立论开始，深入论证了其内部的关联，包括电影的时间性和运动性之间多维的哲学关联。而朗西埃的《电影的矛盾寓言》则用电影是马克思主义的社会乌托邦在艺术中的延续之立论，证明了电影艺术之魅力在于“废除旧有的模仿秩序”，解放各种力量，以实现各种运动的平等。[③]朗西埃的观点与剧场界的阿尔托有着异曲同工之妙，两者均以

---

① ［美］大卫·波德维尔，［美］克里斯汀·汤普森：《世界电影史（第二版）》，范倍译，北京：北京大学出版社2014年版，第284页。

② ［美］诺埃尔·伯奇：《电影实践理论》，周传基译，北京：中国电影出版社1992年版，第2-6页。

③ 李洋：《法国思想与电影》，载于［法］米歇尔·福柯，等：《宽忍的灰色黎明——法国哲学家论电影》，李洋，等译，郑州：河南大学出版社2014年版，前言第10-11页。

“去亚里士多德”式的再现和模仿美学为出发点，建构一种打破叙事元素金字塔结构的（理想的）整体电影或者整体剧场。

上述形式主义或者结构主义（符号学）的理论呈现了不同的面向。因此，有必要梳理上述电影理论代表性学者的基本观点和论证手段。

第一位是德国理论家雨果·明斯特伯格，他的代表作是《电影：一次心理学研究》。正是这位后来去哈佛大学讲学的德国人——雨果·明斯特伯格提出了形式主义电影美学的基本主张。早在1915年，他就发现了电影在叙事和观众认知上具有一种互动关系，即所谓的叙事意义，实际上是在观众意识介入的情况下才能达成的。这个发现对电影理论的贡献颇大。由于有了雨果的电影理论实践，后来的格式塔心理学家相信，人在“现实”中所发现的和谐一致，实际上是由思维的完形作用所强加的感官经验。①“观众之所以能在二维平面的电影银幕上感受到一种三维立体的电影空间，除了生理上、视觉上的原因，很大程度上是由于电影的运动使观众产生了一种独特的内心体验，使得观众明明知道图像是平面的，但却不能排除对于深度的实际感受，因为电影画面上的各种运动使观众得到银幕具有纵深感的印象。”②

因为将人类的先验因素导入自己的电影理论中，所以明斯特伯格被标签为他所处的那个时代的“理想的新康德主义者”。③我们可以将明斯特伯格关于银幕诗学的核心概括为一个句子：“（电影）必须符合银幕的诗性，从而形成一个新的事物，一个引人想象的电影事物。这是一种精神上的存在，根据心理运行的法则流动并达到完整。正是心灵，赋予没有生命的光影以运动、注意力、记忆、想象力和情感等，从而使电影获得新生。这两

① ［美］托马斯·沙兹：《旧好莱坞/新好莱坞——仪式、艺术与工业》，周传基，周欢译，北京：北京大学出版社2013年版，第54页。

② 彭吉象：《影视美学（修订版）》，北京：北京大学出版社2009年版，第5页。

③ 朱光潜：《西方美学史》，北京：人民文学出版社1979年版，第358页。

个理念是相互呼应、系统连贯的。”或者，明斯特伯格的银幕诗学也可以表述为：“电影克服外部世界的形式，即空间、时间和因果关系，以讲述一个‘人’的故事，并将事件调整为内心世界的形式，即注意力、记忆、想象和情感……（这些事件）通过剧情和画面的完美组合与真实世界隔离开来。”[①] 这种观点，等于为电影工业从观众的注意力、记忆、想象和情感维度拓展表意的疆域，塑造与文学和戏剧不同的史诗体、科幻电影，创造了契机。

第二位是德裔美籍作家鲁道夫·爱因汉姆。爱因汉姆的形式主义电影美学著作《电影作为艺术》的要点可以概括如下：①虽然每种媒介的运用都是有惯例的（进行转换而不是传递），但对有些媒介来说，其转换形式会更自然一些，因为每种媒介都有固定的物理特性。时代不断前行，惯例也跟着发生改变，只有当媒介从所有不必要的外部因素中净化出来以后，才能发现自身最有力的特性，才能找到最适合自身的形式。音乐经过数世纪的探寻，终于在莫扎特和海顿时代找到了奏鸣曲的纯粹形式。②电影的目的是通过我们的眼睛抵达更高的意义，这个过程被称为“转化”（transformation）。艺术的目的便在于理解和表达出存在的普遍力量。[②] 正因为电影具有如此多的本质性表意形式，所以电影的本质是一种“生成的东西”，亦因此，鲁道夫·爱因汉姆坚决反对现实主义电影理论。这种观点等于为电影商业、电影语境中的神话意义创造，以及艺术电影语境里的感染力、吸引力引发的文体方向，提供了理论支撑。

第三位是苏联的电影导演和美学家谢尔盖·爱森斯坦。与爱因汉姆和明斯特伯格相比，爱森斯坦对电影的见解更为丰富和复杂。从今天的学术谱系来看，爱森斯坦可以说是一位在电影形式主义美学中建构了谱

---

① ［美］达德利·安德鲁：《经典电影理论导论》，李伟峰译，北京：世界图书出版公司北京公司 2013 年版，第 12 页。

② ［美］达德利·安德鲁：《经典电影理论导论》，李伟峰译，北京：世界图书出版公司北京公司 2013 年版，第 28 页。

系学的先行者。按照达德利·安德鲁的四个角度（分别是电影的基本素材、使得素材变成有意义的作品的方法、意义的形式、对生活而言的价值）考察电影理论和美学的路径，我们也一一对应爱森斯坦的美学构成。

在素材（raw materiai）的层面，作为一名构成主义者，爱森斯坦认为电影的素材是单镜头（这也是普多夫金一直坚持的信念），后来他又提出了一个更为复杂的概念——“吸引力”（attraction）。他有时把电影看作机器，有时又看作有机体。这种康德意义上的二元背反，在爱森斯坦的电影观念中也存在。艺术是一种“制造”（making）、“建造”（building）。① 在方法的层面，爱森斯坦的方法是杂耍、风格化的动作。正因为他将电影的素材界定为镜头，所以他越来越对镜头内部可以引起情感或冲突吸引力的元素感兴趣。② 为此，爱森斯坦发明了如下的蒙太奇类型：长度蒙太奇、理性蒙太奇、节奏蒙太奇、调性蒙太奇、泛音蒙太奇等。爱森斯坦这位电影实践者还在思维庞杂的美学体系里，详细讨论了电影复活人类内在语言文法的能力问题，即关于画面的撞击与交替的文法。③ 对于这一点，我们可以借鉴乌拉圭学者丹尼艾尔·阿里洪的著作《电影语言的语法》加以对照，其间可以发现大量继承爱森斯坦美学实践的成果的运用，这些镜头的组接程式如今已经成为一种语言，被载入大学电影制作实践教材当中。在意义的层面，爱森斯坦从不认为单纯地记录是电影的特性。他曾经斥责那些使用长镜头的导演：当一个事件的意义已经传达到以后，继续瞪着它又有什么用处？（记住，爱森斯坦的观点是，电影的素材就隐藏在镜头的元素里）。在生活

① ［美］达德利·安德鲁：《经典电影理论导论》，李伟峰译，北京：世界图书出版公司北京公司 2013 年版，第 33 页。

② ［美］达德利·安德鲁：《经典电影理论导论》，李伟峰译，北京：世界图书出版公司北京公司 2013 年版，第 35 页。

③ ［美］达德利·安德鲁：《经典电影理论导论》，李伟峰译，北京：世界图书出版公司北京公司 2013 年版，第 43 页。

价值的层面，如果我们将爱森斯坦的电影理论与后来的诸多心理学理论（比如20世纪20年代流行的认知理论）结合起来，则会发现爱森斯坦在这方面的先见之明。他的思想，跟目前流行的诸多概念尚在进行着深度的交融，并激发人类广博的意义观，即两种感觉就能产生意义。[①]这种思想还包括：人类的心理作用具有两个突出的特性，即他们能够移情和产生通感。[②]这种发现与儿童心理学家皮亚杰的关系也是比较密切的。皮亚杰心理学中的范畴，诸如自我中心、初级符号感知、蒙太奇思维和内在语言等，都可以与爱森斯坦的蒙太奇理论产生美学的联系。

第四位是匈牙利电影美学家贝拉·巴拉兹（1884—1949），其代表作是《电影美学》。我们依然按照达德利·安德鲁的四条路径来考察之。在素材的层面，巴拉兹认识到电影有多种功能。在他眼里，电影的素材并不是现实本身，而是某种符合人们的经验且能够转换成电影的“电影题材”（filmic subject）。在方法的层面，巴拉兹发现，最好改编那些普通的作品，因为它们被改编为成功的电影之可行性比较大。他还列出了一堆由廉价小说和戏剧改编成的伟大电影，就是因为创作者从中发现了真正电影化的题材，比如《一个国家的诞生》《精神病患者》《历劫佳人》等。在意义的层面，巴拉兹认为电影不是真实的投影，而是自然的人格化，甚至我们为戏剧所选择的背景都与内在于我们的文化模式有关。这种观念起源于俄国形式主义，它的实质是——既然所有的视觉形象都是文化决定的而非自然的，艺术家对其进行变形和转换也就顺理成章了。通过变形，艺术家实际上扩展了观众心中的视觉认知模式，使其得以重新认识事实。在生活价值的层面，巴拉兹通过理性的礼赞，讴歌了电影这一诞生于资本主义的艺

① ［美］达德利·安德鲁：《经典电影理论导论》，李伟峰译，北京：世界图书出版公司北京公司2013年版，第42页。

② ［美］达德利·安德鲁：《经典电影理论导论》，李伟峰译，北京：世界图书出版公司北京公司2013年版，第36页。

术。她认为，只有通过新奇的结构和新奇的拍摄手法，才能使那些我们过于熟悉而视而不见的东西，以一种崭新的形象呈现出来。事实上，我们不仅亲眼看到了一种新艺术的发展，而且看到了一种新的感受能力、一种新的理解能力和一种新的文化在群众中的发展。[①] 因此，每种艺术就像一盏探照灯，从各自的方向照亮不同的角落。电影照亮了一个全新的领域，照亮了那个曾被无知、漠然或下意识所遮盖的领域。[②] 20 世纪 30 年代，在一篇名为《一种新形式和新语言》的论文里，巴拉兹探寻电影的“本义”，发现了电影叙事的基本原则。其中，电影的本性具有“改变观众与银幕之间的距离、把完整的场景分割成几个部分，或几个镜头”以及具有纵深感的焦距和蒙太奇的特性。这种可以将不同景别自由剪辑而构成一种叙事的艺术，等同于“视点游戏”——这个发现，将电影本体论和电影形式主义美学的开掘深度大大增加了。巴拉兹的这些发现，为电影类型和次级类型的创造奠定了理论基础。从此，各种题材和素材，经过不同符码和规制的“电影化”创造，可以“生产”出令观众大开眼界的西部片和具有亲临现场效应的“国家叙事”电影（《一个国家的诞生》《星球大战》）。在电影史上，法国诗意现实主义、法国新浪潮（乃至延伸到 21 世纪的亚洲新浪潮）等现代电影流派，正是得益于形式主义和结构主义电影理论而大放光彩。

其次，我们来梳理写实主义电影的文体观。

与形式主义美学相悖，写实主义电影美学遵循“电影是物质现实的复原”这一金科玉律。对于写实主义美学而言，其发展晚于形式主义美学，但其一旦由克拉考尔、安德烈·巴赞的学说为标志形式体系，就成为电影美学的主流，因为它与（历史性的、源远流长的）艺术的社会功能意识密切相关。

---

① ［匈］贝拉·巴拉兹：《电影美学》，何力译，北京：中国电影出版社 2003 年版，第 21 页。

② ［美］达德利·安德鲁：《经典电影理论导论》，李伟峰译，北京：世界图书出版公司北京公司 2013 年版，第 80 页。

写实主义电影美学关注再现，对物质现实的复原，或者揭示和记录现实生活中的真实，无论这种真实是物理性的还是心理性的，在电影美学的语境里，都可以被称为写实主义。

我们首先来看克拉考尔的美学观。

克拉考尔在其被誉为写实主义理论代表性的著作《电影的本性——物质现实的复原》中，详细建构了写实主义美学。达德利·安德鲁评价这本书“条理清晰，结构完整，简明易懂，同时又因其直接、透彻而深具学术价值。它就像一座写实主义的高峰，不断地挑战对手去征服它：它也确实足以自成体系，其立论与论证之彻底和谨慎是任何其他写实主义理论不敢望其项背的”[①]。

克拉考尔开宗明义地立论：（电影的）每一手段都有一种特殊的本性，它给某几种东西造成有利的表达条件，而给另几类东西造成障碍。[②]顺理成章地，克拉考尔得出推论：电影媒介是题材和处理方法的综合产物，是电影素材和电影技巧的综合。请注意这两个要素：电影素材、电影技巧。也就是说，在克拉考尔眼里，电影是这样一种辩证之物：好的电影，需要寻找恰当的题材，技巧也是为了更好地处理题材。这种观念与巴拉兹的相似。他俩都在寻找什么是电影的好题材。巴拉兹没有寻找到，而克拉考尔则通过照相术及其与现实间的天然联系，来隐射电影题材和照相术题材的相近性，那就是“充满偶然事件”和无限细微反应的“无尽的”“自发的”客观世界。

克拉考尔进入正题的一个基本观点是：电影的基本方法就是摄影。为此克拉考尔给出的证据是：城市真实空间之所以进入摄像机，成为影院里

① ［美］达德利·安德鲁：《经典电影理论导论》，李伟峰译，北京：世界图书出版公司北京公司 2013 年版，第 89 页。

② ［德］齐格弗里德·克拉考尔：《电影的本性——物质现实的复原》，邵牧君译，北京：中国电影出版社 1981 年版，第 3 页。

观众最后观看到的影像，乃是因为与电影的基本特征和技巧特征均产生了深度关联。[①] 因此，照相机和电影摄影机有相似的（也是最基本的）功能，那就是对“物质现实的复原（再现）”。从细处说，电影摄影具有“记录”功能和“揭示”功能。

关于“记录”功能，克拉考尔从运动（追赶、舞蹈、发声中的活动）和静物两个角度来论证，把记录和展示运动中的事物功能看作电影的合适题材。克拉考尔借助希区柯克的话——“我认为追赶是电影手段的最高表现”来说明电影表现运动的合适性。运动有助于构成一连串充满悬念的形体活动。在20世纪初的电影中，“运动”是一个热门题材（比如早期法国喜剧片利用它来构成空间范围很大的惊险事件）：

> 宪兵们追赶一条狗，结果狗把桌子掀翻在他们身上（《宪兵的追赶》）；南瓜从货车上滚下来，食品店老板、他的驴子和过路人都拔腿追赶，钻过阴沟，爬上屋顶（《南瓜赛跑》）……喜剧片要是没有追赶场面，简直是一桩不可饶恕的罪过。它是全片的高潮，它的热闹非凡的结尾——一场混战，疾驰而来的火车撞进汽车，攀着狮子笼顶上的吊索死里逃生。[②]

而电影的“揭示”功能，是指它往往能揭示出在正常条件下看不见的东西，比如极端渺小的事物（显微摄影呈现的事物）和极端庞大的事物（城市俯瞰、山脉俯瞰、宇宙等）、转瞬即逝的东西、头脑里的盲点（它们包括不合习惯的复合体、废物、习见的东西、触目惊心的现象、现实的特殊形式），

① ［德］齐格弗里德·克拉考尔：《电影的本性——物质现实的复原》，邵牧君译，北京：中国电影出版社1981年版，第35页。

② ［德］齐格弗里德·克拉考尔：《电影的本性——物质现实的复原》，邵牧君译，北京：中国电影出版社1981年版，第52页。

等等。图 1-1 为《风烛泪》中退休老人入不敷出的悲惨遭遇与一个女佣的遭遇重影，二者相互陪衬。这个镜头揭示了当时最为真实的社会困境。

图 1-1 《风烛泪》中退休老人入不敷出的悲惨遭遇与一个女佣的遭遇重影

我们再来了解一下巴赞的写实主义电影理论。

在巴赞的电影理论里，有几个关键词特别重要。巴赞是写实主义电影理论和美学的开创者，其电影批评文集《电影是什么？》[①] 被誉为现实主义电影美学的奠基之作。而作为法国新浪潮的"精神之父"和"作者电影"这一概念的提倡者[②]，巴赞对戈达尔（Jean-Luc Godard）、瓦尔达的电影创作产生了实际的具有推动作用的影响，后者的成名作得益于巴赞的提携才获得业界的赞誉。其电影批评对意大利新现实主义美学运动也具有推动作

① 中文版首版于 1987 年，见［法］安德烈·巴赞：《电影是什么？》，崔君衍译，北京：中国电影出版社 1987 年版。

② Greene，N.：*The French New Wave - A New Look*，New York：Columbia University Press，2007，p.23.

用。[①] 我们来看巴赞的写实主义电影理论的几个关键词。

第一个关键词是“木乃伊情结”。巴赞写实主义理论的核心论点是在其《摄影影像的本体论》《“完整电影”的神话》等论著中呈现出来的。巴赞通过精神分析法研究造型艺术中的“木乃伊情结”（情意综）[②] 来说明这种艺术存在的理由，它符合人类精神的一种“与时间相抗衡，因为死亡无非是时间赢得了胜利。人为地把人体外形保存下来就意味着从时间的长河中攫住生灵，使其永生”[③]。这是人类天经地义的一种集体意识。

摄影的诞生，在某种程度上也具有造型艺术的这种与人类“木乃伊情结”相连的隐秘纽带。巴赞一言道出摄影与绘画不同，它的独特性在于其本质上的客观性。作为摄影机的眼睛的一组透镜代替了人的眼睛，而它们的名称就叫作客观性。在原物体与它的再现物之间只有另一个实物发生作用，这真是破天荒第一次。外部世界的影像第一次按照严格的决定论自动生成，不用人加以干预，参与创造。[④] 一切（其他）艺术都是以人的参与为基础的，唯独在摄影中，我们有了不让人介入的特权。正是这种特权，使电影的本义也是“保存真实”，以便“与时间抗衡”：

> 照片作为“自然”现象作用于我们的感官，它犹如兰卉，宛如雪花，而鲜花与冰雪的美离不开植物与大地的本源。摄影影像具有独特的形似范畴，这也就决定了它有别于绘画，而遵循自己的美学原则。

---

① Greene, N.: *The French New Wave - A New Look*, New York: Columbia University Press, 2007, p.22.

② ［法］安德烈·巴赞：《电影是什么？》，崔君衍译，北京：中国电影出版社1987年版，第6页。

③ ［法］安德烈·巴赞：《电影是什么？》，崔君衍译，北京：中国电影出版社1987年版，第6页。

④ ［法］安德烈·巴赞：《电影是什么？》，崔君衍译，北京：中国电影出版社1987年版，第11页。

摄影的美学特征在于揭示真实……摄影的出现，是造型艺术史中最重要的事件。[①]

第二个关键词是"完整的神话"。安德烈·巴赞指出："电影作为一种完整电影的神话。"这里，安德烈·巴赞所谓的"神话"，是电影"完整""再现"了对象的意思。不同于小说或者造型艺术中人物的想象性或者静态性，电影的摄影影像提供了一种貌似真人的幻觉，这就是完整的人之神话的意蕴所在。巴赞欣喜地看到一种与神话性相关的艺术之诞生过程，那就是再现生活幻景的"完整电影"，"这是完整的写实主义的神话，这是再现世界原貌的神话"[②]。巴赞借助引用《未来的夏娃》中一段对未来女神之形态的赞美之辞，来为"电影事实上已经催生了这个夏娃"做证。毫无疑问，今天观众在影片里看到的人物，对于静态世界和想象世界的"人"来说，就是一种活生生的人的再现之神话。

在学理上，最早的文学和戏剧艺术中关于"完整"的理念，来自亚里士多德的《诗学》。《诗学》关于"悲剧是对一个完整的行动的模仿"之定义，抑或对于悲剧六要素之"情节第一"的古训，在今天依然有效。譬如，正是情节的完整性，引发了观众由同情心、怜悯心，进而引发对紧张情绪的释放。巴赞多次强调电影是辩证的，需要解决好垂直性的主题与水平性的叙事之间的矛盾。正是这种辩证性，使得电影意义的解读交织着感性和理性的思维过程。

第三个关键词是"大自然的剧作"。安德烈·巴赞对电影本体进行多维论证（包括对电影《去年在马里昂巴德》《于洛先生的假期》进行剖析）之

---

① ［法］安德烈·巴赞：《电影是什么？》，崔君衍译，北京：中国电影出版社 1987 年版，第 13-14 页。

② ［法］安德烈·巴赞：《电影是什么？》，崔君衍译，北京：中国电影出版社 1987 年版，第 21 页。

后，有一个十分精准的比喻："电影本质上是大自然的剧作。"[①] 言下之意是，电影是影像记录、动作、摄像机运动、色彩、光线、故事、情节、张力、表演（包括技术、能力、气息、表情、动作、魅力、颜值、符号）、剪辑、制作、放映的综合，众多元素组成了盛大的意义之网。这也是麦茨所谓的"电影太容易理解了，因此它也太难于分析了。一部影片太难解释了，因为它太容易懂了"这一辩证话语的要义。

巴赞找出的电影案例是《圣女贞德蒙难记》（1928）。巴赞认为，导演把演员的面部表情的自然形态、皱纹的耸动、嘴唇的翕合和原始壁画，一起组成了表意层面的——大自然的交响乐。这种隐喻意义上的表意本质被巴赞所概括，有两个向度可以阐述它。第一个向度，电影是镜头和场景（形式和内容）组成的大自然之表演。这个向度的阐述与巴赞所言的"禁用的蒙太奇"理念看似矛盾，实际上是"纪实电影在一定语境下禁用蒙太奇"之意，并没有一刀切。巴赞的观点是，作为纪实美学电影，按照这种相应的美学风格要求，最好少用。对此，巴赞非常明确类似爱森斯坦在《战舰波将金号》（1925）中所用的蒙太奇具有合法性。因此，巴赞提倡长镜头（景深镜头），禁用蒙太奇，是在评述《白鬃野马》《红气球》《异鸟》这三部电影的基础上做出的，并不是否定蒙太奇的美学功能。第二个向度，电影是大自然的剧作，还可以指电影是非人力可以控制和完全可预测的艺术。这等于用大自然来隐喻人类力量的边界——这符合巴赞的一贯理念，隐喻着电影是镜头的演出（比如，最新好莱坞电影由于追求节奏，一部电影平均有 2000 个以上镜头）、是景别的演出（当代电影的平均场景为 100—200 个），而戏剧是不能做到这种超乎人力的大自然表演的，在七大类的艺术作品中，只有电影才具有这种扭转乾坤的大自然之力的显现之功能。

笔者认为，巴赞对（电影）是"大自然的剧作"之判断中蕴含了对当

① ［法］安德烈·巴赞：《电影是什么？》，崔君衍译，北京：中国电影出版社 1987 年版，第 173 页。

今无论是电影还是戏剧（文体）走向的一种深刻预见。那就是，电影的主体可以是大自然，而戏剧的主体必须是人。哪怕在当代的大量实验戏剧、后现代戏剧、后戏剧剧场和发轫于英国的沉浸剧场、直面戏剧剧场，以及发轫于德国的舞蹈剧场作品中，人依然是不得缺席的主体。这一点巴赞早有洞见，在区分两者主体的在场时，巴赞持这样的观点：在戏剧中，人是焦点，因而演员是在场的（对观众也提出了相应要求）。而在“银幕上，人不再是戏剧的焦点，而可能成为世界的中心。人的动作的冲击力能够在这个世界中激荡起无边的波澜，人的周围的背景是实实在在的世界一隅”[①]。换言之，电影可以没有演员，这对整场电影或者一个场景而言均适用。而戏剧至今没有“消失的演员（身体）”这样的实践发生（如果这样的实验表演发生，那么这样的表演也不能称之为戏剧）。

我们也可以从现象学意义上来分析巴赞电影美学的意义。除了理论关键词，巴赞倡导的一种类似现象学的电影批评路径，到今天还在发挥它的巨大影响。巴赞在《电影是什么？》中，曾经以敏锐的观察力和现象学味道的文字，穿透了电影的现实意义，道出了电影的文本意义和他的指涉现实的意义。巴赞对类似《于洛先生的假期》这样的喜剧作品评价甚高，称其为世界电影最重要的喜剧作品（之一）、“有声电影史上的一件大事”。[②] 主人公于洛先生不合时宜的动作之所以能引起不快（继而制造喜剧性），是因为这些动作和在一般的习俗与礼仪的世界之违反之间，形成了一种因果关系，或者说他的一个忘记关上旅馆大门的冒失动作，是对随后这个饭堂里食客们的各种被风吹报纸、衣襟、食物，继而引起更大程度的混乱的一种索引，两者互为因果。因此，于洛先生的身

① ［法］安德烈·巴赞：《电影是什么？》，崔君衍译，北京：中国电影出版社1987年版，第168页。

② ［法］安德烈·巴赞：《电影是什么？》，崔君衍译，北京：中国电影出版社1987年版，第139页。

体姿态具有破坏社会仪式和集体安全感的索引性。他的随意，制造了他人世界的不快。

由于写实主义电影理论的贡献，意大利新现实主义破空而出。其电影文体实践正好顺应了这种学说的再现意识和批判意识。这种电影生产观影响、沿袭至今。在今天世界性的电影工业和艺术范畴里，现实主义文体和风格依然是主潮，世界各国依然生产着数量巨大的现实主义题材作品。特别是在巴赞的写实主义理论中，有意识地将符号学和现象学糅合进电影的解读和创造中，将电影的细节、影片的独特性、演员的表演、人物的个性、镜头的处理，甚至各种道具的运用、象征意义、基础理论依据等与政治学、心理学、社会学、美学、哲学、人类学、考古学、宗教神学以及化学联系在一起，对电影进行深入浅出的分析，内在结构井然有序，潜在话语远远超出电影书写的常规概念，从而开创了电影批判的奇迹。① 这种包容的电影观，也是生成新电影文体的一种媒介和必要的观念基础。

3. 形式主义理论和写实主义理论的融会贯通

事实上，在同一部电影中，形式主义技法和现实主义批判意图是可以整合的。此说法并非空穴来风，我们来寻找世界范畴的优秀电影（以奥斯卡的最佳外语片奖、最佳国际影片奖获奖电影和日本《电影旬报》最佳电影为例）加以论证。

第一个案例是伊朗电影《一次别离》，其获得第 84 届奥斯卡金像奖最佳外语片奖。《一次别离》的获奖，更体现了一种全球化的本土移植之经验。具体而言，法哈蒂的《一次别离》将故事背景设置在当代的伊朗。表面上看，它讲述了男女主人公关于离婚的家庭纷争，但是更深层地来看，影片主人公纳德和西敏是“一个国家里持两种政治观点的人”——一个留在伊朗，另一个想要出国；一个遵循伊朗传统，另一个向往西式教育。他

① 周文：《世界电影美学名著导读》，北京：中国广播电视出版社 2010 年版，第 73 页。

们代表的是这个国家里的所有男人和女人思想观念的矛盾。而影片中年迈并且患有阿尔茨海默病的父亲则象征伊朗这个古老的国家，在传统和现代之间处于一种尴尬失语的境地。而导演的高超之处在于将背后的深意隐藏于个体人物之间，并且用一个家庭的故事巧妙地将其映射出来。换句话说，法哈蒂具有一种将对伊朗社会的批判和审视化为剧情冲突和悬念——英国学者托马斯·艾尔萨埃瑟所言的家庭情节剧往往由于不能在动作的幅度上过大，就时常依赖于通过照明、蒙太奇、视觉节奏、布景、表演风格、音乐等手段把情节放进剧中，也就是说，依赖于如何通过场面调度把人物化解成剧情，再将剧情化解成表情动作和动态空间[①]——的能力。这体现了该电影的形式主义维度。

另外，《一次别离》中的批判现实主义维度也是非常强烈的，它揭示了伊朗社会中的阶层差异、断层和社会腐败。男主人公纳德因为照顾父亲的护工瑞茨的一次缺席和失职，在争吵中将其推至门外，而瑞茨究竟是由于报复纳德而做出的故意滚落楼梯，还是真的由于惯性被推落楼梯导致身体伤害，这是导演“故意”通过场面调度而让观众看不见的。其中的信息空缺，也由此成为一种推进该电影情感张力的“悬念”。这种“瞒”或者“骗”，正是在第三世界国家常见的生活图像。法哈蒂用集体性的符码，让这个情节的留白，成为剧情中复杂人物关系的投射点。毋庸置疑地，导演还将这个焦点，处理成了关于伊朗社会“缺乏多视角”的一种隐喻。换言之，在当代以逼真呈现社会问题和精神困惑的现实主义电影美学主流中，索引性问题依然是我们讨论电影的社会功能、转喻效果、全球化困惑和精神危机等问题的依据。学者付晓红在《身体与悬念——伊朗导演阿斯哈·法哈蒂电影的叙事研究》一文中指出：

---

① ［英］托·艾尔萨埃瑟：《喧哗与骚动的故事——关于家庭情节片的观察报告》，戴沙，高岭译，《世界电影》，1990 年第 4 期，第 25-58 页。

> 显然阿斯哈·法哈蒂的电影讲述的都是“暧昧的道德故事”，他没有营造诸如一夫多妻、石刑鞭刑式的“东方主义”奇观迎合西方电影节，而是以旁敲侧击的方式触及了杀人、强奸、嫖妓、自杀、通奸等伊朗社会乃至整个人类社会都格外敏感的话题，试探着人类共同的道德底线和生存焦虑。最重要的是，他找到了人类共同兴趣——身体，和叙事的共通语言——悬念。正是这欲言又止的身体叙事和“诱敌深入”的悬念设置，让我们发掘到不同民族、不同宗教的人身上共通的道德困境，他的影片因此被称为“新现实主义悬疑电影”。[①]

对于付晓红所谓的新现实主义悬疑电影，笔者理解，“新现实主义”指向写实主义美学，“悬疑”指向形式的创新和电影叙事张力的范畴。

第二个案例是一部感人至深的日本电影《一夜》(2019)。它是一部讲述回归的电影（在这个文学母题的序列里，古代《荷马史诗》、《特洛伊》以及今天的《陆犯识焉》均是描绘这个人类行为符号的代表作）。故事开始于平成初期。主人公稻村小春有一段非常不幸的婚姻，她的丈夫是一个不折不扣的酒鬼加暴力狂，当这个男人试图将暴力发泄在他们的三个孩子身上时，身为母亲的小春再也无法忍耐和坐视不理了，为了保护孩子们，她亲手杀死了丈夫，锒铛入狱，也就此改变了稻村一家人的命运。一晃眼十五年过去，稻村家的孩子们早已经长大成人。长子大树重蹈了母亲失败婚姻的覆辙，正在同前妻争夺女儿的监护权。次子雄二一心想要成为记者，但如今只能在杂志社打零工过活。最小的女儿园子因为母亲的入狱而不得不放弃自己梦想中的人生，成为酒吧女招待。当小春刑满释放回到子女们身边时，他们分崩离析的关系能够得到修复吗？在这些支离破碎的关系中，起到催化剂作用的是刑满释放后回家的稻村小春与次子雄二的关

① 付晓红：《身体与悬念——伊朗导演阿斯哈·法哈蒂电影的叙事研究》，《当代电影》2017 年第 11 期，第 154-158 页。

系。这部电影，其实是要借助母子之间的“和好”“修复”行为讲这样的事实：母亲虽然杀死了恶棍一般的丈夫，但她看似悲壮和正义的行为，并不能改变命运。她的孩子们从此被烙上犯罪家庭的烙印，被污名和歧视。影片表现了这样一段情节，在家里贴上杀人犯之家大字报的，正是企图发泄不满的——现在依然混在小报记者层次的次子雄二。母亲在这个残酷的时刻，并没有气馁。而是牵起雄二的手，带他回到学生时代的一段往事中。那时候，雄二将一本色情绘图本偷走，被店主抓住，有可能身败名裂。及时赶到的母亲，用智慧营救了雄二。雄二被免除了羞辱和惩罚。这个事件，是一个母亲守护儿子的深刻体现。任何一个母亲，在儿子受到伤害的时候，总会挺身而出，用尽各种办法化解之。

这是这部电影的现实部分。

而通过修复的方式，让子女们看到母亲，则是这部电影的仪式部分。电影虽然揭示了“杀人犯家庭的污名”给子女生活带来的负面影响，以此来投射日本社会传统耻感伦理的本质。但是，其实质则是反传统的。从电影叙事选取了孩子偷窃色情绘图本的这个细节可以看出，该电影旨在通过仪式达成家庭内的和解。和解的仪式，通向日本社会精神的当代救赎。该片的后半部分，儿子在回忆的“仪式”中渐渐感知到了母亲的牺牲精神，一家人从此走上弥合的情感道路。导演用电影化的手段，塑造了这个母亲为了孩子不顾一切的“仪式性”场景，将看不见的情感予以显形，仿佛触手可及。可以说，白石和弥的这个写实的家庭剧，成就了日本独一无二的“弑父”电影文体和“和解”电影文体的综合体和混合物。它借助一个虚构的事件，形塑（形象化）了一个日本社会共同需要的精神空间——和解。

这是这部电影的仪式部分、形式部分。

上述两个案例均说明，写实的因素和形式的因素，在同一部电影中具有共存的需要，它们组成了当代电影的文体景观，两者均通过形式主义的表达，通往原本可以理解为批判现实主义主题的和解和救赎。和解和救赎，作为在不同语言语境里人类寻找理解的一种出路，具有世界意义。

二、中国电影文体理论体系研究的契机

笔者综述了西方电影文体研究的丰硕成果和不足。笔者认为，相比于文学，在西方的电影研究领域，也尚未有一种以研究方向或者学科命名的电影文体论或“电影文体学”出现。在电影理论、电影史、电影批评和电影学科的四分法体制中，电影文体研究属于电影理论的一个分支。一个事实是，在当前世界范畴的电影学研究成果中，依然缺乏真正意义上的电影文体论。

而上述案例的可资借鉴之处或意义还在于，两部成功的亚洲电影均采用了新的融合之法，从而使得生成的文体具有一种时代和民族元素的张力。在实用主义的语境里，他者的成功，也为中国电影学者在学理上建构一种中国话语主导下的文体理论体系，提供了合法性。

（一）中国电影文体论研究的时机已经成熟

中国电影文体论研究缘起，是笔者发现中国电影在 21 世纪的发展中，处于工业和艺术的立体交汇之处，而我们对于这一理论的研究尚停留在一个平面的理论认知语境里。从中国电影诞生之日起，如何将电影这一现代化的技术与中国传统文化的内涵进行一种天衣无缝的对接，寻找到一种恰当的形式，表达中国问题，让电影成为展现中国生活、审美、个体和族群的真实面貌，即表现中国性的媒介，一直是电影理论者和创作者们的艺术追求之一。

始于 21 世纪并开始形成一种集体性讨论场域的“中国学派建构”，再次将中国学问与中国艺术门类和中国时代语境，以及中国问题意识关联起来。

2023 年 10 月，依托青岛的电影产业基础和山东大学深厚的学术积淀，山东大学中国影视文体研究中心成立。作为一个观照文学与影视交叉研究的新文科学术阵地，该研究中心的成立，可谓适逢其会、任重道远。这同样给笔者以鼓励和启示。

1. 第一届中国影视的文体革命学术论坛回顾

2023 年 10 月 14 日至 15 日，“历史与美学：第一届中国影视的文体革命”学术论坛在山东青岛举行。来自北京大学、清华大学、南京大学、武汉大学、北京电影学院、中国电影艺术研究中心、中国电影云等高校和产业机构的 10 余位重量级专家学者、业界人士及 50 多位影视界、学界代表出席了此次研讨会。论坛开幕式在山东大学青岛校区博物馆报告厅举行。山东大学周安华教授主持开幕式，学校领导郭培良和来自学界的尹鸿教授、胡智锋教授、周星教授等出席。

会议围绕“历史与美学：中国影视的文体革命”议题，展开了五场主旨演讲和多边对话研讨。发言的学者包括中国电影艺术研究中心饶曙光研究员，清华大学尹鸿教授，北京电影学院王海洲教授、吴冠平教授，浙江大学范志忠教授，中国艺术研究院赵卫防研究员，《电影艺术》谭政研究员，北京师范大学周星教授，北京大学陈旭光教授，上海大学齐伟教授，山东大学周安华教授，话题涉及“影像文体之变催发电影研究新路径”“数字化虚拟技术时代的‘影像文本（体）’：变与不变”“跨媒体故事世界构建与系列电影创制的新趋势”“文体的观念及其电影意义”“‘影戏话’与中国早期电影的文体新变”“辨体与破体：文体学视野下的当代影视”“以传统画作为媒介和方法的中国现实题材电影”等。

其中，代表性的学者陈旭光教授为电影文体革命的合法性定调：“中国影视的文体革命”是自 20 世纪 80 年代之后又一次电影文本的重新出发，是继“电影语言现代化”之后的“电影文本现代化”，面对当下数字化、虚拟化的电影新文体，我们需要扩大艺术理论研究的范围和深度。

2. 第二届中国影视的文体革命学术论坛回顾

2024 年 12 月 21 日至 22 日，“融汇、转型与擢升：第二届中国影视文体革命”学术论坛在山东青岛隆重举行。来自北京大学、清华大学、南京大学、山东大学、浙江大学、同济大学、武汉大学、东南大学、新西兰奥克兰大学、北京电影学院、上海戏剧学院、中国电影艺术研究中心等国内外高校和研究机构的数十位专家学者及 70 余位文艺界、影视界代表出席了此次学术盛会。本届论坛在第一届中国影视的文体革命学术论坛的基础上，进一步聚焦国际视野下电影文体的创新路径，结合新质生产力技术探讨当代影视的多层次文体表达与提升。山东大学周安华教授、北京师范大学周星教授、中国电影评论学会常务副会长张卫研究员、北京大学陈旭光教授、中国艺术研究院赵卫防研究员、《电影艺术》主编谭政、《当代电影》副编审杨天东、新西兰奥克兰大学周学麟教授、浙江大学范志忠教授、北京师范大学张燕教授、清华大学司若教授、同济大学杨晓林教授、上海戏剧学院万传法教授、武汉大学王文斌教授、山东大学周根红教授、山东大学李新教授、同济大学王晓平教授、浙江传媒学院濮波教授纷纷发言。本届论坛延续了第一届论坛中的文体革命之观念的深化、文体理论本体建设的迫切性等议题。与第一届论坛相比，本届论坛旨在从历史、哲学、美学、技术等多维角度剖析多元文化交融中的电影文体重构，挖掘其独特的叙事模式、风格流变、美学蕴含和技术逻辑。在文体革命的学理上，本届论坛挖掘得更为深邃。本届论坛也出现了一些新颖的电影文体观，譬如周加强教授指出，进入 21 世纪以来，人工智能、大数据和虚拟现实等新技术迅猛发展，影视创作的边界不断突破，内容平台和叙事逻辑发生了深刻的变化。这些变革为学术研究提供了全新的视角，也为影视文体的未来开辟了更多的可能性。周星教授对本届论坛的召开表示热烈祝贺，他以文学文体的变革历史为参照系，指出影视文体革命具备独特性、历史性与开创性。周星教授表示，影视文体革命既涉及原初状态的剧作文体革命，又关涉作为综合性艺术的影视创作内容及形式的方方面面。在与文学革命并称价值的过程中，影像文体革命应当强调文以载道，深入挖掘现实社会的复杂性，同时应当适应时代，谨慎处理影视创作与人工智能之间的关系。张卫研究员从中国影视产业的发展现状出发，认为中国电影的深层次结构性问题使得影视文体革命迫在眉睫。研究者必须尽快深入探究影视文体应当如何改变，才能跟上大众的需求变化。一方面，我们需要超越过去对影像创作文体案例的分析和总结，认识到人工智能深刻地影响了未来影视文体的想象和推断。另一方面，我们也需要辨析叙事结构创新与影视文体革命的界限，找到两者之间的区别和联系，深刻把握变革的历史规律。万传法教授从差异与重复论视角去看待未来电影的形态，将历史考古、文体革命与未来想象整合起来考虑。陈旭光教授从影像本体的重构、颠覆和“消失”的视角，去建构电影文体论。

（二）电影学界迎来“文体学”转向时代的到来

与国外研究同中有异，中国电影文体研究在电影研究中（虽被提及，但远没有英美等国学界重视）尚处于开拓阶段，在理论体系建构方面也存在诸多不足。与文体研究相关的类型研究、题材研究也一直存在与文体研究的错位和自身理论建构等问题（中国特色电影类型、题材论不乏有见地的论文，但缺少归纳，离形成独特的中国电影的类型诗学论或者中国电影题材诗学论有一定距离）。鉴于此，周安华教授在“历史与美学：第一届中国影视的文体革命”学术论坛的发言中认为，倡导“中国影视的文体革命”不仅是一种历史的选择，也是艺术变革的选择。作为一个具有深远意义的重大影视艺术和学术命题，面对当前影视发展的多重困扰，文体重建和文体革命触及民族影视现代性最重要的方面，直指当代民族影视观念和形态的弊端，召唤着富有时代性的独特影视文体意识。[①]

① 周安华，王露涓：《人工智能浪潮下电影文体创新的契机与空间》，《民族艺术研究》2024 年第 37 卷第 3 期，第 5-13 页。

事实上，倡导文体革命意识，不仅是理论家的使命，也是电影实践寻求与时代语境同步的表现形式和主题的内在需求。中国电影在诞生初期和成熟期（第一代至第三代）出现了伦理剧、悲情戏、家园缅怀主题、影戏等文体，在新时期出现了诗电影、散文电影、谢晋模式、张艺谋模式、重大题材电影、爱国主义电影、网生代电影、小妞电影、主旋律电影等文体（正如日本电影在家庭情节剧的框架内，出现了迥异于西方的情节剧的庶民剧、家庭剧和小清新等电影文体）。但事实上，虽有大卫·波德维尔研究亚洲电影，陈旭光、刘成汉、应雄等学者关注中国电影文体的叙事和修辞奥秘，有《电影工业美学研究》、《新时期华语电影中国特色研究》、《电影赋比兴》以及以建构中国电影学派为主题和诉求的专著出版，但整体而言，中外电影学界对于"电影文体"这个概念强调得不够。究其原因，一方面自然是"文体"这个概念借自文学，电影文体这个概念也与"影戏""电影叙事"一样，歧义重重。另一方面是学界（的传统）更重视学派体系、本体理论、类型理论和文化理论（诸如后殖民、性别等），对于文体理论的关注较少。

客观而言，文体论和学派论、工业美学触类旁通。在笔者前文提及的构建中国电影理论体系和学科谱系里，中国电影学派的贾磊磊、王海洲、陈旭光、范志忠、侯光明、周星、饶曙光、李道新、陈犀禾等学者的理论建构日益完善，给整体性中国电影的文体理论研究带来了知识资源和观念资源。显然，中国的电影文体理论体系研究已经成熟。如表 1-1 所示，中外不同文化语境下的电影文体之生产，预示着一种电影学的"文体学"转向时代的到来。文体研究正在成为电影美学演进的一个重要组成部分，对其的忽视可能导致对于电影史和美学史和对民族性、国别和文化语境差异对电影文体的生成之规律的极大漠视。

表 1-1　中外不同文化语境下的电影文体比较

序号	西方	中国外的亚洲国家（以日本为主）	中国
1	家庭情节剧（女性电影、妇女电影、哭泣电影、催泪剧、粗俗喜剧）	庶民剧、家庭剧	伦理剧情片
2	剧情电影（melodrama）	时代剧 苦命剧 “男人真命苦”系列	贺岁片 悲情戏 “谢晋体” 戏曲电影 中国编年体
3	集体动作片（好莱坞大片）	武士道电影	“张艺谋体” 传记电影 主旋律 爱国电影 武侠电影 谍战体
4	缓慢电影（罗伊·安德森）	极简电影	“侯孝贤体” “杨德昌体” “贾樟柯体”
5	反情节电影	反电影（吉田喜重） 时装电影 小清新 美术馆电影 装置电影	文艺片
6	残疾人电影	“座头市”	苦情戏 励志电影
7	黑色电影	暴力美学 恐怖电影	幽冥体 人鬼情

第三节　中国电影文体论研究的内容、结构和价值

显然，进行中国电影文体理论体系研究已经迫在眉睫。但中国电影文体研究最终服务的对象是中国电影主体（包括中国观众、电影人和电影学

者）。因此，在中国语境里，电影文体研究的方法和路径探讨，势必会聚焦到中国电影的民族性问题上来，即“中国电影文体理论体系建设”研究对象和生成主体的中国性问题。

一、电影文体的研究内容和结构

依笔者之见，电影文体理论体系的研究内容，包括一个从整体论（本体论）到分论组合而成的完整体系，对其的思考也应该包括何为重点所在、何为论述结构等问题。该体系的整体论述范畴包括：概念辨析、内涵和外延、从生产到传播和消费的过程。整体论旨在阐明中国电影的文体研究，既区别于好莱坞电影研究的类型、符码（传统）视角，也区别于中国电影学派的宏大体系建构。在内容上，电影的文体理论体系建设属于从中间层面（middle-level）理论的角度出发，“致力于更具本色的电影基础问题的研究”[①]。原因是，西方的和亚洲资本主义社会的现有电影，不应该成为中国电影文体的佐证，而只能是借鉴。早在 20 世纪 60 年代，法国电影符号学家麦茨就怀疑西方电影与现实的正当性、正向性关系。他指出：“电影诞生于资本主义时期，资本主义社会是一种对抗性和分散性的社会，一个自我中心至上、特别关心‘门面’的自身不透明的社会。戏剧是一种真正的古代艺术，一种在更有权威的仪式社会中，在更一体化的人类团体之中，在某种意义上更接近于其欲望的某些文化中，看到明星的艺术。”[②] 鉴于此，笔者建构的中国电影文体理论体系也关注中国社会和电影艺术场域里的具体问题，包括中国电影文体理论的概念辨析、内涵和外延界定、从生产到

① ［美］D. 波德威尔：《当代电影研究与宏大理论的嬗变（下）》，麦永雄译，《世界电影》2001 年第 3 期，第 45-59 页。

② ［法］克里斯蒂安·麦茨：《想象的能指——精神分析与电影》，王志敏译，北京：中国广播电视出版社 2006 年版，第 61 页。

传播和消费的过程、审美接受、观众感知和风格的呈现等问题。

该体系的具体研究范畴则包括电影文体“形式和内容”的内在关联性，以及能凸显文体的诸元素之间产生“文体意义”的内在理路。前者包括揭示电影文体创造过程中内容与形式的诸多辩证关系，即：电影类型、次级类型和叙事模式之间的关系；形式征服电影类型和次级类型，审美情感的生成；语言体式与独特文体之间的关系。后者包括：①破译附带在新文体电影主要情节和次级情节背后的符码（包括宿命式情节、阐述符码、文化符码、象征符码、风格符码和无意识符码），能将电影生产和传播的表面结构和深层结构结合起来，探知表面情节背后的社会主流文化建构，促进电影叙事学、文体学、符号学、社会学理论的贯通。②通过不同文化类型电影的文体比较分析、不同文化之间电影次级情节桥段和整体电影内涵关系的表意分析、不同类型之间情节和符码呈现，破解文体生成和其他要素（类型、风格）之间复杂动态关系，把握电影文体流变，并获悉电影次类型和亚文化的生产。③文体的剖析（如差异重复、超类型、超文本符码）有益于建构中国电影诗学。譬如，作为一种世界性的电影类型——家庭情节剧，在不同语境的文体不同：在欧洲体现为以情节为上的家庭情节剧、在日本体现为以人物为重点的庶民剧和家庭剧（均与家庭情节剧含义差异）、在中国体现为伦理剧情片（而不是严格意义上的家庭情节剧）。细部的分析，丰富了文体诗学的建构内容。④在文体比较中获得“民族”“文化语境”差异性的理解，等等。譬如，日本电影、韩国电影和美国好莱坞电影在改编同一个文学 IP 或人物典型时，形式思路各不相同。如《阳光姐妹淘》的日本电影版本和韩国电影版本的差异。这些不同的电影意义又与当地的政治环境相关，并且能够融入国民的接受审美体系之中。美国版的《出租车司机》讲述的是一个越南战争退伍军人的沉沦和救赎（反英雄角色），而韩国版的《出租车司机》则是对特定历史事件（光州事件）的缅怀和对平民英雄的致敬。一反一正，体现的是文体的差异（而不是类型的差异）。

中国电影文体理论体系包括本体论、形态论、生成论和体制论等完整体系。

（一）本体论阐述“中国电影文体之概念、发生、形态和趋势”

其主旨在于以文体为中心，树立一种以中国人为主体的电影（生产、传播和消费）理论体系。电影文体的本体论开宗明义，就“何为（中国的）电影文体论”进行立论——它是关于在电影的叙事层面（人物、情节、叙述者、时间、节奏、频率、地点、空间等要素）和非叙事层面（装置、展览、时间晶体、影像即存在等意义）哪种元素（以及组合）、何种路径凸显为具有文体命名特征之媒介（母法）的理论。“电影文体的本体论”同时阐明电影文体研究是围绕电影本体展开的。除了解决本体问题，电影文体理论的本体论还解决中国电影文体论的问题意识、整体构建框架、论述脉络和研究重点。

（二）母法—形态论、生成—动力论，揭示中国电影文体理论体系的生成形态、生成条件和文体的创造（路径）

具体而言，母法—形态论不仅解决何为母法、母法何以凸显文体特征的问题，也解决电影类型、题材等概念和电影文体概念的差异性问题。在借鉴文学文体之生成（童庆炳的体裁、语体和风格三分法），以及电影工业美学建构的首席专家陈旭光教授所绘制的“电影四要素图式”（影像世界、生产者、电影作品、观众与接受）[①]之基础上，笔者稍作改装，为电影文体绘制了“母法—形态”的三元呈现图式。

笔者提出的这三种文体的“母法—形态”图式将电影文体的由于母法

① 陈旭光：《电影工业美学研究》，北京：中国电影出版社 2021 年版，第 114 页。

而凸显的形态予以包容和涵括（这种大分类方式，更加适合用来描述文体凸显形态）。

第一种图式是笔者认为的电影语法（体裁）图式——类型、题材（次级类型、次级题材）所规约的体裁呈现图式，包括电影类型、次级类型、艺术运动的流派、地域地理作者等属性。在这里，所谓的语法（体裁）图式主要指电影的类型和次级类型。由于电影从文学体裁的小说、诗歌、散文、戏剧中获得了文体衍生的条件，因此，这里的“语法”事实上为“体裁”的代称。如果说文学体裁的划分来源于最基本的、约定俗成的“四分法”（小说、诗歌、散文、戏剧）或“三分法”（小说、诗歌、戏剧），那么，电影的语法（体裁）是指主要由这些大的体裁（电影中称之为类型，譬如，沙兹为美国经典好莱坞电影做的八大类型的划分，这八大类型指西部片、黑帮片、硬汉侦探片、战争片、科幻片、歌舞片、癫疯喜剧片和家庭情节剧）在后来的电影类型和次级类型演绎中，不断衍生成的新颖的次级类型。

我们只要举几个例子，就可以发现这种体裁（类型、次级类型）的衍生，在文体上是最为普遍的现象。拿喜剧电影——一开始的癫疯喜剧来说，随着时间的推移，制片方、观众都慢慢地主导了新的类型和次级类型的诞生。爱情喜剧就是类型衍生的一种。当然，除了喜剧味道的爱情电影，灰暗格调的（丧主题）的爱情片随后也在美国（1977 年的《安妮·霍尔》）诞生，并在 20 世纪 90 年代延续至 21 世纪的日本丧主题、御宅族电影中得到了继承。另外，在喜剧类型的谱系里，还诞生了轻喜剧电影、小清新电影、小确幸电影、文艺电影、女子成长电影、都市图鉴电影、都市爱情电影、发生在 24 小时内的爱情电影（《爱的黎明破晓前》《爱在日落黄昏时》《爱在午夜降临前》）等多种次级类型。这些电影类型和次级类型的诞生，是在观众主体意识开始得到充足的承认、社会文明得到坚实物质文明支撑的时代语境下电影类型演绎的结果。

第二种图式是笔者认为的电影语体图式，即电影语言的形式图式。具体而言，又可细分为：①从电影作者的叙述、抒情、情感等语体呈现的文体，譬如叙述体电影、诗电影、散文电影；②电影的类型属性之下的气质等属性，譬如江南电影、慢电影、极简电影。

第三种图式是风格图式。风格图式也属于电影语言（语体）的形式图式。只不过，它在电影意义的呈现上具有可以分门别类加以探讨的特征。因此，笔者将电影风格从电影语体的属性中分离出来，对电影风格图式加以鉴别，其内容以导演的认知、技术、趣味、素养等决定的导演风格为核心。譬如，电影学界所称的谢晋模式，是谢晋创作剧情电影过程中，将独特的电影技法和他对于电影艺术的认知和修养相融合而形成的。

同样，生成—动力论是解决文体何以凸显的路径。借鉴童庆炳的文体理论（外部和深隐两大条件）[①]，笔者将电影文体的生成条件，适度调整为“工业外部”“电影工业内部”“意向性”三大条件，尝试性地建立了“中国电影文体生成”的三元坐标体系。这种划分，便于解决“电影文体和生成环境”的辩证关系。具体而言，电影文体的生成不是二元对立，而是类似列斐伏尔所构建的空间三元性理论中声称的“是辩证（甚至多元并置）的”。笔者强调，与文体生成的形态相似，在电影文体生成的路径上，又具有多种可能。“工业外部”“工业内部”“作者意向性”的三元坐标和体系，既承认电影文体生成的文化工业内外兼具的辩证性，又强调主创者的“意向性”，能为文体创造带来可能。同时，这个三元体系也对应了“母法—形态”的体裁、语体和风格三元图式。

（三）中国电影文体体制论探究体制问题

与“生成—动力”论不同，中国电影文体理论的体制论不仅论述中国的电影文体生成的体制性优点和束缚等问题（这方面的探讨也包括对现状

① 童庆炳：《文体与文体的创造》，昆明：云南人民出版社 1994 年版，第 90+157 页。

和不足、有利因素和不利因素的阐述)，也探讨电影文体生成的具体创造性引擎和图式与体制的关系。具体包括三个方面。①体制与内容引擎。它指影响电影主题、题材、再现的事件、再现的人物和故事、再现的时代等内容生成的逻辑、观念和要素。毋庸置疑，这些内容引擎，影响电影文体的生成。②体制与形式引擎。它指影响叙事的结构、技术、表现的形式、叙述的方式等生成的逻辑、观念和要素。在电影生成过程中，形式表现甚至征服内容，带动审美情感和语体的生成。③体制与伦理、深层叙事机制。它指属于电影本体性的“叙事先于电影存在的先验”、德勒兹所谓的时间晶体、“自来水笔”、作者论中的诸多创造性因素(如作者的情感感知)。它决定电影的文体，也决定产生这种文体的灵感，触发文体的形成。

二、电影文体论研究的价值重点

中国电影文体论的宗旨和研究目的，体现了它的价值。

首先，中国文体研究隶属于中国电影学派范畴。在学理上，凸显“中国性”“民族性”是它的根基。在基础理论和实践层面，需要解决中国问题(主题)、中华民族性和中国电影生产之间的内在张力问题。此举可谓一箭双雕。前者可以唤醒电影创作者和产业之间的“文体”价值，以及它对于生产、消费和传播的全方位辐射和互动作用。后者在认知上能够突出“国别”“文化语境”差异性的理解，无意中增强了不同文化和平共处的认知和意识。由于强化了差异性基础上的国族认同，它又能进一步促进中国电影人更好地运用文体意识，反哺民族风格和作者风格电影创作，促进生成中国的电影作品。换言之，中国电影文体理论体系的构建，能够解决中国电影的价值最大化的生成和保持其持续性的“要义”，保证中国性在文体层面的体现，辅助中国电影学派建构往纵深推进，它既受惠于中国电影学派的整体性建构，也能反向、能动地对前者的两个倾向进行矫正。

其次，具体而言，中国电影文体理论体系的研究价值，体现在学术和应用上，各有所长。

（一）社会价值

从宏观电影事业和国家文化建设的关系层面而言，诚如山东大学郭培良指出，面对新的受众、新的社会关系和新的需求，如何在吸纳国际先进影视文体理念和技术手段的同时，发掘中华优秀传统文化魅力，保持本土特色，尤为重要。中国正经历从“影视大国”向“影视强国”迈进的重要进程，从历史与美学两个宏大视角，聚焦中国影视文体变革，聚焦影视艺术与新一轮产业技术革命交叉融合的新趋势，对中国影视强国建设来说，恰逢其时。

（二）电影工业内部的价值

从电影工业的内部而言，中国电影文体理论体系建设具有创造性和独特性。具体而言，它的学术价值体现在如下方面。

1. 划时代的意义

诚如清华大学尹鸿教授指出，“中国影视的文体革命”这一重大影视艺术和学术命题的提出具有划时代意义，“影视文体革命”具备学术的刺激力和冲撞力，必将激发出中国影视更多的思考、更多的想象。因为人工智能的出现带来成像技术的革命，而成像技术的革命背后很可能是文体的革命。我们表达主题的改变会影响到文体的巨大变化，这使影视文体意识、文体特征、文体突破研究变得格外重要。北京师范大学胡智锋教授强调，在移动互联网时代，影视观念和形态都发生了深刻改变，文体研究是非常独特、非常重要的视域，具有重要产业、艺术和学术价值，它超越类型研究，它的学术意涵更深邃，带来了影视本体研究更深入、更精致、更充分的考察，尤其在哲学和美学层面，其探究空间巨大，值得我们高度重视。

2. 完善中国电影学派建构的辅助意义

除此之外，它们还有完善中国电影学派建构的辅助意义。饶曙光研究员一直呼吁建设属于中国电影学派的共同体美学建构，指出共同体美学为立足于“我者”思维基础上的“他者”思维，在文本层面倡导共同体叙事，在产业层面倡导共同利益观。同时，他批评当前一些影视创作文体意识淡薄，导致作品在内容与形式上产生落差。他指出，只有当中国影视文体获得根本突破，本土影视艺术才能成为当代中国艺术擢升的标志，不断产生亮眼之作、标杆之作。而文体革命的话题有着巨大的学术张力，给电影研究带来新视野、新表达，无论在宏观还是微观上，都显示出相当的价值感和生命力，由此相信电影文体的提倡，在中国影视学术史上会写下浓墨重彩的一笔。

整体而言，构建中国电影文体理论体系是对中国电影学派的有效补充。在中国电影理论体系范畴和学科的谱系里，中国电影文体理论体系建设既是独立的，又是中国电影学派体系建设中的重要组成部分。中国电影学派建设为中国电影文体理论体系提供正确的定位。在理论资源上，哲学（如阿多诺和福柯）、文艺理论和艺术学（大卫·波德维尔）等学者的观念能为建设中国电影文体理论体系提供指导。中国电影文体理论体系建设与共同体美学之于中国电影学派建构的关系一样，具有广泛的社会意义。原因可概括为三方面。其一，中国的电影文体理论体系建设能打通中国电影学派、共同体美学、中国电影工业美学之间的壁垒和屏障，培育和引导建立有效的沟通渠道和机制。其二，在中国电影学派的总框架里，中国特色电影文体建设也能在有效沟通机制的基础上促成对话，在充分表达自己的立场观点和诉求之外，倾听他者的立场观点和诉求；在共同对话、扩大共识的基础上实现双赢、共赢和多赢。其三，这种互补性理论建设的一个副产品是：在比较中外文体，以及在生产、传播和消费领域的充分对话，能最大限度地营造民族认知和美学（文体）认知的交融气象。

以“民族性”为理论核心（在民族性的属性上，文体理论与中国电影学派的理论表现出相似的、鲜明的文化传承和历史观照特性）“构建凸显民族性的理论体系”，是中国电影文体理论的总诉求。“民族性”的同义词即“中国特色”“中国味道”，且包含在电影的生产、传播和消费这三个环节中。而中国电影文体建设则隶属于中国电影学派，它是构成中国特色电影“语式”的一种重要理论。中国电影学派在理论建构上具有丰富的理论资源和实践资源，其民族化话语具有文化和伦理上的优势。同时，中国电影文体理论体系弥补了过去目光过于远视（对当下和中国电影文体不重视）的缺点。完善中的电影文体理论体系，具有两个矫正功能：①矫正宏大理论（中国电影学派）对中国电影的文体问题的忽视倾向；②矫正过于强调“中国”而对“中国实情”的忽视倾向。同时，由于“母法”呈现带有客观性和诗学特征，中国电影文体理论体系的建构也必然蕴含着“诗性正义”的属性。

3. 直面电影文体问题直接接通了电影生产和电影接受模式

换言之，电影文体的创新和革命与电影接受议题呈现一体两面之关系。

中国电影文体理论的构建是对电影文体生产、传播和消费体制的一次注目，其自身价值也是显现的。在学术上，就其价值重点而言，其是关于电影表意（生成意义）的网络里表现“母法”的理论，它牵涉这种自然生成的“母法”呈现的形式，因而具有将思想、语境、技法融会贯通的学术价值。换言之，中国电影文体理论体系以“中国性”为宗旨，是关于“电影文体”何以在“中国语境里产生特色”的理论体系。也就是说，中国电影文体理论体系建设要解决“中国人何以正确地生产电影、中国人何以正确地传播和接受电影”，以及如何建立正确培育中国电影文体的“语言秩序”和“语言体式”（这种借用自文学概念的方法如何贯彻到电影文体的生产、传播和消费层面）的问题。

4. 中国电影文体理论体系弥补了一项重要的理论中间层空缺

在规模上，该体系是一次中等规模的理论体系的建设，其目的是对宏观的中国电影学派进行一种理论的补充和完善，其成果也能为中国电影学派的整体完善添砖加瓦，以小促大地推进中国电影学派理论朝着体系化和学理化方向迈进。或者说，将在现阶段已经成熟的“风格论”与“意境论”基础上，注入“机制论”或“图式论”的思路（吴明）。正因为处在一个中间层的位置，中国电影文体理论体系的建设，还能起到媒介作用——在艺术和社会之间产生互动。①折射电影“大影像师”（麦茨语）独特的精神结构、体验方式、思维方式和其他社会历史、文化精神。从表层看，文体研究昭示作品的语言秩序、语言体式；从里层看，文体研究负载着社会的文化精神和导演、编剧的人格内涵。②回答电影产业发展到一定程度而理论没有及时跟进的时代新课题（如民族性和时代性、泛情节类型和国别文化符码之间的关系如何解决）。

（三）电影工业内外的实践应用价值

在实践的层面，中国电影文体理论体系的建构又具有以下几项功能。

1. 提高生产者的文体认知

中国电影文体理论体系的建设强调中国电影文体的特殊性，能够提高中国人的电影文体认知，促进中国电影人进行一种类型电影的突破和在地性创作。有利于创作上的自我建构，扬长避短，使得中国电影人能获得从类型、题材到叙事机制的选择主动权，增进中国电影的叙事情节、人物和结构张力，促进电影文本内外的交流，拓宽自己的创作思路。

2. 增加电影文体创作中的手段

中国的电影文体观——由世界电影的类型谱系（譬如家庭情节片电影作为类型，熟悉其类型公式、叙事动力和重复诗学，除了提高叙事能力，还能增进民族、个体意识和全球意识的协商，有益于培育文化公民[①]，采用

---

① 符平：《中国电影与西方观赏公民》，《电影艺术》2019 年第 1 期，第 30-34 页。

国际化语汇，促进电影生产和传播）背后的文化、时代语境和历史沿革，产生的适合中国语境的家庭叙事文体。譬如，这种意识让我们客观地看待如下文体：偏远地区叙事体（《图雅的婚事》）、两岸剧（《团圆》）、消极补偿体（《地久天长》）、极简电影（《世界》《三峡好人》）。

3. 促进观众和电影人的国族、环境和意识形态认同

中国特色电影文体理论体系构建，能提高审美认知素养，培育中国人的主体意识，增强国家和民族认同意识，在电影作为一个感性的个体审美与共性的共同审美之间架起桥梁。中国特色电影文体理论体系构建以民族性为初心，以培育一种共同、集体认知意识为己任，以繁荣中国电影的生产、传播和消费为诉求，其在建构理论体系之余，也能对于建构中国人的接受观、美学观、道德观起到助推作用。笔者相信该体系的建设，能带来上述诸多益处。同时，我们完全可以相信，中国特色电影文体理论是“与时俱进的”“风格的”“浮动的”“民族的”“透明的”“民主的”“实用的”等。

第四节　中国电影文体理论体系的研究方法

一、研究方法

针对现阶段存在的中国特色电影文体——尚是一块理论的处女地（概念不清、挖掘不深、理论资源储备不足）的问题，我们应有的放矢，寻找与该论题相吻合的研究方法。

（一）找到文体凸显的“母法”

从文体生产路径的角度，笔者要指出的是，前文所述“工业外部”“工业内部”“作者意向性”三元因素的凸显，并不是以“时间序列或者空间序列”机械地出现的，而是表现为一个具有灵活性的（融合了叙事性元素和非叙事性元素之后所综合的）“母法”[①]。换言之，所谓中国电影文体的生成“母法”，即是在具体语境中，在各种叙事性元素和非叙事性元素综合之下，凸显为“中国电影文体”的主要因素和媒介。

我们来看案例。在20世纪80年代引起大讨论的谢晋电影模式，与中国电影从诞生以来一直遵循的戏剧性、苦情戏与剧情电影模式传统和中国20世纪社会现实对于谢晋的思想启蒙和形成有关。谢晋电影（文体）的凸显（既为中国人感动的“曲折”路线，又带有大团圆模式）与时代要求电影叙事的某种积极态度相关，它更是只有“谢晋”才可以做到的。谢晋——作者性因此凸显为母法因素。又如，21世纪以来，世界风云突变，中国实力不断增长，恰逢党的十九大、党的二十大召开，爱国成为大多数中国人情感结构的重要组成部分。《建军大业》《我和我的祖国》《红海行动》等主旋律电影成为观众喜爱的类型。再如，随着人民生活水平的提高，向善、俭朴的生活成为大众追求的目标，“小清新电影体”恰逢其时地开花结果，它一改道德说教的传统，力图在小叙事的框架里展现生活本身具有的质感和美好。

在技术领域，对电影表现的母法能够凸显为“文体”。譬如，该电影是否以其独特的具有作者印记的镜头风格、剪辑风格——包括镜头和剪辑时长、速度和频率、场面调度等——为观众所熟知。在日本电影《夜空总有最大密度的蓝色》中，影像中不断出现为渲染东京夜空而虚拟成像的蓝色光线和氛围，这是为烘托该电影的浪漫气息和具有质感的当代日本下层青年的恋爱状态服务的。其蓝色——意谓既浪漫又忧郁的隐喻，作为该电影母法的技术指标而凸显的。同样，母法，也通向譬如电影的体制——是否

① 母法这个概念为笔者所提出，意在重视一种“当我们谈论文体时思考到底什么是最重要的”思考路径。

以“再现”和“表现”作为最核心的特征，以及该电影是否以演示、叙述、抒情、展览、比兴为主。它还通向该电影的门类和体裁——诸如戏剧、小说、诗歌、史诗、雕塑和现代性艺术的体制，是如何作为主要的手法和主题被作者所有意无意采用的。

对母法的强调，也解决了欧美电影和亚洲、非洲电影中存在的对同一类型和题材电影处理方式上的迥异之原理。概言之，“中国电影文体”之“生成”，又可以在世界层面与特定电影类型相似，但在次级类型和文体上，其迥异之处得到呈现。譬如，在全球化时代，在好莱坞追求动作和情节复杂性的语境下，在欧亚（特别是亚洲）出现了反情节的电影（俗称反电影、极简电影和缓慢电影）文体。这种反电影、极简电影和缓慢电影，体现在韩国、日本文艺片中的人物模式上，迥异于好莱坞电影的复杂情节性，大卫·波德维尔将极简电影归纳为窄焦点、意外或故意、隐藏的几何结构。北野武用极简主义手法创造出简洁的暴力画面与不动声色的幽默。蔡明亮使用极简主义来拍摄喜剧。侯孝贤提供了“视觉渐变”：其镜头高度缩减，背后是极简主义（也是断舍离式的生活信念和哲学观）的支持。

因此，“母法—形态—文体生成”直接构成一种有机整体。文体的生成，也蕴含在这个整体之中（换言之是三元综合的结果而不是单项孵化的结果）。

（二）借鉴电影研究中的现象学理论，以及局部的电影类型、导演风格、诗学研究的成果

电影的现象学理论可以为我们拓展关于西方形而上哲学思维下的逻辑论断和推理过程的过于明晰性（造成的绝对和僵化）。所谓现象学的还原思想，是类似海德格尔在《荷尔德林诗的阐释》或者梅洛－庞蒂在《可见的与不可见的》等著作中所秉承的一种迥异于理性主义的批评方法。其批评方法，大而言之是在对象面前保持一种客观还原的姿态，用模糊性、暧

昧性、多元性、悬置和思维间性等新的观照方法，去替代那些试图在现象和本质之间、形式和内容之间通过一种语言上的既成逻辑性语言命定一种“看似固定的意义关联”。

同时，电影类型研究、导演风格研究、诗学研究的成果，也可以为电影文体研究带来拓展。如果我们将视野放之四海，就会发现，电影文体研究与电影类型、电影符号学具有高度关联性。譬如，学者巴里·基思·格兰特的《电影类型——从图像学到意识形态》将从电影具体类型的图式到意识形态的深层勾连论述得比较详尽，这为本书的“文体—意识形态”研究带来了一种有价值的学术参考。

又如，中国学者赵毅衡的《广义叙述学》是对所有叙述进行分类的著作，其给中国电影文体分类带来不可多得的观念资源和分类技术指导。以中国人为主体的电影文体理论体系的建设，在某种程度上需要汲取其优点，但也要规避其缺点。美国学者托马斯·沙兹在其成名作《旧好莱坞/新好莱坞——仪式、艺术与工业》中表达了一个浅显但始终有用的观点，即电影承载了意识形态，西部片、黑色片和家庭情节剧均如此。无论在经典好莱坞时期还是在新好莱坞时期（从《春风秋雨》① 到《克莱默夫妇》②），关于家庭故事、伦理的家庭情节剧电影既是传统与现代文化的展台，也是都市、乡村生活图景的展台，更是家国同构寓言的载体。换言之，作者发现了潜藏在家庭情节剧背后的情节剧式的想象力、贯穿于家庭情节剧中结构和风格上的恒常不变的东西，以及这种类型所明显反映和表达出来的文化和心理的泛文本。

（三）借鉴电影工业美学的建设成果

同样，采用现有成熟电影工业理论的方法论（譬如其对大卫·波德维尔中间层面理论的采用），以突出该理论兼容并蓄和中西合璧的理论方法。

---

① 该电影为拍摄于 1959 年的好莱坞家庭情节剧，导演为道格拉斯·塞克。

② 该电影为拍摄于 1979 年的好莱坞家庭情节剧，导演为罗伯特·本顿。

在近年来电影学界的研究重心上，北京大学学者陈旭光教授的《电影工业美学研究》对中国电影工业美学的概念、方法论、文化定位与理论资源进行了富有逻辑性和前瞻性的论述，是中国电影工业美学建构中不可多得的理论专著。该专著对于建设中国的电影文体理论具有指导和理论资源共享的作用。陈旭光主导的电影工业美学已经成为中国学术的增长点。笔者认为，电影工业美学的建构，深刻领悟了当代电影理论的制高点之一（认知电影理论）以及推崇中等层面理论的大卫·波德维尔之观念核心。电影文体理论体系的建构，也势必在大卫·波德维尔和陈旭光教授引领的“中间之道”、“间性”价值的路径中深耕，建构起一种中等层面、中西合璧的理论体系。中国电影文体理论体系聚焦“文体建设”，可以弥补宏大理论的缺陷，也可以在中西之间建立桥梁。中国电影诞生在“影戏”的传统里，经历了几代电影人的努力：从 20 世纪 30 年代的初步繁荣，到新中国成立后“十七年”时期的社会主义探索，再到 20 世纪 80 年代重启多元的电影生产和批评体系，最后到 21 世纪出现中国电影理论本体论呼声再起。其中，“国家理论”承担了一种历史哲学的重任。这一理论体系由陈犀禾教授于 2009 年正式提出，既具有积极意义（是一个按照历史本体论原则建构起来的理论话语，从新中国电影史的发展中理解电影的性质，具有鲜明的民族性），也具有局限性（与西方电影美学或哲学从心理学 / 语言学 / 后结构主义切入电影本体的方法脱节，在国际上容易被理解为封闭）。而最近流行的中国电影学派和宏观理论的建构，又过于庞大或在梳理时难免遗漏细节。因此，中国电影文体理论体系建设在弥补上述不足基础上，力求采取中层理论，达到中西合璧。

二、《电影文体论》的具体结构

本书的结构，依次分为绪论、本体论和分论。

绪论（**第一章　电影文体论：一种新的电影研究范式**）意在抛砖引玉，

就目前电影生成形态和类型生产中的“文体”意识不够，导致阐述电影文体研究不够系统，从而推导出电影文体论的必要性。并就何为电影文体，为什么要研究电影文体，中国电影文体论研究的对象、价值和路径何为，中国电影文体理论体系的研究方法如何进行这四个问题，将建设中国电影文体论这个议题引出。

本体论部分（**第二章　电影文体的本体论**）旨在定义何为中国电影文体论，即它是一种洞察和分析电影表意的哪种元素组合、何种路径凸显为具有文体命名特征之媒介和母法的理论。本体论主要阐述该理论的框架，它包含本体论、形态论、生成论和体制论，也同时阐述该理论体系中的价值和方法论、电影文体生成的客观因素、电影文体生成的主观因素，以及电影文体生成的伦理向度等问题。在价值上，中国电影文体理论体系的建设也等于在电影类型理论的空缺之处，给过去语焉不详的中国电影文体“正名”和“赋权”。如同工业美学所倡导方法论的价值在于能够突破好莱坞电影日趋僵化的类型元素和表达模式，注入耳目一新的影像质感，其深层原理是打通中国传统艺术媒介与当代技术媒介的工具属性[①]之功能一样，中国电影文体理论体系（文体库）建设也恰逢其时（在21世纪这个时间窗口）、恰到好处（采用中层理论）地研究中国电影文体的生成语境，以及“语言秩序”“语言体式”“入思”“道说”等问题，将中国电影类型和题材混淆中的“叙事方式”“道德功能”“大众接受”等话题转换、统筹为一种“文体”思路。

在分论部分，**第三章　电影文体的“母法—形态”论**主要考察电影文体母法和形态生成的现象，包括电影文体生成的母法和形态关系概述、对电影文体语法母法—形态机制的考察，以及对语体母法—形态机制（包括导演风格、集体风格、民族风格）的考察等。

① 陈旭光：《电影工业美学研究》，北京：中国电影出版社2021年版。

第四章　电影文体的“生成—动力”论在第三章“现象”凸显的基础上探究“生成—动力”的机制。包括电影文体生成的路径分析和“生成—动力”的成因分析。

第五章　中国电影文体建设的体制问题和提升策略包括中国电影文体生产与接受和传播关系论（综述）、中国电影文体生产与作者观察、中国电影文体生产与传播和消费媒介观察、中国电影文体生产的体制趋势观察，以及在此基础上对中国电影文体的不足提出建设性意见。第五章旨在突出阐述，在当今电影工业美学日渐成熟的语境下，电影生产、传播和消费的空间被打开，电影文体正朝向多元化主题和题材、多样化语汇、多极化的美学向度实践的路径敞开，电影文体的体制迎来了一个依靠自身生成的可能性之时代。

通过上述绪论、本体论和分论的组合论证，笔者力图充分证明中国电影文体理论建设的时代性、可操作性和充满理论建构空间的增长性、延展性等特征。

第二章

电影文体的本体论

第一节　电影文体论的生成、主体和价值

一、中国电影文体之概念及其生成

建构中国电影文体理论，其主旨在于以文体为中心，树立一种以中国人为主体的电影（生产、传播和消费）理论体系。笔者再重复一下电影文体论的定义，电影文体论是关于在电影的叙事层面（人物、情节、叙述者、时间、节奏、频率、地点、空间等要素）和非叙事层面（装置、展览、时间晶体、影像即存在等意义）哪种元素（以及组合）、何种路径凸显为具有文体命名特征之媒介（母法）的理论。按照这个定义，电影文体可以被理解为凸显电影文体的表现母法。

（一）文体即母法

在上述笔者为电影文体论所下的定义中，有两个同义反复的概念。第一个同义是媒介和母法的同义。第二个同义是文体和母法的同义。第一个同义，揭示文体之概念在本质上是一种媒介性的概念，它指向一部电影的形式部分，而不是内容和题材，也不是电影中的主题和其他意识形态方面的内涵。第二个同义，揭示文体之概念显现，或者文体之特征和性质的呈现，它取决于电影表意元素中的“母法”。换言之，文体即被母法“显现”“洞见”“照亮”的电影表现形式。

（二）文体的发生

在世界文学的范畴里，文体论研究一直不乏重量级的研究者。例如，亚里士多德的《诗学》，堪称对艺术的悲剧、喜剧和史诗进行文体论述最早的系统性论著。哪怕在莎士比亚的剧作中，也不免对悲剧应为何物、言辞应有何修辞特征等进行戏谑式的索引和指涉，在情节之外触及对文体的评述。

这种风尚一直延续至现代。19 世纪，德国哲学家尼采用格言和断言的方式来书写他的反理性主义哲学观，这些成就反映在他的《偶像的黄昏》《查拉图斯特拉如是说》《善恶的彼岸》等文本中。断言和格言式的文体属于诗的范畴，而在 19 世纪，进入了原先以逻辑和雄辩为特征的哲学文本中，可谓诗文体界的一种超越。20 世纪 20 年代，德国文学理论家埃里希·奥尔巴赫所著的《摹仿论——西方文学中现实的再现》一书，对西方世界里从《荷马史诗》开始与现实的纠葛做了一个俯瞰式的宏观透视，其间也涉及精巧的文体分析。如在分析《十日谈》第一个故事的第九章中，奥尔巴赫就对文本进行了从句法到修辞的分析。

在中国的语境里，虽然在古代诞生了楚辞、两晋体、齐梁陈体、少陵体等诗体，传奇体、公案体等小说体，“论”“说”“议”“辩”“驳”“释”“考”等论述体，以及《文心雕龙》《二十四诗品》《闲情偶记》《人间词话》等侧重文体的诗学经典，在现当代有“白话体”“自传体”“朦胧体”等文体，但是，在文学文体与生成的关系探索中，一直存在着矛盾。

譬如，中国十分流行文以载道、文如其人的说法，意在强调“文”与“道”之间的紧密联系。但首先，文产生于何种道这个问题，却又是模棱两可的，甚至不同的语境产生互相矛盾的结论。正如学者李春青在《在文本与历史之间——中国古代诗学意义生成模式探微》一书中考证道：《吕氏春秋·仲夏纪·大乐》就将音乐起源归结于天地万物之运动节奏向音乐生成的过程，即“天文”向“人文”的生成过程。这种意识也根源于一种根深蒂固的自然崇拜意识或原始巫术意识。在中国古人看来，凡是天地之间的自然生成之物，都有其存在的合法性，因为它们都是造化的产物。另一种与“自然崇拜说”迥异的意识来源于当时流行的“物感说”。如刘勰在《文心雕龙》中言：“春秋代序，阴阳惨舒，物色之动，心亦摇焉。”钟嵘也说：“气之动物，物之感人，故摇荡性情，形诸舞咏。”此为物感说，类似西方文论中的情感论。按照物感论的说法，天地之文首先触发人们的情感，人们的情感就现之于诗文。[①] 其次，古人所谓的文，既可以理解为诗人的人格和道德，又可以理解为何以为文的文法、文采，以及何以表意的文体，或者文之气质——文雅之类的“对文的评述”。《周易·系辞传下》等典籍所载“物相杂，故曰文”“五色成文而不乱”“言之无文，行而不远”等言辞，说明文的最早含义包含了五色杂陈交错或事物的纹理，尔后，更是包含了词章之文、各种文类，以及更广义的文化。[②] 既然史上对于“文”和“道”的理解，都产生如此多的歧义，任何想要统一文以载道意义的做法，恐怕都只能无功而返。

因此，针对这个在历代有着不同理解的词汇——文以载道，只能从泛泛而论的角度进行阐释，即将其视为文章、文学作为承载“道”之工具的意义来解读。此外，它也可以这样诠释：文体的生成，也产生于天道和人类的精神世界。

但文学标准不能成为电影文体研究的标准。换言之，电影文体研究是围绕电影本体展开的。就本质而言，电影文体论是一种关于电影语法和语言形式如何生成和被观众感知和体察的，涵盖“母法—形态”、“生成—路

---

① 李春青：《在文本与历史之间——中国古代诗学意义生成模式探微》，北京：北京大学出版社 2005 年版，第 146-147 页。

② 李春青：《在文本与历史之间——中国古代诗学意义生成模式探微》，北京：北京大学出版社 2005 年版，第 143-153 页。

径”和“体制”的电影理论。

在迥异于文学文体的领域里，电影文体的生成，自然非出自其文本中的文学因素（非仅仅关于电影中蕴含的文学性要素），而是源于电影本体论视角下，关于电影意义生成的各种元素和各种路径所凸显的媒介特性。

笔者在建构电影文体理论时，借鉴了文学的文体观，而在电影文体的形态和生成路径理论中，则提出了一种电影表意元素之母法、媒介显现的形态和生成路径之法。

首先，笔者借鉴的文体观，得益于（且参考了）叙述学家赵毅衡和文体学家童庆炳等人的学术成果。赵毅衡在《广义叙述学》里针对“叙述的分类”所做的“文本意向性”“演示类叙述”“心像叙述”“意动类叙述”“纪实型与虚构型：双区隔”的区分。童庆炳在《文体与文体的创造》一书中归纳了四种文体观。①思想外衣说，即认为文体是具有特征的、能够加强艺术效果的语言体式或语言技巧的运用，这是西方文体概念中最为流行的一种。②偏离说，认为文体是对语言规范的偏离，常用语或常规的语言组合在频繁地使用中已将其美学功能耗尽，必须追求某种奇特的用语或超常的语言组合才能引人注目、才能发挥其美学功能。③分布频率说，即从文体科学分析的角度提出来的文体概念。其基本旨意是通过科学的统计，看某位作家在词语的选择、句法的运用等语言特征方面的分布频率如何，进而判定某作家偏爱何种文体。④编码超码说，起源于现代语言学之父——瑞士语言学家索绪尔的语言与言语的区分。按索绪尔的发现，语言与言语既有联系又有区别。语言是整个社会约定俗成的一整套必不可少的规约（属于社会），而言语是个人的意志和智能的行为（属于个人）。[①] 自然，只要思考一下就会发现，电影理论界所盛行的“电影语言”分析和批评的“言语合法性”的基础，即把电影形式和内容表意与文学语言元素表

① 童庆炳：《文体与文体的创造》，北京：北京师范大学出版社 2016 年版，第 58-65 页。

意的技法进行类比（譬喻），而非电影本身具有一种“语言”。笔者的电影文体观自然可以借鉴文学的文体观。

其次，笔者区分了电影文体的形态（母法）之凸显和电影文体的生成路径这两个最容易混淆的概念。电影文体的“母法—形态”论是指电影语言的语法（类型、次级类型、题材等）的约定俗成的表意规范，以及电影的语体（语言体式、语言形式）、电影风格（也属于电影的语体）所呈现的文体形态。它们组成了目前蔚为壮观的“电影文体”的爆发现象。

电影文体的“生成—路径”论，则是在林林总总的电影文体之爆发中，攫取那些具有中国文体生成土壤的路径，从而提倡和发现中国文体的“独特性”（民族性、文化语境特性、国民性、时代性）之论述。在综合上述文体母法和多元形态基础上，笔者提出了中国电影文体的生成路径，它包含“本体”路径、“民族”路径、“诗学”路径、“风格”路径和“情感结构”路径。

在两者的关系上，电影文体的“母法—形态”论和电影文体的“生成—路径”论都是关于电影文体如何凸显的问题，但是，前者泛指电影文体的各种表现形态，而后者，确切地说，是对中国电影文体生成路径的考察。因此，后者更是对前者的深入和细化。

二、电影文体理论建构体系中的“中国性”和中国人主体问题

（一）中国电影文体理论研究的时代性契机

在世界范围内，新时期的电影文体蜂拥而出，给中国电影文体理论建构带来了时代性的议题。在这样的语境里，中国电影文体理论研究恰逢其时，其宗旨是为中国电影文体“赋权”，而研究的性质和主体与中国电影学

派、中国电影工业研究等有着广泛的交叉、互动和联系。在观念层面，中国电影文体等于为新时期中国电影生产的独特性正名，而在操作层面，其为中国价值和中国电影生产方式的合法性保驾护航。以下几点是研究中国电影文体理论的时代性依据和原因。

1. 问题选择、学术观点、研究方法中的“中国性”

具体而言，在问题选择上，中国电影文体理论强调如何从中国人的电影感知层出发，以民族大义和集体价值为重，致力于构建一种①区别东西方、以亚洲人感知为主体；②区别亚洲范围内的日本、韩国和印度等民族性感知的、以中国电影文体为主旨的“中国人感知理论体系”。

在学术观点上，与文体论研究的宗旨和目的保持一致。在性质上，中国电影文体的本体论建设属于具有理论独创性的文体研究。具体而言，它是围绕中国特色电影文体的概念、范畴、内涵与外延、中国电影文体理论的主要性质、形态特征、问题意识、理论资源、研究方法和研究路径的一整套理论。

在研究方法和分析工具上，中国电影文体论追求学术创新，采用跨界的电影类型理论、电影语言、电影符号学学术资源，进行理论的融会贯通和触类旁通（譬如借用语言学中的概念“语言秩序”和“语言体式”进行电影分析），彰显电影文体的本质特征。

2. 中国电影文体理论体系（文体库）建设，借鉴的是中国电影学派和电影工业美学的思想资源

中国电影文体理论体系建设，旨在对“电影是什么”的“元”问题和“本体”进行理论体系设计。笔者在学者贾磊磊之观点（他认为中国电影学派理论体系构建的三个主要方向为艺术、产业和科技）的基础上，强调中国电影文体理论体系的建设也内含这三重性。换言之，它是从电影的生产语境、时代性、民族性和物质条件出发，对于特定的文体的艺术、产业和科技进行归纳、整理、分析和理性阐述的体系。如果说，中国电影学派具有明确的现实意义，聚焦中国电影类型、中国电影理论和数字时代中国电影发展现状开展研究。那么，中国电影文体理论体系则是对电影文体生产的特定时代、文化、物质、接受等领域的一次整体性理论介入和审美观照。

又如，近年来成为中国电影学界一大学术热点的中国电影工业美学理论建构正在进行。该理论的提出者——北京大学教授陈旭光为电影工业命名且建构的主要观点体现在《新时代中国电影的“工业美学”：阐释与建构》《新时代中国电影工业观念与“电影工业美学”理论》等文章中。这些文章有两个价值：其一，延续了巴赞式的对于电影是什么——本体论式的严肃思考；其二，建构了与电影写实主义理论并置的以新时代中国电影指导性的电影工业美学这一理论体系。他指出电影工业美学理论是在新时代中国电影的现实背景下，对“电影是什么”这一问题的重新思考，也是对新时代中国电影发展所提出的一种兼具观念革新意义、现实发展需求和理论建构方法论意义的顶层设计。在立足当下电影现实的基础上，电影工业美学试图在理论层面上建构一个互补辩证、兼容综合且务实有效的理论体系，在强调工业意识觉醒的同时，呼唤着美学品格的坚守和艺术质量的提升。通过梳理电影工业美学的提出背景、内核和外延及其与其他相关理论的关系及历史脉络，可深入探究其理论依据、美学原理和文化背景。[①] 其对新时代中国电影生产、传播和消费的指导性作用，正是中国电影工业美学的建构初衷。

同样，中国电影文体理论的建构，也离不开已经初具规模的中国电影学派的诸多研究成果。

3. 中国电影文体理论体系的研究，促进中国电影学科建设的发展

电影文体属于新兴的艺术学研究方向（以及有可能诞生的新学科）。目

---

① 陈旭光：《新时代中国电影工业观念与“电影工业美学”理论》，《艺术评论》2019 年第 7 期，第 7-15 页。

前，它相当于在艺术（门类）之下电影学科（一级学科）、电影理论（二级学科）、方向（电影风格、电影形态、导演、编剧、制度等）机制中的第三层。中国电影文体理论体系（文体库）的建设，可谓一举两得，在丰富文体理论体系——将“文体”与“类型”“风格”“作者”“语言”的差异辨识梳理清楚的同时，兼顾中国电影文体学科的建设。

（二）中国电影文体理论研究中的中国人主体问题

同样，在提倡中国学派、中国学术自主性的大环境下，（笔者认为）建构一种以中国人为主体的电影理论（中国当下电影文体论）十分亟须。学科建设固然是推动繁荣电影研究的一个必然路径，但推动中国电影文体理论（从理论的层面）、中国电影文体诗学（从哲学的层面）建设中的中国人主体意识建构也十分重要。笔者还想到了良性研究环境下的电影诗学研究。我们可以借鉴的资源，除了前文讲到的古代文体诗学研究成果，还包括大卫·波德维尔的电影诗学研究方法、苏联电影大师安德烈·塔可夫斯基在其著作《雕刻时光——塔可夫斯基的电影反思》[①] 中所运用的理论以及“雕刻”这个极富感染力的隐喻性修辞所具有的洞察力。塔可夫斯基强调的“雕刻”一词，在笔者看来，是电影这门独特的艺术 / 工艺 / 学科所具有的“动作性”（意味着采取行动、知行合一）之灵魂，是用一种有深刻悟见的行动去完成我们的艺术使命的体现，也是对于留住影像的“木乃伊时光”在电影艺术中的重要性的体现。一言以蔽之，是电影这门艺术所赋予的参与者观念和行为的双重历练。

1. 凸显中国人主体性审美机制——观念层面的推动和限制

观念层面对于主体审美的影响，可以用一句古语来概括：可以载舟，亦可以覆舟。要凸显以中国人为主体（创作主体和审美主体）的电影文体

① ［俄］安德烈·塔可夫斯基：《雕刻时光——塔可夫斯基的电影反思》，陈丽贵，李泳泉译，北京：人民文学出版社 2003 年版。

理论的审美机制，观念的提升是首要的。在观念的层面，中国电影文体理论之建构可以说需要中西合璧的智慧。而且，就何种程度上做到中西观念和理论资源的合璧，其方式也呈现多元性和发散性。

首先，视野决定了美学的高度、深度和广度。中国电影叙事美学在中国独特文化语境里的艰难萌生、勇敢突围和改革开放以来的丰富演绎，说明了电影叙事美学的发展与主体审美之路的发展呈现互为一体的关系。如果主体的视野狭窄，电影美学的疆域也会受到阻碍，相反，审美主体具有国际视野、审美态度健康多元，则也会推动电影美学建构朝向纵深推进。

学者张希在《2017 年中国内地电影的叙事征候》一文中指出了中国文化语境和叙事之间的纠葛，指出中国人（主体审美）传统中的大团圆思维对于电影美学的限制。具体而言，中国电影的故事在当下如何讲述，这涉及叙事的结构问题，在故事被不同的主角讲述了千万遍后，依然还是要归纳到开端、发展、高潮、结局四大布局之中，这是叙事令人神迷的地方。重回经典叙事模式研究范畴时，也就是研究经典叙事结构的最佳时刻。对于电影创作者而言，经典结构最大的魅力在于变和不变，不变的当然是结构，变的是人物、情景和前提。[①] 笔者部分地认同这种观念，我们说在大的情节模式不变的前提下中国电影充满了叙事可能性，是指其中的具体情节编码充满了可能性。比如，对于构成大情节模式而言的具体桥段、具体场景，充满了营造中国式的动作符码系统的可塑性。然而中国电影之所以能以自身的诗学建构去探知一个另类的版本，就在于中国人思维方式的独特性。如果说，西方的哪怕看起来碎片化的（如《虎猛威龙》《暖暖内含光》）电影，按照大卫·波德维尔的断言，“影片中碎玻璃片的意象其实是

---

① 张希：《2017 年中国内地电影的叙事征候》，《当代电影》2018 年第 5 期，第 108-112 页。

具体的因果逻辑的一个组成部分”[①]。也就是说，西方电影本质上不可丧失西方人具有的逻各斯，而去迎合东方人的感性思维。同样，在这样的原理下，东方人也没有必要去丧失自己独特感知事物的方式，去迎合西方的强故事逻辑性。从这个意义上说，亚里士多德的《诗学》永远只是西方人的诗学，而不可能是中国人诗学的摹本。

可以说，电影研究的视野决定了电影文本的阐释深度和广度，也决定了电影文本和其他事物与元素产生关联的“意义”（如社会意义、哲学意义）。在这层意义上，吸收和逐渐形成一种俯瞰万物的国际视野，对于中国电影文体论之主体建构，尤其重要。因为一旦研究者具有国际视野，就可以令中国电影人站在巨人的肩膀上思考问题，获得知识和效益的最大化。比如，我们虽然缺乏原创理论（这是不争的事实），但是不妨在电影理论的前辈如克里斯蒂安·麦茨、大卫·波德维尔的理论中继续前行。前辈的理论虽然具有广泛的影响力，但是，放在全球化的新语境里，也不是没有漏洞和突破的可能。大卫·波德维尔的电影认知诗学，提出以中等的美学范畴来建构诗学，这种着眼于宏观—微观之间的中等审美日光，值得我们借鉴。而克里斯蒂安·麦茨的八大组合段理论，实际上只对电影中非电影虚构世界的插入镜头谱系，做了到场景和段落为止的意义（有限）分析。所谓组合段，是电影产生意义的结构主义式的一次意义切分。而对于组合的单位（电影表意的单位），麦茨将它们划分为三个层级：电影镜头（A）、场景（B）、段落（C）。具体而言，麦茨在其所谓八大组合段中，主要将电影的意义解读分成如下八类发生范畴。第一类组合，指自主镜头，即有独立意义的镜头（A1）。它是一个有完整情节的段落。第二类组合，则是非时序性平行组合段，相当于表现主义的影像，在吸引力电影中常被运用（A2）。第三类组合，为括号组合段，相当于表现主义的影像（A3），如电

① ［美］大卫·波德维尔：《好莱坞的叙事之道——现代电影中的故事与风格》，谢冰冰译，北京：世界图书出版有限公司北京分公司 2018 年版，第 12 页。

影技巧中的淡入淡出、融入融出、划入划出、摇镜头等。第四类组合，为描述组合段，即影片能指层面上显示的连续形象，它能体现一种有序的时间关系。但其功用是“描述”而非“叙事”，它与电影虚构中的世界不一定产生连续对应（A4）。第五类组合，为镜头的交替叙事组合段，时间往前推进，相当于再现和模仿的电影段落，只不过其中的人物、线索有两个，且二者互相交替出现（A5）。第六类组合，即场景，一个连续性影像序列，即一个时空关系中的整体，相当于戏剧中的一个“场”（B）。第七类组合，即单一片段，由若干镜头组成的非连续性时序的镜头段，但这种非连续性是有组织的，往往具有概括性（C1）。第八类组合，即散漫片段，指非连续性的片段呈现为无组织的、散乱的镜头排列，它们之间的组合跳跃性强，似与情节的发展无直接关联（C2）。

我们看到，麦茨的电影表意最小元素和单位的罗列和切分，实际上与电影实际表意的场域具有许多反差，因而这八大组合段之切分也是具有缺陷的切分。笔者粗略梳理，发现大的缺陷至少有两处。第一，麦茨没有言尽电影的意义产生领域。①他没有言及整体的意义，这部分意义实际上包含了后人概括的剧情张力、认知布局和关于类型模式方面的意义之继承、延续或者脱域和违反。②他也没有考虑到电影中帧的最小单位和速度等属于运动矢量的考量，比如升格画面的意义。③哪怕在镜头蒙太奇的意义上，麦茨的八大组合段理论也没有概括全面。麦茨言及了镜头之间的说明、描述关系，以及动作推进关系的区别，但是没有注意到镜头与镜头之间的关系，除了平行、扩入、描述、交替和线索五种，还要呈现这五种关系的影像之罗列。④场景或者段落组合的有多种可能性。特别是段落的排列，麦茨只罗列了两种，即遵循线性叙事原则的插曲式段落和遵循线性叙事的正常段落。但是，除了遵循线性叙事原则，段落和段落之间的关系，难道就不可以采用类似镜头与镜头关系的随意性（杂耍性）？事实上，昆汀·塔伦蒂诺的《低俗小说》就是一个在段落和段落组合之间采用非线性的比较合理的案例。如果说，《低俗小说》出现在1994年，而麦茨的八大组合段出现在20世纪70年代。两者相隔20多年，这实在不是麦茨的错。其实，我们也可以在费里尼的《八部半》（1963）里证实段落和段落之间的现实性和梦幻性（也是线性和非线性）组接，均有着合理性。这样，麦茨所没有言及的段落和段落之间的线性之外的其他可能性，成为后人指摘其八大组合段划分的缺陷之证据。第二，麦茨在搭设框架时存在漏洞。将段落和段落组合，组成整体的影片的表意层面，麦茨的分析是有漏洞的。因为镜头、场景和段落的概念实际上是相对的。在巴赞时代，已经有场景段落，即把一个场景理解为一个段落。一镜到底的电影实验，更是消弭了三者之间的界限，使得镜头、场景和段落的划分失去意义。在逻辑上，如果允许镜头和镜头组接有五种形式，那么段落和段落之间的组接，也至少具有五种形式。

由于美学的发展，今人在评论麦茨第一符号学之研究成果（如八大组合段）和尔后的第二符号学阶段的成果时，会发现诚如让·米特里对其缺点的发现[①]，麦茨的相关研究成果注定只能被定义为“麦茨的电影符号诗学实践”而已。但是，麦茨所缺少的地方，正是今天电影表意诗学获得张扬的地方。麦茨没有注意到的四个意义生产的场域，实际上是今天电影人进行作者电影尝试的实验场，而且所幸都已经产生了很多佳作，也留下了丰富的经验。在今天的一部分作者电影（以亚洲电影为多）中，场景与场景之间的匹配，产生了丰富的语义层和“语体”意义，其创作和阐释都产生了案例。在亚洲电影的“场景诗”实验电影中，存在这样一种新的可能，即把场景看成构成诗意的一种最小单位（相当于一般好莱坞电影的镜头），这样亚洲电影的场景数量之多寡，决定了其叙事时间的速度和频率。一般来讲，如果将场景等同于镜头（以长镜头为主），带有场面调度痕迹或者由固定镜头摄制的场景便发挥了装置的意义。这种装配，也决定了该电影的

① ［法］让·米特里：《电影符号学质疑——语言与电影》，方尔平译，长春：吉林出版集团有限责任公司2012年版。

抒情性、美术性、剧场性和反叙事性的程度。

其次，对于电影发展历史上的各种美学争端（诸如现实主义还是表现主义；还原真实还是创造真实；影像和符号的关系是可以按照电影符号学的方法进行分析的，还是不能进行分析等问题），今人可以衍化为一种历史性和当下性糅合的意识。譬如，针对一部分争端，可以以悬而未决之态度观之。在20世纪，就电影符号学是否成立，电影符号学家麦茨和让·米特里有过著名的论争。这些论争，在今天依然具有帮助电影理论学习者透过论争的言辞对电影理论上的混沌之境进行客观思考的功能。虽然让·米特里无法完全说服麦茨，麦茨也完全说服不了米特里，但是其批评的真知灼见，已经成为"言语通往澄澈之境"的一部分。或者，对于一部分已经"盖棺论定"的美学争端，今人可以将之放置在一种新的语境里进行再思考。譬如，在20世纪50—60年代已经出色建构完成的写实主义电影美学，在今天数码影像成为主流的当代语境里，又可以推陈出新，迎来写实主义美学的新挑战和新机遇。

争论也体现在一些具体的国别和代际风格问题上。譬如电影学界曾对中国第六代导演作品中所表现的城镇地域性和底层人物，以及他们的现实主义态度，产生过较大的争议。2006年，借《三峡好人》获得威尼斯国际电影节金狮奖最佳影片的契机，汪晖召集李陀、崔卫平、贾樟柯、西川、欧阳江河等学者、诗人，一起围绕电影《三峡好人》的主题和流派问题进行讨论。这种百家争鸣的氛围弥足珍贵，已经成为中国电影史的珍贵资料。[①] 通过这次充分的意见交流，学者对于贾樟柯作品有了深刻的认识：其作品聚焦日常生活的细节，刻画小人物和历史汪洋中的孤岛般的片段故事，展示渗透在我们日常生活中的深刻变化——这种具有侯孝贤、小津安二郎式的史诗性叙事语言与新纪录片运动的史诗性并行不悖、缺一不可。换言

① 李陀，崔卫平，贾樟柯，西川，欧阳江河，汪晖：《〈三峡好人〉：故里、变迁与贾樟柯的现实主义》，《读书》2007年第2期，第3-31页。

之，贾樟柯作品中时常出现的中国文化和全球文化沟通的符号、人物的单纯性和复杂性之间的广阔空间，逐渐形成了第六代导演的共同语法（在景观上呈现流动性，如《十七岁的单车》《山河故人》《天注定》，这些电影体现了一种去二元对立、杂糅的美学实践，均体现了第六代导演的创作符码）：用影像的杂糅，反映前现代、现代和后现代杂糅的社会空间。这种再现身体的流动性，以及选取处在城市和乡村二元空间边界的城镇空间作为叙事背景的策略也与当前的中国社会的真实情境相呼应。贾樟柯作品中的本土性、国际性和流动性，大致指的是上述特征。

2. 文体主体性问题解决途径：他山之石

只有在国际比较研究中，我们才能发现和正视中国电影文体美学（诗学）研究的滞后性。客观地讲，21 世纪也是中国诞生优秀电影的时代。21 世纪中国电影在艺术和工业（工艺）上令人满意的作品包括《英雄》（2002）、《世界》（2004）、《三峡好人》（2006）、《二十四城记》（2008），以及侯孝贤的《千禧曼波》（2001）、《咖啡时光》（2003）、《刺客聂隐娘》（2015），杨德昌的《一一》（2000），蔡明亮的《郊游》（2013），贾樟柯的《山河故人》（2015），张艺谋的《影》（2018），王小帅的《地久天长》（2018）；21 世纪，商业和艺术兼具的中国电影也取得了不俗的票房和国际荣誉，包括刁亦男的《白日焰火》（2014）、郭帆的《流浪地球》（2019）等。但总的来说，中国电影本体论和美学研究（包括类型电影研究）比较落后。这方面的客观感知，是我们从西方人对亚洲电影文体的研究成果中获得的。

首先，我们来了解一下西方电影文体研究的趋势和倾向。在切入正题前，笔者用言简意赅的话来表达当今（特别是进入 21 世纪以来）西方电影研究（四大门类）的趋势。第一，电影史的研究。这种研究包含了丹纳所谓的艺术、历史、社会环境，三者兼容的方式依然有效。由英国、美国主导的世界电影史和好莱坞电影史研究就采用了这种经典方式。今天，托马斯·沙兹那本著名的《旧好莱坞 / 新好莱坞——仪式、艺术与工业》出版已经快四十年了，新近在电影理论界具有话语权的学者是以大卫·波德维尔、巴克兰德等为主的世界电影史以及好莱坞（主流）电影研究者。第二，电影本体论的研究。这种电影理论尚未盖棺论定，还在发展。安德烈·巴赞和克拉考尔的写实主义电影理论尚在发挥着余热（如美国耶鲁大学教授达德利·安德鲁的《电影是什么！》就是对巴赞《电影是什么？》这部电影理论经典之作的回应和对现实主义原则的捍卫）。与此同时，形式主义理论、结构主义和符号学理论主导的电影本体论也依然盛行。其他的跨学科电影本体论更是成为当今电影理论的宠儿。证据之一是以美国耶鲁大学学者斯坦利·卡维尔为代表的电影—媒体本体论研究，改写了麦茨的电影作为想象的能指本体论和爱森斯坦、巴拉兹的形式主义电影美学，并开始颠覆巴赞和克拉考尔所建构的现实主义本体论。第三，电影学研究。这类研究目前方兴未艾。随着以艾柯、罗兰·巴尔特、麦茨为代表的电影符号学和精神分析开始失去光环，新的电影文化研究、性别研究、后殖民研究成为主流。比如美国学者芭芭拉·门奈尔所著的《城市和电影》，就从电影和城市的复杂关系分析入手，揭开了电影叙事具有深度内涵的事实。第四，电影批评。从普及面上看，它更是兴旺。美国的《电影杂志》《电影季刊》、英国的《英国视觉文化》《英国电影和电视》、法国的《正片》、日本的《电影旬报》等提供了数量庞大的电影批评文本，更不用说大量的专业和区域电影研究杂志（比如《中国电影研究》《非洲电影研究》）。互联网络媒介更是吸纳了原本被理解为电影评价（film review）的点评，类似 IMDb、豆瓣电影数据库和平台让电影评价登堂入室，成为电影批评大家族的一员。

西方电影研究有一个演进，就是类型研究、性别研究、文化（亚文化）研究、后殖民研究以及感官（包括身体感知）和电影关系探究，替代了过去以符号学、叙事、文本为主的研究。但这并不是说巴赞的现实主义理论或者爱森斯坦代表的形式主义理论过时了，相反，正如新近的后胶片时代的好莱坞电影——在商业原则的推动下，其更注重叙事的有效性，以及怎样与其他的元素如景观元素的糅合——告诉我们的，电影和真实以及形式的关系还远未了结。事实上，电影作为艺术和工业产物以及一种大众媒介，它的发展总是有章可循的。大卫·波德维尔有一个观点，所谓当今好莱坞的那种大片所具有的“简洁明朗的场景、快节奏的剪辑、不断变换的视角”[①] 等新鲜的观影体验，其实在 1915 年的一部《新生》电影中就具有。我们其实没有走出经典电影的叙事机制。

毋庸置疑，当今时代区别于过去，有几个亮点确实代表电影研究新的可能性。第一个亮点是电影制作人和观众（共谋的）对后人类虚拟影像的热情。我们也看到，自从数字化电影技术开始普及，成为今天电影的技术支撑，胶片电影就成为历史。这些技术的发展，可以重新定义电影为何物。第二个亮点是类型的爆发。大卫·波德维尔在《好莱坞的叙事之道——现代电影中的故事与风格》中列举的类型电影有数十种之多。[②] 美国电影类型的爆发现状带给我们的启示是，后现代社会的美国之电影类型爆发为观众所欢迎，这种趋势势必蔓延到后发的一些国家比如中国的电影界。而且，在这些类型并置的趋势中，我们体会到一个转变，即古希腊亚里士多德的《诗学》中所列的悲剧六要素：情节、性格、思想、语言、形象、音乐的等级系统，在电影艺术领域，正在让位于巴赞所言的“电影作为一种完整的神话”，或者麦茨所谓的“电影是一种信念结构”的后等级美学时代。在这个语境里，电影的镜头延长为段落场景，或者一个场景延伸为整部电影

① ［美］大卫·波德维尔：《好莱坞的叙事之道——现代电影中的故事与风格》，谢冰冰译，北京：世界图书出版有限公司北京分公司 2018 年版，第 20 页。

② ［美］大卫·波德维尔：《好莱坞的叙事之道——现代电影中的故事与风格》，谢冰冰译，北京：世界图书出版有限公司北京分公司 2018 年版，第 15 页。其中所列出的电影亚类型有：棒球电影、橄榄球电影、篮球电影、曲棍球电影、足球电影、高尔夫球电影、冲浪电影、保龄球电影、钓鱼电影、跳伞电影、扑克电影、职业拳击电影、自行车赛电影、国际象棋电影、轮滑电影等。

（一镜到底）等艺术尝试均是合法的。在法国哲学家雅克·朗西埃所言的电影中有一只机器眼——因而也侧面证明了电影影像的自主性——的客观性表述中，电影美学也可能越走越宽。

其次，我们还可以从西方的电影研究中反向地认知我国电影文体研究的相对滞后性。这里，笔者用两个例子进行说明。

第一个例子是缓慢电影（或者慢电影文体）美学的提出和研究。缓慢电影作为一种文体的定形，与好莱坞电影的快节奏[①]形成明显的差异。在亚欧，出现了以贝拉·塔尔、拉夫·迪亚兹、卡洛斯·雷加达斯、蔡明亮、利桑德罗·阿隆索和阿巴斯·基亚罗斯塔米为代表的缓慢电影。照理来说，中国电影学者比西方电影学者更能接触和感受亚洲电影的脉动和美学转型。但遗憾的是，该电影的命名是以 2003 年法国电影评论家米歇尔·西门为标志的。也可以说，米歇尔·西门从上述迥异于好莱坞的电影美学中，创造了“慢电影”这一词汇。于是，针对这样一种电影——以循序渐进的节奏、极简主义的场面调度、简洁晦涩的叙事为主要特征，坚持以长镜头作为自我反思的修辞手段的影片[②]——开始被定义为一种类型。而在这种类型中，亚洲特别是中国导演也占据着叙事上的优势。如果我们再做理论的史学钩沉，则会发现，这种慢电影与塔可夫斯基的“雕刻时光”之诗电影理论具有深度的关联。这种电影诗学具有的美学优势日益明显，也得到了全球观众的喜爱。对之青睐的观众非常欣赏这些电影中细腻的情感和身体姿势。近来，国际上对这种慢电影的叙事特征归纳还集中在如下方面：一是与当代好莱坞电影人机融合逻辑的初始样态不一样；二是以微观叙事为表征；三是让观众无法拒绝来自内部的体验，模糊内和外的边界；四是用全

---

① ［美］大卫·波德维尔：《好莱坞的叙事方法》，白可译，南京：南京大学出版社 2009 年版。

② ［美］蒂亚戈·德·卢卡：《缓慢的时间，可见的影院——延续、体验与观看》，潘源译，《世界电影》2019 年第 2 期，第 26-45 页。

新的方式去观察和聆听世界。

第二个例子是“心流电影”或者感官现实主义的被发现和定义。近来，西方电影学者劳拉·马克斯在现实主义、新现实主义之外，发现一种感官现实主义电影，或者称为心流电影的电影类型又开始成为一股潮流。心流电影的叙事法则体现在：所有的场景都使用了一种叙事策略，在这个策略中，感官因素被视为观众审美体验的原始层面，它并不用动作和对话来解释一切，而是采用视觉和文本模糊的基调，使观众能够探索影像中内蕴的所有感官体验。换言之，这些影片代表了一种完全不同的视听教育——通常与影像中的视觉痕迹相关。劳拉·马克斯将此称为触觉可视。在美学的社会功用上，这可以让我们重新了解如何去观看和聆听电影，从而打破霸权电影传统长久以来加诸在观众身上的感觉麻痹。① 在缓慢电影的谱系里，如果把这些特征再做延伸的话，则可以发现慢电影的美学标签——可以组成特有的块茎网络，形成中国电影特有的表意形式：慢节奏、段落镜头、叙事集合、流动景观。它们组成了一种谱系性的美学路径（可供中国电影人借鉴的美学路径）。

3. 中国电影文体理论建构滞后的其他原因

相对而言，电影史是中国电影研究者在国际上获得成绩最多的电影研究门类。中国电影的民族叙事、中国电影的美学研究，在过去一百年中均有出现，但不成系统。在 21 世纪，对于中国电影诗学文本的建构虽然有了一定的突破（除了邵培仁的《华莱坞电影概论》等论著，还有《“枯槁”之美与中国电影诗性表达》《比较文学视野下的华语电影诗学的整体建构》《图像文化时代的电影诗学重设》《万玛才旦作品中的藏族悲剧电影诗学》《中国电影诗学断想》等论文均提出了建构中国电影诗学的诉求和建议），但依然缺少系统性。这些论文虽有各自的问题意识，但依然是

① ［巴西］小埃利·维埃拉：《感官现实主义——当代电影中的身体、情感与心流》，曹勇，王涛，王坤译，《世界电影》2018 年第 3 期，第 21-34 页。

一种局部论述、部分论述。因而可以说，中国尚缺乏一个有系统性、代表性、权威性的总体论述中国电影文体诗学的论著。具体问题体现在以下四个方面。①中国电影真正意义上的文体研究尚没有展开，更何况大规模的体系建构。②中国电影的文体（类型、题材）研究依然以文学为侧重，而没有顾及电影本体。目前谈论中国电影，陈旧的情节论调和故事、主题论调依然占据着话语权。笔者的观点是，谈论中国电影诗学必须与西方传承的电影本体论（摄影的本质、电影胶片的透明性、摄影器材的装置性、放映机制的空间性）有机结合起来，而不应该过于随意地用中国文学的诗学内容（如中国传统诗歌美学中的意象、节奏、字形等）资源来为自己观念先行的立论寻找依据。这样的做法远离电影诗学的本体。③哪怕在涉及电影文体问题的侧面研究中，中国研究者尚缺少一种从电影文体的本体出发的文体美学本体论、文体形态、文体生成论和创作论方面的研究。④同样，类似中国电影学派、华莱坞电影的理论——宏大叙事的范畴，缺乏“体裁—语体—风格”的微观层次、微观叙事美学，因此中国实际上也缺乏包括类型和符码的研究成果。迄今，中国已经出版的较有影响的著作包括《华莱坞电影概论》《大电影制造：热门影视的光影世界》《中国当代电影艺术史》等。这些著作虽然在建构理论框架时均具有宏观性，但缺少了微观（比如说次级情节和类型电影）叙事美学的发现。

（三）增强中国电影文体主体性意识的具体措施

1. 中国电影文体理论要强调中国人主体

西方的电影理论和电影文体方面的论述，基本上偏向于西方的电影工业、电影风格和电影类型。譬如，美国电影史学家托马斯·沙兹的《旧好莱坞 / 新好莱坞——仪式、艺术与工业》全面系统地梳理了以好莱坞为代表的美国电影的发展历程，讲述了旧好莱坞在产业运作和艺术创作方面的特点，以及进入新好莱坞时代在这几个方面的变化。分析了好莱坞类型电影的起源、商业文化、产品现象及成为美国艺术形式的过程与实质，并分析了各种类型电影的特征和文化意义。我们亟须一种区别于西方电影话语和电影主体理论。

2. 在内容上，文体论注重中国人感知的电影时空和叙事符码的文体发现

同时，中国人主体的显现，还可以在电影的类型选择、叙事编码、情节和人物设置上深入实践。

在笔者视野里的中国电影文体论建构，在内容上，包含了：①重新建构电影时间（比如缓慢电影、多主人公、巴赞所言的段落镜头等改变原先电影镜头、场景和段落关系的表现形式）；②重新界定观演和观众感知（比如心流电影）；③拓展诗电影的外延等多种向度。这方面的美学要点难以一句话概括，但如果要综述中国电影可能的诗学特征，笔者认为它们至少应该具备如下的叙事特征：第一，最小幅度（不断重复）的动作（类似电影《一封明信片》《咖啡时光》中的重复）；第二，摄像机漂浮式的移动方式（类似是枝裕和、侯孝贤、河濑直美电影摄像机的使用方法）；第三，突出身体和信息的影像；第四，在意象、镜头、场景和段落之间，通过摄像机的方位、镜头的构图、时长、节奏，以及剪辑和合成，寻找这些元素之间产生变量的无限可能性。

3. 在策略上，秉承以中国人感知为基础的“雕刻时光的电影诗学”

具体而言，中国电影文体理论的建设，类似塔可夫斯基倡导的、带有东方道家思想的电影美学（学界称其为“雕刻时光的电影诗学”）框架，需要强调更多的叙事（时空）策略。在叙事策略上，包含情节模式、故事、人物设定、叙事视角、叙事的时空配置、频率等议题。仅仅在时间（镜头和场景剪辑的）频率这个次级叙事空间里，不同的电影作者对场景做拉伸和缩略的处理也不尽相同，具有广阔的风格性差异。譬如，前文所述的缓慢电影（文体）采用的无疑是拉伸（镜头到场景、场景到段落）的策略——正是在这样的美学路径里产生并演绎成为一种新的美学程式后才被接受的。如前文所述，这种类型在亚洲特别是中国导演中占据着叙事上的优势。于是，在拉伸（镜头到场景、场景到段落）的策略下，观众在蔡明亮《郊游》中看到的场景，就成为段落。对于这种场景电影，安德烈·巴赞在《电影是什么？》中也曾以场景段落之名，对于以场景为表意手段的电影叙事方法进行了归纳。在蔡明亮的这个实验影片中，我们看到，剧情里的角色在啃一只鸡腿，导演处理成了一个伪生活实在界的场景，即让角色把鸡腿啃完，按照 1:1 的影像和生活比。这样观众似乎进入现场，沉浸于剧情的场景和语境中。

除了可以将场景扩容为段落，在缩略的策略下，场景也可以变成镜头——这种电影美学多采用长镜头，除了迫不得已需要多个镜头拍摄一个场景，大多数时候，均采用一个场景用一个镜头从头到尾拍摄，构成巴赞所谓的“场景段落”，也即前文分析的“场景诗”实验电影。在场景诗电影中，场景与场景的组合，更似美术馆的装置艺术，或者音乐的曼波，它们之间除了约定俗成的组合方式，尚有多种诗意生成的可能性。一种是“平行 + 推进”的杂糅组合，前文所述的杨德昌电影《一一》就是这种模式。场景和场景之间前后呼应，形成一种多个剧情（而不是剧作法中所规约的“事件”）集中展览，又顺着时间往前推进的模式。其在意的并不是一个虚构的封闭式故事，而是这些组合里产生的多种审美意义。比如，开头的婚礼和结尾的葬礼之间的美学对应和错位、延伸，组成一种含义晦涩，只可意会不可言传的美学格调。另一种是让时间本身扭曲（按照物理学或者天文学的最新成果和假设），而观众看到的却是一个时间可以颠倒的故事。诺兰的《星际穿越》就是这样一部电影。故事开头呈现了这样一个镜头，曾经的宇航员库伯一家，现在已经改行，女儿墨菲有一天在书房看到异象，她随口说出一个字“鬼”。故事发展到库伯执行一项特殊使命，后来在宇宙中时间扭曲，库伯走到了时间前面，那个书房的场景，就是后来库伯在宇宙四维空间里所遭遇的——“改变人类命运这一时刻”，于是在理论层面，一个人走回到过去成为现实。故事后来——依照顺时序——几十年后又走到了这个瞬间。这也是这部电影的第二次反转（第一次反转是宇航员发现所谓归来只是谎言，他们回不来了），这一次又颠覆了前一次的反转：他们可以回来。这部电影的场景、段落之顺序，就是超出麦茨想象力的部分：故事是顺时序，但是人物可以走回到过去——通过四维空间。麦茨不是诺兰，今天诺兰想到的故事，是在20世纪70年代的麦茨断然想象不出来的，但今天的中国人可以此为鉴，进行时空的多维度重组，以服务于艺术创作。

依笔者之见，构成电影文体美学非常重要的一个环节就是组成电影叙事结构的基本单位。在电影理论史上，各路学者对电影最小叙事单位的定义和探究（学说）众说纷纭，有人研究电影主要情节和次级情节的构成，麦茨则研究八大组合段，有人用镜头杂耍来表意（比如爱森斯坦的《战舰波将金号》所展示的那样），有人倾向长镜头（如德·西卡的《偷自行车的人》、贾樟柯的《三峡好人》）、段落说（如安东尼奥尼的《云上的日子》），巴赞更发明了段落镜头（一个镜头组成一个段落）的术语。如果把小段落（场景、长镜头）理解为电影表意的基本单位，则杨德昌导演的电影《一一》[它的组接，不同于镜头组接或者段落组接，或巴赞所言的段落镜头（长镜头），更不是随着事件线索的第一幕、第二幕和第三幕推进，而是以集体人物为表现对象，呈现ABCD—ABCD—ABCD……的推进]更多的是多人物场景组接诗学的一次实践。其公式是“集体主人公的分分合合场景的N次方”。人物之间，有时候独处，有时候聚集。独处和聚集之间，不按照好莱坞电影的情节模式展开，而是尽量还原了生活的本来面目：多元、驳杂、无确定性。在由人物活动带动的场景与场景之间，不必非要产生叙事的连续性，亦可展现场景作为基本单位与另一基本单位的组合与并置。这种美学实践与现代诗歌最显著的特征——并列未经分析之事物[①]的美学特征相吻合。

这种电影以“小段落（场景、长镜头）”（信息和事件状态）为意义表现单位的叙事，在瑞典电影《方形》（*The Square*，2017）中也有体现。导演鲁本·奥斯特伦德展现给观众的也不是线性的故事，其叙事单位似乎也是短于段落又长于镜头的场景，其组接在一起，产生意义的堆积与推进。在这些场景之间，一些呈现时间的流逝，一些只是重复的人生状态。其叙事特征是人物的状态扇面和故事时间（事件或者看起来像事件）线索巧妙地融合。场景不再为三幕剧服务。而是拒绝意义的删减，以自身的信息和动作、表情丰富性获得崭新的意义。在意义与意义的组接之中，产生永远的不可知符码。这就是这类电影的叙事奥秘。笔者认为，正在成形中的中国电影诗学，应该是在这样的“表意单元”并置和拼贴中探讨电影意义产生方式的学问，这种美学的建构（超越国界，并不局限于中国和亚洲，甚至可以在世界范畴内收集这种美学技法的谱系，以及技法和美学观念之间的关系）完全不同于以逻辑性为叙事基点的好莱坞电影美学。但目前来讲，对巴赞和麦茨式的发现和洞见进行举一反三，并与自身文化基因结合起来，探索其美学发展的可能性之研究——依然较少。

三、中国电影文体理论的价值重点

中国电影文体理论体系研究，是一种在电影现象背后去界定电影本质的前瞻性（而非后知后觉型譬如电影文本分析的）研究之法，它关注中国电影文体的生产层、传播层和消费层的电影本体论要素，也同时关注何种理论为我所用的实用性。其中，中国主体性（包括欧亚观众在感知电影形式和意义中的主体差异性）和中国观众的体察是文体论价值研究的重点。

---

① ［美］乔纳森·卡勒：《论解构——结构主义之后的理论和批评》，陆扬译，北京：中国社会科学出版社，1998 年版，第 20 页。

（一）中国电影文体论建构中人的“因素”

1. 如何从中国人的电影感知层出发，以民族大义和集体价值为重，建构中国电影文体的主体（差异性）理论

过去，在东西之间，以西方人的电影感知为主体，在亚洲之内，又以日本、韩国等民族感知为主体。中国电影文体的“中国人感知”之建构，意在探索如何从欧洲和好莱坞电影编码方式的差异性来获得两者不同的电影感知路线。正如巴赞在《电影是什么？》中，发现了与欧洲人感知相适应的电影手段——一种与蒙太奇剪辑思维迥异的长镜头电影，这些长镜头有时候构成独立的场景（段落，场景段落的概念来自此）。这种处理方式与好莱坞迥异。中国电影文体理论体系建设，需要在这些能够矫正刻板印象、建立主体性的焦点问题上进行深入剖析。

2. 考量与好莱坞或者欧洲观众的审美差异，在分析中国、日本、韩国、印度电影和观众感知的特殊性基础上，如何聚焦中国人主体，凸显中国电影文体理论中的主体感知（差异性）

前文提出的极简电影出现在亚洲（日本、韩国和中国）的现象，体现了一种区别于美国好莱坞电影叙事机制的创作风格和审美之风的存在。从接受的层面，这种电影文体之所以在亚洲爆发，也是一种以民族主体觉醒之后的电影表达和价值取向的体现，代表了一种正在发生的——以亚洲的禅学、老庄融合之道，替代西方单一逻各斯（洞穴理论、逻辑性有余而感性不足、我思故我在式的启蒙理性话语）的哲学观。在界定和分析亚洲人，特别是中国人的感知系统的特殊性基础上，如何学以致用，将这种身体感知的特殊性用于电影文体的生产、传播和消费之分析和综述上，是难点。

3. 中国电影文体理论体系研究，首先要关注中国电影生产者

建构主体性的一个十分重要的策略是引领中国电影生产者的中国性意识，即我们要为自己生产电影。这句话包含着过多的解读空间。从笔者的

中国电影文体理论建构的角度来讲，电影的生产者包含策划创意、监制、融资投资、编剧、导演、演员等“集体生产者”。这些“集体生产者”是生成中国电影文体的重要因素，在当下网络发达的时代（新时期）环境里，与其他因素结合，生成了“中国电影文体”的综合特征。因此，在中国电影文体的语境里，谢晋模式（电影体）、张艺谋模式（电影体）、杭州新浪潮电影等成为讨论中国电影文体的关键词。

4. 中国电影文体理论体系研究，也必然关注电影世界的感知主体（西方和东方、亚洲各国之间的）差异

21 世纪，亚洲出现了一种新的电影类型（次级类型）：极简叙事和时间突兀为主角——一些电影中，场景错乱，而另一些电影中，时间缓慢，变成观众凝视和设问的客体。极简和时间主体的结合，产生了一种在时间的永恒长河里欣赏一幅白描和留白手法的中国画般的神韵。譬如，在洪常秀的《塔楼上》（2022）、阿彼察邦的《记忆》（2021）等电影中，观众可以感知到一种拟多场次戏剧、场景段落电影的诞生。这是一种新的多场次戏剧电影，或者场景段落电影。同样，我们参照陈旭光的“电影四要素（阶段）图式”的次要元素：影像世界和电影作品。前者关注中国人的想象力和基于民族性的对电影的感知（意义系统的生成）。在电影作品元素（阶段）中，则关注电影语言、形式结构、生成特性、艺术形态、类型特征、后期制作等元素。这些元素是中国电影文体生成的重要组成部分。

（二）中国电影文体论建构中的观众议题

中国电影文体理论体系研究也必然关注以观众参与、感知而生成文体的电影文体问题。从世界范畴上看，任何电影的意义都来自电影生产、传播和接受三个环节。在中国电影文体的研究中，我们在意中国观众的“特殊性”，即突出观众的独特性。在观众的分类上，我们在意其多样性和多层次性。譬如，①按照“中国观众的观念和代际层”分层。按照代际的思想性，可以划分为传统的、中间层、新潮的等层次。按照时代和年代，可以划分为“60 后”“70 后”“80 后”“90 后”“00 后”“10 后”等层次。②按照中国观众的情感诉求和意识形态分层。其中，按照情感诉求，可以划分为“文化认同的集体归属意识”“个体权利为重的主体意识”“以个体为尊严，以团结和和解为基调的协商意识”“处在不断地对集体主义和文化宿命的接受和反抗之间的动态意识”等多种层次。按照意识形态，可以划分为儒家意识形态、道家意识形态、佛教意识形态、儒释道杂糅的意识形态等多种。③按照观众的审美态度分层。审美态度的养成与代际和情感诉求、意识形态均有不同程度的关系。譬如，那些隐含的道德伦理观（情感诉求）与中国观众喜爱的电影模式之间有着密切关系。那些信奉集体主义、相信儒家道德伦理传统（被辜鸿铭归纳为具有“温良、文雅的心灵”[①]）的人喜爱的电影以封闭性的戏剧性、体现宿命意识、弘扬集体主义的情节模式为核心。而那些喜爱道教文化，在地域上又往往分布于长江以南地区的人喜爱的电影则以道家文化、崇尚自然、野性，以及反宿命的情节模式为核心。

当然，在广阔的日常生活中，只要有宿命和反宿命情节的模式，也必然会产生在“宿命和反宿命之间平衡的中间体”。只要对一个问题有认同和反思，也必然会诞生在“认同—反思—批判—接受—和解”之间的广阔精神世界。观众的审美认同和批判，对于电影文体的生成具有促进作用。正是在观众层面（以及相应的媒介），中国电影的新文体——网生代电影，正是由 21 世纪 10 年代中国电影创作母法——观众和电影创作的门槛不断降低促成的人人皆可成为电影作者之观念下的“文体”。

---

① 辜鸿铭：《中国人的精神》，李静译，天津：天津人民出版社 2016 年版，第 32 页。

第二节　电影文体生成的客观因素

在笔者建构的“中国电影文体理论体系”中，母法—形态论、生成—动力论是关键中枢，分别揭示中国电影文体理论体系的生成形态、生成条件和文体的创造（路径）。在“工业外部”“电影工业内部”“意向性”构成的三元坐标体系中，工业外部的因素，包括电影文体生成的客观时代因素（包括时代性因素的辩证性）、民族因素和国别因素——自然成为笔者关注的重点。

在工业外部因素的分析中，风土、人文习俗和艺术创造力之间的关系，也隶属于这种艺术样态生成的成因探幽。中国古代所流传的历史文献，包括各种县志，往往记载“疆域”“建置”“户赋”“礼乐”“氏族”“风土”“物产”方面的客观事实。尤其是“风土”（所谓“风土”，语曰“土风人风”，又曰“习俗时俗”，也即“对某一地方的气候、气象、地质、地力、地形、景观等的总称”）和城镇人文的关系尤其密切，可以按图索骥作为人文考察的线索。2024 年初夏，笔者赴安徽歙县、绩溪一带考察，在当地的新华书店购买了当地明朝万历年间的县志——《明万历・歙志》（修订版）。《明万历・歙志》（修订版）从世风、世情角度，采用纪传体、春秋笔法，以及叙中有议的方法，忠实记录和还原了歙县这座县城的千年沧桑和其作为一个行政实体、人口集聚地、中国儒家文化符号的传承地（特别是家训文化的传承之地），在万历年间达到的文明程度。《明万历・歙志》（修订版）这样记载：

……则东、西、南、北四乡，西乡为独盛矣。虽广袤相联，而山川隔阂，尤然不同。东近昌化、绩溪，其土瘠而粗；北近太平，其土

> 硗而确；南近淳安、遂安，其土疏而斥……西乡三面辖本县，而西一面辖休宁，其土沃衍，其人轻杨。[①]

上述文字，翔实地记录了明代歙县、休宁一带由于土地肥沃，居民具有“温饱思淫欲”（此为艺术创作的诙谐隐喻）的资本。相比昌化、绩溪等地，歙县的商贸、民生在明代达到了繁荣的程度。无独有偶，由日本著名哲学家、伦理学家和辻哲郎所作的《风土》也讨论了世界范围内季风型、沙漠型、牧场型三种风土类型和人文习俗之间的关系。（中国和日本所属）季风地带人的特性，就是忍受和顺从，体现这一特征的正是“潮湿”。[②]这种特性，使得中国、日本这两国的人们在进行文学和艺术创作的时候，都自然带着一股哀怨的气息。《红楼梦》如此，《源氏物语》也如此。电影作为艺术门类，其生成的外部因素，也包含了风土、习俗传承的因素。

一、电影文体生成的时代性因素

中国文化诗学的著名学者童庆炳教授在《文体与文体的创造》中指出：文体作为系统，它的生成，有着文体的呈现层面和文体的深隐原因之别。童先生指的呈现层面，是指文体的“体裁、语体（叙述、抒情、对话）、风格”，而文体的深隐原因，是指文体是一个与时代、民族、阶级等客观因素，以及先天素质、性格、审美素养等主观因素广泛互动的开放系统。[③]

电影文体不同于文学文体，但是其生成的客观因素，也不外乎时代、民族、国别、文化语境等外部原因，以及电影工业政策、投资和生产规模

① 张涛，谢陛：《明万历·歙志》，合肥：黄山书社 2014 年版，第 92 页。

② ［日］和辻哲郎：《风土》，陈力卫译，北京：商务印书馆 2006 年版，第 21 页。

③ 童庆炳：《文体与文体的创造》，昆明：云南人民出版社 1994 年版，第 89-190 页。

等内部原因。换言之，笔者探索中国电影文体理论体系的生成（外部和深隐）条件，是为了解决“电影文体和生成环境”的辩证关系。

（一）全球化时代的宏观因素：文化语境

在这组关系中，时代性（包括社会主义初级阶段的特征、全球化时代的科技和物质条件），换言之现代性差异——成为电影文体生产客观因素的主要因素。在21世纪，好莱坞电影走向后现代主题，而一些非发达国家的电影叙事却呈现出“时间性问题”的丰富性。一些亚洲国家固执地生产历史剧、谍战片、民国剧、明治维新剧、二战剧，就是明显的证明。

经剖析，这种电影题材和文体（其题材依然牢固地停留、踯躅在现代性的某个进程中，呈现出一种哲学家所谓的“未完成的现代性模式”之主题现象）跟这些题材生成的文化语境的具体性、国民文化消费的心理和国家倡导的文化态度相关。这种关联有时候是自发形成的，有时候是人为主导（政府主导意识形态）的。在这种条件下，相较于一些欧美国家和日本、韩国的电影遭遇的“后现代性”的困惑，中国电影生产更多的属于“现代性”的困惑——显得较为客观。而笔者之所以这样评论，是因为采用了马克思主义理论中经济基础决定上层建筑的原理。要深究中西剧情电影生产差异的原因，笔者认为，这不是一个孤例，中国、伊朗和印度等国家在经济指标上与西方的现代性模式存在一定的差异。按照西方人的标准，现代性成为一个绕不过去的进程——是一个普遍性问题。由于这种社会属性，中国电影人更加关注“集体”。在集体的语境里，宏大叙事符合心理学和精神分析学的解释。

社会呈现出一种“未完成的现代性、启蒙模式”，相应地也影响了电影生产的模式。在伊朗，阿斯哈·法哈蒂的家庭情节剧《一次别离》之所以获得最佳外语片奖，原因正是其精准呈现了伊朗人在当代所遭遇的一种物质贫困导致的生活格局和无限的精神追求的一种困境，也符合西方人的审美标准和道德规范，或者“在呈现伊朗当代生活的现实矛盾时发现了普遍的真理”。纽约大学加拉廷私人学院的拉胡尔·哈米德在对伊朗导演阿斯哈·法哈蒂做采访时问道：“这部电影的伟大之处之一就在于它所反映的问题存在于每一个社会中。在新闻发布会上，你说你只想创作专门在伊朗进行展示的电影。那么，在《一次别离》中，哪些方面是针对伊朗观众设置的呢？”阿斯哈·法哈蒂用了一个高妙的修辞说：“如果你曾经去过伊朗，并在伊朗停留过几年，你就会知道电影呈现了怎样的伊朗。”[①] 导演需要抓住那些能反映人类普遍矛盾、“普遍性的人类状况”的作品，还要顾及伊朗根深蒂固的阶级差异、伊斯兰教信仰对人物行为的全部动机的理解和诠释。推而广之，从中国、印度和伊朗的家庭情节剧电影中，观众能感知到的“话语”背后似乎潜藏着“未完成的现代性模式”，这也是中国、印度和伊朗电影呈现“未完成的现代性、启蒙模式”的缘由。

如果将整个国家看作一个有机体，则弗洛伊德的精神分析理论在分析中国、印度和伊朗剧情电影生产时的“力比多”分析依然有用。如果刚才笔者判断的中国社会叙事是“未完成的现代性模式”，那么中国电影的叙事也势必与这个模式相对应。

中国社会，经过了20世纪20—30年代和20世纪80年代的两次西渐东进，到了20世纪90年代，我们看到一种电影审美的“一体双面”现象，产生了“回归”或者“悬置”的两种宏大叙事模式：①审美的回归。学者储双月在《中国当代家庭伦理电影探析》一文中指出，在物质生活日益绚丽缤纷的当今社会，人与人之间的冷漠、隔膜乃至仇恨情绪正在逐步蔓延。人与人之间难以沟通的现象，已经严重侵蚀了人们的正常生活。[②] 因

---

① 拉胡尔·哈米德：《自由与它的不满——拉胡尔·哈米德对阿斯哈·法哈蒂的采访》，孙巍，张雅玲译，《当代电影》2017年第12期，第65-68页。

② 储双月：《中国当代家庭伦理电影探析》，《福建艺术》2005年第6期，第31-33页。

而，从20世纪90年代延续到21世纪的中国伦理情节剧，均顺应了民众的这种渴望一种归属感的心态，从而生产出了不计其数的“家文化”的作品。如《相爱相亲》(2017)、《有家》(2017)。这种文化心态也可以称为麦田里的守望者(坚守者原型)；②审美的“悬置”。与“回归”的审美心态相反，凝望的审美心态是电影作者面对全球化时代下中国处于传统和现代之间的矛盾时，以一种带有距离感的方式，对由此矛盾引发的种种复杂问题进行再现，或借此思考现代性的一种心态。这种态度事实上就是怀疑主义。怀疑主义这个词来自法国启蒙主义时代的笛卡尔哲学，也可以在英国启蒙主义者休谟等人的思想中窥见其“源头”。在文化的传承和发展中，怀疑主义并不表现为负面，而是具有自身的积极意义。在回归儒家意识的文化语境之外，怀疑主义为文化多样性，以及国人面对自我处境的理性思考的丰富性，带来了可贵的精神范式。这种精神范式也催生了许多优秀作品，观众可以从逐渐流行的各种奇幻电影、武侠电影、谍战电影以及喜剧电影中获得“悬置”的意义。

因此，在20世纪和21世纪的世纪之交，有一种观点很流行，即中国剧情电影正面临现代性/启蒙话语，究其原因是中国社会的现代化进程尚未完成。从艺术和社会的关联性上看，其叙事也必然产生两个后果：要么围绕“历史”的灵魂——传统的价值做出今天的回应；要么用回避策略来分配过剩的力比多。在笔者看来非常奇怪的——奇幻类型和谍战类型电影生产中去“施展才华”，抑或“王顾左右而言他”，对社会现实采取避重就轻的策略。而在这种文化语境下，中国的类型电影逐渐发展出符合这种文化语境的类型格局：奇幻电影和谍战电影类型的兴盛。

可见，在电影文体的生成上，文化语境和习俗差异扮演了一个重要的角色。有时候，在同样的剧情电影创作中，存在着文化语境和习俗的差异。同样的原理可以在中国和伊朗两位导演的电影创造上得到印证。

在国别性差异中，文化语境和习俗差异扮演了一个重要的角色。文化语境差异包括由于文明、制度、宗教和地域文化差异造成的民族文化语境差异，在电影文体的生成中起到不小的作用。换言之，不同的文化语境生成不同的电影文体。众所周知，伊朗导演法哈蒂和中国导演张艺谋的叙事风格存在鲜明的差异。这种差异，除了有个人的因素，文化语境也承担了相应的“功能”。作为在文明传统和人文情感结构上相似的国度，中国和伊朗两个国家的文明程度相仿、电影叙事的语言运用也比较接近。张艺谋电影中的民族主义和全球化图像的把握可以和伊朗导演阿巴斯·基亚罗斯塔米的电影相提并论。阿巴斯·基亚罗斯塔米堪称当今世界影坛少有的大师，他善于从平凡的事件中揭示人类最深的情感。1987 年，朴素的儿童题材影片《何处是我朋友的家》第一次让他得到了西方世界的承认，在瑞士洛迦诺电影节上拿回了大奖。1991 年的作品《生命在继续》成为阿巴斯首次参加纽约电影节之作，并在戛纳国际电影节上获得罗西里尼人道主义精神奖和金摄影机奖。1997 年，思索生死问题的哲理影片《樱桃的滋味》为阿巴斯赢得了更大的声誉，于戛纳国际电影节上夺得金棕榈大奖。阿巴斯成为伊朗首位获此殊荣的导演。1999 年他推出了《随风而逝》，荣获威尼斯国际电影节评委会大奖。其 2012 年在日本拍摄的、白描风格的《如沐爱河》，也入围了当年的戛纳国际电影节金棕榈大奖的争夺。同样，伊朗另一名著名导演阿斯哈·法哈蒂凭借《一次别离》(2011)、《推销员》(2016)，获得了奥斯卡金像奖最佳外语片奖。

而张艺谋导演凭借《红高粱》《菊豆》《活着》《英雄》等具有民族风格的电影，成为被西方世界广泛认可的中国导演代表。然而，在经历了民族电影和奇观电影的张艺谋于 2011 年推出的影片《金陵十三钗》时，却因为叙事伦理的偏差而只收获了金球奖最佳影片提名。从深厚的民族文化内涵和葡萄酒之神狄俄尼索斯般的虚构电影（《红高粱》）以及人道主义电影（《千里走单骑》）的创作姿态中脱身，张艺谋并未为自己找到一个合适的叙事基点，其昔日的成功和 2011 年的滑铁卢式的遭遇（事实上张艺谋凭着

《菊豆》《大红灯笼高高挂》《英雄》三次入围奥斯卡最佳外语片奖，却没有一次获奖），让张艺谋的声誉也在中国“伟大导演”和“风格和叙事不稳定的导演”之间游离。而张艺谋在奥斯卡金像奖上的失利，也从某种程度上成为全球化时代文化身份认同危机的缩影。

一言以蔽之，由于中国社会传统文化和现代化进程独特的“纠葛”，深刻影响着中国人的情感结构（在将中国人推向21世纪全球化舞台前沿之际，中国传统社会熏陶形成的家庭伦理核心依然与中国人的情感世界联系密切），无论是在家庭情节剧电影诞生之初的20世纪20年代的中国，还是在21世纪的中国，“家庭伦理观”成为塑造中国式家庭情节剧的核心伦理依据。而支撑这一现象的内在机制在于：中国社会乃是人情至上的社会。

问题是，现代化进程中的中国伦理电影叙事，如何应对这一普适性的思想和社会运动呢？一方面，中国人的传统伦理操守如此坚定。正如学者所言，维系传统中国社会的主要经济活动是农业生产，家庭是最基本的社会单位。个人随着家人，在固定的土地上从事生产，生于斯，长于斯，工作于斯，也终老于斯；日常生活中经常接触的人，除了家人，便是亲戚、街坊，或邻居。在这样的社会背景之下，传统中国便以儒家伦理为基础，发展出一套以“情”为中心的行为规范。在这套规范的制约下，个人必须和家人讲“亲情”，和家庭以外的熟人讲“人情”，至于陌生人，则不在儒家伦理所约束的范围之内。[①] 另一方面，中国社会经历了五四时期的新文化运动、新中国成立后的“十七年”电影创作时期、“文革”时期、励精图治的改革开放时期，因此，中国传统的家庭结构遭受了冲击，不可避免地随着社会转型陷入了“分子化”浪潮。

由此，中国人的心理场（psychological field）在与现代性邂逅之时，必然碰撞出丰富而复杂的情感，于是，在家庭情节剧这一类型中，我们看到

① 文崇一，萧新煌：《中国人——观念与行为》，南京：江苏教育出版社2006年版，第32-33页。

的中国人恰恰是这种复杂社会里的个体和集体之间的“协商”。生产于剧情电影开始在中国生根之期的《小城之春》（费穆，1948），正体现了中国人普遍的“亲情”和“人情”的微妙关系。对这两种关系处理得比较到位的电影还有《马路天使》和《一江春水向东流》。后者一开始就以无产阶级思想作为一种新颖的伦理观，因此其叙事似乎带上了一种与传统伦理格格不入的“时代感”，这说明了新的东西在中国被接受的艰难状态。

经历了新中国成立后的“十七年”电影发展阶段及“文革”对电影艺术的严重破坏，1981 年（中国传统 / 现代社会转型期）的《喜盈门》就是人们情感结构和意识形态的产物。该电影把家庭中几代人的喜怒哀乐以及他们的道德情操予以充分展现，从而集中突出了尊老爱幼、促进家庭和睦的主题，歌颂了我国人民的传统美德和伦理道德观念。[①]《喜盈门》体现了中国现代家庭小型化的趋势。但是分家后，他们分而不离，在农村，凡有子女的老人，绝大多数都是和自己的某一个或几个子女生活在一起。[②]

中国社会的另一个节点是 20 世纪 90 年代之初。这个时期的中国文化面临方向性的迷惘，往何处走成为大众的思想焦虑之底色。这个时期，中国人的情感底色（儒家伦理）和肤色（“和为贵”）开始与外部世界碰撞，产生了一种杂糅性和那个时期的电影中时常出现的“向外部世界探索”“走出去”的渴望。变和不变由此成为一种真实的情感表达。这个时期，冯小刚的都市电影《不见不散》《没完没了》和张艺谋的电影《有话好好说》，成为反映这个时期都市情感结构的代表作品。而娄烨的《苏州河》，似乎是对上海这座曾经繁华都市的一次“借尸还魂”式的吁求。因为，影片上映时间（2000 年）与上海正好拉开新世纪建设大序幕这个时间点相吻合。

① 何春耕:《中西情节剧电影艺术比较研究》，长沙：湖南大学出版社 2008 年版，第 88 页。

② 何春耕:《中西情节剧电影艺术比较研究》，长沙：湖南大学出版社 2008 年版，第 89 页。

《苏州河》以影像中呈现的苏州河沿岸的破败、孤独的景观和都市的迷惘、忧郁之品质，产生了一种对上海而言缅怀多于纪实的精神感染力。

而当全球化时代来临，中国人走出国门成为常态。似乎在畅游了西方的文化风景和地理风景之后，中国人回到故乡，其“归家”“家为大”等情感结构再次主宰了中国人的意识形态。倡导和为贵、救赎、和解等价值的作品也开始在中国银幕上大量展现（如《归来》《芳华》《相爱相亲》《花椒之味》《又见奈良》）。在张艾嘉的电影《相爱相亲》（2017）中，第一个镜头开始于张艾嘉饰演的岳惠英及一个普通河南郑州家庭的客厅（中景），结尾于同一个场景。这种开头和结尾之间的并置，一方面是叙事的需要，体现了家庭风波复归宁静的剧情电影之故事特征，另一方面也与主题所诉求的“和解”相吻合。这种正面聚焦家庭客厅的镜头语言，事实上还是对中国社会底色的一次曝光。它似乎要从急速发展的中国社会轮廓（日益增长的高楼大厦和现代化都市场景）中，显影出传统中国式人情社会的伦理底色以及中国当代人在表面冷酷之下所蕴含的温暖情感结构。

（二）电影文体生成的微观因素：电影工业条件

除了宏观原因，电影文体生成还有内部原因，即工业条件（包括制作水平、工艺水准、编剧能力、导演基本功和创造风格的能力等）。譬如，在中国电影的发展历史中，改革开放之后引入了类型电影的观念，其生产即标志着中国电影工业化的开始。从中国电影文体生成的电影工业条件看，电影文体的生成与电影体裁和类型（题材）的生成具有可类比的地方。下列电影文体之所以会诞生，均是由于成熟的电影工业自然催生电影文体生成的自由性和自觉性。在自由性和自觉性生成的电影工业氛围中，电影文体与电影类型、次级类型、艺术运动、地域地理作者等属性共生。这些电影文体，具体又可细分为以下五种形式。①从电影制作的类型和次级类型分类：如喜剧电影（衍生出小确幸、文艺片、爱情电影等文体）、音乐剧电影、战争片、警匪片、犯罪片、主旋律电影、爱国电影、史诗电影、戏剧性电影。②从电影制作的方式分类：如小投资电影、电影频道电影。③从电影文体的传播媒介分类：如传统的胶片电影、数字电影、网生代电影、手机电影、竖屏电影。④从电影文体的消费（感知）方式分类：如沉浸电影、虚拟电影、付费电影等。⑤从电影制作的地域性分类：如北京地域电影、上海地域电影、贵州电影、杭州新浪潮电影。

二、电影文体生成的民族性和民族性因素

时代性因素之外的客观因素是民族性、国别性和地域性。

（一）民族性

在电影工业外部的决定因素中，造成一种国家文化语境差异（包括主导性的主流文化和审美趋势）的，往往是民族性、国别性等因素。

1. 美国性和电影文体的生成

一般认为，美国的西部片构成了诠释美国社会的窗口。在研究美国类型电影历史的著作《旧好莱坞 / 新好莱坞——仪式、艺术与工业》中，电影史学家托马斯·沙兹梳理了美国经典好莱坞的八种电影类型，分析了它们各自的生成逻辑。譬如，他这样为美国西部片定调：在美国西部片中，往往有一个“不稳定的平和世界”，展现“基本文化冲突”，在景观的布局上，“每一个绿洲都是社会缩图”，从整体上说，每一部西部片都是一种仪式——文明与野蛮之间的冲突的解决，因为它展现的是美国社会的“基本结构”。[①] 这就是西部片家国同构的编码原则，代表作是福特导演的《关山飞渡》。电影《关山飞渡》描绘了一个野蛮和文明冲突的事件，更刻画了一对有前科或曾

---

① ［美］托马斯·沙兹：《旧好莱坞 / 新好莱坞——仪式、艺术与工业》，周传基，周欢译，北京：北京大学出版社 2013 年版，第 82 页。

从事“不干净生意”的男女最终有情人终成眷属的故事。不稳定的世界通过冲突再度稳定，正如原先社会秩序的逃逸者回归社会，预示了家庭团圆、社会和平与宽容、救赎价值的同等重要性。

除了西部片，经典好莱坞时期的八种类型电影中的其他七种类型，黑帮片、硬汉侦探片、战争片、科幻片、歌舞片、癫疯喜剧片、家庭情节剧，其情节建构的符码也基本类似。托马斯·沙兹认为：“我们研究了好莱坞八种类型片的环境和基本主题兴趣。正如我们所看到的，这些主题兴趣是通过文化对立表现出来的，而在每一种类型中，它都是通过这一类型的独特动作模式来加以对抗和解决；这样就歌颂了某种基本文化理想。这一建置、稳步强化及最终解决类型环境所固有的冲突，赋予好莱坞类型片一种仪式感及其维持基础文化价值的能力。”①

在文化语境和电影文体生成同构的语境里，任何类型片都有它的叙事规范。正是在这种层面，好莱坞电影题材家庭伦理观与国家观念同构。哪怕是在与家庭片风格及叙事格局迥异的黑帮片中，其叙事模式、动作及其他道具和场景等图像符号也均有可以归类的模式。比如，其常常在虚构之余采用半记录式风格，其情节动作需要在黑帮巢穴与警察局之间变换焦点，交叉剪辑和二元对立也成为惯例，这样就会提高社会秩序最后战胜犯罪的作用，因为“黑帮分子是经典的独狼和唯利是图的美国男性的缩影”。此类电影的中心主题是社会秩序与混乱之间的冲突，它的人物陷入对金钱和社会变动的追求之中，他们的禁锢充分通过那些黑暗的街道、浓重的阴影、令人产生悬念的百叶窗和窗帘展示出来。②黑帮片中人物性格的刻画也基本采用二元对立的方式，该类型影片的典型案例是怀尔德导演的《双重

---

① ［美］托马斯·沙兹：《旧好莱坞／新好莱坞——仪式、艺术与工业》，周传基，周欢译，北京：北京大学出版社 2013 年版，第 117 页。

② ［美］托马斯·沙兹：《旧好莱坞／新好莱坞——仪式、艺术与工业》，周传基，周欢译，北京：北京大学出版社 2013 年版，第 87-89 页。

赔偿》。托马斯·沙兹有一个与克拉考尔类似的论点，他认为："一种类型和神话密切相关之处在于，它把某种社会或历史经验浓缩为冲突与解决的戏剧性格局。"① 在社会的经验系统中，家庭生活是人类最有益的生活方式。西部片构成了美国电影和美国精神的标志。在《关山飞渡》中，粗粝的西部旷野、大峡谷、亚利桑那沙漠，构成了典型的美国场景符号，如图 2-1 所示。

图2-1 《关山飞渡》中由粗粝的西部旷野、大峡谷、亚利桑那沙漠构成的典型的美国场景符号

2. 日本性和庶民剧的同构

同样，在日本，国民大师沟口健二拍摄于 20 世纪 30 年代的电影《浪华悲歌》《祇园姊妹》确立了其作品的现实主义风格，包括：频繁使用段落镜头、忌讳特写镜头，以及"摆脱西洋画美学，向日本画美学回归"②。这些

① ［美］托马斯·沙兹：《旧好莱坞 / 新好莱坞——仪式、艺术与工业》，周传基，周欢译，北京：北京大学出版社 2013 年版，第 14 页。

② ［日］四方田犬彦：《日本电影 110 年》，王众一译，北京：新星出版社 2018 年版，第 97 页。

风格，在他20世纪50年代的电影《雨月物语》《西鹤一代女》《山椒大夫》（相继获得第13届威尼斯国际电影节国际奖最佳电影、第14届威尼斯国际电影节银狮奖最佳影片、第15届威尼斯国际电影节银狮奖最佳影片）中，更是发展出了一种借助摄影机流畅运动以及被四方田犬彦誉为“洋溢着幽玄美学观念的细节处理”之技法。这些技法帮助人们透彻地理解他对日本绘画，特别是绘卷风格作品所体现的日本式空间概念的深刻洞察。[①]

另外，剧情电影在日本语境中的表达与在中国语境中的表达完全不同。在日本，替代西方家庭情节剧和中国伦理剧概念的是另一个特殊的电影类型概念——庶民剧（Shomin-geki）。它出现在20世纪30年代有声电影出现之后，又通过五所平之助的《生活的重担》（1935）得到类型的确立，尔后，在成濑巳喜男和小津安二郎以现代形式表现的影片中得到继承。日本的庶民剧传统，由山田洋次、今村昌平、是枝裕和、黑泽清、青山真治、诹访敦彦、奥田瑛二、吴美保等导演继承。我们依次排列日本平成时代《电影旬报》的十佳电影之首——《黑雨》（今村昌平）、《樱之园》（中原俊）、《儿子》（山田洋次）、《五个相扑少年》（周防正行）、《月亮在哪里》（崔洋一）、《全身小说家》（原一男）、《午后的遗书》（新藤兼人）、《谈谈情跳跳舞》（周防正行）、《鳗鱼》（今村昌平）、《花火》（北野武）、《春季来的人》（相米慎二）、《末路奇花》（阪本顺治）、《GO！大暴走》（行定勋）、《黄昏清兵卫》（山田洋次）、《雾岛美丽的夏天》（黑木和雄）、《无人知晓》（是枝裕和）、《无敌青春》（井筒和幸）、《扶桑花女孩》（李相日）、《即使这样也不是我做》（周防正行）、《入殓师》（泷田洋二郎）、《亲爱的医生》（西川美和）、《恶人》（李相日）、《一封明信片》（新藤兼人）、《家族的国度》（梁英姬）、《去见小洋葱的母亲》（森崎东）、《只在那里发光》《恋人们》（桥口亮辅）、《在这世界的角落》（片渊须直）、《夜空总有最大密度的蓝色》

① ［日］四方田犬彦：《日本电影110年》，王众一译，北京：新星出版社2018年版，第170页。

（石井裕也）、《小偷家族》（是枝裕和）——便会发现，其中大多数为庶民剧（或者它的变体家庭剧、伦理剧），而科幻电影诸如《新哥斯拉》这样的鸿篇巨制，也只在2016年第90届《电影旬报》的评比中被列至年度第二，不敌当年的一部反战题材的动画片《在这世界的角落》。这些以写实为基调的电影基本蕴含着一个朴素的生活伦理主题。而这些电影被推崇更显示出日本主流电影人和观众的审美口味，基本上踯躅在一种巴赞所谓的电影是"大自然的剧作"[①] 的审美情结里，它包含着现实主义的情节、人物的典型性和个体性（有时候是暧昧性）兼具、结构的敞开以及这种结构所必须附带的救赎、治愈、和解、宽容等时代性主题。

3. 中国的文艺片和中华民族家文化的同构

一般认为，传统家文化是中华民族在数千年繁衍生息过程中形成演进的家庭文化样态，体现了中国文化的鲜明特质，也是中华文化中极为重要的部分。受此影响，中国传统文化母题对于电影文体生成起到决定性作用。

持这样观点的中国学者，一般也认同电影创造中的家国同构原理。譬如，学者刘成汉的《电影赋比兴》对中华民族电影的叙事和抒情结合的形式予以了强调，学者刘书亮则在《中国电影意境论》中，援引中国早期电影导演和理论家费穆之于开创电影民族本体的观点，论述了中国电影艺术走民族性之路的思考。同样，中国早期导演费穆在《中国旧剧的电影化问题》一文中强调：中国画是意中之画，所谓迁想妙得，旨微于言象之外——画不是写生之画，而印象确是真实，用主观融合于客体，神而明之，可有万变，有时满纸烟云，有时轻轻几笔，传出山水花鸟的神韵，而不斤斤于逼真，那便是中国画。由此产生在电影构图上构成中国画之风格的想法。[②] 其代表

① ［法］安德烈·巴赞：《电影是什么？》，崔君衍译，北京：中国电影出版社1987年版，第173页。

② 刘书亮：《中国电影意境论》，北京：中国传媒大学出版社2008年版，第63页。

作《小城之春》对于民族性绘画元素与电影意境表达的融合运用如图 2-2 所示。

图2-2　《小城之春》对于民族性绘画元素与电影意境表达的融合运用

可见，在电影文体生成的客观性上，民族因素起到了主要作用。但是，哪怕这种观点没有破绽，可以运用在任何具有民族因素刻画的导演上，它们的具体表现也是各不相同的。表 1-1 显示，中外电影文体是随着文化语境的不同而呈现不同的文体特征的。同为家庭情节剧的类型谱系，在次级的文体分类谱系里，其与日本的民族元素相融合，产生了庶民剧。而在中国，其与儒家文化基因相融合，则产生出中国伦理情节剧（而不是严格意义上的家庭情节剧）。同样，在新时代，中国剧情电影的发展也受到民族因素的影响。但在中国台湾和中国大陆，其影响的程度却是不同的。同样的家国情怀，在侯孝贤电影和张艺谋电影中的呈现也迥异。在《恋恋风尘》《风柜来的人》中，其民族因素体现为一种对于家乡情怀、乡愁意味的再现和感染，其中“隐忍”是一个显而易见的侯孝贤符号，而在张艺谋的《秋菊打官司》《我的父亲母亲》《千里走单骑》等电影中，其民族因素则体现为对一种“中国传统叙述中的两难处境”的刻画，相比于侯孝贤电影中的“乡愁”符号，张艺谋电影中“反思”的符号更为凸显。之所以不同，是因为两者再现民族性因素的向度和意向不同。

（二）国别性

同样的家庭情节剧，在叙事上同中有异，体现在不同国别（文化语境）产生的电影类型虽然模式相似，但文体不尽相同。

1. 不同国别的相同类型模式

为将中国、日本、欧美的家庭情节剧源头和脉络之间的关系梳理清楚，笔者找出了——在所有文化语境里都会存在的——四种家庭情节剧的叙事模式，即正题预写、正题正写、正题反写、反题正写。①正题预写模式。这种电影剧情故事往往包含对家庭价值的正面颂扬的预设，其情节模式可能是成长、爱情或者其他社会性题材，故事的外壳是围绕两个人走在一起（大团圆）之前的各种坎坷，在时间上，往往将故事发生的时间点设置在主人公走入家庭之前，经过重重困难，主人公最终建构了家庭。②正题正写模式。在这种电影叙事中，家庭的图景被全面反映，而且联通着不约而同的基本命题——家庭是社会的细胞，只有家庭稳定，才可社会稳定，其中的辩证原理一直被社会主流价值观尊为圭臬。因此，在传统社会中，维持家庭的价值观和尊严，尊敬为家庭稳定、幸福做出奉献的家庭成员和社会人士，便顺理成章。电影作为一种大众文化消费产品，其接受的广泛性让其在产品属性的背后总是附带着社会价值观和集体文化观，我们也可以非常自然地理解电影叙事所携带的某种功利性。因此，观众在观看大多数电影（无论是美国好莱坞电影，还是亚洲电影）时，总能体会到作品有意无意对家庭和家庭美德的颂扬。当下的观众也心知肚明，知道电影是一种用通俗的故事来传递某种价值的载体。电影承载的意识形态和观众去看电影的行为以及观众认知之间，可以说已经达成了一种默契。因此，正题正写模式在建构家 / 国 / 家庭的三元稳固关系时是不可或缺的，它们已经成为大多数家庭题材电影司空见惯的编码手段。③正题反写模式。这种故事往往以过去圆满的家庭为中心，展开家庭破碎的当下叙事，这种影片的叙事重点虽然在破碎上，但其逻辑却是正面的，即告诉观众正是由于没有了家庭，才导致了失败的人生。正题正写和正题反写这两种模式是如此清晰，乃至成为一种固定的观影体验和观影认知模式，牢牢地烙印在观众心里。④反题正写模式。这种家庭情节剧叙事，往往是在反思和批评社会现实的基础上，对现存的社会集体文化思想做有保留的接受，也可能提出折中的社会改革之观点，提倡文化性革命。这种模式在任何一种语境里，均存在大量的案例。

2. 同样的电影类型模式在次级叙事模式上的文体差异

虽然存在类似的电影类型模式，但哪怕在同一类电影中，也可能存在次级类型模式的差异。譬如，前文所述的“反题正写”家庭情节剧，这种电影的叙事模式之主导是具有反主流文化的功能。这就需要从地域和国别差异性、文化和现代性程度差异性的诸多层面来打量不同国别和文化电影的这类“反题正写”的家庭情节剧或者蕴含家庭元素的其他剧情电影的生产。由于它蕴含批判性和颠覆性，这种电影的时间设置，就成为一种敏感的元素。电影故事发生的语境与其传达的批评性主题之间的内在关系就显得尤为敏感。该类电影可以有两个子模式：第一个是将时间设置在过去或者未来，或者时间不明；第二类是将时间设置在当下，直接借助隐喻等手段批评现有的社会体制。这种电影的生存环境也值得研究，它的后果也因为政治制度和文化语境的不同而大相径庭。同样是颠覆主流价值观的作品，在不同文化语境下，其后果并不相同。比如，美国 20 世纪 60 年代出现一些新型叙事风格和主题的电影，是对该时期大众文化的后现代思潮的一次仪式化的再现。新好莱坞电影《雌雄大盗》就是一个代表。而一些传统价值观影响比较大的国家，这种作品就会面临不同的处境，如伊朗导演穆罕默德·拉索罗夫获得柏林国际电影节金熊奖的作品《无邪》，为其带来了不快的经历。

（三）地域性

地域性是电影生产中一个不可忽视的重要元素。在电影叙事里，地域性构成叙事的语境要素、人物性格的土壤、商业流转的场所，以及观众选择的审美习俗等要素。地域性是电影产生的前提，也是电影叙事的对象，更是电影延续的媒介。因此地域性与电影工业（包括文体生成）之间，具有多环节和多维度的关联。

在 21 世纪中国电影文体生成的语境里，之所以生成了“江南电影”和“贵州电影”，是跟电影文体生成的“工业外部因素”的地域性因素相关的。所谓江南电影，一般指电影中的江南地理（故事的发生地、取景的江南地理）特质，以及电影风格的江南气质等。而所谓的贵州电影，也有着电影的叙述对象为贵州的某个地区，或者电影取景于贵州的地域范围内等诸多特征。江南电影和贵州电影属于两个文体范畴内的概念，两者内涵交叉、部分重叠，因而界线模糊。贵州，既属于江南，又与“杭州新浪潮”脉络里的江南有所不同。导演新人魏书钧电影里的小城镇叙事，继承了第六代导演电影中对乡镇的关注（贾樟柯电影中的山西临汾、王小帅电影中的贵州）。魏书钧通过元电影的制作手法，以及杜绝人物弧光的呈现——后现代平面叙事的方法，表现了一种与主流商业电影迥异的去戏剧性——诗意并置和实在界的拓展等新颖手法。《永安镇故事集》还原了电影制作的艰难过程。电影中的主人公表现出个体对于自由意志、现实存在的迷茫和求索。同样，《野马分鬃》里的左坤既处在校园生活和社会生活转变的困境里，也处在对自由梦想的追求与对现实社会妥协的重重矛盾中。左坤对草原的向往正代表着他对自由、自我的幻想和期望。作为章节体电影，《永安镇故事集》第一篇章“独自等待”中的小镇餐馆老板娘被困在平淡无味的生活里，稀释了自我对梦想和生活重塑的希望；第二篇章“看上去很美”中的女明星被困在成名后的孤独和对过去情感世界的怀念里；第三篇章“冥王星时刻”的编剧和导演被困在资方要求和自我表达的夹缝里。与之相似，在《河边的错误》里，马哲被困在现实与梦境、崩溃与清醒的精神世界里。电影表现了在两个暧昧的空间里游移的人物，以及暧昧的人物本性。

而西部地理和人文环境的呈现，是在第五代导演张艺谋、陈凯歌和类似陆川《可可西里》这样的电影中得到呈现的。其粗粝、壮丽的自然地理环境，与带着文化上的质朴、原生态特征的人文地理，总是结伴相生。与上述导演的西部风景不一样，在电影新人李睿珺的电影中，甘肃农村被表现为一个迥异于日常城镇空间的、诗意的“异托邦”。所谓“异托邦”，是指一个迥异于现实社会空间的“陌生的存在”“相对于我们熟悉的文化环境而言的一种精神和物质空间的另类空间”“一个他者、他处（飞地、渺无人烟的地方等）”。“异托邦”也指超越一般人的伦理观和道德观的这样一种空间存在。在李睿珺的作品中，这个异托邦建立在他记忆中真实的草原、村庄和荒漠的基础上，但也经过一定程度的美化，成了一个更美好的地方，是现实与幻象之间的桥梁。如在《告诉他们，我乘白鹤去了》结尾作的诗意处理，通过蒙太奇实现了对现实的解构和超越。这些超乎寻常的影像，就是作者伦理观的附加值。有学者言，导演善于用简单的人物关系来表现最深的关于生与死的内涵，人与人、人与社会、人与土地，在电影的最终，这些问题似乎都走向无解，但这种无解的目的，是为了让大家“看见”问题。

可见，民族性、国别性和地域性——这三者的特征和差异，影响着中国电影（工业外部的）文体的生成。

有时候，这些因素的差异化导致同一种类型电影的气质、文体呈现各不相同，其生产的意义之差异更是到了一个迥异的程度。我们以亚洲（同一个洲际）不同国籍的青春校园类型片为例。亚洲各国不同的青春片之文体各不相同的原因正是民族、国别和文化语境（包括习俗）的不同。日本的青春校园剧《阳光姐妹淘》的风格，与中国台湾地区的青春校园剧《那些年我们一起追过的女孩》不同，也与21世纪浙江出品的同类型电影在叙事文体上具有差异性。以《阳光姐妹淘》为例，这部电影的韩国版自2011年出品以来，以其丰富的人物群像和剧情电影叙事方式，深得观众好评（图2-3）。日本的《阳光姐妹淘》（2018）改编版和中国的《阳光姐妹淘》（2021）改编版则在叙事上各有侧重。日本版聚焦于歌舞的形式，聚集了筱原凉子、广濑铃、板谷由夏等明星阵容，是对韩国原创的“重返大学”的IP的一次成功再现。而相比之下，中国版的《阳光姐妹淘》（2021）因对校园IP电影的文体魅力定位不够准确、丧失了对“重返大学”这个题材故事的诗学勾勒，而被观众吐槽。

图2-3　韩国青春片《阳光姐妹淘》的成功在于其对青春群像的刻画

同样为校园青春题材影片，相对而言，中国当代的作品与韩国、日本的作品存在叙事风格上的差异。譬如，2021年的浙产电影《盛夏未来》是一次成功的文体实践，该片与美国、日本青春片中基于常见的愤怒、反叛、残酷内容而生成的残酷青春文体相比，更突出中国儒家文化的背景。《盛夏未来》的叙事不仅聚焦于青春一代的青涩情感故事，也关注这一代文化新生力量在家庭关系中的位置和矛盾。整部影片实际上试图通过年轻一代的成长视角，归纳出当代中国的家庭情感地图和现代性伦理脉络，是对一种更具宏观格局的观照。由于兼顾了类型元素和文化语境元素，它被誉为“开创了一种契合当下中国语境的青春校园类型之作”，或被归咎为“有效地吸收了新文化语境下交融电子音乐文化和新娱乐形式，在价值表现和社会叙述上体现为一种多元的亚类型和混类型特征”。《盛夏未来》不再将叙事重心放置在少年青涩情事的表达上，而是围绕父母“高考完就离婚”这一饱经热议的社会现象，建构起两代人对家庭解体、情感关系、个体成长的相互理解和思考。影片中充斥着抖音、网红、音乐现场和DJ、电子音乐、音乐节等时下在年轻人生活中盛行的元素，既是青少年通过亚文化符号分享和辨认完成彼此圈层、身份的确认和认同，又是对成人文化的一种有意识的背离和叛逆，而反过来，这种新鲜元素的采用又辅助电影确立了鲜明的地域特征和时代语境，增强了现实共鸣。[①] 该片的成功也证明，在校园IP系列里，并不是只有“叛逆”才能够树立“青春的本意”。如果用电影的文体去概述之，《盛夏未来》则代表了一种中国（传承儒家精神的家庭和睦主题诉求和少年成长的混合物）“伦理青春片”（或者“家庭青春体”）。它与日本、韩国的“癫疯喜剧文体”“叛逆文体”具有内涵和气质上的差异。

《阳光姐妹淘》和《盛夏未来》所表现的文化环境不一样，前者为包含

① 葛学斌，杨立平：《浙江电影年度发展报告（2021）》，杭州：浙江大学出版社2022年版，第11-40页。

对西式现代化向往元素的“集体主人公叙事”，后者为融合了家庭和青春两个元素的“伦理青春片”，前者的观感相对轻松诙谐，后者的观感相对沉重凝滞。

三、时代审美的电影文体更迭

（一）物性审美的兴起，促成了新颖的电影文体的爆发

近年来，随着学界物性诗学的批评实践和文化反思的深入，一种对物性诗学范式转换与互证、物性诗学的话语谱系的研究正蔚然兴起。电影学界的物性思想的诗性内涵，与巴赞意义上电影本体对现实的“木乃伊式”再现，以及马克思主义理论中电影影像对于克服人—物关系异化而引发的祛魅消费现象，都有关联。

电影学界的物性思想的诗性内涵离不开影像生成器械的物质性、影像合成和剪辑的物质媒介，以及影像对于物质世界还原的再现能力等诸方面。譬如，影像对于时间本身的还原能力，就大于文学依靠想象媒介导致的“还原”。在今日电影工业界，不约而同地出现的——对于好莱坞剧情电影饱和剧情和时间法则进行一种替代式叙事革命的——缓慢电影（时间膨胀，时间成为主体）文体的发明，其本质上就是一种物性占据主要电影表意元素的新电影文体，在时间重构的参数范畴和向度——缓慢、极简和时间的膨胀和放大。蔡明亮的《郊游》（2013）描写了底层青年小康作为广告举牌人的卑微生活切片：小康举牌、点烟、尿尿，再举牌、点烟、尿尿，小康和两个孩子一起吃饭、刷牙、更衣、入睡。有意思的是，蔡明亮抽离了电影的象征性语汇，而代替以实体。譬如，在一般的电影中，啃鸡腿只是一种吃饭的象征而已，一个镜头就可以完成叙事。而在蔡明亮的电影中，啃鸡腿变成了实在，即一种被描绘的时间本身。这是感知的参数。第一个

参数、第二个参数（本体的模糊和时间的重构）引发了第三个参数的位移，即感知层面的重构。

（二）“语言体式”构成了新时代亚洲电影的新体诞生之源

所谓语言体式，即指存在于好莱坞、欧洲和亚洲电影表达中的不同语汇。针对好莱坞式的电影，观众已然建立起了一种与商业（类型电影）吻合的表意体制——制度性的再现之模式（俗称 IMR）的编码能力；欧洲，则建立起了一套反好莱坞式的艺术电影的观影体制（代表着对好莱坞商业电影语汇的违法和颠覆）。两者在观影的历史中缺一不可，互为弥补，组成了电影的商业性和文艺小众、资本要求的程式和自由表达之间的二元对立“思维图式”。但是，出现于 21 世纪的一种新颖的亚洲场景诗电影，显然是一种既非好莱坞又非欧洲艺术电影的“文体实验”。

以下文体是从时代更迭的“语言体式”角度划分的。

1. 极简电影中的“语言体式”

在洪常秀、阿彼察邦的电影中，观众时常可以通过其场景意会到类似场景诗的审美意蕴。两位导演电影内蕴一种剧场所特有的仪式性，且时间进展非常缓慢。这种仪式性，又与电影本体所具有的神话性和身体性重合。因此，场景诗电影的审美就导向了本体的模糊（或者电影本体的重构）、剧场效果的展现、仪式感的表演、舞台的挪用等审美的多重维度。韩国导演洪常秀的一系列作品体现了其对于现代化社会语境下的时空的特殊理解，特别是其对于现实和虚构、想象和真实这种人类常见的精神现象的反复触及，以及这种重复背后的意识形态和作者风格。将其近作《塔楼上》与《自由之丘》（2014）相比，不难发现，不仅他处理时间的方法与其他导演有着天壤之别，他还不断模仿自己。《自由之丘》的场景，一共只有十几个，《塔楼上》的场景与之类似：场景和场景之间的顺序，也被用相似的手法进行再度编排，成为乱码一样的“时空错乱”的一堆影像和情节碎片。在电影和戏剧的叙事美学上，如果我们把原本电影的本体特征——能比戏剧表现更为广阔的社会时空和故事时空——加以考量，则会发现，像洪常秀这样的导演，不仅想要在其作品中消弭电影本体所具有的叙事优势，还要去模仿戏剧。整部电影如同戏剧，不仅场景数量只有十来个，而且每一个场景的展现，在叙事体制上，也相当于一个传统剧场中的“场”或“幕”。场景的削减，使得观演效果朝向电影和剧场的这种跨界体验迈进。它不再是一味的剧场，也不再是一味的电影，而是剧场和电影之间的“间性”之物。同样，在泰国导演阿彼察邦的《记忆》中，也有类似消弭电影本体特征，而去模仿戏剧叙事的特征。整部电影，与其说是再现某个故事，还不如说是由幻觉、偶遇和重逢构成的一首“场景诗”。

在上述导演的作品中，观众还可以看到在寥寥无几的场景中，主人们进行长时间的“有一句没一句”的对话和聊天，有时——中间隔开的过多过长的空白——让这个场景看起来显得无聊。由于被拍摄对象的动作十分缓慢，电影对于记忆和历史的呈现，是通过几乎一动不动的摄影机的“凝视”达成的，其语体也构成了“极简”。当这种类似话剧的场景被一个固定镜头记录下来的时候，电影不再是原先的蒙太奇组装而成的电影，而成为一种戏剧诗，或者场景诗。

2. 一镜到底电影中的“语言体式”

同样，在 21 世纪世界各地纷纷出现的“一镜到底”电影中，观众可以感知到别具一格的“语言体式”。应该说，“一镜到底”技法并不是 21 世纪电影的发明，而是在电影诞生之初就存在了。譬如，卢米埃尔兄弟的《火车进站》就是一部一镜到底的电影。只不过，随着电影叙事语言的发展，电影的长度和叙事规范朝着一种故事化方向发展，于是也发明出了一套与阅读小说体验同步的电影叙事体、史诗、事件型叙事模式的定形。但是，哪怕在叙事性电影一统天下的语境里，依然可以觅到一镜到底的身影。它的叙事符码为一个“整一的空间 + 整一的时间”（C1）。一镜到底电影的模式有“客厅电影”“囚室电影”等。客厅电影的代表作有《困在时间里的父亲》(2020)，囚室电影的代表作有《战栗空间》(2002)、《房间》(2015)，庭审电影的代表作有《十二公民》(2014)等。客厅剧往往以戏剧性非常强烈的喜剧和伦理事件为描述对象，故事发生在一个地方，甚至一个家庭内部，镜头基本上围绕着家庭的客厅展开，或者一个特定的聚会和公共场所[如《芭玛戈》(*Bamako*，2006)、《十二公民》等]。这种电影投资规模较小。好莱坞喜剧片和一些以传统叙事为风格的艺术片导演被归入此类。

第三节　电影文体生成的主观因素

一、作者的因素

前文已述，在笔者建构的“中国电影文体理论体系”中，母法—形态论、生成—动力论是关键中枢，分别揭示中国电影文体理论体系的生成形态、生成条件和文体的创造（路径）。在“工业外部”“电影工业内部”“意向性”构成的三元坐标体系中，工业内部的因素包括创造（体现为作者）、消费（体现为观众的行为）和传播（体现为影视传输时的传输质量和还原度等因素），也同样具有较大的文体生成作用。

作者对于文体的生成关系重大。借鉴文学文体学，有关学者将作者的先天素质、性格、审美素养列为三大主观因素。在电影语境里，这些主观因素与电影体裁、语体（叙述、抒情、对话）、风格选择有着紧密的联系。我们依然以电影作者的呈现性质——电影集体或者个体创作者——作为作者的统指，我们假设电影的生产有一个抽象的意见领袖和抽象的第一作者，那么，该作者的先天素质、性格、审美素养就成为其选择体裁、题材的决定性因素，也成为如何在该题材下选择“适当的语体”的依据。

（一）用电影作者的语体分类

1. 导演文体模式和认知观

谢晋在选择剧情电影体裁，以及赋比兴结合类似再叙述的大框架中，糅合一种喜剧因子的做法，既属于戏剧体裁的借鉴之体裁，也属于对话语体，以及反讽性风格的吸收。因此，界定谢晋电影文体（体裁、语体和风格）的属性，是比较难的一件事，我们只能机智地称谢晋的电影模式为“谢晋体”。原因正是中国电影文体之定义——文体即母法。同样的道理，按照前文关于电影文体呈现和该电影表现“母法”关系的论述，谢晋的电影文体，论其体裁、语体和风格，都不足以定义其基本的属性和符号，因此，“谢晋体”的称法具有“母法”特征。

谢晋的《舞台姐妹》（1964）拍摄于新中国成立后的“十七年”时期，讲述了越剧戏班姐妹爱恨情仇的故事。其通俗剧的结构和对中国情感审美中的性格符号——“义薄云天”“大义凛然”（反之“无情无义”“见风使舵”）的凸显，使得该剧充满了情感上的起伏跌宕。而20多年后，在《芙蓉镇》（1987）中，谢晋又勾勒了一幅时代悲歌和小人物的抗争图像。从20世纪60年代到80年代末，时代在变，电影所传达的属于中国人“命运”“情感”“表情”等一系列符码却没有改变。有学者评论道，正是因为谢晋对于民族和中国文化复杂性的思考，所以他摒弃了用一种纯粹悲剧的方式来呈现《芙蓉镇》这一看似具有悲剧内涵的故事。“谢晋体”之所以成立，是因为谢晋本人的主观素质、性格、审美——决定了其糅合上述因素的叙事和美学、社会学选择。换言之，所谓“谢晋体”，即谢晋创作的剧情电影的神韵（相对消弭了那个时代的政治属性）。图2-4也显示，在接受的层面，谢晋电影十分注重中国观众对于“善良”“悲情”“宿命”“抗争”等国民性情愫的表达，容易与观众产生共鸣。

图2-4　谢晋电影《舞台姐妹》《芙蓉镇》，“刻画”了中国人逼真的表情符码

2. 张艺谋风格生成的个人因素

张艺谋作为第五代导演，其成为个性标记的电影叙事、美学和社会学意蕴的整体诗学的形成，与客观因素和主观因素都有关联。

其中，客观因素为张艺谋面对的中华文化的博大精深和兼容并蓄，以及以儒家为主的价值观体系。这种体系潜移默化为一种对于影像和集体性关系的阐述本能。《黄土地》的摄影就已经带上了这种集体性的俯瞰和上帝视角达成的一种天地观、天子观。后来的《英雄》《满城尽带黄金甲》《千里走单骑》等电影，也基本上秉持着对集体性的描述和再现冲动，顺理成章地成为郝建所言的“团体操美学”的传承者。笔者无意从批判的角度去审视张艺谋作品中的儒家精神与主动性和被动性话题。而是针对其影像的集体性，提出一种张艺谋作者性和民族符码的互动之观点。

而在文体生成和主观因素之关系维度里，张艺谋的协商和美学的宽容姿态起到了重要作用。为张艺谋树立其文体“母法”特征的，是张艺谋在《秋菊打官司》《英雄》《十面埋伏》等电影中自觉意识到的：电影叙事的“交流”与文学叙事的“交流”具有差异性。在电影的叙事交流里，画面、视角、剪辑的节奏，以及声音和人物的话语表达，特别是电影的重复[①]凸显为一种呈现风格和作者性的重要元素。

虽然早期张艺谋创作电影所处的20世纪80—90年代，是一个风云变幻、话语迭出的时代，这些审美嬗变，从个体的原因解释了导演张艺谋风格的诞生和转变。在早期的电影中，张艺谋捕捉到了电影中集体动作，或者器物的集体性陈列或运动时的电影感，以及一种视觉上的重复和差异的美感。譬如，张艺谋在《秋菊打官司》中的重复和差异图像，令其电影文体成为一种易于辨认的标签。这种叙事来自极简主义美学，又与现代建筑的包豪斯精神相吻合，体现了张艺谋广泛汲取艺术表现形式的探索和将其呈现在电影语言方面的才华，如图2-5所示，秋菊的装扮与县城的景观形成一种张力。这种风格，带有明显的个人性。有学者评价这部作品：“故事单一、平实朴素、执着纪实、性格典型、返璞归真。”[②]换言之，早期的张艺谋电影文体，是张艺谋独特的艺术禀赋和领悟力所赋予的。

① ［挪威］雅各布·卢特：《小说与电影中的叙事》，徐强译，申丹校，北京：北京大学出版社2011年版，第68页。

② 张会军：《风格创造——张艺谋电影创作论》，北京：中国电影出版社2010年版，第159页。

图2-5　在《秋菊打官司》中，秋菊的装扮与县城的景观形成一种张力

张艺谋作品的题材，虽涵盖了历史、社会、磨难、教育、生活和救赎等丰富的领域，然而探究其作品的主题，（往往会不难发现）均在歌颂人类的情感和现实主义批判的维度里，其叙事的幅度往往局限在一种非史诗性的范畴，这就形成了颇具有辨识度的张艺谋电影的文体意识：如果说《红高粱》是歌颂酒神精神的杰作，那么随后创作的《菊豆》也具有异曲同工之妙。两部电影均是对相似的女性命运的刻画，而《菊豆》却聚焦于书写女性个体性格悲剧。其微言大义的女性个体命运展现，与上一部弘扬民族大义、讴歌血气方刚的血性之主题和叙事方式大相径庭。在随后的《英雄》《十面埋伏》等武侠电影中，张艺谋开创了一种非写实、非暴力的武侠电影范式，对于武侠电影的叙事拓展有着功劳；他的《有话好好说》是城市化进程中的平民文化的一面镜子，而《一个都不能少》《我的父亲母亲》《满城尽带黄金甲》等作品，也竭力通过个人视角，解读了承载时代之重的宏大叙事。

2018—2024 年，张艺谋一直保持着这种文体意识。期间，张艺谋拍摄的作品［《影》（2018）（图 2-6）、《一秒钟》（2020）、《悬崖之上》（2021）、《狙击手》（2022）、《满江红》（2023）、《坚如磐石》（2023）］的主题和题材深入了历史和社会等领域，其不断出新的创作姿态，来自其对于电影美学审美的独特理解力和对自《秋菊打官司》以来对电影社会学议题的持续关注。这种演绎，使得2024年春节，三部高票房电影——《第二十条》《热辣滚烫》《飞驰人生》的相继出品。宝刀不老的第五代导演张艺谋跻身在新生代导演贾玲、人气偶像导演韩寒的票房神话里，其票房号召力丝毫不显得落后。不同年龄和代际、身份的导演群得到认同，这种消弭作者身份的现象，之所以会在2024年的贺岁片市场得到爆发，得益于生成电影文体的大条件和小条件的结合。这些作品也可以说明张艺谋体裁、题材、主题、语体、风格选择中的“张艺谋人格本性”。

图2-6　在《影》中，中国传统文化书法符号和人格符号达到水乳交融

（二）用电影作者的地域分类

用电影作者的地域分类来考察中国西部电影文体之生成，会得出同样的道理，即中国西部电影之所以能够作为一种风格明显的标志性地域电影（类型和文体）生成，取决于作者所处的地域性和由其创作的电影文体

之间的关联。以藏族电影之万玛才旦文体为例。一般而言，学界相信，是藏族独特的地域文化（其与其他民族和中华大民族家庭里所浸淫后生成的特殊性和普遍性兼具的杂糅性）催生了万玛才旦这样的艺术家，以及浓重的个体化 / 集体化风格兼具的文体特征。英年早逝的藏族导演万玛才旦（1969—2023）以充满地域风情和个体诗性凝练的作品——《雪豹》《塔洛》《静静的嘛呢石》《气球》获得了世界性的瞩目。万玛才旦过世后上映的电影《雪豹》，更能代表其叙事风格。它体现了导演的伦理观。

在叙事层面，万玛才旦采用的独特视角，是《雪豹》这部电影呈现文体独特性的关键因素。特别是导演破天荒地采用雪豹的视角，回忆它与牧民之间的一种人兽共有的心灵默契，展示了一种人与万物平等的自然主义理念，成为这部电影最为迷人的风景。纵观他的所有电影创作，万玛才旦的电影美学与电影的美学属性（诗电影、散文电影、慢电影、极简电影）以及亚洲电影的美学传承之间都有着内在关联。特别是万玛才旦的电影叙事，可以归入一种被标签为“缓慢电影”和“道说”的谱系。前者——缓慢电影作为一种次级类型和风格的定形，是与好莱坞电影的快节奏[①]形成明显差异的电影文体。在亚欧，这种电影的创作者包括贝拉·塔尔、拉夫·迪亚兹、卡洛斯·雷加达斯、蔡明亮、利桑德罗·阿隆索和阿巴斯·基亚罗斯塔米等。万玛才旦的电影（《雪豹》《塔洛》《静静的嘛呢石》《气球》），均可归入这种缓慢电影的谱系中。后者——“道说”，则可以将万玛才旦的电影文体诗学归入更为辽阔的关于人类需要静穆地、屏息聆听的宗教诗学和大地诗学。在这个谱系里，还有塔可夫斯基、安哲罗普洛斯等导演。

客观而言，万玛才旦导演的电影文体，是地域性、神话性和叙事性的混合体。

---

① ［美］大卫·波德维尔：《好莱坞的叙事方法》，白可译，南京：南京大学出版社 2009 年版。

二、观众的因素

（一）以观众感知事物的方式划分文体

法国著名哲学家梅洛－庞蒂早期的重要著作——《知觉现象学》，以知觉为出发点，以身体主体为核心，从自我的时间性存在、领会他者存在的过程、他者意识的可能性和途径、自我与他者的关系等方面深入探讨了现象学关注的基本问题，极大地推进了胡塞尔开创的现象学运动。[①]美国哲学家卡尔·普兰丁格（Carl Plantinga）深入观众研究，以“认知—知觉”理论的建构思路与途径为述评对象，考察电影情感理论如何由最初专注于意识层面的文本、语境因素，发展为“电影激发观众情感”的意识与无意识相结合的研究层面。在《感动观众——美国电影和观影经验》一书中，普兰丁格将梅洛－庞蒂的知觉理论，改装成他新颖的“认知—知觉”理论，分析了七种类型的电影观众情感。在这些观众的情感模式（情动模式）里，一些生成于意识层面，一些生成于自动性、无意识层面。普兰丁格这么做，等于也将在观影过程中观众的情感运作的联觉轨迹与观众激发模式等传统的电影理论，或者传统的电影接受理论所忽视的地方予以强调，从而使得观众的情感在当代电影的文体生成中，起到了重要作用。

换言之，观众正在成为电影文体生成的重要因素（或者真正的创造者）。

电影媒介的特征与童庆炳在研究文学文体和文化诗学中的研究对象不同，由此产生的文体认知差异也比较大。文学文体——在作者和读者关系上，呈现固定性，而电影文体随着电影本体的不断位移、不断有新的电影

① ［法］莫里斯·梅洛－庞蒂：《知觉现象学》，姜志辉译，北京：商务印书馆2001年版。

生产方式被发明出来（诸如沉浸电影、互动电影和桌面电影）。而电影文体的生成要素——作者和观众之间的关系，也随之浮动。电影文体时刻生成新的观演关系。

在这种浮动的关系中，生成了以下新的电影文体。

1. 现实主义向度的电影

这种电影产生的文体有地理电影、城镇电影等。例如王小帅的《青红》（2005）和《地久天长》（2019）、贾樟柯的《世界》（2004）和《三峡好人》（2006）、毕赣的《路边野餐》（2015）和《地球最后的夜晚》（2018）均归入特定地理电影（贵州电影，或者西部城镇电影）。又如归乡电影。在这些电影的表现模式中，主题往往被设定为乡土精神的回归。这些电影往往突出自然和乡土的美好，或者突出一方水土养育一方人的故乡意识。在归乡（《租期》）、童年或少年回忆（《天堂电影院》）、一个人的归途、英雄末路（虎落平阳、落叶归根）等叙事模式上呈现这一主题。在情节结构上，古希腊的《荷马史诗》（《伊利亚特》和《奥德赛》）的情节也与之对应。

2. 感官现实主义向度的电影

前文所提到的被西方人命名的电影文体——心流电影，即属于这一向度内孕育、生成的电影文体。所谓“感官现实主义电影”，即通过一种视觉和文本模糊的基调，使观众能够探索影像中内蕴的所有感官体验的电影，也称为“心流电影”。

3. 神性凝视体

所谓神性凝视体，它的感知程式是：固定镜头—凝视—神性—悲悯，这类电影为亚洲导演所青睐。中国导演往往借助这种表达接通中华传统文化与现代化环境之间的哲学思辨。在杨德昌的《一一》（2000）中，组成叙事有效性的不是一个事件，而是一系列剧情（生活横剖面）。与洪常秀一样，杨德昌也基本采用固定镜头拍摄。它们给电影制造了这样一种意义：只有通览“凝视”，才能解构意义。而凝视者由非角色担任。因此，除了上帝，很少有符合这个视角设定的“角色”之现实人物形象。

另外一个非常出色的神性凝视体电影，是小津安二郎的《东京物语》。该电影的镜头，以平行于日式榻榻米室内居住形态的家具陈设为特色（往往只有 1 米高，与人的跪坐姿态的眼神部位刚好处在同一水平线上），而由于空间逼仄导致的 180 度跳轴剪辑，也成为其蒙太奇风格。除此之外，小津安二郎还有一种把不同质地的镜头一同纳入段落场景的技法。德勒兹和吉田喜重（小津安二郎的同道和研究者）均将这种技法称为小津安二郎式的“神性凝视”“反电影”之法。

4. 极简电影

对应文学概念“极简文学”，在电影的语汇表达上，也有着一种精简和洗练的风格，学界一般称之为极简电影。欧洲的罗伊·安德森、亚洲的贾樟柯、蔡明亮、洪常秀的一些电影，可以归入这个文体。在极简电影中，其文体特征，有可能被观众感知为一种“技法”（譬如观众感受到一动不动的长镜头，长时间对准一个不动的物体，或者缓缓移动的物体，其观感类同“凝视”“记录时间本身”）。也有可能感知为一种极度个性化的体验（譬如观众有可能在看来平淡的影像和构图中，感知到时间膨胀；或者在场景的极度乏味中，感知到这是一种生活极度贫乏的隐喻和直喻）。这类电影文体往往在碎片化的场景展现中故意保留信息的敞开性，以突出电影技法上的“零度”。譬如，在韩国导演洪常秀的一些电影中，观众能捕获到极简的两种意蕴。第一种意蕴，是关系的极简。在《塔楼上》这部电影中，人物关系简单，充斥其间的几乎都是对话（少部分被音乐譬如吉他弹奏所替代）。通过这种故意为之的对话时间的膨胀（过剩和堆积）化处理，让话语成为被审视之物。话语成为主要的内容和媒介，也跨越了内容和媒介之间的界限（正如麦克卢汉的名言所喻示的那样）。同样，使无意义的对话成为电影的“主角”，也等于上演了一场关于“什么才是电影？”的元电影之讨论。本质上，这种极简主义和无厘头一样，是后现代主义平面化之后的产物。第二种意蕴，是抽取了逻辑和故事线。这种极简之法，是通过颠覆和修正线性时间，让观众感知“因果关系”的丧失，从而重新调整感知每一个被打乱的时间认知——这种技法和场景（时空）设置来达到的。在《自由之丘》中，场景板块的错乱编排，使得电影的意义表达产生了新的向度，时间凸显为主要的因素。我们可以称之为“表现时间本身的极简电影体”。

（二）以观众观看的物质性媒介划分文体——以沉浸电影和移情电影为例

除了以观众感知事物的方式划分的文体，还存在一种以观众观看的物质性媒介划分文体，沉浸电影体就是这种新颖的电影文体。

1. 沉浸电影体

沉浸电影体是指观众在观影过程中，身体完全被浸没的电影观赏对象。观众感知——沉浸感作为 VR 电影的重要特征，是 VR 电影赖以生存和发展的基础。VR 电影的沉浸与交互，赋予观众完全不同于传统电影的审美空间。但沉浸产生的物质性媒介——设备、技术和场所，是这种电影文体被命名的重要“母法”。在沉浸电影的观影过程中，沉浸电影的元素素材，通过 VR 设备得以生成一种互动的“介质”。于是，“沉浸阈”就成为衡量该沉浸电影在观众浸没的程度上达到何种境界、何种叙事媒介的一种标准。

沉浸电影尚在开发和生成阶段，对于其伦理和叙事纵深的讨论和争鸣，也成为传统电影认知和新颖电影认知的分界线。消极主义学者认为沉浸电影只是一种张扬观演关系的新颖电影的一种艺术层面上的想象，而不是真正的电影文体（实体）。相反，乐观主义学者基于 VR 电影的创作与接受，提出沉浸的发展未来可期。他们通常将“沉浸阈”的概念，作为衡量 VR 电影空间维度的级别，以及检验 VR 电影艺术质量的圭臬；也有学者从艺术本质及美学角度，概括和分析 VR 电影沉浸阈的特点与层次；更有学者从沉浸电影的发展历程中，预见 VR 沉浸阈模型在现阶段属于“网状”“絮状”，并向成熟期的“氧状”发展。当未来“氧状”沉浸阈普及之时，可能产生虚实边界混淆、观者身份不明等问题，对此需从创作角度进行考量与规避。[①]

更多的学者只是将沉浸电影理解为观众参与度高的电影的别称。沉浸在此种语境中只是一种“新审美经验生成”的隐喻。中国新主流电影所提供的审美经验并非对艺术风格和类型样式的简单混搭或者杂糅，而是倡导在电影创作中利用电影技术所营造的视听奇观“闯入”观众的固有经验，突破观众惯常的意识防护机制，从而完成对其心理的巨大冲击；与此同时，这种审美经验还强调通过超现实感官体验和情感契合令观众在观影过程中进入深陷其中的心理状态。前者带给观众的是“震惊”，而后者则是“沉浸”。[②]

2. 移情电影

移情电影是指按照弗洛伊德对人类精神世界的深度剖析，对于他者由观看到投射自身情感——产生共鸣的一种情感现象。这种机制使得观众无论在观看戏剧还是电影作品的时候，总能通过沉浸、感染之法，将角色的情感和观众的情感对接，从而更好地理解剧情。在多元文化融合的趋势下，还能产生跨文化个体之间的文化移情现象。尤其在一种文化语境的人赏析外国文化语境下的影视作品时，这种移情更是常见。一般来讲，遵循适当原则的文化移情既是必要的，也是可行的，它有助于观众克服文化定势，更好地了解影片背后的文化内涵、伦理道德和民族精神，以引起情感上的共鸣。无独有偶，美国电影批评家和跨媒体艺术家乔恩·布尔斯廷这样解释观影中的移情现象——乃是“以心观看”之结果。移情融合了渴望被认

① 王楠，廖祥忠：《建构全新审美空间——VR 电影的沉浸阈分析》，《当代电影》2017 年第 12 期，第 117-123 页。

② 陆晓芳：《“震惊”与“沉浸”——中国新主流电影的复合审美经验》，《文艺理论研究》2021 年第 41 卷第 4 期，第 168-177 页。

真对待的严肃向度和渴望取悦别人、让情感有价值的向度，从而将我们的心灵放入演员的身体：我们感受演员之所感，但我们为自己判断。与窥视欲望相比，移情欲望更为感人。

移情体验不是受制于逻辑之链条，而是受制于情感真相的纽带。在电影中，被唤起的强烈情感与移情作用的单向度的结合，创造出一种怪异的、有时极不稳定的混合。[①] 因此，它更适合当代中国人的艺术接受实践。譬如，美国电影《雨人》（1988）不以情节或者动作场面见长，而是建立在它的两个主角的内心生活上。频频出现的（导演设置的）双人镜头，让观众很容易对这两兄弟移情，从接受、认同到完全（角色和观者身体感受的同一）感同身受。

第四节　电影文体生成的伦理性

一、中国剧情电影中的情感结构

电影文体生成既与客观的时代语境有关，也与一个民族的有意识和无意识相关。伦理和道德意识，便是处于集体有意识和无意识之间的一种“中间物”。有时候，它显现为一种实体；有时候，它又隐身为一种抽象的存在。譬如，在中国家庭叙事中，存在着三种情感结构——这种情感结构时隐时现，就属于一种“中间物”。由于社会和美学的双重影响，中国家庭叙事没有形成美国好莱坞式的“家庭情节剧”的叙事范式。前文已述，中国涉及家庭题材的电影，是以中国伦理情节剧、个体悲剧和家庭离散剧

① ［美］乔恩·布尔斯廷：《好莱坞之眼——像电影人一样思考》，宋嘉伟译，北京：北京联合出版公司 2018 年版，第 80 页。

这三种次级类型来呈现的，中国家庭题材有三个不可或缺的要素，那就是伦理、道德和情感。前两者是电影作者具有的一种集体无意识的“家 / 国一体”的思想体现，而后者则是中国电影人共同具备的叙事准则。这种格局，也催生了三种极为典型的、符合中国人“情感真实地理”的情感结构。

（一）回归传统文化（寻根式）的归宿型情感结构

20 世纪初的中国并没有在电影传入之初就发明一种以叙述家庭故事的特定类型，而是以糅合了新旧文化元素，对“富含家庭和社会伦理场景的故事”加以发挥，逐渐形成了“以伦理剧的形式叙述个体的不堪命运——他的一切与国家的命运休戚相关的情感故事”之模式。说它传统，不仅因为儒家文化中的家庭观念，一直蕴含在这些伦理剧的叙事中，还因为，在中国人的文化语境中，家庭不仅是社会最小的组织单位，也是家庭成员生活的最初环境，家庭关系对人的精神成长有着直接、广泛的联系，以及不断延伸的意义，同时，家庭环境也是民族性格和民族心理形成的最原始的土壤。家庭成员的价值观念、思维方式、生活方式、情感结构等个性与国家性格息息相关。说它“新”，是“舶来品”“拿来主义”，则是因为其借鉴了新的文化元素，机智地利用了剧情电影，来敏锐地表达中国人在时代的风口浪尖所遭遇的“现代性”（家庭的瓦解、空间的转换、父权的衰落、流动性的增加以及传统家国伦理的崩溃），从而也塑造了这类电影中的集体主人公——带有归宿型情感结构的人物。毋庸置疑，这就是在社会转型中大多数中国人的情感认同。

早期建立这种模式的导演包括第一代电影导演郑正秋、蔡楚生、费穆。第三代导演谢晋延续了这种中国伦理情节剧的传统。代表作品包括张石川、郑正秋的《难夫难妻》（*Die for Marriage*，1913），张石川的《孤儿救祖记》（*An Orphan Rescues His Grandpa*，1923），张石川、徐琥的《玉梨魂》（*The*

Death of Yuli，1924)，郑正秋的《姊妹花》(*Twin Sisters*，1934)，袁牧之的《马路天使》(*Angels on the Road*，1937)、蔡楚生的《新女性》(*New Women*，1935)，费穆的《小城之春》(*Spring in a Small Town*，1948)，谢晋的《天云山传奇》(*Legend of Tianyun Monutain*，1981)、《牧马人》(*The Herdsman*，1982)、《芙蓉镇》(*Hibiscus Town*，1987)。他们都擅长用情感打动观众、感召观众，主要借助于爱情、婚姻、家庭等题材，从伦理道德角度切入来表现他们对社会、人生的见解，来展示中国政治历史的风貌。儒家伦理本体文化观念形成了中国伦理情节剧电影这一主体类型的叙事中心。他们不仅以家庭伦理作为“叙事焦点”，还使家庭命运成为与国家命运相互指涉的表意载体、家庭形象成为象征社会形态的重要视听元素和映现历史风景的一面镜子，并且使家庭空间成为他们影片中具有独特意义的“叙事空间”。①

可以看出，家庭情节剧(family melodrama)这一来自西方的电影理论所规约的类型——以情节驱动为主要叙事程式的电影类型——并没有成为中国电影人的商业类型实践。相反，中国第一代至第二代、第三代电影人(以郑正秋、蔡楚生和谢晋为代表)是在感应到中国传统文化的核心蕴含于血缘和伦理之中，即“家文化”——而直觉选择用一种家庭题材来进行他们喜爱的剧情电影尝试的。对于中国人而言，家不仅仅是社会层面上的构成社会的最基本结构，更是对于自身具有安身立命重大意义的存在。从接受的角度来讲，中国式的伦理情节剧(包含着家庭故事)能感动观众，也是符合儒家的孝道、义道的。

同样，侯孝贤作品《冬冬的假期》(*A Summer at Grandpa's*，1984)、《童年往事》(*The Time to Live and the Time to Die*，1985)、《恋恋风尘》(*Dust in the Wind*，1986)也是通过对故乡的眷恋之描绘，以及对大都

① 何春耕:《中西情节剧电影艺术比较研究》，长沙：湖南大学出版社2008年版，第66页。

市的现代化图像的批评性呈现，成为一种带有强烈的回归故乡、寻找文化之根意味的讴歌故乡剧。称侯孝贤的早期电影为“故乡眷恋体”具有合法性。

哪怕是经历了改革开放时代，中国家庭故事叙事的主流从顺从文化，过渡到批判现代性文化，但是以感召、情感的方式讲述家庭故事的导演依然是主流。20 世纪 90 年代之后，在中国出现了大量反顾传统、寻求中国人文化归宿的导演群。商业社会的一部分经验，对于绝大多数“寻求一种生存之道”的中国人而言，并非一贴万能膏药。特别是当金钱的力量变得越来越大的时候，社会关怀缺失、社会贫富不均、人际冷漠、隔膜乃至仇恨等“都市病”也开始蔓延。人与人之间难以沟通的现象，已经严重侵蚀了人们的正常生活。回归家庭成为一部分失去重心和依靠的中国人的普遍情感体验。①（这种国民普遍性的体验，与美国社会在日益分裂的价值体系里看到价值回归时的体验属于同源性的现象。1994 年，当信奉基督教教义的观众在影院里看到《阿甘正传》时，大家相拥而泣。这种集体归属感、共同体的体现，正是美国基督教文化语境下的保守主义时代回归的象征。人们重新看到了这种与古代浪漫主义、传奇剧、道德剧相似的古老体裁所蕴含的戏剧性叙事魅力）。

大致而言，当中国人对伦理方向感迷惘的时候，传统的道德就会复苏。正是因为这种现代性催生的情感迷惘，中国的剧情电影导演才开始坚信，需要维持一种“可见的传统”。20 世纪 90 年代之后的中国伦理剧情电影基本承载了郑正秋、蔡楚生和谢晋的叙事传统，将“文以载道”（内蕴“教化功能”），以及把戏剧性情节用视觉化形式予以转喻的中国式“神话”模式（家庭情节剧的叙事模式）融入其中，而这种叙事模式在一定程度上仍受到

---

① 储双月：《中国当代家庭伦理电影探析》，《福建艺术》2005 年第 6 期，第 31-33 页。

大众文化和父权社会的影响[①]。《洗澡》(1999)、《又见奈良》(2020)等宣扬亲情的家庭情节剧，均是第一种情感结构的反复再现。

(二)反思型或者批评现代性的情感结构

同时，哪怕是在传统儒家伦理占据主流叙事形态的今天，除了归宿型情感结构，自20世纪80年代肇始的现代性社会和美学启蒙，给中国家庭故事和一部分文艺片叙事，带去了新鲜的东西。中国家庭情节剧开始有了第二种情感结构，即反思现代性的批判型情感结构模式。

与社会转型的步伐一致，一直被奉为圭臬的儒家伦理(以及它所宣扬的文学之“教化功能”)，到了20世纪80年代，即在民俗电影开始走红，第五代导演崛起的年代中，开始有了被审视的空间，家庭伦理情节剧和涉及家庭情节描绘的文艺片有了现代性的(反思及颠覆)内涵。以张艺谋、陈凯歌为代表的第五代导演则利用从法国、日本和美国电影中获得的现代性的表达手段和经验，将本土化、民俗传统等元素糅合，建立起一种新的伦理剧样式。从这个角度来讲，张艺谋的《红高粱》《菊豆》《活着》《大红灯笼高高挂》等是颠覆传统的“家文化”伦理观的代表作(在张艺谋的《菊豆》中，家就是男权主义兴盛、压迫女性的地方，或者是向海外观众展示的“铁屋子”[②])。

但是，以张艺谋作品为代表的民俗(伦理)电影，也遭到了国际学术界的普遍质疑，其中比较有代表性的观点认为，张艺谋的《红高粱》《菊豆》讲述的故事是发生在旧社会的，因此颠覆“家文化”的内涵，与新社会提倡的新的“家文化”并没有本质性的矛盾。在逻辑上，两者似乎产

① 杨远婴：《家之寓言——中美日家庭情节剧研究》，北京：东方出版社2015年版，第367页。

② 杨远婴：《家之寓言——中美日家庭情节剧研究》，北京：东方出版社2015年版，第367页。

生负负得正的情感和理念的接受效果。张艺谋的《活着》也一样，有学者深刻地指出："张艺谋顺从的似乎不只是过去的保守力量，还有当下政权。《活着》看似是讲述革命的政治压抑与迫害，（但是）我们到处能找到顺从、遵循和共谋的做法……（而且）这些做法被提升成了中国人民的真正'美德'。"①

从电影美学的角度来看，20世纪90年代的中国的剧情电影，继承了中国古代传奇故事和现代电影的好莱坞经验，是一种"具有杂糅的电影语法和技法的电影"。与第四代导演谢飞的《本命年》（*Black Snow*，1990）、《香魂女》（*Woman Sesame Oil Maker*，1993）中尖锐和敏感地介入社会批评的姿态不一样，第五代导演的集体作者符号之一，是他们能够"左右逢源"（批评社会又歌颂传统文化），协调国际化和本土化之间的不平衡，从而使得西方和东方的观众都能在这样的混杂文本中找到自身价值的参照或者定位。当国门打开，吸收了西方电影和日韩电影的叙事策略和语言技法之后，第五代导演的电影语言更驳杂。张艺谋就采用了"土洋结合"、一种与日韩剧情电影导演类似的——既利用剧情电影的传奇故事、具有吸引人的魅力特征的体裁优势，又能规避与剧情电影"与生俱来"的缺陷之策略。比如，挪用"与社会脱节"的虚构性、程式性以及棚拍带来的场景虚假、故事的类型化、人物的脸谱化等语言，创造出一种新的承载现代化经验的电影语言、为都市人欣赏的电影样式。张艺谋正是这种"左右逢源"的电影作者。

到了20世纪末，随着全球化时代的到来，金钱开始在家庭生活中扮演重要的角色，流动中的家庭和离散的家庭图像开始大规模地出现在中国剧情电影的叙事系统里，这种电影主题，往往强化了"反思型"的"情感结构"。

---

① ［美］张英进：《影像中国——当代中国电影的批评重构及跨国想象》，胡静译，上海：上海三联书店2008年版，第261页。

这种反思型或者批判现代性的情感结构，催生了中国大陆的第六代电影导演群和中国台湾的批评现实主义（思考现代性的）导演群。王小帅、路学长、管虎以及杨德昌、蔡明亮等脱颖而出，给中国电影（一部分家庭情节剧）带来了新颖的叙事形式。比如王竞的《万箭穿心》（*Feng Shui*，2012）、杨德昌的《一一》（2000）等。第六代导演的整体文体风格具有“反思体”的特征。

（三）杂糅性、跨文化、现象学的情感结构

这种情感结构内蕴着“现代性”本身所具有的矛盾和对立，它既有对现代化延续的激情，以及对外界探索的欲望、对社会正义的追求，也包含反身窥探自我，以及寻求文化归属感的需求。

如果探究其来源，这种既不属于归宿型情感结构，也不属于反思型情感结构——显得有点独特的情感结构，是在特定的跨文化语境中催生出来的。20 世纪后期至 21 世纪，华语电影界李安、许鞍华、彭浩翔、魏德胜等导演组成了一个区别于中国大陆家庭故事叙事伦理的群体。作为跨国华语电影的杰出代表[①]，李安在叙事中杂糅了全球化时代的“种族”“跨文化”“跨国”等元素（如“父亲三部曲”——《推手》《喜宴》《饮食男女》），但其叙事核心依然是从碰撞中坚守传统，在多元文化的比较中凸显中国人传统的伦理情怀。这种情怀与中国大陆在同一时期的国民情感结构有着差异性。与李安有着相同中华情感结构传承性（却又包含着一些新的不属于中华传统文化的东西）的导演是许鞍华，其作品《女人，四十》（*Summer Snow*，1995）、《男人四十》（*July Rhapsody*，2002）、《天水围的日与夜》（*The Way We Are*，2008）摒弃了非此即彼式的道德判断，用类似现象学的电影眼光去表现社会伦理。同样的姿态，还可以在顾长卫的《孔雀》

① 向宇：《跨界的艺术——论李安电影》，北京：中国社会科学出版社 2014 年版，第 5 页。

（*Peacock*，2005）、《立春》（*And the Spring Comes*，2007），王小帅的《十七岁的单车》（*Beijing Bicycle*，2001）、《青红》、《左右》（*In Love We Trust*，2007）中看到，这些作品可谓延续了在《小城之春》之后被切断的“无明确的政治意图”的伦理电影谱系和中国的文化版图，表达了一种非常宽容的、善解人意的、杂糅理性和情感的处世之道和对生命理解方式的哲学观。

在生动再现和演绎香港“现代性和本土性杂糅”之特性上做得十分出色的导演是彭浩翔，其《志明与春娇》（*Love in a Puff*，2010）、《春娇与志明》（*Love in the Buff*，2012）、《春娇救志明》（*Love off the Cuff*，2017）将进入婚姻之前的“正题预写”故事，用不同语言（香港方言、普通话、英语）的混杂性和中国的不同场景（分别在香港、北京和台北）展开，具有一种拓展剧情电影视觉语言的独特性。这种带有跨文化元素的剧情电影还包括：夏钢的《大撒把》（*After Separation*，1992）、胡雪杨的《留守女士》（*The Lady Left Behind*，1993）、黄进的《一念无明》（*Mad World*，2016）、陈小娟的《沦落人》（*Still Human*，2018）、麦曦茵的《花椒之味》（*Fagara*，2019）、王子逸的《别告诉她》（*The Farewell*，2019）等。

但无论是哪一种情感结构，它们都是由中国人一脉相承的身体和社会、媒介之间互动而自然形成的一种价值观的观照。无论是前卫的蔡明亮还是传统的侯孝贤，以及跨文化的李安，在他们的电影中，观众均不难发现一种延续性——由于中国社会传统文化和现代化进程的特殊性，中国人的情感结构与中国传统社会儒家熏陶的家庭伦理核心联系密切，无论是家庭情节剧电影诞生之初的20世纪20年代的中国，还是21世纪的中国，这种纽带成为塑造中国式家庭情节剧的伦理依据。

可以看出，21世纪的中国伦理情节剧或者文艺片，主流依然延续着“微言大义”的“家/国文化”的主线，但有了更多的类型分岔和次级类型形态，比如贾樟柯、杨德昌、蔡明亮电影中隐含的现代性批评，以及侯孝贤、许鞍华电影中对传统的眷恋。这些电影要么依然沿用剧情电影惯常的一波三折的故事情节（汲取了剧情电影的三幕剧戏剧传统和古代传奇等体裁文学的营养），而植入中国电影人自觉性形成的伦理情节剧的叙事程式，比如反剧情电影的程式，以情感人，普遍反映家国情怀（贾樟柯的《三峡好人》、杨德昌的《一一》莫不如此）；要么从西方情节剧和中国古代的传奇剧、绿林好汉剧中汲取营养（如《山河故人》）；要么从法国新浪潮和其他现代性语言中寻找伦理和剧情电影表现的新路径（《三峡好人》《世界》《二十四城记》）。但纵观从贾樟柯、杨德昌电影到张艾嘉电影（如《相爱相亲》），其中蕴含的主题意识依然是偏重传统的。中肯一点，虽然电影的类型演化有了新的样貌，但其叙事内涵则大多数延续了传统，说其是中外文化（横向）交流和艺术内部的叙事性 / 现实主义特征所赋予的纵向交流的结果也不为过。侠客体的变体：主人公都是现代社会中遵循传统美德的人，同时面临着诸多的来自四面八方的威胁，因此他们的行为带上了“绿林好汉传人”的意蕴。

二、日本家庭情节剧的庶民剧文体凸显

日本家庭题材电影中的不同叙事和文体特征见表 2-1。

表 2-1 日本家庭题材电影中的不同叙事和文体特征

年份	电影 / 导演	剧情主线	运动的逆向和正向	结尾模式 / 文体
1991	《儿子》/ 山田洋次	父子关系，从对小儿子的疏远，到慢慢融洽，同时转变自己的人生态度	正向：从暗到明，爱会照亮彼此	大团圆庶民剧
1995	《午后的遗书》/ 新藤兼人	追踪一个遗言的秘密	从寻找某个事物，到找到生命感悟	大团圆 / 诗性
1996	《谈谈情跳跳舞》/ 周防正行	寻找生活的意义	从寻求外部的浪漫，到寻求家庭内部的慰藉	大团圆 / 诗性和世俗的混合物、庶民剧

续表

年份	电影/导演	剧情主线	运动的逆向和正向	结尾模式/文体
1997	《鳗鱼》/今村昌平	回归社会的艰辛	双重障碍都解决	大团圆/诗性
1997	《失乐园》/森田芳光	圆满—破裂—悲剧	失去型（悲剧性）	非大团圆/悲情（物哀美学）
1998	《花火》/北野武	一次反英雄的行为	有失有得，悲情而终	非大团圆/悲情（物哀美学）
1999	《啊，春天》/相米慎二	突然出现的“父亲”	得而复失（悲喜交加）	非大团圆/庶民剧
2002	《玩偶》/北野武	几个板块叙事。形成不同人物命运之间参差错落的效果。其中一对恋人经历了从情感破裂到试图弥合但失败的过程，最终以悲剧收场	有得有失。其中，有失去型（悲剧性）的故事	非大团圆/悲情（物哀美学）
2004	《无人知晓》/是枝裕和	遗弃的孩子的生活散记	失去型（悲剧性）	非大团圆/悲情（物哀美学）
2006	《摇摆》/西川美和	情感的复杂性	死亡事件引起的“真相”探索	非大团圆
2007	《悲伤假期》/青山真治	复仇	骨肉相残	非大团圆
2008	《入殓师》/泷田洋二郎	两条线索相互穿插	失而复得 + 弥补型（宽容）	大团圆/史诗
2009	《维荣的妻子：樱桃与蒲公英》/根岸吉太郎	抛弃，人性的复杂	从嫌弃妻子到嫉妒妻子	非大团圆
2012	《家族的国度》/梁英姬	家/国关系	得而复失型（悲剧性）	非大团圆
2013	《去见小洋葱的母亲》/森崎东	虽然团圆，但结尾非常复杂	混沌型（未解决）	非大团圆/庶民剧

续表

年份	电影/导演	剧情主线	运动的逆向和正向	结尾模式/文体
2014	《小小的家》/山田洋次	怀念和追忆旧宅的爱情故事	失去型（悲剧性）	非大团圆/史诗
2015	《海街日记》/是枝裕和	失去，但最后原谅“罪魁祸首”	弥补型（宽容）	喜忧参半/散文体
2017	《生在幼子》/三岛有纪子	找回失去的父权	历经艰辛得到“爱”	大团圆/剧情
2018	《铃木家的谎言》/野尻克己	平息母亲受伤之心	弥补型（宽容）	喜忧参半/剧情
2018	《小偷家族》/是枝裕和	顽强地生存下去	弥补型（宽容）	喜忧参半/诗性

同时，电影文体的生成总是伴随着伦理性。表 2-1 显示，以庶民剧为特色的日本家庭剧作为日本电影文化的标记，是以人物为叙事核心的电影类型，是脱离了西方家庭情节剧 / 电影的以冲突为核心的日本电影的类型。作为好莱坞类型片的情节剧，通常以耸人听闻、情感强烈、行为夸张、暴力、情绪过度、道德分化、野蛮行为的最终消除、善的胜利等为特征，但日本家庭片在具备类型特征的同时，还包含与其他类型的混合与重叠，和对日本民族主体性的探讨。①

三、电影文体背后的伦理立场

同样的剧情电影，在中国 20 世纪 30 年代以伦理情节剧的形式（且带着牺牲的仪式）出现，在日本当代，则以庶民剧为特色的日本家庭剧的形

① 徐小棠：《从反叛到和解——21 世纪初日本家庭片的创伤叙事研究》，《当代电影》2018 年第 11 期，第 111-116 页。

式出现。这种剧情设置，也与中国伦理电影总是强调家国命运的纠葛不同。在中国，一般认为，对于那些反映家庭琐事、个体和家庭、社会矛盾的电影，业界和学者普遍地将其归类为中国伦理情节剧（ethic melodrama）[①] 和文艺片，而不是"家庭情节剧"这一类型。在中国语境里，"伦理情节剧"和"文艺片"是两个重要的电影类型概念。前者是表现濒临"国破山河""家国沦亡"时期的悲情影戏。它融合了西方的情节剧因素，吸纳了中国传统的传奇、文明戏等体裁的叙事传统，并蕴含着"家/国同构"的儒家伦理内核，后者则侧重于描述个体的遭遇、成长和见闻，虽涉及家庭，但并不聚焦家庭。

在笔者提倡的"文的气质"（电影叙事和伦理挂钩）的批判观念里，一部优秀的电影，是让观众改变的电影。当你走出电影院，一种新的伦理意识产生了——换言之，一部电影改写了你的伦理基因，改写了你的意识形态。《小城之春》就属于这样的气质。它与民族性的审美相贯通，又用影像（海德格尔说的静默）替代叙述、替代各种画外音式的观念表述。因此，它也是一部巴赞意义上的"透明电影"。它的美德，就是自己不发声，而在影像和声音背后，让一种经久不息的美学传统显形，让一种合理的（生活高于一切的）伦理观得到呈现。

因而，同样道理——中国电影文体建构（包括文体理论体系之建构），也突出建构一种迥异于西方的——以中国人为主体的话语和伦理体系。

（一）图像电影和伦理

案例：塔可夫斯基的《潜行者》(1979)、《乡愁》(1983)

这两部电影用影像记录了俄罗斯灵魂中的漂泊意识，以及在异乡"无所事事"的"事实"，实际上已然触摸了东方的心灵。譬如，塔可夫斯基电影《潜行者》的语义场是开放的。

---

① 与西方的 melodrama 由两个元素组成不同，中国的伦理情节剧由三个元素组成，更显其文化传承的杂糅性。

英国作家杰夫·戴尔所著的《潜行者：关于电影的终极之旅》就用几个层面的语义场，为我们展现了对于这部电影的观看之道。第一个层面是电影《潜行者》的情节：一位训练有素、经验丰富的潜行者，与为寻求灵感的作家和为探明真相的教授试图穿越一片危机重重的地区。传说，在这块二十年前因陨星坠落而荒芜的恐怖地区，有一个名叫“房间”的囚室，它能满足人们潜意识里最深层的意愿和欲望。第二个层面是杰夫·戴尔率领我们仔细观看电影的过程——意谓观众在阐述电影中具有主动权。除了杰夫·戴尔所说的两层观看之法，笔者认为，对于塔可夫斯基的这部电影，至少还可以有图像的观看之法和东方道家的观看之法。

先来说图像观看（或者图像阐释）之法。20世纪后半叶，在语言学转向和图像转向的文艺学风向标带动下，图像理论萌生。图像理论作为替代西方逻各斯的艺术阐释体制存在之物，处在范式（paradigm）和反常（anomaly）之间。也就是说，图像作为其他事物（包括具象化本身）的一种模型或比喻、作为一个悬而未决的问题，甚至作为它自身的“科学”的对象而出现。这种对象就是图像学。[①]或者，我们可以这样理解图像学，无论图像的转向是什么，我们应该清楚的是，它并不是向天真的模仿论、复制或对应的再现理论的回归，也不是向图像的在场这个新的形而上学的回归，它更应该被说成是对图像的后语言学、后符号学式的再发现，它将图像看作视觉性、机器、制度、话语、身体和比喻之间复杂的相互作用。[②]在图2-7中，导演给我们呈现的一个充满了阐释困境的单幅图像场景（以及在图像和图像之间、场景和场景之间连贯、并置和呈现的意义），就具有一种超乎西方逻各斯的哲学和文艺观，继而进行重构的必要。观众应该心知

① ［美］W.J.T. 米切尔：《图像理论》，兰丽英译，重庆：重庆大学出版社2021年版，第6页。

② ［美］W.J.T. 米切尔：《图像理论》，兰丽英译，重庆：重庆大学出版社2021年版，第8页。

肚明，我们不仅仅是在重蹈覆辙现代派艺术的象征性和隐喻性，而且是在观看前所未有的“场景—意义”这样的体制。换言之，塔可夫斯基电影中出现的这些高密度的影像（潮湿的、神圣的、遥远的、故园和异域的），给我们呈现了一个反思我们家园、传统思想和情感价值的载体和媒介。这种图像的意义就在这个深奥的领域里。

再来说东方道家的观看之法。这是中国人可以具有的观看和阐释之道，来自中国哲学阐释的丰富性和多元性，为图像学的中国学派、中国语言阐释打开了空间。正如著名汉学家卫礼贤对“道”的五种译法，分别指向“道路”“方向 / 逻各斯”“天之轨迹”“Tao”“（由于前四种意义多元而采取的）混用”[①]。可见，对中国古代“道”之诗学价值的发扬，完全可以与图像理论接轨。在“道”的指引下，中国美学的诗性传统不仅不可放弃，而且应该张扬。沿用中国古代哲学家在构建“道”上的智慧，如今我们阐释世界图像、艺术图像、电影声画空间方面的潜力，可以完全在“中国人观影应该立足在中国人为主体的伦理观”这种观念主导下，生发出观看和阐释艺术作品方式和路径的多样性。

图 2-7　塔可夫斯基电影中的语义场：带有颓废之美和东方禅意之意味

---

① 大卫·巴拓识：《卫礼贤与“道”——〈中国哲学导论〉中“道”的一词多译之探究》，彭蓓译，《国外社会科学》2022 年第 6 期，第 180-188+201 页。

（二）极简电影和伦理

案例：贾樟柯的《小武》(1998)

该电影以一种鲜有的叙事视角，给予偷窃者——原本不能登上银幕大雅之堂的人物——小武的身体和情感予以细腻的呈现和放大。与1960年的戈达尔用不规则的跳接完成了一部挑战世俗法则的《筋疲力尽》之做法相似，贾樟柯这部电影也以独特的叙事和表现手法，展现出对特定社会现象和人物命运的关注。

从电影叙事的范畴来理解，《小武》无疑是一部极简电影（文体），具有亚洲极简电影的叙事简洁性和张力。而且，《小武》之所以被电影学界重点评论，乃是因为其在1998年——中国电影叙事和文体建构尚在一个离多样化有着不小距离的阶段——率先制作出了有着世界意义的“极简电影”。换言之，极简是作为文体要素来凸显的，它在于建构一种区别于好莱坞商业电影文体的新颖亚洲电影文体。一般的好莱坞电影，每部电影的镜头个数达到1000—3000个（以每3秒一个镜头为基数计算），而在一些亚洲导演的电影中，镜头数出奇地少。譬如，杨德昌的《一一》一共才300多个镜头。镜头的时间跨度变成了一般电影中“场”的跨度。镜头作为场景段落——巴赞早在《电影是什么？》中就已经阐明了一种长镜头（借助它的纵深感可以探知现实的深度和厚度）成为一个电影段落的电影风格，巴赞称其为镜头段落。而在21世纪出现的镜头拓展为“场景”的电影实践中，电影创作者对于场景的观看之强调，与巴赞时代所言的“长镜头段落”有着明显差异。巴赞言的长镜头段落，是类似《偷自行车的人》(1948）中的那种体现动作的延续性、是摄像机随着人物行走的一种跟踪和漂移的叙事单位。而21世纪越来越成为自觉的镜头段落，则是固定镜头拍摄的，甚至是模拟剧场观演效果拍摄的一种“场景段落”或者“场景诗”。一般而言，好莱坞电影的商业秘诀，除了故事的精彩和扮演、场景、美术等技术的成熟，还在于银幕上展现的——动作和运动成为能够营造商业电影的奇观效应的核心元素。比起长镜头展现的某个单一动作的连贯性，由一系列动作的快速（等于信息量的累加）展现也成为新的电影法则。

在伦理层面，《小武》用对抗好莱坞之法，等于在为中国电影人应该制作和欣赏何种文体理论进行伦理上——中国电影人应该聚焦中国人的电影主角观（一种以普通人为主体电影，或者一种真正意义上的大众电影）——的操练。

换言之，在亚洲的这一电影体中，不仅人物关系极简、对话的方式极度贫乏，场景本身也极简，甚至到了一种观众要在无中生有的程度。从意识形态上，极简，也是好莱坞丰盈影像的替代。它的意图是这样的：以消解这个时代所提倡的美学（譬如工人阶级美学代表的朴素和丰满、商业美学代表的繁华与故事性等）为诉求，其高度无视社会存在的这种惰性、脱域性质，事实上就是一种赤裸的反对和抵抗。从哲学层面解读，“极简—心流”的感知模式，也改变了我们的认知模式。西方启蒙主义以来主导的笛卡尔式的观演模式（理性和主体性的模式）在这儿被搁置，亚洲人所习惯的感觉的丰盈，在这里被提倡。极简，因此也通向一种对于西方逻各斯的违反和颠覆之内在需求。亚洲式的心流电影接通的是亚洲人的心灵，也是爱好和平、喜欢缓慢的事物、喜欢静物（有时候这种喜好胜过对于动态事物的喜好，譬如悲剧）的东方人的一种真正喜欢体验的东西。从话语的角度来看，亚洲的场景诗电影本质上是为东方人（和一部分愿意用另外一种体验方式来感知电影的西方观众）所做的电影。因为它改变了“电影是为西方人制作观看的娱乐商品”这一固见。因而中国场景诗电影（贾樟柯《三峡好人》）也是一种特色文体电影。

（三）缓慢电影和它的伦理

与极简电影同在一个“观众感知时间”谱系中的缓慢电影，也成为一种风格的定形。缓慢电影对抗了好莱坞电影的快节奏，与之形成明显的差异。而且，这种风格的电影之定形，是世界范围内的现象。在21世纪（全球化时代）的亚欧大陆，出现了以贝拉·塔尔、拉夫·迪亚兹、卡洛斯·雷加达斯、蔡明亮、利桑德罗·阿隆索和阿巴斯·基亚罗斯塔米为代表的缓慢电影。

其实，在亚洲之外——我们将目光扫向全世界，也会有不期而遇的惊喜。在欧洲，以场景诗为代表的导演为罗伊·安德森、贝拉·塔尔、拉夫·迪亚兹、卡洛斯·雷加达斯、利桑德罗·阿隆索和阿巴斯·基亚罗斯塔米。譬如，罗伊·安德森的《寒枝雀静》（2014）通篇才寥寥十来个场景，每个场景基本的镜头格式为：固定镜头，全景正面拍摄，无蒙太奇等剪辑，等于说演员在这个类似戏剧场景的舞台上按照事先设定的调度进行表演，动作连贯。观众的观影体验类似看话剧（而且不是传统的三幕剧和五幕剧，而是当代的多场次话剧），因为场景的设定多于3—5个，而少于一般电影中的“场”（往往每部电影在一百多场），其中间值往往是10—15个场景段落。缓慢电影取剧场之道，而舍弃好莱坞之道，其伦理用意也是明显的，即用缓慢来抵御快速的时代，用不变来应万变。这种电影文体，在亚洲出现得比较多，侧面说明了亚洲道家、儒家、佛教（俗称儒释道）伦理价值对于电影创作的影响。

本章中，笔者从电影文体本体论角度出发，定义何为中国电影文体论。该定义派生了之后的论述——电影文体理论体系的框架（本体论、形态论、生成论和体制论），也为阐述该理论体系中的价值和方法论定了调。这等于也给过去语焉不详的电影文体（它总与风格混淆）“正名”和“赋权。同时，由于该定义对电影文体生成路径的敞开，事实上也等于为本书的价值之实现——旨在一个敞开的语境里思考电影文体生成的多样化形态、路径和母法，同时也是下一章我们讨论的议题——创造了可能。

第三章

电影文体的“母法—形态”论

第一节　电影文体生成的形态

自 2023 年笔者申报教育部重大攻关项目伊始，便开始了建构中国电影文体理论体系的实践。[①] 电影文体理论体系之所以迫在眉睫，原因正是在于我国新时期各种电影文体蓬勃生成，而学界尚缺乏一种对此的系统性研究之事实。在电影工业不断完善乃至中国电影学派迎来“新时代、新力量、新美学”建构的时代，一个伴随的事实是电影文体也随之蓬勃生成，并呈现与电影类型（次级类型或次次级类型）、风格既“共生”又“独立”的特征。

为了深入探讨电影文体的生成规律和符码，笔者在 2024 年发表的论文《中国电影文体论研究的现状、价值和路径》中，阐明了中国电影文体理论体系的结构和内容，它包括本体论、形态论、生成—动力论和创造论。其中，本体论阐述“中国电影文体之概念、发生、形态和趋势”。其主旨在于以文体为中心，树立一种以中国人为主体的电影（生产、传播和消费）理论体系。本体论开宗明义，在电影文体概念、特质、内涵等方面进行系统论述，解决、梳理何为电影文体，何以研究电影文体（特别是中国电影文体）之理路。

在整个电影文体论理论体系的建构中，“母法—形态”论和“生成—动力”论构成主要的内容。“母法—形态”论，解决电影类型、题材这些概念和电影文体概念的差异性问题，它区别于“生成—动力”论。后者聚焦于文体的生成原理。

---

① 笔者的电影文体之思是在 2023 年 8 月向教育部重大攻关项目提交的“中国电影文体理论体系的建构研究”之课题申报中体现出来的。

由于生成为一种“文体”的元素和路径并不单一，研究电影文体凸显的“母法—形态”，辨析其与电影类型、风格、题材与之的共生关系，也因此成为一种义务。

一、中国电影文体的生成“母法”

我们一旦进入中国电影文体理论的语境中，首先就碰到这个问题：何为电影文体凸显的母法？

简言之，它可以理解为“具有电影文体凸显和生成特征的主要技法、风格和意境”，或者，它可以被理解为“是独特的、有别于一般性质归属的母法”。

笔者在建构文体理论体系之绪论和本体论中，重点提出“母法”这个概念，有两个用意。用意之一，即电影文体之概念，其借用文学文体的概念。正如电影语言机制对于文学语言理论的借鉴，电影文体研究也势必与对文学文体概念的借用具有延续性。这种借用也使得在电影文体研究用词和梳理其理论来源时必然客观呈现“文学文体”的理论体系。但同时，正如“电影文体的本体论”阐明的电影文体论必须围绕电影本体展开之观点。① 文学文体的经验和理论最多对电影文体论提供理论可能性。换言之，电影文体研究是围绕电影本体的。除了解决概念问题（主体性），电影文体理论的本体论还解决中国电影文体论的问题意识、整体构建框架、论述脉络和重点所在。这是笔者提出电影文体生成“母法”的另一种用意。

大卫·波德维尔在《电影诗学》中借助分析罗伯特·阿尔特曼的《纳什维尔》（体现导演母法的一部电影），对该影片进行了解读：

---

① 笔者在本体论部分阐明的——虽中国古代诞生了楚辞、两晋体、齐梁陈体、少陵体等诗体，传奇体、公案体等小说体，“论”“说”“议”“辩”“驳”“释”“考”等论述体，以及《文心雕龙》《二十四诗品》《闲情偶记》《人间词话》等侧重文体的诗学经典，现当代则有“白话体”“自传体”“朦胧体”等文体，但文学上的这些标准不能直接转化为建构电影文体论的直接资源。

《纳什维尔》给了罗伯特·阿尔特曼一个合意的机会来集中展示后来成为他招牌性风格的即兴表演、动机主导的变焦镜头、多重声音的混合，以及不着边际的小插曲等。然而同样重要的是。《纳什维尔》成为一个范本。这部大胆创新、野心勃勃的电影成为批评家们钟爱的对象，一个既是经典，也成为网状形式的一个经久不衰的原型。这部影片发行于独立两百周年的前一年，几乎与E.L.道科特诺《爵士年代》的出版同时，它标志着那些严肃艺术家当时正在同一张巨大的画布上作画，共同以粗大、概括性的笔画描绘美国生活。①

这样，大卫·波德维尔就揭示了罗伯特·阿尔特曼创作的母法。同样，如果要指出罗伯特·阿尔特曼的“文体”，我们必须在观摩和分析其主要作品（以及它们的时间性）的基础上，得出一种综合的印象，继而加以概括。而如果该导演的作品母法独特性超乎一般的归类，则我们称该导演具有原创性，即其自称文体。上述大卫·波德维尔对于罗伯特·阿尔特曼电影的母法分析之案例表明：电影文体生成于导演采用的独特“母法”（俗话说导演风格）。

但是，导演风格——仅仅是电影文体生成、呈现的一个“场域”或者“路径”而已。如果对成为文体的“母法”进行整体的形态考察，（笔者称之为“母法—形态”论），则可以借鉴中国著名的文体理论家童庆炳所做的三分法，按照其在《文体与文体的创造》一书中的分类，文体的呈现可表现为三种形态：体裁、语体和风格。②

电影本体与文学本体虽然存在差异，但就文体而言，对其进行适当的借鉴也是具有操作性的。将童庆炳的文体形态三分法用于电影文体研究，

① ［美］大卫·波德维尔：《电影诗学》，张锦译，桂林：广西师范大学出版社2010年版，第251页。

② 童庆炳：《文体与文体的创造》，昆明：云南人民出版社1994年版，第89-157页。

同样具有合理性。只不过此所谓的合理性，是活用电影理论之后的合理性。按照此种原则，笔者尝试性地将电影文体的形态分为三种。

二、中国电影文体生成的三种形态

笔者认为，中国电影文体的生成，具有体裁形态、语体形态和风格形态等三种。

第一种为体裁母法生成的形态，它既可以按照戏剧、史诗、抒情这样的体裁分类方法，将专属电影的次级类型和体裁划分为喜剧体（《窈窕淑女》《赌神》）、悲剧体（《哈姆雷特》《霸王别姬》）、正剧（《芙蓉镇》《无名之辈》《我不是药神》）、历史剧（《角斗士》《清宫秘史》《黄金时代》）、史诗体（《返老还童》《活着》）、叙事体（《流浪地球2》）、抒情诗体（《夜空总有最大密度的蓝色》《那山那人那狗》）、论文体（《西伯利亚来信》）、戏曲电影（《梁山伯与祝英台》）等文体。

在体裁母法更为细腻的切分中，还可按照电影体制的不同程式（生产、传播媒介和观众消费）生成。在生产领域，又可细分情节、人物驱动、对手戏，在传播媒介的领域，美术馆媒介的母法形态就呈现美术馆电影（文体）、宽银幕媒介导致的科幻电影（文体），在观众的接受领域，惊悚电影、爱情电影的情感交互，都是生成文体母法的形态。

第二种为语体母法生成的形态。在电影学的学科范畴内，我们把属于文学语体这个概念活用，则应该将电影表现的形式统称为电影语体，它包括在电影一级体裁分类——叙事性、表现性、意象性和自由性（对应于抒情语体、叙述语体、对话语体和自由语体）——之下更为具有表现力的形式。中国古代的赋比兴对应于古体诗词，当代电影手法中的民族性元素（如绘画、卷轴画、水墨、江南、地域气质呈现的元素）所表现的电影文体，也被称为由语体母法凸显和生成的文体。

第三种为风格母法生成的形态。在电影这种带有工业美学特征的艺术品/商品的生产中，成为电影作者的，可以是制片人和导演，也可以是演员、摄影、剪辑、美术等工作人员。这些角色能够在多大程度上成为风格生成的主要因素，取决于该艺术品或商品的属性和审美价值，如果这些作品是类型电影，则除导演外的制片人和演员等角色均可以被称为风格的“作者”。而如果这部作品为具有高度导演风格的艺术电影，则我们一般称导演为风格的缔造者，或者风格的“主体”。具体的何种角色呈现为“风格”之程度，要看最后成形的电影作品——其内含的作者属性和集体创造属性的多寡。

第二节　电影文体的“体裁”母法形态

在电影文体的语境里，对应于文学体裁的，是电影的类型和次级类型（分别指向叙事性、表现性、意象性等属性）。

大而言之，命名一种类型电影，或者观众观看类型电影，是被三种机制所决定的。《牛津电影研究词典》中的“类型”词条，解释为数量众多的电影按照如下三种方式进行区分：①电影的形式、电影的风格、视觉的特征和内容想象性；②电影工业在产品和市场上的实践；③观众的接受和反应。[①] 同义，电影文体的生成多维而复杂。但是，我们可以在复杂中归纳出规律。譬如，我们认识到，（由一种技法或数种技法生成的形式）被认定为一种电影文体，是按照电影本体的形态和生成路径——换言之是母法——来命名的。而细分这种母法，实则是电影体制（生产、传播和消费）中生成的具体表现手法。这些表现手法何以从生产、传播和消费的电影机制形态中凸显为文体，即本章需要解决的问题。

---

① Kuhn，A.，Westwell，G.：*Oxford Dictionary of Film Studies*，Oxford：Oxford University Press，2012，pp.194-195.

一、电影文体语法（体裁）母法的主要形态

在商业影视作品中，存在一种驱动力——情节，也是文体生成“母法”。在这个序列里，电影工业的典范——好莱坞类型片如何生成的历史、台湾新浪潮等电影文体和次级类型的历史生成，成为“母法”。同时，香港武侠片导演胡金铨的武侠电影之所以具有经久不息的魅力，是因为导演谙熟武打电影的语言，以及如何既让这些语言看起来自然，又能达到惊心动魄的艺术和视觉效果。我们也可以这样说，中国第六代导演的姿势（譬如贾樟柯的姿势）总是在独立制作和商业语汇之间徘徊和穿梭，这种游刃有余使得其电影文体具有一种导演和作者色彩。

（一）母法——情节驱动

在生产领域，电影产品所需要的情节驱动，是现代的电影工业制度所需要的。美国蒙大拿州立大学媒体与戏剧学院教授罗纳德·B. 托比亚斯（Ronald B. Tobias）在20世纪90年代推出了一本后来广为流传的教材《经典情节20种》[①]。该教材详尽分析了好莱坞电影叙事中至今依然流行的20种经典情节模式[②]，它们依然主导着好莱坞电影的叙事。如果知道法国戏剧符号学家普罗帝（Georges Polti）的《三十六种戏剧模式》（*The Thirty-Six Dramatic Situations*）[③]和好莱坞在编剧模式上对该书的沿用，就会知道托比亚斯教授的对于经典情节的归纳，是在这位法国学者的基础上做出的。法

① ［美］罗纳德·B. 托比亚斯：《经典情节20种（第二版）》，王更臣译，北京：中国人民大学出版社2015年版。

② 这20种模式依次为：探寻、探险、追逐、解救、逃跑、复仇、推理故事、对手戏、落魄之人、变形记、转变、成长、爱情故事、不伦之恋、牺牲、自我发现之旅、可悲的无节制行为、盛、衰。

③ Polti，G.：*The Thirty-Six Dramatic Situations*，London：Faber & Faber，2017.

国学者普罗帝的戏剧模式之文本发表于百年前，而当今世界和人类发展的主题都在位移，因此，实际上这20种模式是在参考普罗帝《三十六种戏剧模式》的基础上，按照电影本体和时代更迭引发审美情致、伦理道德观的转型之原理，来归纳和设计的。托比亚斯教授归纳的20种经典情节，包括探寻、探险、追逐、解救、逃跑、复仇、推理故事、对手戏、落魄之人、变形记、转变、成长、爱情故事、不伦之恋、牺牲、自我发现之旅、可悲的无节制行为、盛、衰等。[①] 这与《三十六种戏剧模式》的模式划分有着高度的相似性。其为何会被拿来作为好莱坞电影体制里的情节模式加以运用，笔者认为电影工业具有现代工业的属性，因此需要对古代、近代的戏剧模式做与时俱进的改写。因此，通过好莱坞电影教材的内容，我们可以推理至好莱坞电影产业对上述叙事模式的推崇。上述20种情节中，带有探寻、探险、追逐和解救的，均需要一种英雄故事的类型加以表现，这也符合好莱坞作为造梦机制、偶像制造机制的商业属性。

（二）母法——人物驱动

1. 人物驱动的概述

除了情节驱动的不二法则，人物驱动也作为与情节驱动同等重要的电影叙事动力而存在。那些标签为人物特征和符号的电影，诸如英雄电影、牛仔电影、庶民剧、小妞电影、小偷电影等，都属于此类。

与情节驱动的英雄片（在情节驱动的这类电影中，由于观众对于通俗剧的喜爱，所有突出故事主人公的英雄故事都进行了大众梦想的编码，他的拯救世界或者一个社群的行为得到观众的认可和喜爱）不同，在人物驱动的英雄电影中，作为现代经验的一部分，英雄成为观看的对象，是与观众的个体意识的觉醒有关的。在当代，商业类型电影中总有一个为大众喜

① ［美］罗纳德·B. 托比亚斯：《经典情节20种（第二版）》，王更臣译，北京：中国人民大学出版社2015年版，第59页。

爱的主角，譬如《佐罗》、“007”系列中的主角。此外，当今几乎所有大片里都有人格趋向完美的英雄。譬如《超人》、《蝙蝠侠》、《新蝙蝠侠》、《银翼杀手》、《银翼杀手 2049》、“007”系列、《美国队长》、《变形金刚》、《哥斯拉》等。在电影工业的体制里，一部分具有特殊表现英雄性格的英雄电影（区别于情节制胜的英雄电影，如“007”系列、“美国队长”系列、“星球大战”系列等）往往是得益于人物驱动的剧作而存在的。《特洛伊》塑造了古希腊悲剧英雄阿喀琉斯、《警察故事》塑造了警察陈家驹。另外，以人物驱动的英雄故事，没有以情节驱动的故事的那种程式，往往是作为英雄电影和剧情电影的折中而存在的。从亚里士多德的《诗学》概念和古代悲剧的影戏传统出发，当代英雄电影的生成依然受制于“情节第一”的悲剧理论的制约和影响。同时，在好莱坞的电影工业体制里，对于传统戏剧模式的接受和改写是惯用的手法。

除了科幻大片里大人物式的人物驱动电影，一些人物传记片或者边缘人物以差异性叙事为主调的人物驱动电影，也广受欢迎。譬如，当我们谈及小偷电影的时候，意大利电影《偷自行车的人》、俄国电影《小偷》和中国电影《小武》，总能进入我们的视野。同样道理，当我们谈及人物传记片的时候，中外经典电影《林则徐》《末代皇帝》《阮玲玉》就进入了我们的审美视野。之所以作为观众的我们对于电影审美和电影人物（通常是主角和英雄）具有一种约定俗成的捆绑关系，是因为观众的认知总是有一定形构的，即格式塔，或者雷蒙·威廉斯所谓的情感结构。当这些电影人物成为大众偶像或者那些虽败犹荣式的小人物、边缘人物——他们受到观众喜欢，则是凭借自身的道德伦理之光感染观众的。

在诗学层面，观众对于史诗英雄和社会边缘的小人物悲剧性命运——同样报以同情，是由于人们的审美情感和社会伦理情感，是两回事。人物驱动的英雄电影或小人物电影——一样得到观众的青睐，是对于古希腊诗学原理的遵守（一脉相承）和为了迎合当代好莱坞观众需要而做的“左右逢源”或者美学修正——在刚毅坚强中混合了世俗和伦理、在血气方刚中掺入了柔情和性格，因此依然成为大众神话达成的电影类型。

换言之，在电影的美学鉴赏和接受中，存在一种与大众生活伦理产生的情感迥异的事物——审美情感。

2. 人物驱动范式中的对手戏

对手戏，即是以剧情“冲突”动力生成电影的文体。按照《经典情节20 种》作者罗德纳・B. 托比亚斯描述的情节“模式”：对手戏的本质应该是正面人物和反面人物之间的权力之争。对立双方应该势均力敌。在故事发展的第一阶段，反面人物较之正面人物更占上风。在故事发展的第二阶段，正面人物因为命运的转机而得以在权力曲线上产生逆转。故事发展的第三阶段着重对最终的对决进行描述。[①] 在好莱坞类型电影中，该模式深受观众喜爱。历史剧《宾虚》就展现了罗马人和犹太人之间的根本对立，而动作 / 爱情片《史密斯夫妇》，则以浪漫主义风格呈现夫妻之道和对手博弈交相辉映，犯罪、喜剧和动作等类型程式和桥段互为杂糅的影像美学。

在对手戏的谱系里，有一种人物搭配——坏男人和好女子的搭配序列，永远是电影文体的生成之源。这种模式下，几种次级模式成为经典的人物配置。

（1）坏男人和好女子

第一种，刺客和侠女。

这种人物配置已经成为电影的文化交流模式：男性刺客代表了对所描绘的王朝的逆反和颠覆、革命之态度，而刺客在行动的过程中，总是会邂逅同样走出私人空间，汇入公共空间的非凡女性（女侠客、押送货物的镖局女镖客)。《重庆森林》(图 3-1)、《聂隐娘》、《荆轲刺秦王》、《英雄》、《龙门客栈》、《卧虎藏龙》(2000）均属于此种对手戏搭配。最值得言说的，则是李安导演的《卧虎藏龙》。该电影以一把青冥剑作为故事的核心道具，展开了几条线索

① ［美］罗纳德・B. 托比亚斯：《经典情节 20 种（第二版）》，王更臣译，北京：中国人民大学出版社 2015 年版，第 131 页。

（以及这种线索里蕴藏的广阔叙事空间），众多角色的生杀予夺等动作均围绕这把剑展开。一代大侠李慕白（周润发饰）有退出江湖之意，托付红颜知己俞秀莲（杨紫琼饰）将青冥剑转交给贝勒爷（郎雄饰）收藏，不料该剑在当夜遭玉娇龙（章子怡饰）窃取。俞秀莲暗中查访，大约知道是玉府小姐玉蛟龙所为，她想办法迫使玉蛟龙归还宝剑，免伤和气。但李慕白发现了害死师傅的碧眼狐狸（郑佩佩饰）的踪迹，她隐匿于玉府并收玉蛟龙为弟子。而玉蛟龙欲以青冥剑来斩断阻碍罗小虎（张震饰）的枷锁。关系变得错综复杂，俞秀莲和李慕白爱惜玉蛟龙这一难得的人才，苦心引导，但玉蛟龙却不听劝阻。性别、阶层和性格差异，使得剧情朝着复杂多维的（令观众意想不到）美学效果迈进。一种悲怆、飘逸、古雅的电影文体随着该片的成功，脱颖而出。

图3-1 《重庆森林》塑造了反抗者的形象

第二种，美女和野兽。

在世界电影史上，美女和野兽的搭配屡试不爽，而且成功率颇高。这一搭配之所以成为一种固定的搭配，其实是男性和女性对于事物的看法不同造成的，也是对世界真奇妙的一种印证。《白雪公主》《美女和野兽》《贫民窟的百万富翁》《新蝙蝠侠》是如此，上溯至叙事电影的开端，卓别林的《淘金记》《城市之光》亦是如此。观众或许要疑惑，这两部电影看上去没有美女和野兽的搭配，其实是这一搭配的变体。它突出的是身份和地位、仪表搭配得不合适。这种不合适（如何成为合适，或者如何牵动人心）的故事，也依然是观众喜爱的类型。穷人和漂亮的卖花女、乞丐和公主等搭配之所以受到观众的喜欢，是因为观众内心的惧怕（沦落为街头一无所有的人），或者梦想有朝一日飞黄腾达的一种梦想心理显现。

同样，落魄之人（穷人，甚至乞丐）和美女的搭配（图3-2），也可以看作“美女和野兽”对手戏模式的一种次级谱系。卓别林在《城市之光》中就成功塑造了这个“搭配”关系中的“两次匹配”：第一次，穷人，或者城市边缘者与失明的街头卖花女；第二次，由于命运的作弄，穷人只差一步就登堂入室，而卖花女在医治好眼睛后成为命运的宠儿。

图3-2 《城市之光》中的穷人和卖花女

（2）“坏坏搭档”

另外一种固定配置是“坏坏搭档”。在电影史上，“坏”男人和“坏”女人组合的电影人物搭配（俗称两个堕落之人）时常出现。它们的搭配是一定时代条件下的产物。其衍生“文体”——虽然具有叛逆色彩，但也往往成为对手戏电影中受大众喜欢的组合（女性们借此来反对男权社会）。这成为电影工业和电影史的奇观和现象，在其中又演绎出众多的次级类型。被乱箭穿心的雌雄大盗和远走高飞的江洋大盗，成为20世纪60年代美国后现代文化和叛逆文化的表征。《雌雄大盗》（1967）、《鸳鸯双盗》（1996）的搭配模式相似，但是结尾不同。前者乱箭穿心，后者远走高飞，显示了时代不同。观者对于这一类“借助乌托邦式的故事”表达一定程度的社会抗议的电影，是心领神会的。这种巧妙借助观众的乌托邦情绪，加以发挥和渲染的电影，在视觉和叙事上营造了一个逃避世俗生活的象牙塔，因而成为观影的选择。“坏坏搭档”的次级文体还包括“妓女和酒鬼”（如电影《离开拉斯维加斯》所表现的）。平成时代，日本导演西川美和的《卖梦的两人》也是这种“坏坏搭档”的对手戏组合。

（3）好男人和女优

在世界电影百年史上，男性英雄和女优（或者人间尤物）成为出现率最高的电影人物，例如《小武》《关山飞渡》《女神》《西鹤一代女》《无人知晓》《小偷家族》《她的人生没有错》《霸王别姬》等。有时候，男性英雄是以“暂时被体制管束的男人”“冤假错案里的男人”这样的角色出现的，当他遇见同样处在一种边缘地位的女性的时候，就会产生怜香惜玉之同情心。这种情感驱使下的叙事，能够与观众产生共情。无独有偶，在日本平成时代《电影旬报》的十佳电影中，也有大量的对手戏。如在黑帮片《大绑架》、历史剧《黄昏的清兵卫》、战争片《雾岛美丽的夏天》、青春/爱情片《GO！大暴走》等商业、类型电影中，均有着明显的英雄和女优对手戏的成分。“英雄”和“女优”的组合对手戏受到观众的追捧，还与在它的叙事中总能达到正义和邪恶较量最后正义胜出的情感宣泄有关。

二、电影语法（次级类型）的其他文体

（一）更为具体的情节细分

以下以情节为驱动的电影体现了一种更为微观的动作和情节模式的谱系。譬如，我们在次级类型的谱系中再次切分，从而找到电影文体生成路径中的“情节和题材”母法特征。它们包括复仇体（《老男孩》《一个母亲的复仇》）、行动体（“007 系列”和《冈仁波齐》）、逃亡电影（《追捕》《鸳鸯大盗》）、公路电影（《后会无期》）、街道电影（《偷自行车的人》《十七岁的单车》）、对手戏（《雌雄大盗》《史密斯夫妇》）、战争电影（《敦刻尔克》《红海行动》）、黑色幽默电影（《双重保险》《Hello！树先生》）、史诗（西部）体（《可可西里》）、歌舞电影（《芝加哥》）、爱情电影（《爱情故事》《花样年华》）、家庭剧（《婚姻故事》《相爱相亲》）、复调电影（《错过你的那些年》）、侦破片（《唐人街探案》《浮城谜事》）、犯罪电影（《恐怖分子》《无双》《无间道》）、武侠 / 古装电影（《空山灵雨》《卧虎藏龙》）、动作片（《喋血双雄》《精武门》）、网络状板块电影（《通天塔》《山河故人》）、女性主义电影（《嘉年华》）、后殖民主义电影（《绿皮书》《海角七号》）等。

（二）过去在文学中鲜有凸显为主要叙事因素的场景、地理和故事空间驱动

同样，在次级类型电影语法的母法里，我们可以在下列电影中归纳出一种相似的电影文体生成路径中的“社会领域和地理”母法。它们包括医疗电影（《我不是药神》）、体育电影（《摔跤吧，爸爸》《绝杀慕尼黑》）、

法庭/讨公理电影（《十二怒汉》《我不是潘金莲》）、美食电影（《深夜食堂》）、贵州电影（《地球最后的夜晚》）、江南电影/杭州新浪潮（《春江水暖》《郊区的鸟》）等。值得一说的是，这些地理、环境、事业题材等元素，凸显为文体母法之现象，是在电影这门艺术成为独立的具有主体性的艺术之时才开始出现的。

（三）更为细分的审美元素

除了地理、环境和局部事业题材的文体母法，在电影文体的海洋中，还存在一种更为细分的次级分层。在电影语法（次级类型）的谱系里，我们找到一种更为细腻的切分，即电影文体生成路径中的“情感和主体行为”母法。它们包括声景电影（《你的鸟儿会唱歌》）、温暖现实主义（《不虚此行》）、小清新（《小森林》）、合作电影（《时间去哪儿了》）等。

第三节　语体母法：叙事体、抒情体和声景电影

一、语体母法（戏剧体、故事体、抒情体、声景电影）

文体学家童庆炳在《文体与文体的创造》中，将文体的呈现之语体，切分为固定语体（抒情语体、叙述语体、对话语体）和自由语体[①]。固定语体是为观众所接受，早已经定形的一种语体。而自由语体，则是尚在发明和创造、不断地生成状态中的一种语体。

---

① 童庆炳：《文体与文体的创造》，昆明：云南人民出版社 1994 年版，第 103 页。

（一）戏剧体

1. 戏剧体电影的定义

所谓戏剧体电影，并非舞台上的戏剧艺术，它虽为镜头表现的艺术，但又吸取了戏剧艺术中的一些重要元素。它是按照冲突律来结构剧本的，也可以说戏剧性电影的风格遵循戏剧封闭式的剧情模式。戏剧性风格电影突出剧作中人物自身的矛盾，人物与自然环境、社会环境之间，人物与人物的性格或意志之间所产生的抵触、冲突所造成的悬念和突变，它使观众从人物具有明显因果关系的一系列动作中了解人物性格和人物关系的本质。在美国著名的电影教材《认识电影》中，作者路易斯·贾内梯认为，电影编剧之工作就是展开“时间、空间和语言”。在体现价值观和主题的时候，他强调通过剧情展现价值观要比描述价值观更重要。而如何展现，就需要在方寸之间懂得取舍和提炼。在他眼里，所谓的艺术效果，就是用机智和诚实来使各种观念戏剧化。在戏剧创作中，剧作家应使用“代言体”，避免让剧中人直接议论和独白，以展示的方式推进剧情。

2. 案例分析

（1）戏剧体电影——《撞车》（2004）

《撞车》是一部具有“复杂叙事结构”的戏剧体电影，它讲述的故事本身带有戏剧性：一个黑人电视导演和他的妻子，莫名其妙地因为莫须有的违章驾驶受到了白人警察的侮辱；看似该受到谴责的警察却在最危急关头挽救了那名曾遭他侮辱的黑人妇女；老实巴交的波斯商店店主，却差点谋杀了有着刺青的墨西哥修锁匠；地区检察官和他的妻子被抢吉普车后只能把怨气发泄到无辜的修锁匠身上；黑人警察在承受着上司的威胁和焦急地寻找自己的弟弟。这一切看似无关的琐事，却在 36 小时内绞缠在一起。这个电影的初衷是反映不同族裔、职业的人们在美国这个社会大熔炉里的生存状态。另外，它的结构模仿戏剧的“三一律”，让不同人物在同一个时间、地点“撞车”，产生矛盾和冲突，然后又必须在这个时间内解决矛盾和冲突，达到完成叙事的同时抵达主题的目的。

（2）戏剧体的次级文体——轻喜剧（冯氏贺岁片）

冯小刚的贺岁片一直受到中国观众的喜爱。在 20 世纪和 21 世纪之交的冯小刚的商业贺岁片中，无论是《甲方乙方》《不见不散》，还是《手机》《大腕》，每一部都有本土元素和异域、异国元素的糅合。这种本土和异域镜头之间的穿插和有节奏的配置，延续到了之后的《非诚勿扰》等电影中。这种两个时空的镜头交替出现，恰到好处地为当时做着出国梦的中国人的心理、精神上做了一次“挠痒”，且适可而止、意犹未尽。其表现机场、都市的镜头一晃而过，不会滥用，与那个时期骚动却又含蓄的人物情感有效呼应。这就是冯小刚的精明之道。在《手机》中，冯小刚完全把握了剧情电影的类似音乐的节奏感，情节起伏不定，但遵循着一波三折的适度复杂又不杂乱的剧情电影守则。譬如，该剧的第一幕：序幕和建置。著名电视谈话节目《有一说一》的主持人严守一在去电视台录节目时，把手机忘在家中，手机中所藏的他与情人的秘密被妻子余文娟发现，后者想起他人前人后的两张脸时，觉得婚姻失去意义，提出离婚。第二幕：发展和推进。戏剧学院台词课教师沈雪成为严守一新女友。在两人度过一段快乐的时光后，沈雪发现严守一的手机响铃方式由震铃改成了震动，产生猜疑和嫉妒。原来严守一一直割舍不掉秘密情人——某出版社女编辑武月。武月在火车餐车上与严守一偶然相遇后，开始对他穷追不舍，要他为出版社写书。因为武月能帮下岗的妻子余文娟找工作，严守一答应下来，不久两人成为情人。为了不让沈雪发现武月的存在，严守一开始不断对沈雪说谎，生活一团糟。第三幕：高潮。事情终于败露，秩序也得以在高潮后恢复。整体而言，“冯小刚体”即严格遵循了剧情电影的形式，糅合中国本土化元素和当代中国人的情感结构（传统美德和现代价值导致的人心躁动，自由和集体、商业伦理和儒家伦理的冲突，精神和物质的矛盾等）。

（二）叙事体（史诗体）

1. 叙事体的定义、特征和简史

当我们论及电影叙事的时候，必须首先与戏剧舞台上的叙事体区分开来。戏剧舞台上的“叙事体”，是指布莱希特发明的一种与传统代言体戏剧不同的戏剧体制。它突出表现为对传统“三一律”和“第四堵墙”等规制的违反、间离效果，是这种叙事剧所达到的审美功能之一。而当我们论及电影的叙事体，则往往是指“一种违反戏剧性体制的叙事电影”。按照法国电影美学家雅克·奥蒙等合著的《现代电影美学》定义叙事电影——“呈现为具体形态的陈述，是负责讲述故事的叙事文本。……在电影中它包括影像、话语、文字说明、音响和音乐。”[①] 而这里所谓的叙事电影，则指经由电影中的叙述者可以打破时空延续性的一种电影文体。

它有两个特征。第一个特征，它具有故事体的内核。故事体包含了故事和语境（环境），雅克·奥蒙这样说，故事体首先就是通过各元素的搭配组合以构成一个完整虚构世界和幻象世界的故事。它不仅是具体化的虚构，而且是整体化的虚构。它的含义比故事的含义更宽泛，它既包括一系列情节动作及其假定的背景（地理的、历史的或社会背景），也包括产生这些情节动作的情绪和动机的环境。这里，可以理解故事体为一种具有叙事功能的电影文体。第二个特征，它是经由电影中的叙述者可以打破时空延续性的一种电影文体，即史诗属性的电影文体。

叙事电影有着一条清晰可辨的“简史”。一般我们认为，电影诞生于对其他艺术的借鉴和挪用中。影戏传统即为电影本体尚未确立，而电影生产的形态自从戏剧界的布莱希特提出间离效果和叙事剧理论之后，大大

① ［法］雅克·奥蒙：《电影与叙事》，载于［法］雅克·奥蒙，［法］米歇尔·玛利，［法］马克·雅尔内，［法］阿兰·贝尔卡拉：《现代电影美学》，崔君衍译，北京：中国电影出版社 2010 年版，第 84 页。

促进了电影叙述和声音美学的发展。电影叙述（文本）因而成为一种普遍的表意和风格手段。对于电影叙述文体的简史，笔者尝试概述如下。谈论剧情电影中的“叙述”，第一个碰到的史学问题就是无声电影和有声电影的分界。好莱坞早期电影属于无声电影，播放银幕画面的空间类似剧场，一些电影院在电影屏幕旁边配以乐队，用以在电影播放时演奏，给电影画面制造声音效果。世界上第一部有声电影为 1927 年制作的《爵士歌手》。到了 20 世纪 30 年代，大多数美国电影院已经改装为有声电影院。譬如，无声电影中的“辩士”和乐队。无声电影往往将真实记录的影像与字幕相结合，一些电影院配备乐队，而在日本，活动电影摄影机一经传入，电影上映时就有解说者在旁讲解。且有一个专门称谓：活动辩士。无论在美国还是日本，在无声电影放映时，乐队和辩士都是不可或缺的存在。

电影史上的这种字幕或者解说员的叙述，是与“客观电影”的叙述原则相违背的。因为，“客观电影”有一条戒律，那就是禁用叙述者。经典好莱坞和传统欧洲电影亦然，其遵循的电影制作和呈现方式均是巴赞所言的标准“大自然剧作”。这种电影往往采用演示（类似戏剧的代言体）的方式来呈现故事，很少采用叙述者的叙述来解释场景和人物性格、推动剧情。如被巴赞推荐和赞誉的电影《双重保险》（比利·怀尔德，1944）、《偷自行车的人》（维托里奥·德·西卡，1948）、《于洛先生的假期》（雅克·塔蒂，1953）、《卡比利亚的夜》（费德里科·费里尼，1957）和 20 世纪至 21 世纪的优秀欧洲电影《四百下》（弗朗索瓦·特吕弗，1959）、《处女泉》（英格玛·伯格曼，1960）、《伊万的童年》（安德烈·塔可夫斯基等，1962）、《八部半》（费德里科·费里尼，1963）、《乡愁》（安德烈·塔可夫斯基，1983）、《单车少年》（达内兄弟，2011）、《毕业会考》（克里斯蒂安·蒙吉，2016）等，均采用演示的戏剧性效果（禁用间离效果），即在片中基本上不见叙述者。值得一说的是，在经典好莱坞电影中，《公民凯恩》借用记者口吻，第一次为电影转喻意义上的隐性叙述者（角色）提供了电影微观叙述的范本。

但是，电影史中的叙述也呈现了曲折和反复。到了“另一种电影”（alternative film）中，我们又看到了久违的叙述。被经典好莱坞称为“另一种电影”，采用的是与经典好莱坞电影制作风格具有差异性的电影制作技术和呈现方式。比如，20 世纪 20 年代的苏联电影，与同一时代的好莱坞电影相比可以被称为“另一种电影”；当美国电影制作从经典好莱坞朝着新好莱坞过渡，法国新浪潮电影《五至七时的克莱奥》《广岛之恋》《筋疲力尽》的呈现方式也迥异于美国方式时，它们也可被称为“另一种电影”。1959 年的《广岛之恋》，可以算作突破经典好莱坞和传统欧洲电影（包括大部分新浪潮和新现实主义电影）“代言体”的一次实验，影片中女主人公和日本建筑师之间的内心独白，以画外音的方式呈现，产生了强烈的疏离于画面的间离效果，在当时产生了令人耳目一新的效果。

这种“叙述”（脱域者）的存在，成就了一种“余韵缭绕”的观影体验。到了当代，电影叙述形态日渐多样化。至新好莱坞，美国电影在表现手法上较之过去更为开放。新好莱坞的叙事核心在于尽可能强化“冲撞美学”的视觉化呈现。[①] 于是，快镜头和叙述在电影中成为常态。两者之间紧密的逻辑联系不仅没有因为时空转换而削弱故事的可读性，反而使得观众视觉快感的增强。以时空延续性破裂为基本条件的叙述，就这样登堂入室，成为家常便饭。只要想想诺兰的《记忆碎片》，以及墨西哥籍导演亚利桑德罗 · 冈萨雷斯 · 伊纳里图的处女作《爱情是狗娘》和其后的《21 克》，就会发现时空裂变在当代电影叙述上的大胆实验已经成为家常便饭。换言之，当今的电影本质上更像小说（顺序、倒叙、插叙和意识流叙述混合使用），是一种用丰富镜头语言讲述（叙述）故事的载体，而戏剧（理所当然地）慢慢回归了古典

① ［美］大卫 · 波德维尔：《好莱坞的叙事方法》，白可译，南京：南京大学出版社 2009 年版，第 198-199 页。

的仪式性。这种电影叙事回归小说的现象，与欧洲叙事传统相结合，开出了电影艺术的绚烂之花。

新好莱坞（所代表的世界性）的综合叙事化倾向，也为电影吸收其他艺术，走向更广阔的艺术表现世界之实践提供了强大的理念支撑和美学上的支撑。被观众喜爱的类型和题材，之所以能定形和不断衍生、发展，是因为它既印证了电影的工业和大众媒介的属性，又反映了一个时期大众的品位、认同和愉悦的投射。它的延续性和利益最大化（同时降低风险）、一整套为观众而定的期待或准则，以及叙事上的严格架构等，形成了一套程式化的创作模式。如果深入电影叙事和资本主义制度中的关联，还可以从电影制作的多样化和资本实质之间找到关联：正是以利润最大化和资本流动、周转速度作为社会发展动力的机制一再要求电影叙事引人入胜。可以说，在这种制度推动下，好莱坞电影的呈现方式日益多元化，电影中镜语的拓展（包括叙述手段的更迭）成为必然。叙述在电影中不断丰富其形态（在历史剧、邪典电影、自传电影、新历史主义电影、群体电影、小妞电影、谜题电影等题材电影中层出不穷，它们融入电影的演示、技术的表演当中，一同绘制了好莱坞电影的声色光影）。当代好莱坞以叙述为故事讲述框架的著名电影有《阿甘正传》《走出非洲》《肖申克的救赎》《泰坦尼克号》《发条橙》《朱诺》《本杰明·巴顿奇事》《时时刻刻》《布达佩斯大饭店》《绿皮书》等。同时，数量奇多的欧洲、亚洲电影也使用了叙述，如《猜火车》《英国病人》《布鲁克林》《苏州河》《下妻物语》《情书》《海鸥食堂》《重庆森林》《开往春天的地铁》《2046》《海角七号》《左耳》《大鱼海棠》《七月与安生》等。

与戏剧体电影不一样，在美学上，叙事体电影的叙述源异常丰富即事实。哪怕在微观叙述者的层面，按照大卫·波德维尔以及笔者有意为之的尝试分类，也存在如下三类“叙述”。角色的叙述、非角色的叙述和混用的叙述。由于叙述者的不同，电影叙述的形态也具有了明显的差异性。

在第一类“角色叙述”主导的电影中，叙述的功能，除了推动剧情，也可以推进观众对于电影整体修辞风格和人物特质的理解。此类文体电影还有《一天》《英国病人》《走出非洲》等。在英国电影《一天》中，下层社会艾玛（海瑟薇饰演）的画外音，成为一种展现其叵测命运的暗示和旁注，也是揭示其性格缺陷、暗示其生命的结局的媒介。艾玛的叙述部分展示且强化了女主人公的这种随意天性，给观众一种不祥的预感。在第二类“非角色的叙述”主导的电影中。除了角色的叙述者，尚有大卫·波德维尔所说的许多非角色的叙述者，它们包括歌曲、小说、留言、书信、札记、字条、铭文、广播、收音机、电影院播放的电影声（而不是噪声）等。在非角色叙述中，导演赋予无生命的物件以某种生命的形态，或者模拟故事角色的声调，或者以逻辑性的剧情转喻来替代拟人效果而直接加入“电影镜语的大合唱”，增加了电影故事的表现力。在这类场景中，尚有两个类别。①拟人化的书信和日记——突兀成类型戏剧中的一个具有发声功能的非角色生命体，组成一种有效地以转喻手段来达到叙述美学的特殊效果，这个时候往往是煽情的瞬间。在电影情节中，书信往往由写信人的声音（或者收信人、旁观者、偷窥者的声音）朗读，配以音乐，组成一种交响乐效果——在电影的叙事时空中，成为构成电影音画系统的立体效应元素。如在日本电影《大鹿村骚动记》中，开篇就是气象预报的声音：“台风将于今晚 9 点到达以菲律宾东部北纬 17.25 度、东经 131.55 度为中心、半径 410 公里的范围内。”这种在电影叙事中掺杂叙述实质内容的桥段非常普遍，如日本电影《夜以继日》里出现的广告桥段、《情书》中出现的读信桥段、中国大陆电影《左耳》中出现的广播和收音机桥段。②转喻效果的叙述，丰富了电影情节的复杂维度。譬如，在《阳光姐妹淘》中，关于往事追忆片段的真实事件探索，是以私家侦探的口吻说出的。这是一种将本属角色独白性叙述的内容，转化为一种随着情节发展而自然呈现的对话效果。

与前面两类叙述的功能不同，在第三类“混用的叙述”主导的电影中，其功能是前两者达不到的，即诗学功能。作为大卫·波德维尔分类系统中的第三种叙述主体，混用的叙述者之手法，在科恩兄弟的电影《老无所依》中得到了体现。贯穿电影始终的叙述者为警官贝尔，从一开始画外音的纯叙述："我25岁的时候，就是这个县的治安官了。"到结局贝尔与洛雷塔在家中对白。洛雷塔问贝尔："现在你都有时间做梦了。梦见什么有趣的事儿了吗？"贝尔回答："好吧，梦见过两次，都有我父亲……"但是，观众渐渐感觉到（似乎电影故意抽离了剧中的倾听者），这种对话被转换为一种独白效果。这种转换是现实场景和舞台仪式场景的巧妙转换。也可以说是电影模拟了舞台呈现，为电影增添了强烈的诗意。

2. 叙事体电影的案例

我们以《本杰明·巴顿奇事》《阿甘正传》《时时刻刻》这三部电影为例，来说明同属于叙事体电影（由于叙述者形态的不同而导致）的审美形态的不同。

（1）《本杰明·巴顿奇事》（史诗电影）

在电影《本杰明·巴顿奇事》中，本杰明的日记牵连着三个叙述者，分别是主人公本杰明及其女儿卡罗琳和黛西。同样，在电影《布鲁克林》中，加入混用的叙述者序列的还有"显在的歌曲"和"主人公内心的旋律（隐喻）"等绵延。该电影（共有153个场景）表现了主人公爱丽丝从爱尔兰小镇，来到美国纽约布鲁克林，体验着奋斗、乡愁、陌生感等诸多情绪，脆弱而敏感，直到有一天弗勒德神父获悉了她的这种情绪，安排她去教区为无家可归者晚餐会帮忙。通过帮助那些无家可归者，爱丽丝的情感得到了宣泄，精神境界也得到了提升。这一段用十分精彩的笔触描绘了爱丽丝成长的转折点。电影这样呈现：

> 穿棕色外套的男子站了起来，开始吟唱一首爱尔兰歌曲。角落里的音乐家也加入进来，给他伴奏。乐声与歌声一开始有些游离，然后

逐渐变得稳定，最终完美地交融在一处。歌曲曲调缓慢、优美而哀怨。缭绕的青烟、破旧的房间、贫困的食客，所有一切变得美好起来。在接下来的蒙太奇中，音乐始终萦绕着……

可以说，正是爱尔兰歌曲的唱词部分，在这个场合中，起到了角色/非角色性的叙述者混合使用的作用。在这个场合里，歌曲从转喻（声音源之一）到成为声音主导者（镜语的“主唱”）、从叙述的客体过渡到被赋予了象征爱尔兰移民悲剧性集体命运的一种主体功能。

同样，对照这三种叙述，电影也自然孵化出三种（风格分明的导演）文体。以角色叙述为主要叙事风格媒介的电影《英国病人》，在审美上抵达了一种生死混沌——主人公处于生和死的交界处，因此其叙述带有神圣之光，使得整部电影具有悲壮的文体色彩。非角色叙述的电影《夜以继日》因为没有出现人的叙述之声，其叙述者隐藏在影像的背后（从而产生了匿名的叙述者现象）——这使得整部电影充满了既纯情又恐怖的氛围。其迥异于其他纯爱电影的文体色彩也得以凸显。混用叙述者的电影《老无所依》的优点是叙述在人性和神性之间、具体和抽象之间游移，产生一种现实和诗意交织的文体美学特征。

（2）《阿甘正传》（史诗电影）

同样，美国剧情电影《阿甘正传》的开篇是这样一个镜头：随着一片空中飘舞的羽毛，飞落在街边长椅上的阿甘身上，阿甘开始了他一生传奇故事的讲述：“我，叫福雷斯特·甘。”整部电影只有主人公福雷斯特在叙述，其他人则不可以叙述（只可以表演/代言）。在电影中，叙述和其他成分一起组成了一种视听元素的整体表演性。同样，在电影《赎罪》中，老年的布里翁妮担任叙述者（借助接受电视台采访说出故事）。电影设置了年少且有才华的布里翁妮因不谙世事造成冤假错案，其后用一生进行赎罪的主要情感框架和故事脉络。因此，故事中老年布里翁妮的叙述，突出了电影回忆性质的叙述效果和其赎罪主题。

（3）《时时刻刻》（众生喧哗）

这部电影之所以产生了无与伦比的艺术审美效果，在于其在声画（声音的景观）处理上的独特韵味。在电影《时时刻刻》中，开篇便展现了故事三个片段之一女作家伍尔夫的自尽（影片的叙述结构因此是立体回溯式的，电影一开始就展现了1941年女主人公之一弗吉尼亚·伍尔夫自尽的一幕。这一幕之后，在占三分之一篇幅的弗吉尼亚·伍尔夫叙述段落里，结构上是倒叙的。即首先给观众一个关于作家自尽的悬念——观众甚至还不能完全明白是否是一次成功的自尽——随后，电影带观众走进了1923年弗吉尼亚·伍尔夫在里士满的霍格思庄园疗养的情境，乃至她如何与丈夫认识、结婚、写作等一系列细节），而其他两个与伍尔夫有关的女性故事片段（分别是2001年的克莱丽莎、1951年的罗拉）则基本采取了顺叙的方式。这个电影的时空结构因此非常复杂，在三个不同的时间中，回溯式结构和顺序结构互相交叉，分别串联起动作、对话，并营造声画同步、声画不同步等多种美学联系。与戏剧中叙述带来的间离效果不同，剧情电影中的叙述显然还增加了一种（拉观众入某种情境的）沉浸效果。

（三）抒情体

1. 抒情语体

抒情语体电影是指在剧作结构上采用（不同于叙事的）散文、诗歌结构和富有诗意的镜头语言进行表现的电影样式。它通过平凡的生活事件和较为松散的结构形式来反映生活，以开放性的多侧面、多层次、多声部的审美形式塑造人物、创造意境，并由此构成散文诗电影的基本面貌。较有代表性的抒情体电影有美国电影《恋恋三季》、中国电影《城南旧事》《那山那人那狗》《我的父亲母亲》，以及日本电影《夜空总有最大密度的蓝色》等。

2. 案例分析

（1）日本电影——《夜空总有最大密度的蓝色》(2017)

该电影为一部经由同名诗集改编的诗意电影，导演为石井裕也。作为一部（市场上鲜见的）由诗歌改编的电影，该电影采用了与原作风格一致的诗意叙事风格。譬如，整部电影的长镜头使用极为吝啬，而最为普遍的手法是蒙太奇镜头语言的丰富运用，这种手法与所表达的都市环境相协调。动态画面蒙太奇组接和丰富的构图（有时候是一块银幕割裂成三幅），刻画了现代都市的流动、动荡、梦幻和变化等特征。影片开头表现美香身为护士的生活状态，镜头这样搭配：大全景和特写匹配表现美香从自行车停车场取车、骑行，接着一个远距离上下摇动镜头正面表现她出现在街头，再一个移动镜头近距离表现她侧面骑行，最后美香进入医院工作。在勾勒她白天的工作之后，镜头素描般展现其骑车下班，经过东京繁华的街巷，跟随美香进入宿舍，然后是一个中景和特写镜头表现她涂指甲、伸展大腿等自在休闲的动作，也表现了一种小女生生活平凡、悠闲的质感。夜幕降临，美香再度骑车出门，镜头细节展现美香从小街巷进入一个都市的自行车快车道，接着美香进入一家酒吧打工，细节展现这家酒吧的特色和氛围。美香后来遇见同为打工者且患有眼疾的慎二。两人在生活中都有着缺陷：一个生活在底层，打着两份工，被琐碎的人生经验分割；另一个人患有眼疾。两个同样带着卑微生存体验的都市人，逐渐走到一起。

该片的“反讽”意味（抒情性的一种）十分强烈。不完整的故事，依靠电影的蒙太奇节奏，制造情感波动。值得一说的是，电影中屡次从毫无征兆的东京城市天际线处，涌出蓝色的光芒，而光源来自哪里并无明确的“叙述”。于是蓝色光线在电影中具有了赋比兴之“比兴”的诗歌意蕴。仿佛在都市中，任何神秘之事都可以达成，包括没有爱的同居和婚姻生活，蓝光因此成为表达陌生化的东京大都市之“不能言喻”的一种诗意手段，其浪漫的外壳，也只是掩盖徒有其表的都市人的现实生活的一块遮羞布而已。

（2）《可可西里》

在《城南旧事》《可可西里》等电影中，剧情性和抒情性同时展现，起到一种绝妙的美学互动和共振，造成了独特的风格性。特别是21世纪《可可西里》的出现，使西部电影重新具有了一种世界性的胸怀：它在现实主义风格的追求上、在揭示人与自然的关系上、在人物结构设置模式上、在丰富传统西部电影的类型与样式以及在影片结尾的处理上，较传统西部片有着创新和突破。这部作品在中国电影发展史上留下了“陆川西部影像”（俗称“陆川体”）的印记。[①]

在电影文体神韵上，《可可西里》与山田洋次的《黄昏的清兵卫》具有可比性：它们都展现了人类命运（悲壮）的未明性。在《可可西里》中，尕玉本来是个警察，为了调查藏羚羊遭猎杀状况，他假扮记者，随考察团来到可可西里——那里气候寒冷、空气稀薄、含氧量极低。就在这个人类生存的“禁区”，尕玉目睹了一幕幕人性的贪婪以及人类与环境的狂暴冲突。在《黄昏的清兵卫》中，重点表现了发生在古代武士道阶层的一个令人唏嘘、爱恨情仇的故事。故事发生在幕府末年的海坂藩，下级武士井口在妻子病逝后洁身自好，家庭困顿，而青梅竹马的朋江遭遇家暴，离异后也时常被骚扰。清兵卫帮助朋江脱离了这种困境，但在是否迎娶朋江的问题上，他因自己艰难的处境而退避三舍。后来，当他主动求婚时，却遭到朋江的拒绝，因为她已然答应了他人的求婚。祸不单行，恰逢清兵卫藩主派遣其去完成一次生死未明的使命。在悲壮的情怀中，清兵卫走向了“生死考验”。

（四）声景电影

在当代电影的多元叙事形态中，一种以突出电影声音为表意特征的电

① 党福民：《〈可可西里〉对传统西部电影的创新与突破》，《电影评介》2008年第21期，第9-10页。

影出现了。一般认为，当电影中的“声音”（录音、画外音叙述、声音效果）达到超过对话所负载的戏剧性内容含量的程度之时，该电影的文体朝向“声景”这样的审美范畴演进，就可以称这些电影为“声景电影”。按照笔者的“母法”论，所谓声景电影，即其声调符码——凸显为表意重点（母法）的电影。

1. 声景电影或旁白体——《恶人》《花束般的恋爱》

在日本电影——昭和时代的电影《东京物语》，平成时代的电影《黑雨》（1989）、《谈谈情跳跳舞》（1996）、《恶人》（2010）和《相残》（2013）以及令和时代的电影《花束般的恋爱》（2021）等作品中也大量存在声景电影。上述电影有一个特点，即声音的运用十分出色，起到推进剧情和塑造人物性格的双重作用，也增加了观众认同感。在电影《恶人》中，在清水祐一和马込光代绝路逃亡的结尾处，精神陷入困境的马込光代最后泄露了清水祐一的藏身地（她背叛了，或者由于解脱的潜意识需要，或者由于爱和责任的理性需要）。清水祐一说完“也许我并没有你想象得那么好”之后就开始了一个习惯性的动作（在影片中反复出现的动作）——勒紧了光代的脖子。在危急时分，救援警察赶到。交叉剪辑体现了类似《一个国家的诞生》中普遍运用的悬念感。最后，当救援警察赶到的时候，电影只呈现画面以及配音（此时现场声全部消失了，只剩下主人公的“啊”“哦”的喘气声和一种模拟悲剧性情绪的声腔）的音轨之间意义的复杂性。这种处理模拟了观众的内心震撼。消失的同期声（现场声）此刻像是一出戏剧舞台上走开的次要角色。因为，在此刻的电影叙事上，“真正主角”乃是大团圆的意义被强调。另外的解释为，这种声画处理意味着两个人相安无事，等待他们的，或许还有此生再见的机会。这也未尝不可。与声景电影的文体特征不同，旁白电影《花束般的恋爱》主要依靠剧中人的旁白（其旁白为有声源旁白，即为电影的男女主角所发出）而获得，其在风格的组成上起到了十分重要的作用，观众的审美享受由此达到。同时，观众对之的认知清晰可辨。毋庸置疑，大部分电影中的叙述者为角色的叙述者，其功能除了推动剧情，起到剧情方面穿针引线的作用，还能为电影创造由旁白带来的“拉近与观众距离”“超出表演之外的另外一种交流”等效果。

2. 录音语体——《坠落的审判》

在法国导演茹斯汀·特里耶的《坠落的审判》中，丈夫因坠落而亡故，妻子成为嫌疑人。在庭审场景中，夫妻二人曾经录下的一段争执录音——之播放，成为该电影戏剧冲突最强的庭审戏（也是电影的高潮部分）内容。画面随着录音的开始从庭审现场切换到夫妻二人争吵的场景，具有一种基于电影叙事虚拟和假定性的审美意蕴。而随着争吵的升级，到达最激烈场面的时候，画面又切回庭审现场。这场（电影中最激烈的冲突是以录音的方式呈现的、令人胆战心惊的各种可怕的声音混杂在一起）声音和画面组合形式的展现，在文体的意义上，已经做到了电影的影像在声画同步、声画不同步、现实场景、假设场景各种可能性和性质之间穿行的效果，这种声音和画面组合的震撼效果的浓度与强度是超过单一画面，或者单一声音的。譬如，当这个属于过去记忆的声音被播放时，捕捉当下庭审场景的——摄影机的镜头切换到桑德拉，她在紧张又压抑的状态下，必须艰难而又尽力如实解释录音中那些杂乱、暴力、破碎的声音是怎么回事。录音是真相吗？桑德拉的解释是真相吗？观众陷入一种在虚构/真实的对立中无法轻易判断的矛盾和巨大的戏剧性（陌生化、假定性、纪实性）情境中，产生了一种复杂的情感体验。

3. 声画组合的其他模式

声画组合而成的这种电影文体，也包括以其中一种元素为主要表现元素的电影文体叙事，譬如日本电影《驾驶我的车》，便是一部声音的特殊处理的电影。作为新生代电影导演，滨口龙介自始至终都在探索电影与声音之间充满辩证的紧张关系。滨口龙介电影当中的声音，从来不是单一或均质的，它们以对话、朗读、争论甚至沉默等方式，出没于他的影像肌理与表演方法论之间，往来于它们的“台前”与“幕后”。倾听滨口龙介电影当中声音的多重奏，是解密滨口龙介电影魔法的关键，那么辨识《驾驶我的车》里的每一种“声音”便是其中的一条捷径。《驾驶我的车》的开场，在看不见但听得见，也就是“声画分离”的情景当中，让家福的妻子——音（雾岛丽香）的登场方式，像是在向观众宣告这是一部关于声音的电影。当音猝死之后，音的声音不但没有消失，反而在磁带中重复播放，钩沉起影片当中声音与空间、时间的关系。

在这种声景中，道具也起到了“连缀声音”节奏的作用。《驾驶我的车》中老旧的萨博车，在白昼时，是往返于出发点与目的地之间的交通工具，在夜色降临之时，却不动声色地转化为关于记忆的时空装置。也就是说，它既是家福练习台词的工作场所，也是家福与亡妻进行“对话”的回忆空间。当行驶中的车轮与不断旋转的录像带相叠化时，声音作为机械复制时代的“幽灵”，充满整个萨博车的空间，进而在广岛这片土地上无限弥漫。紧接着，家福和渡利从广岛一路向北前行，车身穿过一条条或直线或蜿蜒的隧道，时间的纵深在眼前舒展开来。然而，当两人第一次踏上白雪皑皑的北海道大地时，我们可以清晰地听到，声音突然不见了。萨博车的红点在远处移动，仿若驶入一个真空地带。这里是渡利曾背离的故乡，也是关于死去的母亲的回忆之地。

在声音和画面的无限组接和实验的可能性中，电影史上的众多大师（从爱森斯坦、戈达尔到当代的昆汀·塔伦蒂诺）都已经奉献了足够丰富的文本，而滨口龙介在此大胆地抽掉声轨的实验，也不难让人想起他对于让－吕克·戈达尔的致敬。在戈达尔的《法外之徒》（1964）里，他用恶作剧（主人公安娜·卡里娜和两位男主角沉默不语时，咖啡店的嘈杂声都魔法般消失的游戏）拒斥着好莱坞电影对于声音的驯化，暴露出电影自身的材料属性。自述在学生时代触电戈达尔的《阿尔法城》（1965），被其中那段车在高速公路上行驶的迷人场景所俘获，从此之后决意将车作为其电影的舞台的滨口龙介，是否一味在《驾驶我的车》中表达这种致敬，我们不得而知。但可以确信的是，滨口龙介试图在车这个不确定的空间里，将亡灵之声与对话从意义的束缚当中解放出来，让情感与记忆获得一份真实的厚重。

二、自由语体

自由语体电影是一种电影文体的发明和创造，也处在不断生成的状态中。

这种语体与叙事、抒情文体电影的生成形态和路径不同。在形态上，自由语体包括那些一经诞生就宣告了一种文体成形的大师之作，以及诞生了作品但其文体依然在成形中的语体——它们可能尚未被命名和学界承认，但是其叙事模式已经慢慢成形。

（一）大师之作——一部电影生成一种语体

在电影史上，存在一种神秘又必然的现象，即，当一部有价值的电影出现的时候，它往往自成一体（一首诗宣告一种文体的诞生）。而如果我们对这种杰作进行祛魅，也往往可以发现其成为佳作的奥秘。其中，有一条颠扑不破的真理，即一部优秀制作往往在叙事的同时，起到一种寻求人类情感母体的作用。譬如，戈达尔的《精疲力尽》、特吕弗的《四百击》、弗兰克·德拉邦特的《肖申克的救赎》等电影，就是这种自由语体的佳作。

在《肖申克的救赎》中，被陷害的银行家安迪越狱成功，这个场景肯定也是令人印象深刻的。在一个电闪雷鸣的风雨夜，一场暗藏几十年的越狱计划让他自我救赎，重获自由。可以说，观看在下水道里的越狱过程，（内心幸福的程度）胜过读人类的一部正义史。这个场景则是给全人类看的。只要是人类，就呼唤解放和自由。它也启示：一个点睛的场景，是照见观众灵魂的一束光、是一次不断来临的启蒙（是的，人生需要启蒙许多次），也是一块撩开生活杂乱的纱幕，让你以迅雷不及掩耳之势，突然间地、回光返照般地，也是神话般地瞧见那个童年的自己。于是，电影中的这个场景，瞬间如同连接现在的你与多年前那个纯真依旧的你的一种媒介和虚拟的彩虹桥。《肖申克的救赎》挽救和强化了电影文体——基于正义的越狱电影体。《肖申克的救赎》之所以永载史册，是因为“越狱电影”往往触及超越第一、第二空间的管制，触及全人类的精神母题——救赎、正义、平等、向善，而它则代表了对这个母题的完美演绎。

同理，意大利新现实主义的扛鼎之作《偷自行车的人》（图 3-3）创造了一个文体——“小偷电影”，它的潜台词是：被谅解的小偷。在该片中，我们看到这样一个场景，父亲是个倒霉蛋——但是这种倒霉并不是个人导致的，而是社会粗暴地追加给个体和家庭的。所以我们看到，一家人的生活重担压在了父亲的这份工作上，而一旦失去了这份工作的条件（自行车）也就失去了一切。于是，我们看到“满城尽带黄金甲”，我们看到整个罗马都在为这位父亲悲悼，为他（本不应该）失去的幸福和生活的一切悲悼。最为动人的瞬间来临了，孩子加入了父亲寻找失去自行车的阵营。这是一个伦理的时刻、一个伦理的事件。意味着孩子世界的丧失（孩子本应去玩耍），以及父亲的悲剧，将会被第三人目睹。这是一起残忍的事件——比失去自行车更加悲痛一百倍。因此，当孩子用无邪的目光，注视着这个为生活所逼迫而走投无路的父亲的时候，观众的心都要碎了。这个场景，让这部杰作永载史册——人类学史册。因为它佐证了“小偷电影”文体向着正义敞开的伦理价值。

图3-3 《偷自行车的人》——一部电影创造了一个文体

（二）生成中的自由语体

除了成形的自由语体佳作，还存在大量生成中的自由语体电影，它们往往也是具有实验性的自由语体电影。下列自由语体即正在生成中的语体。

1. 魏书钧的自由语体

魏书钧导演作品的叙事母法的主要特点是对现实生活进行细腻的写实描绘，同时在叙事中融入意象化的元素，以及通过角色的内心世界和行为展现深层次的主题和思考。在题材上，魏书钧导演的作品通常以现实生活为背景，通过对日常生活的真实描绘，展现出人物内心的情感和冲突。独特之处在于，他的电影往往具有一种独特的幽默感和克制的语调，这种风格在他的作品《野马分鬃》中得到了充分体现：通过对大学校园、剧组工作等环境的展示，串联起主人公在友情、亲情、爱情以及工作与理想之间的冲撞和迷茫。在《野马分鬃》和《永安镇故事集》中，他在描绘当代年轻人的生活时，注入了野性、生猛的生命力，同时也表现了人物面对命运无力感的深沉情感。在一些电影中，魏书钧导演还尝试现实与超现实的结合（这种电影成为贾樟柯、阿彼察邦、李睿珺普遍采用的技法和标识）。

从艺术社会学的角度观之，魏书钧意在个体性中发掘出集体性。他的电影倾向于通过个体的视角来探讨人在社会中的关系和位置（从微言大义的层面，与张艺谋导演秉承的个体社会学手法类似）。譬如，其作品《延边少年》围绕朝鲜族少年花东星的故事展开。少年离开村庄前往城镇，寻找父亲索要旅费。影片通过这一过程探讨了“少年的烦恼”，呈现了少年对未知世界的渴望以及对异性的强烈感受。这种对青春困惑和冲动的真实描绘，是魏书钧导演作品中一脉相承的风格。《延边少年》不仅在影像质感上有所突出，而且在角色的形体学和面相学层面，均有所选择。这类属于成长电影的类型叙事，在魏书钧的电影中，成为一波三折、具有中国意蕴的电影文体。

称魏书钧作品为自由语体，是因为这些作品具有鲜明的特征。①叙事上的不确定性是魏书钧的电影始终保持的一种特性，为观众提供了对影片进行二次解读的空间，这种风格在改编文学作品时尤为明显。例如，他在改编自余华作品的电影《河边的错误》中，利用小说原有的年代性和暧昧性，构建了多层次的意义“块茎”。②意象化的叙事。电影通过对文学名作的改编，秉持写实的审美态度进行角色改造和叙事重构，延展了原著小说的先锋叙事暧昧性，追求影像意象化和意象化叙事，构成了丰富的表意体系。影片中的角色疯狂之旅提供了一种超历史视角，提示观众与其将生命的权力交付命运，不如回归自我关怀的伦理主体，与生命和解。③鲜明的地域性。几部影片都通过对延边和江南等具有质感的地理的描绘，还原了空间质感，具有较高的电影工业美学水准。④通过对现实生活的深入观察和艺术化的再现，展现了人物复杂的心理活动和社会关系的纠葛，同时也体现了导演对于生活本质和人性的深刻洞察——抵达了对艺术社会学、个体社会学的书写。

2. 李睿珺的自由语体

同样，在中国新锐导演李睿珺的作品（从关注农村老年人生存和死亡境况的《老驴头》《告诉他们，我乘白鹤去了》，到聚焦农村留守儿童的《家在水草丰茂的地方》）里，有一种共同的文体特色。①这些电影的叙事技法痕迹相对较为淡薄：《家在水草丰茂的地方》表现两个孩子和两匹骆驼的故事；《告诉他们，我乘白鹤去了》讲述一个老人和两个孩子的故事。不管如何讲故事，他都会大量留白，让观众自己去思考。为了达到对客观生活原生态的再现，他大量运用长镜头来讲故事，以富有诗意的影像表现乡土环境，并赋予现实生活中各种物象以丰富的含义。因此，如果从文体的民族性符码的角度来观照其作品，则笔者认为古代诗学的赋比兴之“赋”的技法，在李睿珺电影中比较明显。换言之，上述电影以呈现为主，却不辩论其对时间进行压缩和次序上的处理，这种技法与古代诗歌中的“赋”极为相似。②上述四部李睿珺的电影之所以具有较高的作者风格辨识度，还因为其具有相似的文化、民俗、地域符号，呈现中国甘肃乡土社会的“集体记忆”和“个体记忆”。而作者透过这些符号，关注的往往是失落的土地、家庭伦理问题以及人们对正在消失的事物的追寻。从影像和民族符码的角度看，导演善于用简单的人物关系来表现最深的关于生与死的内涵，以及人与人、人与社会、人与土地的深层次关系。在电影中，虽然最终这些问题似乎都走向无解，但这种无解的目的是让大家“看见”问题。第一，在影像的层面，他的作品采用独特的色调：从《老驴头》里的“消色”到《告诉他们，我乘白鹤去了》的符合影片“秋季”“金光晌午”的“高饱和”色调。色彩作为影片的主要基调，为他的作品蒙上了不同的田园牧歌式的美好和面对生死、变化的思考。第二，在民族符码的层面，他善于凸显中国性。譬如，子辈无法理解父辈对土地根深蒂固的情愫，两代人的认知发生了矛盾，《老驴头》便记录了这种代际间的分歧。③从叙事层面来说，李睿珺在纪实主义电影中融入了对诗意“异托邦”的想象。导演还运用了一些超现实的手法，例如在《告诉他们，我乘白鹤去了》的结尾，在一场残酷的自杀后，观众看到的最后画面呈现出老人的孙女欢笑嬉闹，以及树上飘落的白鹤羽毛——西北内陆并没有白鹤。孩子们的天真和羽毛的诗意既淡化了死亡的残酷，又反过来衬托了它的残酷性。白鹤羽毛的出现是对老人精神家园的肯定，这种超现实的处理是对前面过于现实而诗意不足的弥补。同样，在《隐入尘烟》中，这种特性也展现在最后拆房子的场景，驴子奇迹般地再次出现在镜头中，就像马有铁最后一次看着这个世界。从某种角度来说，勤劳朴实、无怨无悔的驴子就像一直存在于马有铁内心深处的自我。

一言以蔽之，平铺直陈的“赋”的手法，对消逝的家园和土地的缅怀，和一部分属于超现实主义的异托邦想象成为尚在生成中的、尚未成形的、尚不能盖棺论定的——李睿珺电影自由语体的标签。

第四节　风格母法和形态：导演风格、集体风格、民族风格

一、导演风格的命名

在本书的本体论里，笔者曾言：

在笔者为电影文体论所下的定义中，有两个同义反复的概念。第一个同义是媒介和母法的同义。第二个同义是文体和母法的同义。第一个同义，揭示文体之概念，本质是一种媒介性的概念，它指向一部电影的形式部分，而不是内容和题材，也不是电影中的主题和其他意识形态方面的内涵。第二个同义，揭示文体之概念显现，或者文体之

特征和性质的呈现，它取决于电影表意元素中的“母法”。换言之，文体即被母法“显现”“洞见”“照亮”的电影表现形式。

在笔者为电影语体母法—形态绘制的三元性图谱中，导演风格被笔者放置在“语法”“语体”之后的第三个元素。风格的元素，之于电影文体——两者的关系十分密切。有时候，当我们谈及西方导演福特·科波拉体、索菲亚·科波拉父女时（父亲导演《教父》的黑帮片文体范式，与女儿导演《迷失东京》等带有女性主义话题的电影文体），两者的文化同根性、性别差异性等特征就跃然纸上。

同时，在文体的母法—形态之路径中，以导演姓名命名的文体现象十分普及。

当我们谈及谢晋、张艺谋、侯孝贤、蔡明亮、蒂姆·伯顿、罗伊·安德森时，我们对于这些导演的文体也赞誉有加。对于这些具有鲜明风格的导演的风格命名，也可以看作对某一类导演专属的文体的命名。一个领悟电影独特气质的观众，会谙熟“谢晋体”“张艺谋体”的差异和特异性，也会感悟从小津安二郎、侯孝贤到是枝裕和、贾樟柯的镜头风格和叙事风格的独特性，还会鉴别从蒂姆·伯顿、侯孝贤、罗伊·安德森到蔡明亮的文体之别。譬如，观众对于中国第四代导演谢晋与众不同的风格有着认知，有时候，观众用谢晋模式、“谢晋体”去标记谢晋创作剧情电影的神韵（相对消弭了那个时代的政治属性）。在接受的层面，谢晋电影十分注重中国观众对于“善良”“悲情”“宿命”“抗争”等国民性情愫的表达，容易产生共鸣。又如“杨德昌体”，在创作中，他既在乎地理环境（真实的台湾），也在乎剧情上的多维配置（命运交响曲），体现了杨德昌电影独特的“都市抒情诗”文体（诗意）。同样，“费穆体”以伦理情节剧取代家庭情节剧，“张艺谋体”注重文化反思、文化风景和集体性之糅合，“李安体”糅合东方文化（儒释道）和西方文明的精粹，“蔡明亮体”展现电影和东亚语境的契合……此外，西方导演蒂姆·伯顿体以哥特风格著称；日本导演小津安二郎、黑泽明、是枝裕和等则展现了庶民剧的表现传统；克里斯多弗·诺兰的作品体现出工业品格大片（叙事＋景观）的思维；而以《布达佩斯大饭店》为鲜明风格标签的韦斯安德森则开创了独特的“绚烂文体”。

正因为如此，笔者将导演风格、集体风格和民族风格作为在这一序列里的电影文体生成的母法可能性加以强调。其中，以导演命名的电影文体风格——约定俗成的称法，依然是作为客观事实而存在的。[①]

二、以亚洲导演姓名命名的文体

电影文体的概念与电影风格、电影模式存在一定程度的重叠（这里界定的以导演姓名命名的文体，均加上引号）。①“费穆体”——以伦理情节剧取代家庭情节剧，如《小城之春》；②“谢晋体”——剧情电影和大团圆结构的取舍之道，如《芙蓉镇》；③“张艺谋体”——文化反思、文化风景和集体动作电影，如《千里走单骑》；④“李安体”——糅合东方文化（儒释道）和西方文化精神，如《推手》；⑤“冯小刚体”——（前期）贺岁片，如《非诚勿扰》《非诚勿扰2》，（近期）女性命运电影，如《我不是潘金莲》，或者一种全景展现命运交响曲的文体，如《芳华》；⑥“杨德昌体”——一种被誉为“都市抒情诗”的文体，如《一一》；⑦“蔡明亮体”——一种将展现电影和东亚语境糅合的电影文体，如《郊游》；⑧“贾樟柯体”——一种将社会转型的寓言和符码进行巧妙融合的电影文体，如《三峡好人》《山河故人》；⑨“曾国祥体”——一种糅合内地语境和港台剧情模式的电影文体，如《少年的你》；⑩“魏书钧体”——一种彰显诗意江

① 虽然这种以导演姓名命名的风格和电影文体，对于除导演之外的大多数电影工作者来说，是不公平的，而且有着以偏概全的缺点，但也有助于提高电影的市场营销和凝聚票房的号召力。

南地理且巧妙将江南的神秘性进行转喻的文体，如《河边的错误》；⑪“顾晓刚体”——一种发挥江南诗学中的卷轴画风格的电影文体，如《春江水暖》等。

在21世纪的亚洲，出现了许多带有差异性叙事符码技法的导演。他们独树一帜的文本（与好莱坞迥异）。一般的好莱坞电影，动作和运动组成了商业电影的奇观效应。快速（等于信息量的累加）成为新的电影法则。美国电影史学家和理论家大卫·波德维尔在论及美国新好莱坞和旧好莱坞电影的影像风格传承和超越上，指出：新好莱坞在镜头关系匹配（如剪辑）上，速度更快的事实。对于极简的、缓慢的、时间可以往返和穿插的电影技法，我们只能以导演姓名来尝试性地进行命名。

（一）“阿巴斯·基亚罗斯塔米体”

当代杰出的电影大师戈达尔曾宣称：“电影始于格里菲斯，止于阿巴斯。”从第一部短片《面包与小巷》到最后一部长片《24帧》，都体现出阿巴斯独特且一以贯之的电影风格。阿巴斯电影中蕴含着对诗性现实主义、电影与现实的边界、电影的苦难和真情作为与观众交流媒介的三个特征。首先，阿巴斯以自然为师。我们说阿巴斯的叙事风格具有诗意性和抒情性，是指他善于运用镜头语言和视觉元素，将画面与情感、主题相融合，营造出一种生命苦难和大自然景致交融的诗性现实主义。他的电影《何处是我朋友的家》《生生长流》《橄榄树下的情人》《樱桃的滋味》，将苦难和对大地深处的爱，故意放大，令观众在简朴的大自然同在的空间质感中感受到一种静谧、深沉的美感。例如，阿巴斯电影中常常出现的渺小的人类，以及大树、公路、森林、错落的建筑等占据银幕的“道具”，它们的组合，共同绘就了阿巴斯电影中的“人间现象学”。这种诗意性和抒情性不断放大着电影的艺术感染力。其次，他的电影摒弃了好莱坞大片所崇尚的强烈的戏剧冲突、悬念、巧合等技巧，更多地采用生活流式的叙事手法，娓娓道来。

故事的发生随着时间的流逝逐渐展开，使得电影具有一种流动性。在阿巴斯的电影中，我们看不到盘根错节的情节线或者是人物关系，也不会感受到节奏的紧张性，因为阿巴斯导演的电影总是喜欢自然地等待情节的开始直至结束，并在等待的镜头中发现生活中的真实与时间的流逝。用镜头去观察和等待，这是一种如同生活般的自然方式——也成为带有东方诗意（特别是中国古典诗词“赋”的深远意境和“道”的静谧禅意相糅合）的阿巴斯电影文体。

（二）“洪常秀体”

在韩国电影界，有一位风格十分鲜明的导演，他的电影对场景的巧妙运用——被标签为“极简主义”的场景和寥寥无几的人物配置、时间的重构和异国语境的多元化配置——构成了他电影的标签。如果我们破译“洪常秀体”的密码，则至少可以发现三种特征：①极简主义。在《塔楼上》中，人物关系简单，充斥其间的几乎都是对话（少部分被音乐譬如吉他弹奏所替代）。通过这种故意为之的对话的膨胀（过剩和堆积），话语成为被审视之物。话语成为主要的内容和媒介，也跨越了内容和媒介之间的界限（正如麦克卢汉的名言所喻示的那样）。同样，让无意义的对话成为电影的“主角”，也等于上演了一场关于“什么才是电影？”的元电影之讨论。本质上，这种极简主义和无厘头无疑，都是后现代主义平面化之后的产物。②时间重构。在《自由之丘》中，影片的叙事由权阅读森的日记展开。权顺利地读完了前两页，但在离开语言学校的路上不慎把日记的纸页打散，只能被迫以乱序回顾森在首尔的经历。并且，有一页日记被遗落在那里。这个行为在介绍完故事发生的起因和背景之后，让叙事结构迅速转向非线性的模式。③本体的模糊（或者电影本体的重构）。这个符号具有两个所指。第一个所指是相对于电影本体的模糊，指洪常秀电影中时常“缺失”对于电影的辨识度，反而会突出剧场效果的展现、仪式感的表演和对舞台的挪用。例如洪常秀的《塔楼上》，通篇实际上只有10个场景。在这寥寥无几的场景中，主人们进行长时间的对话和聊天，当这种类似话剧的场景被一个固定镜头记录下来的时候，电影不再是原先的蒙太奇组装而成的电影，而成为一种戏剧诗。洪常秀的《自由之丘》的展现技法也与《塔楼上》如出一辙，只有十来个场景。场景的削减使得观演效果朝向电影和剧场的跨界这一体验迈进。它展现了剧场和电影之间的“间性”美学。第二个所指则是韩国人主体的模糊。在洪常秀的电影中，观众看到，形形色色的韩国人被置于异国他乡的场景中，这些场景被异域化，人物也成为孤独的符号。同样，在洪常秀的电影中，人物对话和动作成为仪式化的主体（替代主人公，这种倒置令人反思）。同时，对话不断自我指涉（指认其为“韩国人”），与当代性各种问题（失业、虚无、底层、失败、背叛、欺骗、忠诚、背信弃义等人际问题和存在问题）交织，成为一种极简中带着韩国独特文化和政治经济语境的绝佳再现之艺术品。

换言之，“极简—时间膨胀—对于意义本身的颠覆和修正”，构成了洪常秀电影最基本的技法。

（三）“谢晋体”

谢晋选择剧情电影体裁，用传统中国诗学赋比兴手法，以及喜剧的体制（而非悲剧的体制）处理看似沉重的主题。正因为谢晋领悟了电影的娱乐工业属性，才采用了糅合之道。“谢晋体”（大而言之即谢晋的大团圆式剧情电影叙事模式）具体的文法体现在——在叙述的大框架中，糅合一种喜剧因子的做法，既属于戏剧体裁的借鉴之体裁，也属于对话语体，以及反讽性风格的吸收。我们称谢晋的电影模式为“谢晋体”。原因正是中国电影文体之定义——文体即母法之“同义反复”的属性。“谢晋体”只可意会，却难以定义。

同样的道理，按照电影文体论之定义，正是因为对于民族和中国文化的潜在的复杂性思考，所以谢晋摒弃了用一种纯粹悲剧的方式来呈现《芙蓉镇》这样的看似具有悲剧内涵的故事。

（四）“张艺谋体”

概述其电影文体的特征，也需要尽量还原张艺谋的本质。一般而言，张艺谋文体的形成，是其作者性（主观性）和时代、社会、语境等（客观性）杂糅的结果。张艺谋的艺术修养和时代语境，均成就了其在纷繁复杂的社会背景中，总能抓住一些具有符码性质的主题、故事和人物进行创作，引起观众的共鸣。在技术的层面，张艺谋电影的影像捕捉到了电影中集体动作，或者器物的集体性陈列或运动时的电影感，以及类似《秋菊打官司》中伴随着秋菊的身体逐渐打开的“村—镇—县城”具有的一种视觉上的重复和差异的美感。张艺谋还极其巧妙地将环境、场景中的不和谐元素“暴力”地交织在一个画面中，建构一种美学、社会学、文明的悖论感和差距感。

同样，张艺谋从事电影事业的不同阶段代表了社会进程、社会主流价值观和中国人个体之间的不断协商。时代语境和时代特征的差异，也使得这些阶段——作者所处理个体和社会矛盾——所选择的电影类型、文体、手法、修辞都不一样。总而言之，张艺谋让我们看到了一个不断调整自己的审美心态、不断调整其讲述故事和表现手法的“与时俱进”的导演形象。

在文体生成和主观因素之关系维度里，张艺谋的主体审美能力（包括他具有在现代性的矛盾中保持一种相对宽容的姿态）决定了其树立文体“母法”。张艺谋在《秋菊打官司》《英雄》《十面埋伏》等电影中自觉地意识到电影叙事的“交流”与文学叙事的“交流”具有差异性之事实。正如电影理解家所言，在电影的叙事交流机制里，画面、视角、剪辑的节奏，以及声音和人物的话语表达，特别是电影的重复，均凸显为一种呈现整体电影风格和作者性的重要元素。

总之，张艺谋具有文体自觉意识，这种意识是由他对中华民族文化符号的呈现能力，以及他能敏锐捕捉到中国人在现代性进程中的一些集体动作和表情，并将其再现于镜头的特殊能力所决定的。

（五）“是枝裕和体”

同样，用文体理论去看待国外的导演（小津安二郎、北野武、是枝裕和等），总可以发现他山之石的可用方法。对于是枝裕和电影文体的母法，我们可以归纳为：写实主义和深层次日本美学的交相辉映。

是枝裕和的成功体现在其再现写实主义的风格上。例如，是枝裕和的《幻之光》（1995）、《下一站，天国》（1998）、《距离》（2001）、《无人知晓》（2004）、《步履不停》（2008）、《空气人偶》（2009）、《奇迹》（2011）、《如父如子》（2013）、《海街日记》（2015）、《比海更深》（2016）、《小偷家族》（2018）等电影的影像符号具有更为深邃的“社会真实的转喻”特征。其中，电影《距离》和《无人知晓》改编自两个在日本社会引起轰动的真实新闻案例，是枝裕和并没有按照实际情况去体现新闻报道，而是选择从客观角度展现内容，即结合录音制作手法，关注人物的生活状况和感情状况；电影《幻之光》《空气人偶》都是以日本相关文学作品为基础，借鉴或改编漫画作品，以现实生活中的细微之处和与真实生活过程相似的画面展现的纪实影像风格；而《下一站，天国》《奇迹》《如父如子》则是导演依据自己经历或者人生感悟，用真实生活中的点滴细节自然地展现日常生活。

组成是枝裕和风格标签的，首先是其作品中与深层次日本传统美学勾连的手法。是枝裕和的电影语言，总是指涉更多的社会语境和真实事件。探究其《海街日记》《无人知晓》《幻之光》《如父如子》《步履不停》《小偷家族》等佳作的共同语法，我们不难发现其更为隐秘的技法。在声音逼真还原生活的境界上，是枝裕和运用了“共时性的声音”（synchronous sound）这一电影技术。所谓“共时性的声音”，是指在特定语境里表现为可以被看到声音源发出的声音，或者凭借想象可以被理解的声音。[①] 是枝裕和在其自传性著作《拍电影时我在想的事》中，谈到了他在拍摄《步履不停》时的一些经历。为了弥补片中横山一家居住的房子——外景拍摄地（实景）和内景拍摄地（摄影棚）为两个空间所带来的声音效果不逼真的问题，当里面的角色从外景走入内景或做相反运动时，需要事先录制这种空间转换的声音，以表现由于空间内外不同所造成的不同质感。比如主人公良多的姐夫与孩子们欢闹着回来，从外部空间进入室内，但因为室内的摄影棚有回声，拍不出实际需要的声音质感。为此，是枝裕和事先在东宝摄影棚停车场内录下了孩子们归来时的笑声。这样做的好处是在镜头处于室内的时候，也能营造出室外的感觉、营造出声音的魔术。是枝裕和坦言：“我执着的并非声音的大小，而是远近。”[②] 可见其为营造声音的逼真感所花费的精力之大。

同样是真实感的营造，是枝裕和最令观众折服的电影美学，乃是其作品中与深层次日本传统美学勾连的手法，或者其对社会、文化真实氛围进行“再现”的能力和勇气。作为具有高度自觉性的导演，是枝裕和经常运用固定镜头（或斯坦尼康摄像机的浮动性）、长镜头等纪实拍摄手法。经过对作者编码和集体神话的共同书写，是枝裕和最后呈现的影像，带有强烈的艺术感染和批判现实社会的双重力量。《海街日记》（2015）所采用的叙事手法（包括镜头和其组装）更可以理解为一次对侯孝贤或者小津安二郎的致敬。[③]《海街日记》中的一个镜头（图 3-4）即是枝裕

① 原文是：refers to sound whose source can be seen in the image’s frame，or whose source can be understood from the context of the image. 见 https://www.filmsite.org/bestdirs1.html。

② ［日］是枝裕和：《拍电影时我在想的事》，褚方叶译，海口：南海出版公司 2019 年版，第 168 页。

③ 笔者认为，曾有过纪录片拍摄经验的是枝裕和显然更偏爱于长镜头和一种斯坦尼康摄像机（这种摄像设备能产生身体几乎感知不到的悬浮感的影像风格）所具有的效果。

和对小津安二郎的镜头语言的继承。画面内容既承接了剧情，是主人公在一个传统节日的某次行为的聚集，也是对剧情的脱域。因为该镜头似乎没有依照剧中人的视角拍摄，而具有某个凝视苍天和生灵的神圣（客观、人类学）意味和大悲悯气息。在小津安二郎的《东京物语》等电影中，摄像机有时也超越了人类的视线，以神性的眼睛注视着苍生。镜头当中蕴含的大悲悯气息也让这些电影的叙事与宽容、和解、救赎的主题相联系。

图3-4 《海街日记》中镰仓海边这一场景阐释了一种集体性符码

这种勾连艺术，令其独特的镜头语言中，总蕴含着日本审美符号“物哀”“季节物语”等气质，使得作品成为当代电影的经典。《海街日记》电影伊始，美丽的女主角之一的佳乃从男朋友家独自早起，穿越临海古都镰仓的海边马路，这个时候导演给了一个全景镜头。观众看到，春夏之际的朝雾正在散佚，空气里有一股似乎闻得见的芬芳和大海的气息。此刻，音乐响起，镰仓的地理真实感（漆成白色的海塘、浮现在白色大坝上的片名）成为这个镜头的配色。这个镜头具有摄魂的魅力，它传递的内容和意义十分丰富，粗略而言包括整体的美学的意义（和谐和生动的光线、构图、运动）、内容的意义（早晨发生某事）、人物的征候意义（生活开放，性格轻易相信别人）、社会的意义（未婚同居的现象）、大自然的意义（地理和气候的宜居）、伦理学意义（联系剧情，这个镜头揭示人物需要被治疗的性格，揭示日本社会的内部问题）等。按照表 2-1 所罗列的叙事和文本特征，这个镜头的阐述结构是敞开的。该片随后出现的多处定场或者全景镜头，细致入微地刻画了四季物语和人类学意义上的群像，充分展现了安德烈·巴赞所言的电影是“大自然的剧作”①之魅力，也体现了法国哲学家德勒兹所谓的“全体”②。

同样，是枝裕和的电影中充满了镜头的杂糅表演性。譬如，《海街日记》开头一幕的定场镜头与运动镜头的吻合，以及电影中多次采用的“全景—细节—全景”的场面刻画。整部电影并不是在讲述故事，而是在传递情绪、揭示状态，采用的是非线性、几乎是集体性推进的剧情模式（这种剧情模式与戏剧性模式大相径庭）。因此，影片中凡是展示有四姐妹在一起的全景镜头，均成为该场景的定场镜头。镜头的次序是这样的，一开始是一个交代场景的定场镜头（全景），接着是表现两个人、三个人或者单独的镜头，在这个场景结束的地方，进行二次定场。整部电影中，四姐妹的人物群像或者定场镜头不断出现，在影片的结尾处，其意义也几乎是集体的（具有不言而喻的意义）。这些群像的拍摄角度不一，但或者通过长镜头、定场镜头，或者通过场面调度，组成了导演是枝裕和的作者风格，也蕴含了其独特的场景政治和美学：关注季节、旧宅和人物的关系。

（六）“杨德昌体”

同样，顺着电影类型、题材或导演叙事“母法”（文体特征）的路线，

① ［法］安德烈·巴赞：《电影是什么？》，崔君衍译，北京：中国电影出版社 1987 年版，第 173 页。

② ［法］吉尔·德勒兹：《电影、思维与政治》，李洋，唐卓译，载于［法］米歇尔·福柯，等：《宽忍的灰色黎明——法国哲学家论电影》，李洋，等译，郑州：河南大学出版社 2014 年版，第 204 页。

我们考察台湾著名导演杨德昌，在其创作的《一一》《恐怖分子》等电影中，情感和语体的特征也十分明显，称其为“杨德昌体”不为过。杨德昌这种独特电影表现手法的形成，与其母法——对于都市的审视和抒情的坚持——相关。

在结构上，电影《一一》的叙事具有其他好莱坞模式所没有的优点，它显示为众多人物（生活碎片和情绪）的平行推进，整体并不是展现为情节性，而是“现象性”或者“状态性”。在该电影中，电影镜头和镜头（或者场景和场景）之间前后呼应，形成一种多个剧情（而不是剧作法中所规约的“事件”）集中展览，又顺着线性时间往前推进的模式。如果用一个剧情符号来表示，则《一一》这部电影的剧情推进是这样的：ABCD—ABCD—ABCD……。在观演效果上，观众注意到 ABCD 众多人物（比如简先生和妻子、简先生和大学恋人、洋洋、姐姐、外婆、简先生的小舅子）的动作在不断并置或者在时间上并不严格的匹配。尽管这些动作的镜头剪辑是在线性发展基础上进行的，但观众在意的并非一个虚构的封闭式故事，而是这些人物组合所产生的多种审美空间的感悟。比如，开头的婚礼和结尾的葬礼（同样的美学效果有英国电影《四个婚礼一个葬礼》这类一看就心有灵犀一点通的美学效果）之间的美学对应和错位、延异，组成一种含义晦涩、只可意会不可言传的美学格调。该类电影的时空叙事模式显得杂糅，它既非昆汀·塔伦蒂诺式的剑走偏锋，也非汤姆·提克威式的完全瓦解了现代经典叙事的合法性。

这种结构模式的叙事，往往依靠细致入微的镜头，细腻捕捉人物的表情、神态和情感，它带给观众的情感互动和感悟要比其他电影多得多。比起那些在电影时间或者空间上杰出的电影导演，这个被笔者归入“时空组合”序列的导演，其叙事能力更胜一筹，且体现了探索当代电影的叙事可能性（边界）的成果。

（七）“许鞍华体”

许鞍华作为香港电影新浪潮一代的杰出女性导演，运用先进与传统融合的电影形式技巧，反映处于时代变革环境下香港的城市空间，将独特的感性认识与社会新闻事件相结合，在日常的生活中表达出自己的人文关怀精神。许鞍华祖籍辽宁，幼年受祖父的传统文学熏陶，而后又接受西方电影教育，这使其既具有国际化视野又兼具中国古典的东方美学涵养。在叙事结构上，她的电影多采用一种时空交错的非线性叙述结构，电影《黄金时代》以萧红的独白镜头缓缓展开，摒弃了线性时间的束缚，人物的闪回与当下时空不断交错编织，形成了一种实验性质的人物传记片的讲述方式，与萧红的小说形式遥相呼应，奠定了许鞍华电影的非线性电影结构与中国民族气韵相结合的特色。

在题材与形式方面，许鞍华绝不会拘泥于某一类型和某一题材，早期电视台工作经历给了她一双观察社会变化的电影眼。无论是悬疑片、文艺片，还是武侠片、剧情片，许鞍华总是能将一种个人经验的体悟融入故事的叙事之中，赋予故事鲜明的主题特征——身份认同的困惑。许鞍华的电影虽然题材多元，但始终将关注女性，描绘女性成长和女性主体的特殊体验作为重点呈现。从《女人，四十》的阿娥，到《投奔怒海》中的琴娘，再到《桃姐》中的桃姐，许鞍华始终关注现代性和女性的关系。在电影《投奔怒海》中，以琴娘为代表的改造区越南难民面临国家革命威胁和家乡属性缺失的生存危机，宁愿冒险从海上逃离也不愿接受身份和生存方式的被迫改造。在电影《第一炉香》中，从上海独自一人来到香港的少女葛薇龙，被所谓的上流社会侵蚀，身份的认知和价值观念在时代怒潮下漂泊弥散，最终成了一个宿命的悲剧角色。学界评议其女性主义观照“拒绝单一的标签，有别于一种狭隘的女性主义电影思想观念，其电影往往是以一种对现实的细致刻画来体现她的人文关怀精神属性”。

综上所述，许鞍华的电影文本与文体在电影叙事风格层面、事件的终极主题以及独特的女性人文关怀角度具有一定的独特性，其对当代中国香港电影的多元化发展提供了现实层面的参考。

上述作为一种尝试性的——以亚洲导演姓名命名的电影文体的——做法，虽然可以比较精准地反映该导演极具个性化的电影风格，但是，以导演姓名命名也有着局限性。因此，除此之外，笔者尝试用次级体裁（语法）的粗略划分，作为区分电影文体的另一种分类方法。

譬如，笔者认为，电影文体的风格母法细分，还可以从下面的形态展开。

三、以风格的气质命名

在风格形态中，也可以以风格的气质（具体特性）命名电影文体。电影文体生成路径中的“诗性气质”母法，即为一种辨识电影文体的方法。譬如，电影的母法可以用显示中国古典诗学的风格美学词汇加以归纳。换言之，当代电影的风格特征，可以用一些具有类似审美特征观照的古代诗词美学词汇加以归纳，并将之归纳为文体，用作对当代电影的风格评判。它们具有很辽阔的审美疆域。这里，仅仅列出少数几个电影文体。①雄浑体：《英雄》；②雅典体：《小城之春》；③繁缛体：《布达佩斯大饭店》；④婉约体：《小城之春》《恋恋风尘》；⑤自然体：《一江春水向东流》；⑥白描体：《秋菊打官司》；⑦洗练体：《一个都不能少》；⑧悲怆体：《我的父亲母亲》等。

在风格谱系里，可以按照风格的属性分类，譬如雄浑体、婉约体、悲怆体、繁缛体、轻喜剧、白描体、抒情体等，也可以按照电影的（次级）美学属性、时空组合生成的语法从电影的（次级）美学属性分类，譬如诗电影、散文电影、慢电影、极简电影等。

（一）雄浑体——《鸦片战争》

谢晋的《鸦片战争》，风格雄浑，可以冠之为民族的史诗。《鸦片战争》带给我们的总体感受是痛楚与悲壮。痛楚来自编导者对 150 年前这段历史的正视。影片没有掩饰当时中国封建社会的封闭、落后、愚昧，没有掩饰当时中国统治者既惊慌失措又自高自大的可笑心态，没有掩饰一个东方的中华文明古国与一个西方新兴的资本主义国家狭路相逢，最终造成悲哀而荒诞的结局。而悲壮来自林则徐崇高的民族气节，来自虎门销烟的宏大气势，来自从广州、虎门到定海，广大人民、官兵抵抗英军侵略那前仆后继、流血牺牲的动人事迹和场面。这部影片最使人称道的正是这种浓重的历史真实感。

（二）悲怆体——《我的父亲母亲》

电影《我的父亲母亲》根据编剧鲍十的小说《纪念》改编而来。该片于 1999 年上映，并获得第五十届柏林国际电影节银熊奖最佳影片。影片采用第一人称“我”作为叙事者，通过时间倒错，围绕“我”的回忆为观众讲述了父亲与母亲缠绵悱恻的爱情故事。热奈特在《叙事话语　新叙事话语》中曾提出经典叙事学理论研究方法，通过对时序、时距、时频、语式和语态的分析，剖析电影《我的父亲母亲》的叙事机制以及“大影像师”如何利用叙事技巧建构观众对影片人物的情感认同。[①] 具体而言，导演通过重复、简约的白描、色彩和声音、传统的民族性元素，建构了一种属于散文电影的文体风格。显然，《我的父亲母亲》在风格的属性分类里，属于诗

---

① 刘书亮：《中国电影意境论》，北京：中国传媒大学出版社 2008 年版，第 256 页。

电影、散文电影、慢电影、极简电影等文体谱系。

（三）自然体——《雪豹》

自然，在司空图的评述中，是一种“自然本真的艺术风格”。崇尚自然是老庄哲学的基本观点之一，司空图正是在这种哲学观的基础上建立了“自然”的诗学理想。在诗歌传统中，王维的《渭川田家》、孟浩然的《过故人庄》、李白的《静夜思》《赠汪伦》称得上自然之作。[①]

而在中国当代的电影诗学实践中，达到自然境界的寥寥无几。万玛才旦的《雪豹》可以称得上一部自然之作。神圣的仪式、感恩的仪式、人类和自然共处一个空间的大和解仪式……在万玛才旦这部影片中呈现。最难能可贵的镜头语言，当属以雪豹为视角的回忆镜头，展现了“前无古人”般的神奇。当人类以人的视角去看雪豹的行为方式时，雪豹同样以它的视角在观赏人类的生存之道。超现实的动物视角带有仪式性，其沉默的寓言，也触及了中国藏族文化的宗教核心议题。万玛才旦在影片中表现出来的神话性和人与动物之间的这种善的交换意识，从小处讲是他个人性格和审美的折射，从大处讲，这种美学风格的养成，也与电影工业美学本身的“镜头语言”“叙事结构”“主题”的传承性有关。万玛才旦导演的文本，给了观众一种综合的美学体验和多重思考。从叙事的角度来看，电影《雪豹》采用的是小叙事，与好莱坞电影那种很大的叙事不同，仅抽取了一天中发生的一件事进行延展，这种延展是纵向的。万玛才旦的才华，却是通过他横向的刻画得以展现的。和易卜生有些相似，万玛才旦也在很小的叙事中加入了多元视角，比如女性主义、社会学、宗教、神话。同时，这部电影还前所未有地用雪豹的视点来呈现导演想象中的世界，跟随他的镜头，我

---

① 司空图：《二十四诗品》，罗仲鼎，蔡乃中译注，杭州：浙江古籍出版社 2018 年版，第 48-52 页。

们也在一步一步接近影片背后的真实世界。

（四）婉约体——《恋恋风尘》

婉约体是那种淡淡忧伤的电影，它处在悲剧和正剧（悲喜剧）之间。人类需要悲壮的情怀（以及这样的文学作品对心灵的滋养和对理性的触摸），也需要喜剧和悲剧来冲淡这种浓厚的悲壮情怀。婉约的哀伤体（类似日本的物哀文体）因而成为中国人表达情感的一种媒介。

我们拿日本电影——小津安二郎的《东京物语》、是枝裕和的《海街日记》与侯孝贤的《恋恋风尘》《风柜来的人》进行比较，发现几部作品虽同样有着婉约、悲情的含义，但是日本人普遍具有的物哀情怀和侯孝贤的婉约（含蓄）情怀相比，还是有着细微差异的。

在台湾导演中，侯孝贤是受中国传统文化影响最深的一位，也是最具诗人气质的一位。他的影片将中国传统文化的核心精神内化为一种自觉的人文关怀和艺术追求，并以诗一般的镜语体系将之呈现于观众面前。这使得极具个人风格的侯氏电影成为华语乃至世界影坛一道独特的风景线。侯孝贤的《恋恋风尘》正是这样一部展现中国人婉约之美、在语言上具有大音若希意境之美的电影。婉约之美，在于不能穷尽。有一种伤怀之美，蕴含在那些看似最为平凡的场景之中。仿佛大地的一记惊雷，突然间击中你最为敏感的神经。男主角阿远就是你我。许多年以后，我们仍然记得里面的场景：收到青梅竹马的信——跟邮差结婚，隐忍地哭。最后阿远回到老家，爷爷在锄地、种菜。镜头遥向远处。一种逃避。恰似一江春水向东流。也是王国维在《人间词话》中所阐述的从“有我之境”向“无我之境”的转换，昭示着一种境界的提升。仿佛，影像在瞬间变成了“采菊东篱下，悠然见南山”般的流畅和自然。在这种电影的镜头法则中，关于人的故事消失了，代之以“远山和天空”，代之以“人间的美学”（而非“人的美学”）。相比是枝裕和温和地批判时代、小津安二郎以天眼（慧眼）普度众生一般地俯瞰大地，侯孝贤则拍出了天地的苍茫和人间的悲喜之情。它们在折射现代文明的局限性的时候，对于资本主义批判的激烈程度，也会有所区别。

侯孝贤作为一位婉约表达时代的导演，其风格呈现大致体现在如下三个场域。①镜头和摄影美学。譬如，一些研究对侯孝贤电影作品在固定机位、长镜头等艺术技法上的运用。这些研究已颇为成熟。②研究其电影作品与中国传统诗学之间的渊源。从中国传统诗学的艺术技法与内在精神特质对侯孝贤电影创作的影响这一角度来系统研究其电影、系统阐述其影片诗性气质的来源、表现与旨归的研究。譬如，有学者从侯孝贤电影与中国传统诗学在艺术手段、审美追求以及精神旨归等各个层面上的联系出发，探讨其影片之所以散发出浓郁的诗性气质的缘由。全文着重从三个方面展开论述，以其影片对文化母题的诗情叙述、影像风格诗化境界的开拓、人文精神的诗性抒发，力求完整、深入地展现侯氏电影“银幕诗”的风貌。③综合的方法。从侯孝贤电影借由凝定深远的镜头、自然流动的结构、淡定自足的人物形象塑造等电影艺术手法的运用角度出发，完成了对乡土文明与城市文明的对照、历史变迁与个体生命经历的纠结两大文化母题的诗情叙述，呈现出恬淡的乡土诗意与磅礴的史诗气韵，并在上述过程中，展现出寄寓了中国传统文人式的人文关怀与诗性自由精神的内在人格气质。侯孝贤电影散发出的充满诗性芬芳的独特气质，彰显出其最为深刻、高贵的精神内核。

可见，同样表达时代之痛，对于时代和人的关系的诗性表达，不同文化语境的导演所采用的手法会有差异。侯孝贤的作品更体现出中华文化对现代性的审视。其作品在批判现代性对社会空间的异化影响时蕴含着一种大反思情怀，这种情怀并非单纯的批判，而是“哀中有着希冀”，故而使其对现代性的批判，也变成了一种婉约的、有所保留的情怀。同样，哪怕处在同一个文化语境中，不同导演处理相同的题材也有所差异。侯孝贤的叙事语式，善于用今天的视角看待昨天、用城市表现乡村情怀的失落。侯孝贤和杨德昌的创作落笔不一样，侯孝贤的创作伸展于乡村和城市之间，而杨德昌则聚集于城市，其作品所揭示的人性在都市中迷失与漂泊的悲悯主题，因而更具深度和复杂性。

四、文体母法的影像摄影和剪辑风格

（一）语体形态——从作者、时空配置到地理电影（偏重于风格）语体形态（风格形态）

对电影语体形态的再细化，则可见电影文体的二级谱系之呈现：气质、影像风格的呈现。

1. 新现实主义体——现实主义一级文体谱系里的二级文体

贾樟柯在其著名的“故乡三部曲”和以后拍摄的《世界》《三峡好人》《山河故人》等电影中，对于汾阳、三峡奉节、重庆、上海甚至澳大利亚的一些城市等真实场景的处理，也具有一种转喻和隐喻之间（营造现实和象征空间之间）游刃有余的美学效果。

在现代性、启蒙话语成为萦绕在中国电影人心中一个永恒主题之同时，我们很容易在中国第一代导演到第六代导演的演进中，看到一种刻板和脱域并存的局面。就像类似《城南旧事》的生活“现象界”叙事电影和类似《鸦片战争》的国家“超我界”叙事电影交织出现，在后者的谱系里，题材往往就是詹姆逊所说的政治。

难道因为中国第六代导演受制于教育、文化和哲学的熏陶，就可以定论其“几乎拍不出现象学意义上的佳作”吗？回答显然是否定的。在电影纪实美学的谱系上，贾樟柯的《小武》就是一种突破。

在施润玖的《美丽新世界》（1999）上映之前一年，即 1998 年，贾樟柯拍摄了电影《小武》。在电影《小武》中有一个场景，梁小武在歌厅认识了梅梅，而当二人情侣般出现在汾阳街道的时候，观众是震惊的。这种震惊来自对刚才“陪侍”关系的脱域，也来自梅梅身上过于鲜艳的颜色和对于汾阳灰扑扑的街道而言的一种突兀的反差——毫无疑问，这种反差就是导演想表达的社会意义。影片中另一次绝妙的身份和关系逃逸是：梅梅生病需要一个热水袋，而梁小武听说后二话不说就奔出屋门为梅梅去购买这个物品的行为。这里，镜头的处理非常有说服力。在这个狭小的屋子里，导演一开始并没有给我们一个全景（把梁小武的全身摄入镜框），而是展现了不完全的画面，似乎在强调着生活的不圆满。而在梁小武买回热水袋的那一刻，导演给了一个全景。似乎这个镜头的含义就是对故事中新的关系的一种描述，而旧的关系被忽略了。

事实上，《小武》中采用的镜头表意的手法不止一次。这显示了这位年轻的导演对现代性语言的领悟。这种领悟与他所叙述的故事相辅相成。笔者不知道贾樟柯在拍摄《小武》的时候，有没有阅读过法国哲学家列斐伏尔的著作《空间的生产》。基本上判断是没有阅读过的，因为这本书至今尚无完整的中文版。而目前学术界基本阅读法文和英文的原著。在这个全景中，贾樟柯实际上呈现了一种被列斐伏尔命名的第三空间场景。

在时间、空间和“装配的频率以及顺序”等电影叙事诗学的实践中，贾樟柯用缓慢和板块型的“延续和交替”并行不悖之法，来显影中国人情感的“底色”。先说满溢在《三峡好人》等电影中的“缓慢”镜头，它不仅昭示了以缓慢为美德的伦理潜意识，也显示了一种迥异于好莱坞之“快速为美”的基本工业美学法则（表 3-1）。只要稍作对照，这种关于“缓慢电影”的电影实践，与大卫·波德维尔在《好莱坞的叙事之道——现代电影中的故事与风格》所言的新好莱坞电影的快节奏趋势或者类似用越来越长的透镜来拍摄越来越紧凑的特写等技术[①]所追求的美学形成明显的差异。这也凸显了贾樟柯等亚洲导演在处理时间上特有的美学追求。大而言之，这依然属于电影时空上的探索，与美国电影理论家诺埃尔·伯奇所著《电影实践理论》中谈及的两个镜头之间横亘着 15 种时空表达方式（5 种时间类型和 3 种空间类型）的电影时空诗学相对应，也与帕索里尼的电影诗学遥相呼应。可以说，贾樟柯丰富的镜语系统，对应了被安德烈·巴赞、伊芙特·皮洛等电影理论家在《电影是什么？》《世俗神话》等著作中盛赞的纪实电影和长镜头神话谱系。

表 3-1　贾樟柯电影中带有现象学意义的镜头

贾樟柯电影中全景镜头出现的“情节点”位置	镜头的内容
在《三峡好人》中，离婚的夫妇重新团聚，走到一起。这个情节与为了配合三峡施工而几乎腾空的城市之面貌被摄入同一个框架之内，为的就是表现这种相互关系：突兀、强制和不可言说	
在《世界》中，这个镜头与电影的主题吻合，是为了表现生活的场景和虚拟的、世界公园的那些（被居伊·德波称之为“景观”的）场景的不和谐。就像这个场景，拉开的广角在告诉我们，建筑工人和小演员之间的琐碎生活片段，在那种具有全球化特征的景观衬托之下，显得愈加渺小	

① ［美］大卫·波德维尔：《好莱坞的叙事方法》，白可译，南京：南京大学出版社 2009 年版。

续表

贾樟柯电影中全景镜头出现的“情节点”位置	镜头的内容
在《二十四城记》中，赵涛扮演的一个为生活理想奔波的女人，与她行走的破败的街道之间，形成一种张力。这种张力是贾樟柯时常运用的，也是现代性（造成“满目疮痍”和人、街道、城市空间的异化）批评的有效图像证据	
在《山河故人》中，三个故乡人物（两个男人、一个女人）走进同一个框架，而叙事的内容是放烟火。这个场景的可贵之处是看起来渺小的三个人物，其位置是在流经汾阳的（大概是）文峪河水库相连的一条河流之畔，呈现一种人和自然的关系，因此带上了人类学的含义	

达德利·安德鲁这样评价贾樟柯：“它抵达了一种人种志（ethnography）的价值……贾樟柯的（电影）世界丰富。他发展了它的垂直维度，没有任何认知的地图或电子屏幕能代表这一垂直平面。我称为‘缺席的对象’在《世界》的中间部分反复出现，它开辟了一种视角，引领我们去探析表面影像背后的世界。我们自然通过俄国女人安娜，辍学的‘二姑娘’等边缘人物找到了这些缺失的物体。”①

将贾樟柯的影像风格与意大利的新现实主义进行比较——实际上更为精准地展现了第六代导演的影像表达之于现代性关系的双刃剑效应。一方

① ［美］达德利·安德鲁：《艺术光晕中的电影》，徐怀静译，北京：世界图书出版公司北京公司 2011 年版，第 200-201 页。

面，第六代导演总被电影批判界褒扬为现实的尖锐批判者。如果说《小武》继承了巴赞式的长镜头理论，《站台》则是对“一个时间，两个空间”或者“迁徙”模式的史诗性再现；如果说《任逍遥》是一次戏剧性线性时间美学的实践，而《三峡好人》则有意放慢了镜头的转换速度和频率，全剧几乎是对心流电影、缓慢电影或者情感电影的美学再现；如果说《二十四城》《世界》是一种跨越工业时代和后工业时代的现代性城市空间的再现，《天注定》《山河故人》则开始用板块式的叙事对全球化时代中国人的碎片化经验进行了一次还原。上述影片呈现了贾樟柯的美学特征；但是，我们在贾樟柯等第六代导演的影片中，也往往因为看见“某一种影像”，而“看不到”了“某种影像”。在美学上，这是一个顾此失彼的问题。贾樟柯的电影对现实的批判有余，但是对于人性丰富性的表达，则相对较少。为此，将贾樟柯影像风格界定在“新现实主义体”，既是肯定，也有一部分的潜台词：“这种表达过于陈旧。”

2. 东方魔幻体——《侍神令》《西游降魔篇》

所谓魔幻电影，是指电影工业中借助神话和虚构的魔幻题材，进行一种糅合高科技和高投入，以英雄故事和景观的双重配置来叙事的电影。譬如，高投入的好莱坞大片“指环王三部曲”（分别为《指环王：护戒使者》《指环王：双塔奇兵》《指环王：国王归来》）即为代表性的魔幻电影。东方的魔幻电影，又是以香港特有的工业特征决定叙事模式的，如《倩女幽魂》《倚天屠龙记之魔教教主》《东方三侠》《白发魔女传》《蜀山：新蜀山剑侠》等。这些电影，很好地结合了魔幻类型的叙事模式和香港地域特征的本土化策略。而到了21世纪，中国的魔幻电影获得了长足发展。中国大陆发展出了一种新颖的将中国古代的奇幻、魔幻、神话题材进行文学改编，甚至将新的网络神话小说和游戏进行改编的新文体：东方魔幻体（所谓东方魔幻类型的文化转化和本土改写）。

魔幻题材电影《侍神令》改编自腾讯热门游戏《阴阳师》，而后者正是取材于日本著名奇幻小说《阴阳师》，讲述了日本平安时代阴阳师安倍晴明与友人源博雅一起除鬼伏魔的故事。与勘测风水、观天相面的中国战国时期“阴阳家”不同，日本阴阳师糅合当地神道教、咒禁道文化，成为传说中镇压鬼怪、服务上层阶级的“天师”型角色。《侍神令》在人物设计及妖怪形象塑造上借用原游戏设置，但在文本内核中摒弃了日本原小说中人鬼一体、万物共存的幽玄意味，更具舍生成仁、大义为先的儒家思想，故事主旨也不再是人性善恶的个体思辨，而是为天下苍生自我牺牲、放弃个人情爱的君子气度和儒士精神。在妖怪设置上，《侍神令》融合《山海经》及民间神怪传说，既有相柳这样的上古凶神，又有桃花妖、蜘蛛精这样的本土小妖，美术风格及文化意涵充斥着浓郁的中华韵味。这种东方魔幻体，除了《侍神令》，尚有“济公”系列、《长安伏妖》等影片，它们都体现了本土传统文化元素在奇幻类型影片中的借用和演绎。[①] 同样，周星驰导演的《西游降魔篇》（2013）也因为糅合了魔幻、冒险和香港喜剧文化等元素，显现了独特的喜剧魔幻文体特征。在文体上，此片依然可以归属于东方魔幻体。它与10年后由乌尔善导演的《封神第一部：朝歌风云》（2023）一起成为逐渐得到观众认可的鬼怪、古装、奇幻电影文体。

有研究者指出，这些电影文体的改写和创作，客观而言具有优点：第一，这些作品采取工业美学式的制作方式，在筹备、制作、跨媒介运营与整体视觉风格营造等环节实践全流程的工业化运作，打造中国式神话史诗世界；第二，这些影片往往注重对中国古典资源的创造性转化，在传统神魔小说与历史典籍的基础上以现代观念加以整合和改造，适应当代人的价值观念。同时，这些影片受到中国本土近年来高扬文化主体性思潮的影响，以更加平和、包容、创造性的态度面对中国传统文化。但是，其缺点也明显存在：过分强调“中国性”，包括强调中国的儒释道之哲学观，强行推销

① 葛学斌，杨立平：《浙江电影年度发展报告（2021）》，杭州：浙江大学出版社2022年版，第11-40页。

“民族性”，也令其超越了此前的古装大片，但在全球文化保守化的新语境下，也带来了跨文化交流的新困境。[①]

3. 章节体或者元电影——《永安镇故事集》

电影《永安镇故事集》有两个文体属性。作为章节体的电影，从其片名《永安镇故事集》就可以揣测到这种电影文体所具有的文体特征。①章节体结构。电影由三个有着联系的人物故事组成：第一个是关于永安镇上的一家规模中等的饭店里“年轻的未来掌柜（媳妇）”的故事；第二个是关于女演员（出名的演员回到故乡的遭遇、所见所闻和所思所悟）的故事；第三个是关于（第一部遭遇滑铁卢、第二部想扳回一局的）朋克导演和永远修改不好剧本的、失败编剧的故事。②小人物叙事。虽然故事中的导演被剧中的影评人恭维为“能改写电影史的一颗新星”（大意如此），但是请记住，那是在剧情中，由一位角色说出，属于主观判断。在第三个故事（导演和编剧）中，我们发现，导演虽有着热爱电影、为电影献身的初衷，但找不到自己的语言，属于“暂时的”“失败者”类型。编剧，更是无厘头。在商业和艺术的语境里唯唯诺诺，均没有找到出路。第二个故事，照理说是一名“著名”演员的回乡故事。但是，这“著名”也是剧中人恭维的。从剧中一个宴会场景中，我们得知，那些发达了的乡人，用低俗的情调玩弄着（自己的眼中的）电影。包括一开始开发公司老总一段模仿张艺谋《有话好好说》的桥段。从“安红、我爱你”的台词模仿中，我们得知该名所谓著名演员的全部“实在界”生活样貌。这种不堪的生活“实在”，与后来他去小时玩伴家里吃晚饭时所展现的场景，可谓暗中贯通（第二个故事最为精彩）。第一个故事也比较出色，饭店“女老板”在生活中遭遇了日常琐碎对理想夫妻生活的腐蚀，她为稻粱谋的生活日常，正遭遇一个来

---

① 陈旭光，杨宇：《“重述历史”“想象神话”与传统文化的“现代影像转化”——从〈封神第一部：朝歌风云〉论开去》，《宁夏社会科学》2024 年第 1 期，第 185-193 页。

永安镇取景拍摄“饭店老板娘”的故事的隐形重叙。两者既形成了一种对应，也蕴含了对乡镇生活状态的批判。事实上，在这个序列里，中国生产的电影文体还是很多的。21世纪比较有文体意识的电影，还包括编年体电影《被我弄丢的你》(模仿日本电影《花束般的恋爱》)、家庭民俗志电影《吉祥如意》、出狱者电影《狗阵》等。

该电影作为元电影，对准文艺片导演的现状进行叙事，是对目前的小电影制作者们的一次深情赞歌，或者戏谑自嘲。因为电影表现了电影行业内部，所以该电影可以称之为“元电影”(它是关于电影人如何制作电影的电影，这也是一个关于电影制作者卑微、实在和艰难的“自慰式”元电影作品)。元电影的理论家费尔南多·加内特在克里斯蒂安·麦茨和茱莉亚·克里斯蒂娃等学者的理论基础上，总结出元电影媒介自反的两类特征：“电影机制自反性”和“电影本体自反性”(其中，“电影机制自反性”的元电影关注电影创作和接收的过程与机制，并将其作为奇观展示；而“电影本体自反性”则关注一部电影和其他电影文本形成的“镜像游戏”，通过对某种类型、影片内容和风格元素的暗指与互文形成电影本体的自反性)。电影讲述“一伙电影人进入永安镇，筹划拍摄电影，其间遭遇了女一号易人、制片人压制、影评人的翻脸等不顺利，哪怕在开机的那一刹那，剧本也没有真正完成”等没有高低起伏剧情的电影制作过程。剧中有一句贯穿全剧的台词“在永安镇什么也不会发生”，实际上永安镇还是发生了一些事情的。电影也起到了现实主义批判的作用，包括对女性的觉醒话题的开启，以及作品中包含的对封闭小镇伦理和道德状况的批评。

(二)传播媒介——传播时代观众为王的“新母法”

第二种以传播媒介作为生成文体的母法，是一些新的电影手法和使得新的电影文体生成的科技手段、新的表现媒介，譬如5D电影(科技馆电影《萤火》)、立体电影(《盗梦空间》)、科幻大片(《星球大战》)、网生代电影(网络文学和影视棚拍的结合《小时代》)、网络剧(抖音时代的新文体《19层》)、微电影(快餐文化和电视剧模式《我的归途有风》)、竖屏电影(小叙事和流水制作《超越吧!阿娟》)、沉浸电影(对传统媒介的挑战《夜间咖啡馆》)等。如果对上述电影新文体进行综合归纳,则会发现它们有着共同点:它们作为电影文体,其均生成自电影体制中的“消费和传播媒介”的范畴,也即,它们均是媒介领域里生成的文体。

在由传播媒介特性的差异生成的电影文体谱系里,媒介(譬如影院媒介)成为“母法”。事实上,这个路径是新时期电影文体生成的主要路径(也注定是将来的电影文体生成的主要路径),它代表着未来的电影。譬如,在传播媒介的路径里,我们从电影装置性、综合性出发,与游戏界面(媒介)融合后生成当代游戏电影,从景别和构图等出发的当代视觉盛宴电影(宽银幕和科幻电影)——它们都代表着未来的电影文体。

1. 全景(宽银幕)和表现主义——“科幻电影”“好莱坞大片”

全景与表现主义的联姻,或者说,宽银幕催生了“科幻电影”和“好莱坞大片”的程式。电影诞生在现代资本主义社会,资本的逻辑和资本生存的都市环境,形塑着现代都市市民的现代经验。市民对于都市的感知,有一部分也就是对于消费品和艺术品(电影)的感知(这方面的著作可以在本雅明的《发达资本主义时代的抒情诗人》中得到印证)。只有两者吻合,才能令观众满意。于是,现代都市中的建筑,促成了电影中的各种具有建筑效果的蒙太奇。拱廊、城市天际线、俯瞰镜头不约而同成为都市电影的镜头程式。同样,对于未来的幻想,令电影的题材有了科幻题材,也令电影的表现手法有了全景或者表现主义等多元的手法。全景满足了市民对于旅行(财富)等全新生活的向往,而表现主义则凸显了人们对于“奇观”的渴求。

图 3-5 显示了《千禧曼波》中的一个奇观化场景。舒淇饰演的女主人公维奇，在都市的电光声色中挥霍青春、迷失自我，这种状态在她面对一个隧道时展露无遗。侯孝贤捕捉了这个意味深长的镜头。这种表现主人公与现代性关系的镜头，在安东尼奥尼的《放大》《蚀》等电影中也有所展现。原因是，隧道镜面、拱廊、玻璃幕墙、巨大建筑物等处的场景，总有微言大义的意蕴。其奥秘在于："都市电影和奇观影像"本身就具有一种因缘（女性成为被窥视的客体，又成为去窥视这种具有震惊效果的标志性城市风景的主体）。

图3-5　电影《千禧曼波》中的隧道场景

2. 网络时代小媒介和新文体的互动

同样，在全球化时代，互联网的发达催生了一种叫作网生代文体的电影，其本质（语法）是网络文学和影视棚拍的结合，而网络剧作为抖音时代的新文体、微电影，也是快餐文化和电视剧模式的联姻。手机文化的发展，更催生了竖屏电影——它是小叙事和流水制作这一工业化门槛下沉的产物。同样，生活的后现代碎片化和个体化的膨胀，灌溉了小众电影，于是一些模仿酷儿电影和沉浸电影的制作出现了，它们也体现着对传统媒介的挑战。

（三）观众——催生的电影文体“新母法”

1. 以观众感知和认知为主导生成的“文体”

除了电影作者的路径、媒介的路径，我们也可以按照电影文体生成路径中的“观众感知”母法路径来分析电影文体的生成。在这个序列或者谱系中，我们列出其生成的文体，母法均来自观众的感知、认知和情感体验。譬如，我们可以列出如下基于观众的认知和情感生成的电影文体的谱系。①催泪电影：《妈妈再爱我一次》；②苦命戏：《被嫌弃的松子的一生》；③惊悚电影：《闪灵》；④恐怖电影：《咒怨》；⑤数据库电影：《盗梦空间》；⑥妄想症电影：《空中危机》；⑦精神分裂症电影：《美丽心灵》《黑天鹅》；⑧失忆症电影：《记忆碎片》；⑨游戏电影：《密室逃生》；⑩文艺片：《百鸟朝凤》；⑪ 都市抒情诗体：《一一》；⑫ 编年体：《花束般的恋爱》；⑬ 小确幸：《盛夏未来》；⑭ 庶民体：《东京物语》；⑮ 男频电影：《无双》；⑯ 酷儿片：《蓝宇》《春光乍泄》《喜宴》等。之所以称这些电影为“文体”，是因为其处在可以命名为文体，或者暂时还不能成为约定俗成的电影文体这一模棱两可的状态中。

在消费的领域，观众成为电影文体生产的另一个源头。时下流行的电影文体正是生成于观众的认知和情感需要。不同的观众体验催生不同的电影文体。譬如，下列文体就是以观众的感知作为“母法”生成的：①文艺片：刻写人生成长和社会文明进程之“协商”（《送你一朵小红花》）；②从《诗学》中的喜剧这一古老形式出发、演绎、生成的当代喜剧和“小清新”［譬如中国台湾电影《那些年，我们一起追过的女孩》（2011）及其日本改编版《那些年，我们一起追过的女孩》（2018），二者在相似的剧情背后凸显的细节差异，如图 3-6 所示］；③从剧情片（melodrama）这个古老的混合体裁出发，在当代，国别、文化语境和观众在这种文化语境下的认知和习俗不同，使得剧情电影生成了许多“在地性”的次级类型（文体）。

图3-6　中国台湾版和日本版的文艺片《那些年，我们一起追过的女孩》，在相似的剧情背后凸显的细节差异

2. 案例示范

（1）由观众生成的电影文体——中国抒情性剧情片

同样的家庭情节剧，在西方的叙事模式，总是关联中产阶层的利益和社会伦理观的协商（譬如道格拉斯·塞克的家庭情节剧《深锁春光一院愁》等展现的伦理），即一种资产阶级的家庭情节剧。在中国，家庭情节剧牢牢扎根于“家 = 国”的传统伦理中，从而走向了抒情性的“剧情片”文体（或温暖现实主义文体）。《送你一朵小红花》即中国“抒情剧情片”电影文体的一次成功。该电影在类型的叙事框架里糅入了许多当代元素，从而使得其在范式演进、价值塑造、风格设计上与典型家庭伦理题材有了诸多不同。①青春题材与家庭叙事的同生共融。影片以两个患癌少年向死而生的

爱情故事为主要线索，串联起癌症病人家庭生活群像，影片以青少年视角展开，青少年心性的叛逆、冲动、尚未完善的世界观都冲击着本就因经济压力和精神折磨而逐渐脆弱的家庭关系，主人公与病魔抗争的过程同样是他长大成人的过程，也是一个家庭从不稳固到逐渐坚不可摧的过程。影片结尾，两个少年以一生一死为各自命运走向下了注解，但双方家庭都在这一场离别中获得了成长、释然、解脱，进入了新的生活阶段。②积极的生死观建构。大量与疾病、死亡相关的故事都难免赋予观众显性的情绪压力，进而带来审美上的恐惧。《送你一朵小红花》将叙述重点从与死亡拉锯上移开，探讨如何在死亡的阴影下积极追求乐观美好的生活，情绪基调始终振奋昂扬。

虽然有诸多特色，但是将该片上升到文体特征的无疑是下列符号。①去技术主义的返璞归真，诚恳和质朴的风格、大量动人生活细节的展现。②找到替代性符码。文艺片的缺点，是其在视觉奇观上乏善可陈。因此，对其优势的再造，本质即找到替代快感的支撑。为此，创作团队有意避开了在一般文艺片里成为惯例的病患治疗、手术的痛苦场景，使影片笼罩在充满想象、戏谑的浪漫主义中。青涩的爱情赋予苦难以诗意，死别赋予生命以哲理，马小远蓬勃的生命力和善良乐观使她成为影片的精神支撑，也是作者豁达、正向生死观念的承载和体现，让该片传递了健康正确的生死观（也使得 20 世纪 30 年代的伦理情节剧《马路天使》和当代剧情片《送你一朵小红花》中的“无依”和“有家”成为鲜明对比，如图 3-7 所示）。除此之外，该文体在影像语言和细节捕捉上，以生动可信的人物情感、准确的社会观察、现代性的视听设计、差异性明显的创作风格来吸引观众，其中，文本与大众的交流——接受和共鸣成为关键。忠于内心，脚踏实地，忠实地将创作者的生命观察和内心思考清晰展示给观众，是《送你一朵小红花》能够成功的原因。[①]

① 葛学斌，杨立平：《浙江电影年度发展报告（2021）》，杭州：浙江大学出版社 2022 年版，第 11-40 页。

图3-7　20世纪30年代的伦理情节剧《马路天使》和当代剧情片《送你一朵小红花》中的“无依”和“有家”

（2）惊悚片——得益于观众的心理体验而成名

从电影影像的吸引力——影像的震惊体验——母法出发，到当代更为恐惧的惊悚片、犯罪片和黑帮片，惊悚片的观众感知催生了不同的文法和文体。譬如，早期的电影带着给予观众“震惊体验”（shock experience）的影像风格。第一部电影《火车进站》可以说是一部带着“震惊体验”的惊悚电影雏形。在早期电影中，汤姆·甘宁发现了观众在观影过程中的“震惊体验”。恐慌，正是观众在电影院里寻求的东西。而这种体验的美学根源则来自一种“耸动性”的文化和艺术传统。譬如18世纪的哥特文学，即是以追求“耸动性”作为其艺术功效的。在这个理论的支撑下，恐怖电影、震惊效果在电影中蔚然成风。在影像语言上，为了与这种“耸动性”匹配，电影实践者发现了停机再拍、多次曝光、叠印法、遮盖法、变形法等特效，无一不是与耸动的电影本体之美学追求相呼应。同样，在选择的表现对象上，那些不常在日常生活中出现的事物——阴沟、下水道、显微的事物、飞翔中的动物、隧道和那些庞大的事物、深不可测的海底、海水、海中植物成为电影表现的对象（见克拉考尔的《电影的本性——物质现实的复原》）。而在文体的差异上，库布里克的《闪灵》与日式惊悚片《毛骨悚然》虽属同一个由观众的心理感知引发的类型，然而二者在影响观众的恐惧之剧情设置和情感反应的路径上，是有着明显差异的。前者通过硬核的恐怖画面（譬如血液之河在走廊喷涌而出）和音响效果与观众交流，是通过震惊（shock）来影响观众的恐惧的；后者则通过一系列更为细腻的细节表达，逐渐引导观众进入人物扭曲的内在风景世界，观众是在沉浸（immersive）状态下被恐惧包围的。

（四）观众感知的细化——情感和体验（朝向未来的观众主体电影）

下列电影的次级文体，更是凸显了观众情感体验作为母法生成的主体性地位。

1. 电影文体生成中的“情感仪式”母法

在这个序列或者谱系中，我们列出在观众感知序列里的一种更为次级的序列：观众的“情感仪式”为母法生成的电影文体。譬如，我们可以列出如下电影文体的谱系。①牺牲、成长电影：《青春祭》；②男色、古装电影：《御法度》；③命运、史诗电影：《活着》；④寻找、西部电影：《寻枪》；⑤成长、少女和痛苦：《过春天》；⑥黑暗和无知电影：《盲山》；⑦纯真体：《苏州河》；⑧记忆体：《东京夜曲》；⑨拯救体：《辛德勒的名单》；⑩救赎体：《一夜》；⑪ 精神分析和探索（惊心动魄事件）电影：《沉默的羔羊》；⑫ 文艺电影：《周渔的火车》；⑬ 爱欲电影：《开往春天的地铁》；⑭ 悲哀、纪实、青春的诗学：《青春》；⑮ 反讽、悲悯和救赎：《蓝白红三部曲之蓝》；⑯ 苍凉美学：《我的父亲母亲》；⑰ 纪实电影：《四个春天》；等等。

2. 电影文体生成中清晰的语义场母法

同样，在这个序列或者谱系中，我们列出在观众感知序列里的另一种更为细分的次级序列：语义场为母法生成的电影文体。①反牺牲仪式电影：《马路天使》《神女》；②集体仪式电影：《开国大典》；③民族大义电影：《鸦片战争》；④傻瓜电影：《一个勺子》；⑤出狱者电影：《狗阵》[①]等。

3. 电影文体生成中暧昧的语义场母法

除了上述次级文体，有时候，观众感知的细化，可以抵达过去时代无法想象的后果。我们甚至可以这样说：是一部分敏感的对电影有着特殊要求（或者癖好）的观众催生了一种比较细分的电影文体。譬如暧昧体、江南体、怅然体、乡愁体、杂糅体等。

当然，用暧昧、江南等词汇去命名一种电影文体，稍微显得有点牵强。但是，我们可以肯定，在一些场合它们确实存在，而且它们每天都在生成和衍化。它们的出现，再次证实了美学风格和文体特征内涵分析的复杂性，有时候它们以反对逻辑分析的纯粹感性的形式出现。

（五）从情感—母法出发，生成当代剧情电影、爱情电影、家庭电影和女性电影中的文体

在爱情电影中，充满了爱的语义和语式的多样性。次级爱情电影的情

① 出狱在中国文化语境里，具有一种独特的文化属性，因此，以出狱者为题材和故事主人公的电影，实际上就自然携带了一种由中国集体文化赋予的主题符码和情节符码属性。出狱者——电影文体，因此为笔者所强调。

节（语式）和主题（语义）的捆绑，产生于该次级爱情电影（或者爱情电影）的特定语义场。一般而言，爱情电影需要同时满足三个语境条件：超越低等层次需求的社会文明（譬如基本具备的法治化和现代化）环境、人与人关系具备的文明礼仪、类型电影叙事技术（电影场面调度和后期技术）的娴熟。电影《浪矢解忧杂货店》《情书》《失乐园》《夜空中总有最大密度的蓝色》成为成功的爱情电影，就满足了上述三个条件。除此之外，日本纯爱电影中升华的“生死仪式”与“人生仪式”，也关联日本民族性格中特有的“依赖”“宽容”“原谅”“歉疚”等性格符码。

爱情的肉身（运动）与时代性组成了具有社会伦理意义的（被誉为有深度的）爱情电影的元素，谢晋的《芙蓉镇》等电影就抵达了这种深度。而当代——后现代美学浸淫下的爱情电影的意义则不在于此（深度），而在于横向拓展的“语义”（主题和题材）和“语式”（形式和技法）中。

爱情电影往往呈现出一种叙事或主题程式。

1. 第一种爱情电影的模式为成功的爱

①两个人历经磨难，终于走到了爱的世界（《风月俏佳人》《诺丁山》《毕业生》《蒂凡尼的早餐》）。②两个人从爱的世界开始，走到了爱的分裂（《安妮·霍尔》《花束般的恋爱》）。③回忆中的爱（《泰坦尼克号》《返老还童》）。语义场：史诗剧、岁月的诗学。④替代性的爱：圣洁的、似是而非的爱（《罗马假日》）。

2. 第二种爱情电影的模式为失败的爱，以及具有伦理争议的爱

①一开始爱，最后无疾而终：两个人从爱的世界开始，走到了爱的分裂（《安妮·霍尔》《花束般的恋爱》）。语义场：从拥有到失去的过程美学。②爱而不得（《情书》《英国病人》《云上的日子》《爱乐之城》），或者由于爱而导致的精神分裂（《双面情人》《革命之路》《鳗鱼》）。③爱的悲剧（《霸王别姬》《罗密欧与朱丽叶》）。④乱伦（《洛丽塔》《戏梦巴黎》）。⑤出轨电影（《廊桥遗梦》《花样年华》《芝加哥》《驾驶我的车》《小城之

春》)。⑥同性之爱(《断背山》《阿黛尔的生活》)。⑦其他有罪的爱。譬如，爱导致的嫉妒以及犯罪(《奥赛罗》《美狄亚》《花容月貌》)。

在第二种爱情电影的(主题和情节)模式中，以下次级文体成为常见文体。①爱导致的嫉妒以及犯罪(《奥赛罗》《美狄亚》《花容月貌》)语义场：人性为爱所导致的缺陷之哲思和现象美学。②为爱而不得(《情书》《英国病人》《云上的日子》《爱乐之城》)。语义场：分手的美学。③由于爱而导致的精神分裂(《双面情人》《革命之路》《鳗鱼》)。语义场：人间的美学。④爱的悲剧(《霸王别姬》《罗密欧与朱丽叶》)。语义场：悲怆的美学。⑤乱伦(《洛丽塔》《戏梦巴黎》)。语义场：警示和告诫世人的美学。⑥出轨电影(《廊桥遗梦》《花样年华》《芝加哥》《驾驶我的车》《小城之春》)。语义场：不同的出轨情节，所蕴含的意义随着时代和民族差异而有所区别。一部分的出轨是不被原谅的，一部分的出轨情有可原，一部分的出轨，则是内心的层面，尚未到达身体的层面。它们戛然而止——说明了一种东方含蓄的美学。⑦圣洁的、似是而非的爱(《罗马假日》)。语义场：灰姑娘的现代翻版故事。不同阶层的爱的行为准则，或者，付出意味着大爱，这种大爱有时候不必是身体的爱。同样的影像，按照观众的不同，可以有不同的所指。⑧爱的罪。如强暴电影(《百元之恋》《不可撤销》《青春残酷物语》)：强暴电影作为一种题材和次级类型，已经占据了“爱之罪”序列里的一部分比重。强暴作为一种社会性现象被呈现。语义场：特定时代的爱情模式，或者东方社会语境下的青年人的觉醒与迷惘。

在爱情电影(或者情爱电影)中，还存在如下现象。

其一，在爱情电影中，主角成为观众欲望的投射。按照劳拉·莫尔维的观看理论，男性观众观看建构的观演关系上——现代电影的欲望结构，基本上围绕着男性观众展开，很少有女性欲望主体电影(从女性欲望出发的电影)。因此，美色、女优——成为日本电影的标签。哪怕在非爱情电影中，女主人公的选择也是观众爱欲的投射。譬如，在中国电影《神女》《马路天使》《苏州河》《榴莲飘飘》、日本电影《海街日记》《无人知晓》《小偷家族》中，女主角的扮演者都很好看，至少很有气质。在《小偷家族》《无人知晓》中，均有十分漂亮的女主角（亚纪和信代），不仅如此，她们均从事着或者从事过软色情的服务。在《苏州河》中，爱情故事的主角为周迅一人饰演两角（牡丹和美美），其外貌也令观众产生爱欲投射。

爱情电影作为现象——爱情电影表现爱情，是人们认知爱情为何物的媒介。同时，爱情电影总能成为观众爱欲的投射对象（譬如《蒂凡尼的早餐》）。它的另一个语义场是，爱情电影作为当代人的生活仪式或者情感仪式。在一些大制作的爱情电影里，它的完成必须借助工业化的制作模式（《罗马假日》《卡萨布兰卡》）才能达到，因此它也指涉与大众情感牵连的工业美学。

其中，爱欲与文明——依然是电影热衷表达的主题和题材。精神分析的鼻祖弗洛伊德和法兰克福学派的代表学者马尔库塞，都把爱欲作为艺术表达（发生）的动力来看待。爱欲作为艺术的发生，也在电影这门新颖的艺术里得到了印证。毋庸置疑，在电影的百年发展史上，许多叙事都是关于爱情的，许多故事里都有一个为了爱而存在的角色。这些以爱为主题的电影，可以再细分为多种次级类型和题材。

其二，爱与死总在一起。按照弗洛伊德精神分析法，爱与死的捆绑，源于人类对于爱和死亡的冲动。同样，弗洛伊德精神分析理论，不仅指出爱欲是人类的基本欲望，而且为死亡冲动给予了正名。死亡驱动的精神，与观众的接受，也无比契合。电影院成为观看死亡仪式的场所。于是，无论是日本电影《浮云》《东京物语》《无人知晓》《小偷家族》《入殓师》，还是欧美电影《爱比死更冷》（法斯宾德）、《双重保险》（比利・怀尔德）、《魂断蓝桥》、《唐人街》、《罗密欧与朱丽叶》、《哈姆雷特》、《美丽人生》、《一天》、《第六感》，均如此。

3. 从观众游戏的本能出发——电影文体的生成之源

譬如，心智游戏正是这种母法生成的文体形态。这些电影中，往往有

“诡异的细节、脑筋急转弯的观影乐趣，而且因为这些影片跨越了主流好莱坞电影、独立电影、作者电影和国际艺术电影之间的界线”[①]，心智游戏电影是对于近年来出现的诸多新电影的综合概念。如果稍做划分，则可以有多种次级类型。①数据库电影：《盗梦空间》；②妄想症电影：《空中危机》；③精神分裂症电影：《美丽心灵》《黑天鹅》；④失忆症电影：《记忆碎片》；⑤游戏电影：《密室逃生》；等等。

4. 镜头配置导致的文体

另一种区别于情节驱动或者人物驱动的母法形态为电影镜头配置导致的文体。譬如，在电影生产中，长镜头和分镜头、景深镜头通过剪辑组合而成的场景镜头，形成了电影叙事形态的差异（这一点与文学截然不同）。从观众心理学的角度来讲，长镜头满足了观众精神世界里的“木乃伊情结”（再现和保存记忆的原始精神需求），分镜头满足了观众对于叙事的渴求。故事，就这样在电影发明之后走进了观众的心灵，电影延续了古代读者对于传奇剧、绿林好汉故事、罗宾汉故事、民间传说、漫画、街谈巷议、轶闻、传闻、传记等的偏爱。而且，电影作为可以有蒙太奇的科学事物，比想象的阅读效果更有魅力。这种魅力就是视听的魅力。

五、母法—体裁的“补充”形态

考量一部电影（或一种电影）的母法，具有多种观看和阐释的方式。而从母法——文体的生成形态来看，以下两种方式是比较常见的。

（一）方法一：根茎式结构

电影文体的形态，通向不同的电影参数。这些参数的出现，完全是按

① ［德］托马斯·爱尔塞泽尔：《心智游戏电影》，尹乐，陈剑青译，《当代电影》2017 年第 1 期，第 29-37 页。

照电影本体所具有的特征萌生和演绎的。而且，这些参数之间的关系，既不同于简单的三段论，也不同于一种单纯的层级关系，而是类似于德勒兹的“根茎”理论，既杂乱、无序、复杂、多维……也代表着无逻辑性，永远的生成性等属性。

譬如，如下参数都是被允许的。参数一：该电影是否以演示或者叙述为主？叙述者采用的是角色、非角色还是混合叙述者？它通向戏剧和小说的源头。参数二：该电影是否以正常的电影时空为主。譬如一般商业电影的叙述时间为 2—10 年，超过这个时间，一般理解为史诗电影，小于这个时间，一般被认为是小叙事电影、小清新电影、季节电影。又如，如果电影场景为 200 个，则显示该电影倾向于商业动作片，如果电影场景少于 100 个，则显示该电影倾向于艺术电影、美术馆电影、家庭剧、客厅剧，甚至一镜到底的实验电影、监视器电影、同步录像电影。它通向观众的类型。参数三：该电影的镜头和剪辑时长、速度和频率。这个参数主要包含衡量电影是否追求信息容量的商业电影倾向，或者追求与观众的感知互动的艺术电影倾向的指标。慢电影就是其中一种剪辑速度缓慢的电影。它强调感知的形式和强度。

（二）方法二：框架式结构

与根茎式结构迥异，框架式结构在乎文体形态之间的逻辑关系。譬如，我们依靠逻辑框架，可以这样来划分电影的文体（以下分类为笔者实验）。

①从电影制作的方式分类：如主旋律电影、小清新电影、小投资电影。

②从电影作者分类。譬如“谢晋体”，使观众截获到了谢晋剧情电影中的独特结构。在接受的层面，谢晋电影十分注重中国观众对于“善良”“悲情”“宿命”“抗争”等国民性情愫的呈现。它们因此容易与观众产生共鸣。

③从电影制作的地域性分类：贵州电影、杭州新浪潮电影。

④从电影的美学属性分类：诗电影、散文电影、慢电影、极简电影。

⑤从电影文体的传播分类：如传统的胶片电影、网生代电影、数字电影、手机电影、竖屏电影。

⑥从电影文体的消费（感知）方式分类。如沉浸电影、虚拟电影、付费电影等。

⑦从电影文体的消费观众群落文化分类。电影文体的生成，还与消费者群落的集体需要和集体阐述这一行为方式有着密切关系。如当代中国（特别是进入全球化时代之后的中国）的年轻电影观众，一般喜欢消费谍战电影，这跟战争时期我们在被占领区展开的谍报工作有关。

⑧其他分类。譬如，（魏书钧导演的）初看像犯罪伦理片的先锋艺术电影《河边的错误》的诞生，则与本电影的原著为曾经的先锋小说家余华的知名度和其小说反映事实的后现代方式有关。余华的同名小说《河边的错误》以一起凶杀案开头，随着案情的深入，观众看到的并不是通俗的警察和犯人之间的故事，而是跟随嫌疑犯呈现出那个时代中国江南小镇的人性发现和现代性人格的苏醒。改编后的电影可以说延续了这个先锋主题，在气质和风格的塑造上，也竭力还原小说的味道。笔者将其定调为：杂糅体，意为悬疑剧和江南电影的混合（见附录）。

再如，同样具有儒家主题特征的中国科幻大片《流浪地球》《流浪地球2》，代表了中国在当代工业消费达到全世界首位，而工业水平也在不断提高的事实。这两部电影的制作工艺十分精湛，可以看作中国电影向好莱坞看齐的科幻类型电影。同样，中国谍战片《风声》和《刀尖》，既可以被当作一般类型电影（在这个序列里，韩国谍战类型电影都在其谱系里）看待，也可以被当作中国文化语境里的谍战体电影看待。

本章通过“母法”和“形态”两个关键词，来破译世界范围内电影文体的大致样态，它们被标签以某种电影文体，既与我们文化习俗和叙事世界的范式有关，也与电影产业所规约的一套电影体制的生成规则有关。在逻辑上，电影的“母法”犹如脐带，而电影文体的形态则是基于母体的分娩而产生的各种“分娩物体”的自然形态。在某种程度上可以这样认为，正是由于电影风格、电影文体的多样性，电影表意朝着人类有史以来最为复杂多维的跨学科的方式生成，电影这门艺术 / 技术，才可以当之无愧被称为“现代的艺术”，或者“文明的艺术”。

第四章

电影文体的“生成—动力”论

第一节 电影文体生成的本体、风格、诗学路径

在第一章和第二章的本体论中，笔者指出了中国电影文体理论体系的内容和研究结构，也阐述了自己为何提出建构电影文体理论体系的设想，以及如何进行电影文体理论体系建设的方法。按照笔者为电影文体理论体系建构拟定的框架，该理论体系首先需要有本体论，其次是形态和生成论、创造论等分论。其中，本体论论述、梳理何为电影文体，何以研究电影文体（特别是中国电影文体）之基本概念、内涵特征和方法论问题。它是解决中国电影文体论的问题意识、整体构建框架、论述脉络和重点所在。

在“母法—形态”论中，笔者分析了三类母法催生的电影文体。在此基础上，探讨电影文体的动力机制就顺理成章了。说到底，电影文体生成论的重要作用是探索电影文体的生成原理和对其路径进行考察。笔者为此在大量案例基础上，进行了电影文体的成因机制探索和路径机制探索。

一、文体生成的本体路径

按照笔者为电影文体理论体系建构的目录和大纲，该理论体系首先需要有本体论，其次是形态和生成论、创造论等分论。其中，电影文体的生成论又分为文体的成因机制探索和路径机制探索两部分。

成因（生成源）机制探索——旨在研究文体生成的主客观因素。笔者

在探讨电影文体生成的主客观因素的基础上，再次借鉴童庆炳文体理论[①]，将电影文体的生成源归纳为三个因素：外部因素（时代物质条件、社会语境、文化）、内部因素（主创者的性格、审美修养和认知），以及意向性因素——笔者借用法国哲学家列斐伏尔的三元体系建构的习惯，将“意向性”这个因素，纳入电影文体生成（抑或中国电影文体生成）的路径体系中。正是因为有了三元互动元素的杂糅影响，文体的生成才变得复杂而晦涩。我们将之放在最后讨论。

我们先进入显性的路径机制探索——该部分旨在探索电影文体生成的“形式”机制（就生成的机制而言，可以再细分为路径形式、形态、动力等，路径机制是其中的关键部分）。笔者将电影文体生成的路径归纳如下：本体路径和诗学路径、民族路径、时空路径、风格路径、情感结构路径（这些路径的关系类似德勒兹所言的块茎，是盘根错节或错综复杂的）等。其中，本体路径和诗学路径尤其重要。

先来说本体路径。

正是因为本体路径区别于其他的路径，如民族路径和时空路径，本体路径是凸显电影文体区别于文学文体和其他艺术文体的最准确的思考路径。笔者以为，它既凸显电影的本体性（我们在谈论电影的时候我们谈论什么——式的问题意识），也凸显电影和其他艺术（戏剧、小说、诗歌）的区别，因而生成了具体的“文体”之科学性。

一般来讲，可以将电影区别于其他艺术的特征进行归纳。这里，笔者归纳了十点异处。

（一）电影的体制不同于戏剧

对于这一点，现代电影理论的奠基人安德烈·巴赞具有先见之明。在

① 童庆炳：《文体与文体的创造》，昆明：云南人民出版社 1994 年版。

《电影是什么？》这部电影批评论文集中，安德烈·巴赞就认为电影的写实主义本性是其他艺术无可比拟的，景深镜头就成为电影可以借助镜头元素表意的媒介，这些元素的运动和组合，无限接近于真实。他为此发明了几个术语，如“木乃伊情结”“现实的渐近线”。而法国另一名电影理论家让·米特里更为深入地辨明：在银幕上呈现的往往是影像和声音的结合，影像既是被再现之物，又是再现物——这既区别于戏剧，也区别于小说。电影镜头这种表意意蕴的深厚与它的暧昧性，为电影开发一种无限接近现实复杂性的文体提供了契机。正因为镜头自身蕴含着戏剧和文学无法达到的神话效果，后来我们在罗伊·安德森、蔡明亮和阿彼察邦的缓慢电影中，感知到了一种固定摄影机景深镜头带来的叙事深度和传播意义的不可测等神秘因素。而这种不可测和深度，正是来源于安德烈·巴赞、让·米特里等前人早已发现的景深镜头的威力和它是“现实的渐近线”，既抵达真实，又永远无法还原真实。按照笔者的理解，这实际上是画面本身（或者镜头所摄之物体本身的不可叙述性、不可明辨性等本性）所决定的。今天的图像理论之所以成为电影理论的补充，其本质原因是电影叙事理论无法穷尽电影的意义。电影的流动影像的理论、固定影像的理论，以及对在流动和固定之间横亘的各种意义可能性之理论探索，已经走上议事日程。

与此相反，苏联电影理论家和导演爱森斯坦则用蒙太奇——组合产生新的意义，来为一种无产阶级电影或者社会主义电影文体的诞生助力。在爱森斯坦、库里肖夫等人的眼里，蒙太奇成为电影文体生成的主要意义之源。其中，交叉蒙太奇——电影最为神奇的技术和叙事程式，它的广泛存在生成、塑造了电影中区别于其他艺术（戏剧、文学）的史诗电影。而平行蒙太奇塑造了一种哲理电影、游戏电影，以及各种刺激的警匪片、侦破片和黑色电影。史诗电影气势磅礴，春秋笔法、注重叙事和代言（表演）的融合。20世纪后半叶，借助电影技术的发展（譬如数码摄影、宽银幕的出现），“大片”成为史诗电影的最佳匹配电影体制。在大银幕或者大投入的电影序列中，我们看到的是史诗叙事和大投入商业片的汇合。《星球大战》《变形金刚》《美国队长》《侏罗纪公园》纷纷上映，并获得观众的青睐，说明了这种史诗电影的文体之所以流行，是与电影的本体有关的。换言之，电影就需要开发这种类型和文体的文本。另外，意味深长的哲理电影（譬如希区柯克的《夺魂索》、伍迪·艾伦的《爱与死》）、对观众而言具有亲和力的游戏电影（《罗拉快跑》《滑动门》）之所以打动人，也与电影的大银幕观影体制，以及观众自身的主体欲望和观影的接受体制（远距离，相对不受道德约束、观影相对安全的事实）有关。换言之，观众既有探知事物真相的需要，也有安全（不受牵连）的需要，所以各种侦破电影、黑色电影、警匪电影，甚至小妞电影成为特定观众的选择。两种人物（好人和坏人）、两个环境（警察局和赌博、犯罪场所）的切换，使得观众的接受与阅读小说时的上帝视角之想象无限接近，又实际上远远超出阅读小说时的想象魅力。布朗肖为此声辩："电影给每个角色分配了一个面容、身体。"观众看到两种身体、两种面容的运动，电影的神话，某种程度而言，是指这些元素和体验。

（二）景别、构图和其他镜头元素（意素）区别于戏剧和文学的意素

当然，在镜头神话的微观层面，还具有"在一个场景中不断变换景别"之特征。这种特征是电影的剪辑与分镜头体制所决定的。在观众的接受层面，这种电影的体制，就成为观众观影的"万花筒效果体验"。镜头如同"梦幻的场景""新生的神话"，这就是匈牙利电影理论家巴拉兹在20世纪30年代发现的"在同一场面中，改变观众与银幕之间的距离"之本质。这种体制区别于戏剧。电影总是瞬间改变观众与银幕角色之间的心理方位关系。一个镜头，观众看见特写，感知亲密的关系；另一个镜头，观众看见旷远的大沙漠、峡谷和街道的大全景，感觉到了一种豁

达和旷远。西部片即诞生于这种在“细节和大全景”之间来回游移和循环的镜头组接之本体特征。而好莱坞著名的“三镜头”理论，在一个对话场景中，让观众全方位看到细节（特写）和体现场景方位关系、权力关系、社会关系的全景，特写和全景之间一蹴而就，不需要说明，这种剪辑已经深入人心，成为观众在电影中获知更多真相和更多娱乐元素的佐证。

（三）由于电影剪辑和景别存在引发的观众感知独特性

我们继续对巴拉兹美学进行剖析——巴拉兹认为电影具有“把完整的场景分割成几个部分，或几个镜头”这一蒙太奇的特征。这种特征使得电影的叙事更加频繁地使用分镜头，这也是电影区别于戏剧、雕塑、音乐、小说和诗歌的显著特征。譬如，在表现一个动作的时候，电影总是使用过多的镜头组接。无论是杂耍电影——《战舰波将金号》中的“敖德萨阶梯”这一段落，还是随便在今天的电影中抓取一个案例，譬如王家卫的服装展示电影《花样年华》，其中表现苏丽珍（张曼玉饰）赴周慕云（梁朝伟饰）所住旅馆的镜头，被切割成碎片，随着音乐呈现出舞蹈般的表演效果，极具感染力，令观众动容。不仅如此，《花样年华》实际上还展示了剧中角色苏丽珍所穿的 23 套具有视觉魅惑力的性感旗袍。

之所以苏丽珍展示旗袍，在该部电影中具有无与伦比的视觉魅力，还在于电影具有将叙事性和展示性（展览性）高度融合的表现与配置能力。而这种配置之所以达成，并屡屡打动观众，成为魅影、迷影这般事物，也是电影的景别转换可以一蹴而就之现实——造成的。

（四）戏剧的幕制和电影的幕制有着差别

电影的场景数量庞大，在当代一些叙事比较复杂的电影、商业片或史诗电影中，可以达到每部 200—300 个场景和多达 2000 个镜头。一般而言，戏剧的场景以十几个为极限，电影的场景往往达到百余个。这使得电影的场景配置，比戏剧的配置来得复杂。但是，同样是场景的描绘，在一部小说中，其场景又可能大大多于电影。譬如，类似双线结构的长篇小说《安娜·卡列尼娜》，其描写中涉及的场景可能有数百个。而电影最多只能选择其中的百余个场景，进行一种电影化的叙事改编。

（五）电影存在既多元又不至于混乱的视点

一般而言，小说的视点不超过三个（譬如福克纳的《喧哗与骚动》），叙述的时候，其视点转换的频率不能过快（托尔斯泰的《安娜·卡列尼娜》），而电影的视点虽然也不宜过多（在视觉主体电影《赎罪》中是两三个，与小说相差无几），但是电影的视点转换比小说要缓慢。在《赎罪》的小说原著中，视点转换了 7—8 次，而在乔·赖特改编的电影中，电影的叙事视点只转换了 3—4 次。由此推及，电影的叙事节奏（包括视点转换）比小说更为缓慢和凝练。

（六）电影的取材和文学的取材

大多数时候，电影改编自小说和真实社会事件，但有时候电影改编自散文、随笔和诗歌。电影的题材与小说和诗歌的题材相仿，没有什么差异。同样，电影叙事的“故事时间”，也大至数百年甚至上千年（那些科幻题材中关于宇宙演绎的电影），小至与故事时间同步（譬如那些真正而不是虚拟的一镜到底电影）。在电影改编的领域，其特殊性在于：电影的改编，是依靠将电影物质特性、电影思维和观众的感知相结合来运作的，也就是说存在一种由生产到传播和消费的机制——这一点克里斯蒂安·麦茨说得比较清晰。日本都市抒情诗电影《夜空总有最大密度的蓝色》即改编于同名（日文版）诗集。

电影可以塑造一种视觉雕塑——笔者的发明，即电影塑造一个可以让观众痴迷的具有精神勾勒特征的镜头。所以，在《七年之痒》中，玛丽莲・梦露饰演的女邻居在街道边被地铁的风吹起裙子，而她下意识去遮盖裙子的姿态和造型被定格成一个时代和人物的形象概括。同样，《蒂凡尼的早餐》给观众呈现了一个让电影史铭记的镜头——雨中接吻，或者在呈现现代优雅女性和奢侈品关系的时候，给观众呈现了珠光宝气的戈莱特（赫本饰）——在窗外观看珠宝店内部的那个著名镜头。也就是说，电影既提供一种梦想，也提供一种雕塑般的镜头——这种雕塑般的镜头，形塑了主人公的精神姿态，抑或对一个时代的人物特征的定格和描绘。“拜金女”，就是这样被定形的。

（七）节奏和频率

电影中存在节奏和频率，由此变量产生的电影文体，我们称之为“节奏和频率”催生的电影文体。

1. 节奏

电影的快与慢，与戏剧、小说“剪不断理还乱”。在实验电影的领域，出现了与实验小说相似的少数场景、节奏缓慢的电影。这种尝试产生了两个极端。一个极端是，电影在其诞生至今的一百多年中，不断在戏剧的襁褓里挣脱，但是其离心力和向心力一直在斗争。在离心力获胜的同时，向心力会反扑。譬如，实验电影中的少数场景，可以寥寥无几，少到只剩一两个。蔡明亮的《行者》（2012）就是有极少数镜头的电影。电影表现喧嚣繁华的国际都会香港，一位形似比丘的行者缓慢至极地行走，形似雕塑，几乎一动不动……其姿势和极简的镜头，仿佛回归至“三一律”的戏剧体制时代。在“三一律”的体制里，戏剧的时间、地点和情节，必须高度统一，以表现高度戏剧性的情境和主题。另一个极端是，与戏剧完全背离。实验电影的节奏缓慢，可以缓慢到几乎与慵懒生活的节奏一致，且消弭任何情节冲突（譬如阿彼察邦的“慢电影”《记忆》、蔡明亮的《郊游》）。这种慢，就将电影原本与戏剧（要求有突转）曾经有亲缘关系的属性，更加彻底地撇清了。

2. 频率

譬如，英国电影《贫民窟的百万富翁》是一部剪辑频率十分快速的电影。同样，在观影效果上，《罗拉快跑》则是一部（在电影影像元素剪辑速度和向度上）具有独特频率的电影。罗拉拯救其男友，需要完成三次在叙事上并行的跑步。这三次跑步，在速度和频率上是一致的。但是，在每次跑步的过程中，对于罗拉所遭遇的路人（或者擦肩而过，或者产生碰撞），影片均通过一种闪后的剪辑技法展现其余生的生活横剖面，直到死亡。这些路人的余生展现，或者充满喜剧色彩，或者充满悲剧意味，其频率与罗拉的几乎匀速的在柏林大街上的奔跑的频率是不同的，因此也生成一种别具一格的电影文体。

（八）人物偶像（形象）问题

戏剧制造了仪式偶像、小说制造了道德偶像、电影制造了梦幻和视觉偶像。在戏剧中，我们熟知安提戈涅、哈姆雷特、李尔王，以及《等待戈多》中的两个流浪汉——他们的无奈和荒诞就是作为观者的我们所具有的无奈和荒诞。他们无疑是我们的仪式偶像。在小说中，我们熟知冉阿让、包法利夫人、安娜·卡列尼娜、默尔索的反抗精神，保尔·柯察金的革命精神，也熟知福贵、许三观的世俗与善良并行不悖的性格，将他们糅合在一起，成为我们的道德选择的偶像和摒弃的对象。著名的偶像电影包括金丝雀电影《蒂凡尼的早餐》、爱情电影《卡萨布兰卡》、蓝天电影《壮志凌云》、邮轮电影《泰坦尼克号》等。

观众会对于偶像的言行举止记忆犹新。如在金丝雀电影《蒂凡尼的早餐》中，拜金女郎霍莉最后回归到都市平凡优雅女子——从资本主义属性回归到人的自然属性——的一刹那，抵达了大众的梦想。而主人公在雨中与有情人终成眷属——接吻的镜头，也永载影史。

（九）电影叙事与文学叙事的本质性区别

电影叙事和小说叙事具有差异性。这与电影具有综合性相关。用简单的话来概括前文所述的法国电影美学家雅克·奥蒙等关于“叙事电影”的定义，即，小说是依靠单纯的文字来表意的，而电影就复杂得多。虽然这个定义比较客观，读者也一般不会反驳。但是，一到评价一部电影的时候，观众又会犯同一个错误：总将电影视为小说。好像除了文字表现的故事，其他一无所有。这实际上是一种错觉。事实上，按照雨果·芒斯特伯格在1915年的发现，电影叙事是依靠观众认知达成的（换言之，一部电影无论是镜头还是段落，其意义需要观众意识的介入才能达成）。《日落大道》之所以成为一部黑色电影，是观众在观看过程中的心理体验赋予了它这种电影类型的客观性呈现。

（十）个体作者和集体作者

艺术创作的作者属性和作者性质。电影不同于小说、绘画、书法等艺术作品。小说、绘画、书法在大多数时候属于个体创作。而电影是集体创作。

换言之，小说依靠作家的充满想象力的叙述完成，电影依靠一种从导演到各种角色的分工完成，戏剧依靠演员的表演和舞台的一整套机制的配合完成，雕塑依靠空间（譬如展览馆和公共场所）达成……总之，不同的艺术体制规定了该艺术的表现形式。但是，在这种绝对性中也包含着相对性。在上述的几种艺术门类之呈现中，有着跨界和边界日益消融的趋势。于是，电影向雕塑过渡和渗透——譬如众多的美术馆电影、电影向小说模仿叙述者（画外音之频繁使用，成为一种模拟小说叙事的形式）之现象，也层出不穷。电影艺术和上述艺术之间的区别，在一定语境和场合下，是被消弭的。日本、韩国两个版本的重返校园时代IP电影《阳光姐妹淘》，即为这样的电影。

二、文体生成的风格路径

在“风格路径”里，文体生成的作者因素，关系甚大。已故著名文体诗学家童庆炳在所谓的文体与主观因素分析中，将作者的先天素质、性格、审美素养等列为几大“文体生成”的主观因素。这些主观因素，与作者的体裁、语体（叙述、抒情、对话）的选择“意向性”、风格意识的认知和实践，以及完成这种风格的情感、技术和手段有着紧密的联系。

在电影文体的语境里，我们假设电影的生产有一个抽象的意见领袖和一个抽象的第一作者。那么，该作者的先天素质、性格、审美素养就成为其选择体裁、题材的决定性因素，也成为在该题材下，如何选择“适当的语体”的依据。

（一）从情感和语体生成——谢晋模式

“谢晋体”属于中国人可以意会、接受的文体。谢晋的电影文体——“谢晋体”之所以成立，是个体意识和集体意识相互作用的结果。正是对民族和中国文化的潜在的复杂性思考，使谢晋摒弃了用一种纯粹悲剧的方式来呈现《芙蓉镇》这样看似具有悲剧内涵的故事。

从电影作者的情感、语体特征出发，在谢晋的文体选择和艺术表现手法之间建立联系，就可以获悉，我们熟知的谢晋电影的特殊表现模式——俗称“谢晋体”，是谢晋创作的剧情电影的神韵（相对消弭了那个时代的政治属性）——来自其情感和语体。在接受的层面，谢晋电影十分注重中国观众对于“善良”“悲情”“宿命”“抗争”等国民性情愫，容易产生共鸣。

大而言之，谢晋大团圆式剧情电影叙事模式的文法——在叙述的大框架中，糅合一种喜剧因子的做法，既属于戏剧体裁的借鉴之体裁，也属于对话语体，以及反讽性风格的吸收。因此，界定谢晋电影文体的（体裁、语体和风格）属性，实际上是对其次级类型和风格进行综合界定。

（二）从情怀生成——张艺谋的经验

前文已经分析了主观因素和客观时代因素对于张艺谋电影文体生成的影响。所谓主客观的综合影响，这里，再强调一下他电影中的集体文化因素。由于个体的差异，张艺谋似乎对中华文化的博大精深和兼容并蓄，以及儒家价值观体系更情有独钟。这种思想，潜移默化地影响了他，让他对于用影像阐释中国人个体觉醒和集体性文化（之强大）之间的矛盾这一领域有着自觉的表达欲望。《黄土地》的摄影就已经带上了这种集体性的俯瞰和上帝视角达成的一种天地观。后来的《英雄》《满城尽带黄金甲》《千里走单骑》等电影，也基本延续了其对集体性动作描述和再现的冲动。也正因为此，张艺谋导演也遭到了学界之批评（譬如郝建就将其这种镜头美学称之为“团体操美学”）。

三、文体生成的诗学路径

（一）诗学路径总览

在大卫·波德维尔 1988 年出版的《小津安二郎与电影诗学》（*Ozu and the Poetics of Cinema*）中，“电影诗学”主要指研究电影组成以及引发观众反应的方式。多年后，在《跨文化空间：试论中国电影诗学》（Transcultural Spaces：Toward a Poetics of Chinese Film）一文中，他更具体地提出电影诗学至少应包含四个重要的层面：一是创造影片叙事或其他整体形式的主要原则，可以称为“电影整体形式诗学”；二是一部影片或多部影片如何使用电影媒介，也就是所谓的“风格”；三是影片的形式与风格如何影响观众对于影片的接受，即“阅听行为理论”；四是一部或多部影片的风格随着时间形成的延续或转变典型以及形成的原因，也可称之为“历史诗学”。[①]

（二）诗学路径中的时空配置路径

在诗学的路径里，有多种研究的路径，其中，时空组合（配置）的多样性，成为构成电影诗学的一个重要内容。

1. 成为电影文体，其中一部分来自电影时空的配置

毋庸置疑，“时间和空间”是电影叙事或者表意的重要组成部分，从俄国形式主义美学、法国结构主义美学，到符号学和叙事学，时空组合在电影叙事中的意义均被强调。电影理论家（普多夫金、爱森斯坦、诺埃尔·伯奇、克里斯蒂安·麦茨等）的论述重点与哲学家（德勒兹、朗西埃）的论述重点有一个相似的原则，即他们论述的电影时空问题实则是以对亚里士多德摹仿论的秉承或者颠覆为基点的。秉承着认同时空的真实性，而颠覆着认同电影的创造功能。甚至，前者是“戏剧”的，而后者是“剧场”的。

时间和运动（以及由运动带出的空间）在电影中占据重要的地位，原因在于“任何电影都是叙事的”[②] 这个现代电影美学盖棺论定的定义。而对于一部叙事电影，时间性和空间性就是其意义的两个重要参数。令人遗憾的是，在今天的电影叙事研究界，尚没有学者具有在诺埃尔·伯奇和麦茨停留的地方再出发从而超越之的雄心。对于电影时空维度的研究，也逃不出两人研究的范畴：时间（前文所述的 5 种）、空间（3 种，空间连贯、速度匹配以及视线匹配）组合而产生的共 15 种组合可能性，以及谈论时空时必须面对的时序、时延、语式，以及在时间中运动的几个矢量：方向和速度等。

---

① 王永收：《中观视域下的形式本体与认知建构——大卫·波德维尔电影诗学研究》，上海：上海三联书店 2019 年版，第 141-142 页。

② ［法］朗西埃：《电影的矛盾寓言》，载于［法］米歇尔·福柯，等：《宽忍的灰色黎明——法国哲学家论电影》，李洋，等译，郑州：河南大学出版社 2014 年版，第 101 页。

2. 笔者的“时空叙事谱系”文体分类

综合普多夫金、爱森斯坦、诺埃尔·伯奇、麦茨的语意段研究，笔者考察了过去时代在电影语言开拓上有代表性的作者（导演和其他创作者），试图为世界性的电影表意做符号学性质的归纳（或者力图找到电影语言的不同方向而导致的诗学意义悬殊的背后奥秘）。笔者尝试性地将在电影语言开拓上有代表性的导演划分为三个序列（分别用英文字母 A、B、C 表示）。

（1）第一个序列（A 序列）

该序列是那些在电影的时间性上运用得杰出的导演（这些导演可以以善于讲述故事、善于处理电影时间作为显著特征，也可以以独特的对时间的理解著称），包括爱森斯坦、伯格曼、小津安二郎、贝拉·塔尔、拉夫·迪亚兹、卡洛斯·雷加达斯、蔡明亮、利桑德罗·阿隆索和阿巴斯·基亚罗斯塔米、是枝裕和、杨德昌、侯孝贤、贾樟柯、石井裕也等。在这个序列里，尚可以再细分为若干分支。比如，爱森斯坦、戈达尔、瓦尔达、石井裕也、洪常秀偏重于时间重组（A1）——非线性的语意表达；相反，电影导演伯格曼、塔可夫斯基、利桑德罗·阿隆索、阿巴斯·基亚罗斯塔米、是枝裕和、杨德昌、侯孝贤、贾樟柯、则偏重于线性时间缓慢（A2）的语意表达。[①] 将爱森斯坦和戈达尔归在同一序列，读者可能会觉得牵强。笔者的理由是，笔者绘制的“电影时空表意图谱”，旨在研究出一种适用于任何风格和流派的电影实践案例的通用模式，这种模式以抽象的时间和空间之组合为要义，旨在定位导演在时间和空间上的不同技法，从而对这些导演的不同时间处理做出分类。最后，笔者的意图是通过这样的图谱，形成集体性经验，再尽量反馈到“针对意义系统，我们如何通过时空表意”的电影实践经验中，为我们的电影生产和鉴赏服务。

如表 4-1 所示，同样是 A1（时间重组）、A2（时间缓慢）的模式，不

① ［美］蒂亚戈·德·卢卡：《缓慢的时间，可见的影院——延续、体验与观看》，潘源译，《世界电影》2019 年第 2 期，第 26-45 页。

同导演的时间矢量处理方法完全不一样，这正是凸显电影文体的地方。

表4-1　A1（时间重组）、A2（时间缓慢）模式中的不同电影文体

A1（次级类型）下的次次级类型：非线性	A2（次级类型）下的次次级类型：线性
A1（1）：前后倒置、倒叙（代表性影片为《盗梦空间》[①]） A1（2）：平行、交叉（代表性影片为《十分钟年华老去》） A1（3）：时间错乱、发散、无规则、情绪（代表性影片为《野草莓》《镜子》《寒枝雀静》《低俗小说》[②]《杀死比尔》[③]《不可撤销》）	A2（1）：匀速（代表性影片为《海街日记》） A2（2）：等速（代表性影片为《俄罗斯方舟》） A2（3）：缓慢中的增速或减速（代表性影片为《赎罪》[④]） A2（4）：慢速（代表性影片为《一一》《三峡好人》《世界》《永恒和一日》《河流》《你那边几点》） A2（5）：慢速到极端，通过几乎静止的动作呈现，达到观众忍耐力的极限（代表性影片为《郊游》《东京物语》）

（2）第二个序列（B序列）

该序列为在电影的空间性上运用得非常杰出的导演，包括奥逊·威尔斯、德卡西、格里菲斯、阿仑·雷乃、安东尼奥尼。这个序列又可划分为

① 称其为缓慢的电影，有两个理由。理由一，该片虽然表现了一些汽车在街上行驶、雪地车在雪山快速移动的景观，但是，由于梦境的原理（比如第一层梦境的汽车落水的缓慢镜头之若干秒钟，相当于另一个梦境，比如说雪山的20分钟），等于也体现了一种表现慢速时光的“时间模式”。理由二，该片的叙述时间，是一次回忆。故事开头，主人公柯布和齐藤在梦境中对峙，而整部电影几乎95%的篇幅都在倒叙，即交代走到这个瞬间的缘由。

② 在《低俗小说》中，一段米娅与文森特的舞蹈，用去整整4分钟，几乎是影像时间等同于故事时间。整部电影则表现了对时间的自由处理，包括文森特死后复生的段落配置。

③ 《杀死比尔》呈现了当代电影中叙事＋景观的这种时间安排。这类电影的前半部分往往十分沉闷，到了后半部分，逐渐明朗，故事的发展也往往聚焦到一个最后的时刻（决斗或者冲突的解决），这个影像时间几乎与故事时间等同。

④ 《赎罪》的时间分布是这样的，一开始1935年的叙事片段，占据了整部电影55%的时间容量，战时的1941年，则占据了整部电影40%左右的时间容量，而故事结尾的1999年，仅仅占据了整部电影5%的时间容量。

至少三类：通过蒙太奇创造空间（B1）——以爱森斯坦、安东尼奥尼为代表；通过广角镜头或者固定镜头（譬如景深镜头）创造空间（B2）——以好莱坞导演奥逊·威尔斯以及众多后继者如凯文·科斯特纳（Kevin Costner）、意大利新现实主义导演如德西卡、亚洲新浪潮和中国第六代导演贾樟柯等为代表；在通过影像空间的创造和拓展上做出卓越尝试，因创造了令观众过目不忘的电影空间而闻名的导演（B3）——以库布里克、科恩兄弟、昆汀·塔伦蒂诺、莉莉·沃卓斯基和拉娜·沃卓斯基姐妹为代表。

（3）第三个序列（C 序列）

该序列是在电影的时空维度结合得比较好的导演，比如克里斯托弗·诺兰。在时空结合的维度里，当代电影的表意实践已经走得非常远了，在时间和空间的组合上也是五花八门。按照笔者（模仿美国电影理论家诺埃尔·伯奇，在其未了的电影研究之路上再探索前进）的尝试，把电影时空组合模式切分为更为可以找到美学要素的——次级时空组合模式。

C1（“三一律”模式）。客观而言，传统的电影依然有市场，那就是一个“整一的空间＋整一的时间”，大多数戏剧性非常强烈的喜剧和伦理电影，走的就是这种路线：故事发生在一个地方，甚至一个家庭内部，镜头基本上围绕着家庭的客厅，或者一个特定的聚会和公共场所［《芭玛戈》（2006）、《十二公民》（2014）］展开。这种电影投资规模较小。好莱坞喜剧片和一些以传统叙事为风格的艺术片导演可归入此类。

C2（具有广阔空间的电影叙事模式）。而如果要在“空间（非自主[①]，三个空间以上）和时间整一”的路线里发挥电影叙事魅力，则好莱坞的大片，特别是动作片和科幻片可以作为代表。这些电影包括《变形金刚》《终

① 笔者区分空间的自主和非自主，是以连接这个空间的故事是非线性故事叙事还是线性故事叙事为划分标签的，这种划分也意味着，如果是线性叙事电影，故事里的空间哪怕有三个以上，其整体性依然存在，而如果是非线性叙事电影里的空间，则该空间获得了自主性，它们不再从属于一个线性故事，而将是在这个空间里发生的一个单独的故事。

结者（系列）》《黑暗骑士（系列）》《银翼杀手》《银翼杀手 2049》等。

C3（板块叙事模式）。“空间（自主）碎片化 + 时间整一”模式是随着全球化时代的来临而广为流行的一种电影叙事模式。比如《通天塔》（2006）就是此类叙事模式的代表。这部电影在空间上的独特之处在于以一起偶发的枪击事件为线索，串联起四个空间（摩洛哥一个山间僻远之地、洛杉矶市郊别墅、墨西哥一个城市、东京城市）里的故事。每个空间所发生的事件，其实都是独立的带有主题的自主性事件，而连接起四个空间的，只是上述枪击事件（也是一个独立自主的叙事段落）。

C4（可能世界电影叙事模式）。“空间（自主）碎片化 + 时间碎片化”模式相比前一种模式，叙事更为开放，且基本瓦解了线性叙事的规范，德国电影《罗拉快跑》就是这类模式的典型代表。在《罗拉快跑》这部后现代电影中，构成电影叙事主体的主人公罗拉的三次奔跑是相互并置的（可能世界中的三种状态、三种结果），但观众心知肚明，欣赏这一类电影，其美学要点在于对假设的这个情境下主人公命运的“一种俯瞰”，这种情感类似上帝视角下对人间万物的某种侧目。

C5（多维现实世界电影叙事模式）。“空间平行 + 时间整一”的杂糅组合模式。该类电影的叙事具有其他好莱坞模式所没有的优点，它细致入微的镜头，往往细腻捕捉人物的表情、神态和情感，带给观众的情感互动要比其他电影多得多。

综上所述，笔者为所有电影的时空叙事做出了大概划分，这个图谱与当代电影叙事语境的以下话语转型有着深切的勾连。

第一，当代电影学者对于叙事话语和语言的多样化探索已经非常深刻，为此，在 20 世纪 80 年代，诺埃尔·伯奇认为比较重要的时间镜头组接的五种时间样式，已经不再成为让观众认知所激荡和深切关注的东西。换句话说，镜头与镜头之间的组接会产生一个意义矩阵，这个矩阵由纵向、横向、矢量等因素组合而成，能产生多种可能性，而这种理论上的真理性已经因成为常识而几乎无人问津。原因是从20世纪后半叶到21世纪，随着宽银幕的普及以及多媒体时代来临，观众的视听性认知和体验比以往时代都要便捷，理解影像和视觉艺术作品的表意之复杂性这项工作，已经不再需要伯奇的15种时空组合之理论来获得。在人人都是影像作者的时代，伯奇的理论就这样过时了（如今，前沿的电影理论领域已经不再谈起他们所代表的这种思维）。麦茨的八大组合段理论（诞生于1978年）也一样，虽然它曾经企图穷尽电影的镜头—场景—段落之间的所有意义。但是事与愿违，麦茨的八大组合段理论也不能完全包揽电影从镜头到段落的表意。原因正是麦茨的这个组合段划分，其单位选择的基点在于纯粹描述而忽视了形式和内容的多元关系。[①] 在这样的语境里，重新找到一种时空组合的表意分析框架十分亟须。笔者的框架可以说迎合了作者和观众对新近“电影叙事的多样化趋势”成分认知的需要。

第二，当代电影的表意分析需要视野更为细腻的诗学综合法。就在大卫·波德维尔和克里斯汀·汤普森出版其《世界电影史（第一版）》（1994）之后的1996年，大卫·波德维尔在和诺埃尔·卡罗尔合编的《后理论·重建研究》一书中也阐明了他们的电影诗学观，那就是迥异于主体定位理论与文化主义建构的宏大理论的中间层面（middle-level）的研究。中间层面的研究所确立的最主要的领域，是对电影制作者、类型和民族电影进行经验主义的研究。[②] 用中间层面的诗学管窥小津安二郎的电影“风格和形式”，正符合对非好莱坞电影作者进行一种技术还原的视野。笔者绘制的这个A、B、C时空综合法，虽然力图穷尽电影时空表意的所有可能性，未免粗糙，比如在A1中包揽了所有爱森斯坦的研究成果（蒙太奇的所有

① 王佳泉：《麦茨“八大组合段”理论的读解与批判》，《北华大学学报（社会科学版）》2001年第1期，第40-50页。

② ［美］D. 波德威尔：《当代电影研究与宏大理论的嬗变（下）》，麦永雄译，《世界电影》2001年第3期，第45-59页。

意义）以及诺埃尔·伯奇理论中提出的5种时间模式，但是其存在合理性的原理在于：①它包揽了所有电影时空（语言）组合的意义，因而在某些局部的模式上显得粗线条，但这种粗符合逻辑上无大碍的分类原则；②正是通过这种可以包揽一切电影时空语言的分类，我们才可以将每个洲际、国别、文化语境里主流电影和作者电影的某种叙事法则看清楚，从而为该种洲际、国别、文化语境的诗学分析找到差异性。在小津安二郎电影的日本文化语境里，观众需要考量的问题是，小津安二郎电影中的时间为什么这么慢？或者，其电影中的空间为什么以固定镜头营造为主？

3. 案例分析：从时空之组合生成“小津体”

时空组合的魅力，不仅在上述欧美电影和华语电影中得到了充分表达和展现，在日本电影尤其是小津安二郎的电影中，也得到了某种印证。当我们再思小津家庭伦理电影的诗学——时空，即“小津体”的母法，会发现，小津安二郎电影的文体特征，在于其对时空的独特表达。

事实上，对小津安二郎电影美学的分析，除了可以对其镜头设计、导演方法和场面调度等现实主义风格进行展开，还可以对其时空维度上的个性化进行重新发掘。这种方法的好处是，从小津安二郎电影的时空方式进入其与日本文化的关联性符码研究的领域，可以还原一个美学意义上的有个性的小津安二郎，而不是一个神秘的小津安二郎。将小津安二郎的家庭伦理电影诗学放置于电影时空表意的结构主义语意诗学理论史中予以考察（在这个路径中，普多夫金、爱森斯坦、诺埃尔·伯奇、麦茨和德勒兹的美学均可以统筹其间加以权衡利弊），并不是笔者空穴来风，而是源于一种从俄国形式主义到法国结构主义的理论路径。

迄今在电影时空（理论）上有所建树的理论家，除了前文所述的电影实践者和美学家，还包括电影符号学、叙事学学者（比如法国学者雅克·奥蒙、米歇尔·玛利、阿兰·贝尔卡拉、玛克·维尔奈、弗朗索瓦·若斯特，加拿大学者安德烈·戈德罗）以及哲学家（比如德勒兹和朗西埃等）。德勒兹的《电影 2：时间—影像》从哲学的高度建构了电影的时间性。其中，德勒兹对小津安二郎电影的评价，也成为该著作的一个亮点。可以说，德勒兹重新“发现”了日本电影导演小津安二郎，称其为“视觉符号和听觉符号的发明者”①。

（1）时间——沉积时间和去叙事性

在综述了小津安二郎电影的基本技法（如固定的摄像机位）和题材之后，德勒兹发现：小津安二郎看中的是“沉积时间”。谈论时间——如笔者在绘制时空谱系时所注意到的，正是谈论小津安二郎不能回避的路径。必须指出的是，电影的时空与题材选择和工业条件的限制均有关联（试想 50 年前的那些科幻电影中很少有今天的腾云驾雾和时空转换的快捷）。小津安二郎的履历也一样，其早期的默片基本上体现了一种克制而平易的喜剧风格；小津安二郎对于家庭剧的持续沉浸，即将亲情作为一种近似宗教式的伦理而再三讨论——几乎成为他一生的主题；小津安二郎的前期电影达到了日本默片时期的最高成就，后期电影仍然以其一贯的风格坚持了日本电影的传统风貌。对于传统家庭结构的挽歌式咏唱，以及对于生命的感叹成为小津安二郎作品的主题。小津安二郎最为后人乐道的作品是《晚春》和《东京物语》，其结构具有一脉相承的东西——“开头意味着结尾”。

沉积时间并不是说镜头的固定或者固化，或者将时间真实地拖入静止之镜，而是说，在电影的时间里，事件型的动作基本没有发生。而这种反事件型的时间处理，与以三幕剧为标签的好莱坞电影的叙事时间处理，刚好南辕北辙。好莱坞旨在让观众看到事件的开端和发展、高潮，看到转折意味的社会动荡和人性觉悟等动态的东西。小津安二郎让观众看到一成未变的世界样貌。德勒兹发现了小津安二郎的这种“沉寂时间”里蕴含的东方美学和日本电影表意的深邃意图。这种沉积时间的处理，也与北欧剧作

① ［法］德勒兹：《电影 2——时间—影像》，谢强，蔡若明，马月译，长沙：湖南美术出版社 2004 年版，第 20 页。

家易卜生的剧作美学类似。在易卜生的剧作中，主人公开始的动作，都意味着事件已经结束。

这正是小津安二郎代表的文化语境（日本的语境）和注重情节、动作的好莱坞文化语境（美国的语境）有差异的地方。好莱坞电影基本上沿用了法国人乔治·普罗帝的《三十六种戏剧模式》的大框架作为其编剧和创作的参照，如探寻、探险、追逐、解救、逃跑、复仇依然是绝大多数好莱坞电影的故事模式。这种模式要求故事按照亚里士多德的悲剧诗学要求编写，包括开端、发展、推进和高潮等环节，其中包含着必需的两次突转，这些要素不可或缺，且必须环环相扣。日本电影的百年历史则大致表现出了对这种情节模式的持"保留态度"的接受或者直接拒绝。佐藤忠男在其《日本电影史（上）》中，就对小津安二郎"导演方法的个性化"予以强调，比如"演员们从台词的腔调、语调直至台词的间隙等都受到了小津严密的指导……（包括）在哪儿走三步停下、用小匙在咖啡杯搅三圈半，等等"[①]。可见小津安二郎对于电影时间（美学）的处理是自觉的。因此，佐藤忠男认为小津安二郎电影里的这种"纹丝不动的整然秩序"[②]，与德勒兹认为的小津安二郎的沉积时间观念基本吻合。

除了"沉积时间"之法，小津安二郎还利用镜头的时间顺序的重构之法，来进行一种去叙事性的电影艺术实践。美国电影史论家大卫·德泽这样评价小津安二郎："小津的《麦秋》（1951）可以作为经典叙事模式的标志性影片（来看待）。"言下之意，小津安二郎的电影对时间顺序的依赖到了这样一个程度：在过去、现在和将来的意义上，不存在任何时间顺序上不确定的时刻。然而流逝的时间总量暧昧不明也是事实。场景的顺序并不

① ［日］佐藤忠男：《日本电影史（上）》，应雄主译，上海：复旦大学出版社2016年版，第409页。

② ［日］佐藤忠男：《日本电影史（上）》，应雄主译，上海：复旦大学出版社2016年版，第410页。

倚重于先前的场景，结构因而变成片段式的。[①] 小津安二郎电影中的这种去叙事性技法，也被另一名重要的小津安二郎电影的研究者吉田喜重揭示，他以“反电影”来形容小津安二郎的电影母法。[②]

（2）空间——静物，及其背后的东西

德勒兹既发现“（小津）的作品借用游荡的（叙事诗）形式，如火车旅行、打的、乘公共汽车郊游、骑自行车或远足、祖父母往返于外省和东京之间、母女俩一起度过的最后假期、老人出门……”的这种空间布置，也发现小津安二郎电影中无处不在的静物。不仅如此，德勒兹还发现，小津安二郎电影中的静物有一种绵延性：“花瓶画面持续了十秒钟。花瓶的这种绵延，严格地讲，表现了经历一系列变化状态后的留存之物。一辆自行车也可以有时间的延续，它表现运动之物的不变形式，只要它是不动的、静止的、倚墙而立的（《浮萍物语》）。”[③]

德勒兹对小津安二郎电影中“静物”的再发现，还包含着一种对等性的视野。比如德勒兹发现，“在小津的作品里，没有非凡与平庸之分”，或者在小津安二郎“空镜头或景物与纯粹意义上的静物之间，存在许多相似性”[④]。

这种后现代美学的观念，在美国要到 20 世纪 60 年代，才由文学（先锋、反主流）、绘画、美术（波普）等领域慢慢延伸到整个社会的审美主流姿态。但如果凭此，就将日本人理解为后现代美学的开创者，也是牵强的。原因是日本人自古就有一种物哀的审美观。德勒兹指出：

① ［美］大卫·德泽：《日本新浪潮电影——感官物语》，张晖译，长春：吉林出版集团有限责任公司 2014 年版，第 8-9 页。

② ［日］吉田喜重：《小津安二郎的反电影》，周以量译，北京：世界图书出版公司北京公司 2015 年版。

③ ［法］德勒兹：《电影 2——时间—影像》，谢强，蔡若明，马月译，长沙：湖南美术出版社 2004 年版，第 25 页。

④ ［法］德勒兹：《电影 2——时间—影像》，谢强，蔡若明，马月译，长沙：湖南美术出版社 2004 年版，第 25 页。

> 自行车、花瓶、静物是时间的纯粹的和直接的影像。每个影像都是时间，都是在时间所变之物的这样或那样的条件下的时间。时间，即满，就是说充满变化的不可变形式。时间，是“事件最准确的视觉储存”。①

正是天人合一的佛教哲学和思维方式，才使得日本电影中物象和人性的平等性这种思维呈现方式得以保留。笔者认为，这源于东西方审美的差异性。可以说，“物哀”情结之于日本人早已经不是秘密。美国著名人类学家早在20世纪40年代研究日本人特性时就发现其“善于从天真的事物中取乐而闻名：观赏樱花、月亮、菊花或新雪”②。

（3）时空的组合——成为小津安二郎的标签

由于小津安二郎电影中的时间和空间的特殊性，其剪辑生成的电影影像，也因此具有与众不同的表现力。由于时间和空间在小津安二郎的电影中基本是凝固的。这种凝固，一方面是剧情“开头意味着结尾”的“庶民剧”的体制决定的，另一方面是小津安二郎“意在表达日本性的时空观（符码）”而不是社会性议题所决定的。他采用静止的用意并不是批判日本的守旧和拒绝进步，而是要突出日本精神中的另一种符号：万物等量齐观。电影理论家小笠原隆夫曾采用电影社会学的唯物主义观点，乃至通过其观察到的日本电影在战后的重大“情节”“主题”变化总是与时代的大变异、大事件同步。他这样分析战后日本电影的叙事动力：

> 战前的日本电影是以描写大环境为主的。如果说战后的电影的拍摄模式是以ASA或ASA'S'的话，那么战前日本电影的拍摄模式是SAS'A'了（这里的A是Action，S是Situation）。战前适宜拍摄环境为主的，而战

---

① ［法］德勒兹：《电影2——时间—影像》，谢强，蔡若明，马月译，长沙：湖南美术出版社2004年版，第26页。

② ［美］露丝·本尼迪克特：《菊与刀》，北塔译，南京：译林出版社2012年版，第238页。

后适宜拍摄动作为主的。战后的电影，先有动作再有环境，接下来是新的动作和新的环境，像好莱坞动作片就是很明显的例子。这些作品中特写和近镜头比较多，而战前日本的电影作品中因为是在讲故事，所以全景和远景比较多。到了战后第三个时期、第四个时期出现新的作品特点，那就是或ASA或ASA'S'变成了A…S…A或A…S…A'S'了，也就是说动作和环境的因果关系再也不像第一个阶段那样衔接紧密，有时候看起来就像没有任何关系一样，整个影片的结构看起来有一种松散的感觉。①

与战后电影追求动作和情节突转的电影模式（ASA），以及描写环境巨变的电影模式（ASA'S'）迥异，小津安二郎的《东京物语》独辟蹊径，成为罕见的SAS电影。在《东京物语》中，我们看到主人公一开始的姿态和结尾（失去亲人之后）的姿态毫无二致，体现了万物同一、守恒的主题。或者对万物平等的天人合一、万物等量齐观的感知。换言之，我们称小津安二郎的电影文体为“小津体”，等同于认同其叙事语言具有和日本精神符码同一的“高度”。

第二节　电影文体生成的民族、国别、接受路径

一、文体生成的民族、国别、现代化路径

在讨论民族、国别、现代化程度的议题时，我们还会关注不同地区的文化传统和价值观，如西方的基督教传统、亚洲的佛教传统，以及中国的

① ［日］小笠原隆夫：《日本战后电影史》，苗棣，刘凤梅，周月亮译，北京：北京广播学院出版社2001年版，第246-247页。

儒家精神价值观。中国古代至今，有着观念共同体的演绎简史，即从古代的天人合一、儒家一统和理学的传统、王阳明的知行合一，到近代的儒释道一体和拿来主义策略，再到当代的现代精神和儒家精神（以及中华爱国主义传统）的融合，体现了一种新颖的价值取向。受此影响，我国当代的文学母题一直以道德和伦理叙事为重，弘扬家国“同一”的天下观。同样道理，自从电影诞生以来，中国电影文体的嬗变，也有别于西方国家、亚洲一些国家（日本）的文体演绎之路，而是走过了一条与众不同、同中有异的文体路线。

在第一章中，表 1-1 显示了在不同的区域、国别文化语境中，生成不同的文体之事实和案例演示，旨在说明文体生成的民族路径。

以家庭情节剧为例，事实上，不同文化语境中的创作者对作为电影的西文世界里的“家庭情节剧”，均有着本土化的呈现形态，并且该文化中的观众对之也有着不同的理解。历来电影理论家对“家庭情节剧”这个概念的考辨，也从来都不是铁板一块。如果我们梳理家庭情节剧这一故事类型的谱系，它应该有着更为丰富的脉络和枝叶，比如，从历史沿革来看，古希腊的悲剧、意大利的闹剧、浪漫主义文学、中世纪的道德剧、中国古代的传奇和章回小说等，都是它的根茎，而从横向角度来看，西方的情节剧、女性电影、哭泣电影，日本的庶民剧和家庭剧，中国的伦理情节剧等，都是组成“这个不同语境里的有着相同家庭情节元素的影视或者电视”的近亲。

换句话说，如果我们一定要将关于家庭的影视剧统称为“家庭情节剧”，也应该将其理解为一种家庭电影的母题，而不是一种严格的放之四海而皆准的电影类型。事实上，世界上不同文化语境和国别之内，一些影视类型是可以互换的，诸如喜剧片、爱情片，而一些影视类型只能产生在特定文化和地理之中，比如美国、意大利以及后来日本人模仿的西部片。家庭情节剧也因为其实际上算不上一种类型而被称为题材或者“一种关于家庭题材的影视作品”。正因为其具有普遍的文化表象特征和相异的传承性，对于其在不同文化语境里不约而同对“家庭故事”的影视生成和接受，以及其同中有异的叙事和文化考察，就极为有意思。

以美国文化语境里作为电影的“家庭情节剧”为例。今天大部分以研究家庭故事为蓝本的电影的学者和绝大多数观众，基本上认同英国学者托马斯·艾尔萨埃瑟和美国学者托马斯·沙兹的观点。在其成名作《旧好莱坞/新好莱坞——仪式、艺术与工业》中，托马斯·沙兹表达了一个浅显但始终有用的观点，即电影承载了意识形态，关于家庭故事、伦理的电影叙事既是传统与现代文化的展台，也是都市、乡村生活图景的展台，更是家国同构寓言的载体。托马斯·艾尔萨埃瑟发现了潜藏在家庭情节剧背后的情节剧式的想象力、贯穿于家庭情节剧中结构和风格上的恒常不变的东西，以及这种类型所明显反映和表达出来的文化和心理的泛文本。[①]

但是，哪怕在具有高度商业生成特征的好莱坞电影叙事传统上，作为被标签为“类型”之一的家庭情节剧也有别于其他类型。虽然诚如托马斯·沙兹含义模糊地指出的那样，在经典好莱坞时期成形的八种电影类型中，家庭情节剧和西部片、黑帮片、黑色侦破片、战争片、科幻片、歌舞片、疯癫喜剧片一样，“（每一类电影）成规化的影像格局已形成图像符号”，且每种类型会因“在一特殊参照场内的重复而获得理所当然的含义”，但显然家庭情节剧在叙事程式和影像系统方面也有别于其他电影类型。从整体上而言，美国家庭情节剧甚至在叙事结构上恰好与其他类型相反。比如在西部片等电影中，情节驱动以及一连串让观众意料不到的事件的推进和发展，让电影成为一种有着某种高度戏剧性冲突和大团圆解决方式的“好看的事物”。而家庭情节剧往往并没有西部片这样的好看之处，但是其有着另外一种令观众牵肠挂肚的东西、另外一种吸引人的东西。“在家庭情

① ［英］托马斯·艾尔萨埃瑟：《喧哗与骚动的故事——关于家庭情节片的观察报告》，戴沙，高岭译，《世界电影》，1990年第4期，第25-58页。

节剧里，影像主要是通过它和它所再现的那个前电影的关系：处在一般小城镇环境中的美国布尔乔亚家庭（并带有当代美国文化所特有的价值系统和行为准则的教诲）之间关系而获得其含义的。”①

也就是说，美国家庭故事的叙事成规往往聚焦在“对一种已经成型的关系（比如父子和夫妻关系）的刻画，而不会产生另外的关系”，这一点与其他的类型电影不同。这种关系是美国人在他们所处的时代环境下对家庭的认同，即家庭是一个有着美梦和麻烦混杂的地方，是一个值得去奋斗而获得的人生的最终归宿，但当积极的因素褪色，这种关系往往也陷入一种泥潭般困住人生的坟墓般的感觉。这种关系和美国人对其的认同，要求家庭故事就在这个区间内讲述，它的人物，不仅是美国社群生活的物质代表，更是认同美国资本主义社会生活方式的精神代表。他们在剧情中，不能像在西部片中的人物那样犯罪、杀人，或者频频涉足暴力……家庭故事里的人物往往是“为家所困”的好人，当然，家庭故事里也有坏人，但这种坏，跟杀人越货的坏不同，这种坏，还罪不至死，或者是人性的普遍性缺点的显现。因此，这个故事往往没有诗学意义上的“事件”，而只有“剧情”和“细节”。

粗略而言，西方的家庭情节剧有着情节剧和悲剧两大传统脉络。关于悲剧的传统，它的源头，直接连通着古希腊时期的悲剧。亚里士多德在《诗学》中关于悲剧理论的设定，是悲剧成为一种固定的戏剧体裁的形成证据。《诗学》设定了悲剧的美学范式，包括悲剧是模仿的艺术；比较悲剧和史诗在格律和长度方面的不同；悲剧六要素为情节、性格、思想、言语、唱段和戏景，其中情节是悲剧的根本和“灵魂”。悲剧是对行动的模仿，而突转和发现是情节中的两个成分，情节应是一个整体，事件的承接要符合可然或必然的原则，情节要有一定的长度，以能容纳足够表现人物命运变

① ［美］托马斯·沙兹：《旧好莱坞／新好莱坞——仪式、艺术与工业》，周传基，周欢译，北京：北京大学出版社 2013 年版，第 118 页。

化的篇幅为宜，情节应该模仿一个完整的行动，部分的组合要环环相扣、紧凑合理，等等。因此，西方家庭情节剧是以“情节”为吸引观众的首要类型元素成立的，而其冲突的营造和解决（情节的编码），更是一次对西方社会的一种集体有意识和无意识（逻各斯）的一次巧妙、无形、天衣无缝的合谋。

在中国，一般认为，那些反映家庭琐事、个体和家庭、社会矛盾的电影，是被业界和学者强调的类型，而比较普遍的是中国伦理情节剧（ethic melodrama）[①] 和文艺片，并不是“家庭情节剧”。在中国语境里的“伦理情节剧”或者“文艺片”，要么是产生在中外文化的交融之中的产品——它融合了西方的情节剧因素，以及中国传统的传奇、文明戏等体裁的叙事传统，以及“家 / 国同构”的儒家伦理内核，要么是中国独特电影工业现状所引发的一种类型混合物。在百年电影发展的历史长河中，随着中国社会的变迁以及电影工业的自身发展，中国式的家庭情节剧呈现出三种主要的情感结构。第一种是以批判现实主义为主线的家庭故事叙事形态，第二种是寻根文化主导的表达中国人的精神归属感的家庭故事叙事形态，第三种是带有跨文化、移民特征或者后殖民性质的电影导演群体的家庭故事讲述形态。

在日本，替代西方家庭情节剧和中国伦理剧概念的则是另一个特殊的类型概念——庶民剧。庶民剧是反映普通人特别是中下阶层生活的电影。最早专注于这种电影类型的导演是岛津保次郎。早在 1925 年，他就以《乡村教师》开始了这种类型的试验。[②]

作为日本电影文化的标记，庶民剧以人物为叙事核心，脱离了西方家庭情节剧电影的以冲突为核心的结构范式，也与中国伦理电影总是强调家

---

① 与西方的 melodrama 由两个元素组成不同，中国的伦理情节剧由三个元素组成，更显其文化传承的杂糅性。

② ［美］约瑟夫 · 安德森，［美］唐纳德 · 里奇：《日本电影——艺术与工业》，张江南，王星译，长春：吉林出版集团 2010 年版，第 86 页。

国命运的纠葛不同。它是与日本社会的政治、社会和文化语境有着极大关联的、内蕴着日本人的集体无意识的特殊电影类型。它与聚焦家庭故事的家庭剧，一起构成了日本表现家庭、人生、社会的电影之立体的（既并置又分岔和相互杂交的）谱系中的丰富案例。

从电影诞生时起，到今天的日本电影界，日本电影的庶民剧和家庭剧一直备受日本导演青睐，小津安二郎、沟口健二、成濑巳喜男于20世纪五六十年代拍摄过大量此类电影，而当代日本家庭题材电影（和包含家庭情节剧元素的其他类型电影）的复杂性，更是由山田洋次、今村昌平、是枝裕和、黑泽清、青山真治、诹访敦彦、奥田瑛二、吴美保等导演继承。但日本独特的政治、社会和人文环境和国民性，使我们不能简单地用好莱坞情节剧对其进行理解与分析。因此，笔者将类型和符码相结合，用文本之内、文本之外和混合符码的三分法对日本当下家庭情节剧电影进行思考和分析。期待能够通过这样的类型美学思考，比较精准地把握日本庶民剧的社会索引性和自身“精练”“装饰”的内在张力。

二、文体生成的观众的接受和情感路径

（一）观众的接受路径

在一般的好莱坞电影中，动作和运动组成了商业电影的奇观效应，快速（等于信息量的累加）成为新的电影法则。美国电影史学家和理论家大卫·波德维尔在《好莱坞的叙事方法》中论及经典好莱坞过渡至新好莱坞时，认为此时期的电影在表现手法上较之过去更为开放，发展出了一套“糅合经典和时髦的电影风格”之术。一言蔽之，传承和超越兼而有之。新好莱坞既强调经典好莱坞时代留下的叙事经验，也更注重视觉场景

的营造，新的电视剧制作往往在强化其连续性上下功夫，而电影则在加快速度、走向极端、近而再近、潜行的摄影机等表现方法上下功夫。但是，与这种趋势背道而驰，在一些亚洲导演的电影中，缓慢成为其标签。缓慢电影作为一种风格的定形，是与好莱坞电影的快节奏形成明显差异的。前文已述，在亚欧出现了一种缓慢电影，针对这样一种电影的叙事方法的讨论也日渐增多。这种电影之所以能在亚欧的文化语境中生成为文体，其原因正是由于这种电影文体受到了电影观众的接受。无独有偶，这种区别于好莱坞叙事的电影叙事方法，我们亚洲特别是中国导演也一直有着一种“影像总与文化相合谋”的悟见，并生产出了一系列叙事节奏缓慢的作品。

在电影的观演美学上，这种有点回归剧场固定观演的电影实践，可以说是一次回归（戏剧比电影更为古老），也可以说是新时代出现的一种新颖的电影实践（虽说是对戏剧场景的模仿，但是电影的观影效果，已然是一种电影化思维中产生的对戏剧体制的有节制的倾斜，而并不是全然复古）。所以，界定其属于何种审美（传统的，还是前卫的），就产生了一种悖谬和矛盾。

1. 缓慢—场景电影体

在缓慢电影中，观众感知到这一类电影的镜头往往高度缩减，而这种缩减的背后哲学似乎是（后现代社会流行的）极简主义：在日本，是断舍离式的生活信念和哲学观；在中国，是寻求简朴、归真生活方式的禅道（禅学），甚至与老庄之道也有关系。这种亚洲哲学观，被亚洲观众接受，替代着西方逻各斯（洞穴理论、逻辑、我思故我在式的启蒙理性话语）。

在慢电影的谱系里，如果把这些特征再做延伸的话，则可以发现，慢电影的美学标签可以组成特有的块茎网络，形成中国电影特有的表意形式：慢节奏、段落镜头、叙事集合、流动景观。它们组成了一种美学的谱系性路径（可供中国电影人借鉴的美学路径），如图 4-1 所示。

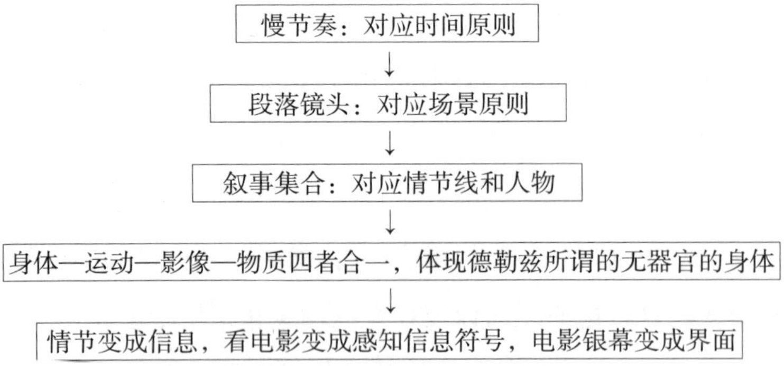

图4-1　缓慢电影文体所对应的美学谱系

2.“心流电影”或者感官现实主义电影体

另一种电影文体是心流电影。心流电影的功能在于打破霸权电影传统（甚至是当代电影的后现代叙事解构和立体视觉冲击）长久以来加诸在观众身上的感觉麻痹。这种美学区别于巴赞式的现实主义、福斯特的现实主义、近乎耳语般的现实主义、后现代电影、自我指涉性元电影（如斯派克·琼斯的电影）。

综上所述，文体生成的作者风格路径、时空（配置）路径、工业路径（民族、国别、现代化程度）、观众接受和反应路径成为电影文体生成的路径。对此的考察，可以确认在电影文体错综复杂的类型和次级类型、风格的恒定和发散、混合等技法背后，存在着一种可视为文体母法的现象。它们（在小津安二郎电影中是禅道和物语连贯的观念、在日本当代爱情电影中是御宅族和丧电影）的存在，凸显了电影文体的生成原理（同时也佐证了当代中国电影尚缺乏丰富的电影文体之事实）。对电影母法和生成文体之间关系的考察，因而具有研究电影文体、建构电影文体理论体系这个过程中最为关键的价值和功能。

（二）观众的情感路径

除了观众的接受路径，还有观众的情感反应路径。

在前文中，笔者介绍了大卫·波德维尔所说的语义场之概念。这个概念有点类似雷蒙·威廉斯的情感结构。他在《建构电影的意义——对电影解读方式的反思》中提出了语义场这个概念。所谓语义场，即语义产生的语境和场所，是一种介于概念单位或者语言单位之间的意义关系。波德维尔这样解释语义场和我们阐述意义之间的关系：“城市 / 乡村”可以作为一组反义关系构成一个语义场。“城市 / 州 / 地区 / 国家”则根据包含关系形成了一个语义场。当有人问起“城市”“乡村”的意义时，他在一定程度上询问的是这个词能够被放置在什么样的语义场中。[①] 他将语义（意义）的结构归纳为四类：聚类、对组、比例关系（譬如说类比）、层级。[②]

波德维尔指出，最为普通的语义链条是由一个先在的故事所提出的，电影可以被看作在不断重演这个故事。[③] 譬如，美国先锋派电影长久以来被认为提供了牺牲和重生的寓言。[④]

以笔者之见，加拿大籍作家简·雅各布斯创作的城市规划学著作《美国大城市的死与生》（1961）也参照了这种叙事模式，由牺牲到重生的序列，成为解构美国当代文化的一种路径。当代的好莱坞科幻电影也是在这样的序列里成立的。反之，如果我们将语义链倒过来，即从重生到牺牲（死亡），则大众文化的主流民意会对之反感，进而弃之。广为流传的科幻电影《侏罗纪公园》《星球大战》《美国队长》无不是以危机作为导火索，引出英雄人物的牺牲，在牺牲的基础上，地球和我们赖以生存的星球，获

① ［美］大卫·波德维尔：《建构电影的意义——对电影解读方式的反思》，陈旭光，苏涛，等译，北京：北京大学出版社 2017 年版，第 116 页。
② ［美］大卫·波德维尔：《建构电影的意义——对电影解读方式的反思》，陈旭光，苏涛，等译，北京：北京大学出版社 2017 年版，第 126-140 页。
③ ［美］大卫·波德维尔：《建构电影的意义——对电影解读方式的反思》，陈旭光，苏涛，等译，北京：北京大学出版社 2017 年版，第 137 页。
④ ［美］大卫·波德维尔：《建构电影的意义——对电影解读方式的反思》，陈旭光，苏涛，等译，北京：北京大学出版社 2017 年版，第 137 页。

得了再次的宁静（在这样的科幻电影中，宁静就代表宇宙的可持续发展）。

大众文化的梦幻和神话功能，永远具有世俗性和永恒性（亘古性）的价值，哪怕在先锋电影中也是这样。这样的悖论使先锋电影永远脱卸不了它陈旧价值的一面，有时候，甚至可以这样描述：先锋电影只不过用新的形式讲述古来的价值。

顺着波德维尔的观点，我们来看最近世界电影的意义产生序列：首先，镜头提供各自语义的可能性；其次，在接下来的镜头剪辑和段落延续中，让观众看见语义场。精确的语义产生自语义场，不同的语义场对应不同语义。但是，一开始模糊的、辨别不清的语义场，导致了观众对语义的猜测和误解。以下电影案例中的语义，来自语义场逐渐清晰的过程。

譬如，下列电影文体生成中的“情感语义场”母法，只要我们仔细分析，其技法便凸显出现。

表示人类动作和情绪的认知语义场。①领悟——《青春祭》、得到——《御法度》；②怨恨——《活着》、愤懑——《寻枪》；③愉悦——《过春天》；④无知——《盲山》；⑤纯真——《苏州河》；⑥记忆——《东京夜曲》；⑦拯救——《辛德勒的名单》；⑧救赎——《一夜》；⑨揭示——《沉默的羔羊》。

表示人类的情感状态语义场。①满足——《周渔的火车》；②爱欲——《开往春天的地铁》；③悲哀——《青春》；④悲悯——《蓝白红三部曲之蓝》；⑤苍凉——《我的父亲母亲》等。

表示电影语言修辞状态的美学语义场。①反讽——《马路天使》的开头；②装置——《广场》的整片；③陈列——《寒枝雀静》场景和场景之间；④诗意——《潜行者》折射的诗意；⑤隐喻——《乡愁》映射的情感等。

表示一种不可言传之义的情感语义场。①模棱两可——《两生花》；②春江水暖——《郊区的鸟》；③莫名惆怅——《城南旧事》；④意味深长——

《潜行者》；⑤别有风韵——《河边的错误》等。

其中，陆川的《寻枪》之所以感人，是因为主角（托马斯·沙兹所言为情感组织者，譬如，在《关山飞渡》中，林戈即整部电影的情感组织者）具有一种悲剧性的情怀，他面对凸显自己职业尊严的“道具”——枪被盗窃之后，满腔愤懑。这种愤懑，可以与《荷马史诗》中《伊利亚特》故事中的阿喀琉斯的愤懑相媲美。《寻枪》的主人公，就是因为在这种愤懑的情感下展开了寻枪的旅程。其由于愤懑导致的悲怆性和喜剧性兼具的电影文体意蕴深厚，产生了独特的审美效应。

第三节 “生成—动力”的成因

一、工业外部因素

在“生成—动力”的机制里，笔者将工业外部的因素作为首要因素罗列，是因为电影文体生成受制于时代和社会性因素，有时候它的“成因”来自电影生产、传播和消费的国别、文化和国民性格的差异性。美国人类学家、《菊与刀》的作者鲁思·本尼迪克特认为“文化的双重性”决定了“国民性”，文化在塑造文化模式和艺术形式上起到主要作用。丹纳的《艺术哲学》认为种族、时代和风俗（文化）三要素，才是生成艺术具体性的要素。借鉴上述“性格”和“艺术”生成论的成果，笔者也尝试研究中国电影文体的生成路径和形态，先假定电影文体的生成由大条件（种族、时代和风俗文化三要素），以及电影工业内部的小条件（工业历史、工业水准、工业发展趋势等因素）两部分决定。

笔者的观点如下：20 世纪 30 年代，大条件（中华民族源远流长的儒家文化主线、佛教、道家副线组成了主导性的家 / 国文化，和其他多样性文化的杂糅状态）与小条件（中国电影工业刚刚起步，还没有产生类似好莱坞的电影摄制工业化普及的状态）的结合，促成了中国特殊的伦理剧（而不是家庭情节剧，显著特征是“家成为叙事的终点”）。20 世纪 80 年代，大条件（时代特性，即中国社会主义的时代特征渐趋成熟。在文化领域，启蒙主义审美得到张扬，这些时代性因素促成了从文学到电影等艺术主题的深刻性和批判性）与小条件（作为第三代导演的代表人物，谢晋经过了“十七年”时期和“文革”时期的历练，自身的艺术审美水平得到提高）的结合，促成了谢晋模式，也让谢晋拍摄出了传世佳作《芙蓉镇》。20 世纪 80 年代，中国第五代导演从表现黄土文化和风俗入手，创作出带有民族、风俗风格的影像世界，为全世界电影界所瞩目。20 世纪 90 年代至 21 世纪，中国的第六代和新生代导演崛起。由于这一代文化和特定地域因素，一直是电影叙事的“主角”。第六代导演自身的小条件——譬如贾樟柯的山西地域属性、王小帅和毕赣的贵州情结等，生成了这些第六代导演的不同电影文体。贾樟柯“微言大义”、王小帅“中国人情感的坎坷历程”、毕赣接连生产了两部“贵州电影”，让贵州的地理再现得到了凸显——从而也生成了电影独特的文体。

21 世纪一二十年代，时代大条件——科技主导、数字化技术、观影场所的更迭，促成了网生代电影等电影观念的转型，贺岁片得到张扬。小条件——在电影的工业里，产生了一些票房冠军，促使贾玲、韩寒等新生代导演横空出世，他们在电影中表现的奋斗和自律的精神得到了普遍的认同。而第五代导演，也在时代的语境中，不断寻找新的题材和主题。譬如，张艺谋在 2020—2024 年拍摄的一系列带有类型电影和社会议题杂糅的作品（包括之前已经罗列的《悬崖之上》《狙击手》《坚如磐石》《第二十条》等），其主题和题材涵盖面深入了历史和社会的不同领域。但抛开这些不同题材的电影故事之差异，其内在都有一条自《秋菊打官司》以来作者对电影社会学议题持续关注的主线。

在2024年春节档的电影中，有三部高票房电影《第二十条》《热辣滚烫》《飞驰人生》，其导演分别为第五代导演张艺谋、新生代导演贾玲、人气偶像导演韩寒，说明张艺谋电影依然具有票房号召力。上述三部电影的导演分别属于不同年龄和代际、身份的导演群。而其能得到不同年龄和文化层次观众的集体认同，这种消弭作者年龄、身份界限的现象之所以会在2024年的贺岁片市场中得以体现，其背后的文化原因恐怕在于，电影文化的生成一般都需要经由社会性因素和个体性因素的交织，以及作者和观众的共同“合谋”才能实现。

二、工业内部因素

它指在工业内部的要素之间进行文体生成的路径探索。中国电影文体理论体系研究，需要创造性地在“文体生成”和“凸显要素”之间建立可以浮动和参照的体系。

（一）生产层面

在生产层面，电影文体的“语式”生成取决于如下四个参数。参数一：意义表达特征的风格论。风格研究非常古老。赵毅衡在其著作《艺术符号学——艺术形式的意义分析》中认为，中西传统在这个问题上迥异。中国人多着眼于文体之辨、文章作法，西方人讨论修辞风格，实例则以美术为多。中西现代之前的风格论著作虽极为宏富，但都重在宗经征圣、描述分类，对基本理论关注不够。钟嵘的《诗品》、司空图的《二十四诗品》与德米特里厄斯德的《论文体》，在讨论方式上没有什么不同，均为罗列、细说分类，局限于风格实践的描绘。这种现象导致今人在整理古典风格学时，不得不追溯大量的讨论。尤其当数字时代来临，电影、电视、网络等现代媒体的发展惊人，图像转向急剧成为现实，新媒介和新体裁越来越多，文化评论不得不使用越来越多的风格术语。这给符号学风格探究带来了契机。[①]这说明电影风格研究既有章可循，又属于一个迥异于古代文字世界的图像领域。谈及电影风格，它既包括传统的戏剧性、史诗性、纪实性和散文性等风格的划分，也周延至作者风格、美学风格、工业风格、制作风格、剪辑风格等更为细化的次级风格划分领域。参数二：情节驱动。在电影文体的凸显要素中，情节模式依然是文体生成的一个主要路径。参数三：人物驱动。在电影的文体凸显诸多要素中，一些电影以“人物”作为文体的母法。譬如，电影《角斗士》《阿甘正传》就是以主人公的传奇经历作为生成一种“史诗文体”的母法而运作的。又如，恋爱电影《近松物语》《青春残酷物语》也是分别以剧中那些身处特定时代的“牺牲者”之身份刻画和命运再现作为母法（相对于刻画命运，其他的电影表意要素退居二线）呈现的。在发轫于西方20世纪60年代的作者论美学中，作者对于“人物阶层、人物动作”的特殊安排——是构成作者论的主要内容。特吕弗、戈达尔、德西卡和中国的第六代导演，均擅长取材底层人物和边缘人物。参数四：该电影的时空参数。时间和空间两个元素的组合，决定了“某些电影”的叙事风格的大部分。电影时空组合（语义场）产生无穷的电影美学和次级类型、电影文体。这种语式的划分，一部分属于作者风格论、一部分属于大条件（时代审美的演变——对银幕叙事速度的提升要求）、一部分属于电影工业内部的变革（数码剪辑技术的出现和流行，改变了电影技术的面貌和对影像信息的含量、内容和饱和度）。

（二）传播和消费层面

在传播层面，电影文体的“语式”主要取决于如下三个参数。参数一：

① 赵毅衡：《艺术符号学——艺术形式的意义分析》，成都：四川大学出版社2022年版，第250页。

传统的影院空间、设施和播放技术等媒介。参数二：现代和当代的影院空间、设施和播放技术媒介。参数三：未来的影院空间、设施和播放技术媒介。

在消费层面，电影文体的“语式”主要取决于如下三个参数。参数一：传统的观众。参数二：现代和当代的观众（新生代）。参数三：未来的观众。

这部分的文体生成动力，来自当今社会的科技发展和观影媒介（影院空间、设施、播放技术和声画传播时的逼真效果之呈现）。诞生于20世纪70年代的好莱坞大片，就是由于媒介催生的电影文体。它的摄制格式和美学等元素，对应了那个时代的媒介变革——宽银幕的长宽比例。在好莱坞银幕上，1.37∶1的比例在20世纪50年代以前也占据着绝对优势，到了1970年，1.85∶1的标准宽银幕和2.35∶1的变形宽银幕诞生了。于是，技术媒介的革新就催生了福特·科波拉的《教父》、乔治·卢卡斯的《星球大战》，以及斯蒂文·斯皮尔伯格的《大白鲨》《第三类接触》《外星人》等现象级科幻片。可见，是媒介技术和电影文体的“缠绕”，使得两者互为促进自身转型的条件。到了21世纪，技术革新的步伐加快，全景声（Dolby Atmos）作为杜比实验室研发的3D环绕声技术不断更新和完善，同时，IMAX影院也不断更新和成熟。前者于2012年发布。它突破了传统意义上5.1声道、7.1声道的概念，能够结合影片内容，呈现出动态的声音效果。在这种技术媒介变革下，李安的《比利·林恩的中场战事》（2016）、诺兰的《信条》（2020）等体现新媒介技术的电影呈现方式也相继出现。《比利·林恩的中场战事》革命性地运用了120帧/4K/3D技术拍摄，其对影像真实性的还原是史无前例的。《信条》的叙事采用开头即结尾的结构，影片的迷宫般的叙事在于视角和时间的折叠。该片的时间折叠与诺兰拍摄于2010年的《盗梦空间》中的城市空间折叠完全不同。而这种时间折叠带来的场景（诺兰营造的时间迷宫）也必须由类似IMAX影院的观影空间才能诠释。

三、“作者意向性”因素

意向性原本是一个哲学概念，根据现象学的观点，意向性的构成与时间意识有着密切关联。海德格尔将包含未来的当下视作“一种与诗的对话”，主张“时间虽然从物理角度看是过去了，但同样参与了对现在的内在时刻的构成”[①]，也正是由于这种对过去的“保留”（retention）以及对未来的“预持”（protention）/向前的投射，方使得认知世界成为可行。

在本书中，笔者将意向性这个概念改造为笔者处理时间的独特方式，即它有意无意中形成的一种叙事定势。本书中的这个概念，实际上与哲学概念相去甚远，因此笔者加上引号，以“意向性”谓之。在本书语境里的“意向性”因素，是衡量和辨析该艺术作品凸显为“文体”最为显著的因素。因为这种意向，通向该作品的不同主题追求、题材选择以及个性的呈现等文体凸显元素。作者对“意向性”因素的强调，往往是文体生成的母法之源。

首先，（笔者尝试性地在时代性要素、技术性要素之外，增加了该作品生成的“意向性”，作为三元体系中第三项的“意向性”）它解决了“生产主体”的问题，即“该部电影为何被生产”和“该部电影是如何被生产”的两个问题。按照符号学，“意向性”即为生成电影文体的另一个要素。这个概念由符号学家艾柯首先提出。对于“文本的意向”（text’s intention），艾柯认为创作意向必须表现在文本中才能被解读。[②] 文本“意向性”看似抽象，却很实在地落到文本的体裁分类上。它是“文本自携元语言”。在本书

① 张祥龙：《现象学导论七讲——从原著阐发原意（修订新版）》，北京：中国人民大学出版社 2011 年版，第 82 页。

② 赵毅衡：《艺术符号学——艺术形式的意义分析》，成都：四川大学出版社 2022 年版，第 194 页。

中，“意向性”作为一种“文体”生成的辅佐元素存在。其次，在三元的体系里，“意向性”也解决了探究大部分电影文体的生成路径的可读性和暧昧性问题。如果说前文对于“作者意向性”分析过于抽象，那么现在，我们拿实际的案例加以说明。张艺谋的《秋菊打官司》(1992)、《坚如磐石》(2023)、《第二十条》(2023)，均在一个普法的语境里构筑他的电影王国。张艺谋之所以要这么做，并不一定是时代的因素和电影工业内部技法的因素，而是与张艺谋的“某种一开始为什么要去干电影这一行业的”的初衷和情怀有关。这种初衷和情怀，就可以被认为是一种“意向”。这种意向，可以决定最终我们将张艺谋电影定义为一种“团体操美学”的文体。

同样，我们今天可以看到不少导演传记。这些传记对于导演与创作的意向关系，予以真实呈现，这也是导演传记的价值所在。吉田喜重所著的《小津安二郎的反电影》[①]一书让我们进入了了解日本电影导演小津安二郎的正确的路径中，例如，我们了解了小津安二郎所谓的“我是一个豆腐匠”“电影导演不过是一个在桥下行乞、拉客的妓女罢了”“电影是剧情，不是事件。”等言论是在怎样的语境里被说出的。传记还原了一种客观性：小津安二郎逝世前在病榻上对吉田喜重所说的第一句话和最后一句话。正是由于这些话，这位日本导演兼传记作者——吉田喜重燃起了对小津安二郎电影艺术的无限探索之情。也正是由于这些话，吉田喜重找到了理解小津安二郎的独特路径。换言之，《小津安二郎的反电影》让我们领略了小津安二郎的创作意向。

在本章中，笔者的成因（生成源）机制探索旨在研究文体生成的主客观因素。笔者在借鉴童庆炳文体理论[②]的基础上，将电影文体的生成源归纳为三个因素：外部因素（时代物质条件、社会语境、文化）、内部因素（主

① ［日］吉田喜重：《小津安二郎的反电影》，周以量译，北京：世界图书出版公司北京公司 2015 年版。

② 童庆炳：《文体与文体的创造》，昆明：云南人民出版社 1994 年版。

创者的性格、审美修养和认知)，以及——笔者借用法国哲学家列斐伏尔的三元体系建构的习惯，将“意向性”这个因素，纳入电影文体生成（抑或中国电影文体生成）的路径体系中的——“意向性因素”；而路径机制探索旨在探索电影文体是如何生成的“形式”机制（就生成的机制而外，再细分为路径形式、形态、动力等，路径机制是其中的关键部分)。笔者将电影文体生成的路径归纳如下：本体和诗学路径、“民族”路径、“时空”路径、风格路径、“情感结构”路径（在这些路径之中，其关系类似德勒兹所言的块茎，相互关系是盘根错节，或者错综复杂的）等。

本章对于“生成”和“动力”两个关键词的考察，旨在说明电影文体生成和创造的可能性。本章也因此在论述导向上与前一章的“母法”和“形态”区别开来了。如果“母法”和“形态”重点在于阐释世界范围内的电影文体的大致呈现的样态，“生成”和“动力”则意在探讨我们如何通过探索电影文体的生成奥秘，来破解我们何以生成“中国特色的电影文体”之集体符码和个体符码，为电影文体的革新创造条件。

可见，正是由于作者“意向性”的存在，使得三元体系中的前两个因素——工业外部成因、工业内部成因——与之的关系，也变得扑朔迷离，变得不能像科学实验一样来预测某类电影文体的诞生，预示某位电影创作者将来必定有某类电影文体被他创作出来。

同时，工业外部、工业内部和作者“意向性”这三元性的强调，也与我们在第一章对电影文体论是一种母法论、媒介论的说法对应起来。正是由于这种三元性，它们互动生成的图谱并不是固定、有章可循的，而是时刻处于浮动之中，且无时无刻不在受到一种“凸显性元素”的影响。

第五章

中国电影文体建设的体制问题和提升策略

第一节　中国电影文体的特征和征候

一、整体印象

著名电影学学者丁亚平教授在《中国当代电影艺术史》一书中强调："中国电影的形式太多类同，发掘新型的电影形式一直很少，中国电影还缺少跨国大制作。"[①]

这并不是空穴来风，只要我们关注学界对于中国电影商业性探讨中存在的不足方面，就会发现，类似丁亚平教授对中国电影形式之不足的批评，并不是孤案，而是共识。在电影批评界，对于中国电影商业性不足的批评多如牛毛，这些批评大多是以好莱坞电影叙事为蓝本或者从参考的角度对当下中国电影叙事存在缺陷提出的警示之言。这些叙事缺陷包含着意识形态、叙事技巧、叙事谋略、叙事伦理方面的不成熟和策略失当。譬如，学者饶曙光在《当前中国电影的十大挑战》中指出，第一个挑战便是好莱坞电影占据票房第一的现象[②]，且中国电影在叙事上的弱势是客观存在的。金丹元、张咏絮在《一种不该被"忘却"的类型电影——对中国科幻电影实

① 丁亚平：《中国当代电影艺术史》，北京：文化艺术出版社 2017 年版，第 758 页。

② 饶曙光：《当前中国电影的十大挑战》，《电影新作》2017 年第 3 期，第 4-10 页。

际上的缺席之思考》中指出中国科幻片的叙事病灶特别是中国科幻电影批评现实、指涉现实之功能的不足[①]，这与好莱坞大制作《星际穿越》《银翼杀手 2040》等科幻电影指涉生态危机和技术伦理的叙事策略产生不小的偏差。学者张希在针对中国内地电影的叙事征候问题的论文中也提出了中国电影存在的一些明显问题，如在移植大 IP 时具有想象与呈现之间存在不小差距的问题，或在落实“故事意在建置人物关系、事件是用来推进人物关系”故事理念和讲述技巧上还不成熟的问题。[②]美国华裔学者符平则在《中国电影与西方观赏公民》中提出“文化公民”“观赏公民”的概念，指出西方观众对于《芳华》中的几个代表性影像能指完全无法理解的事实。这些细节包括剧中何小萍对军装照的渴望、西红柿的爱情象征、红纱灯下秘听邓丽君、何小萍在高原演出后的被离队等，这些内容都无法连接他们的知识库和文化背景，很难激活他们的文化感应和情感交汇。[③]在全球化时代，文化公民、观赏公民的存在已经是既成事实，这种虚拟的不是以国籍为共同体集合的群族，在几乎所有的发达国家中存在。相比之下，中国电影由于缺少叙事张力或存在故事平庸和电影影像的伦理缺陷等问题，最后也影响了文化公民和观赏公民的自然组成。中国国内高票房电影的海外碰壁，确实警示着我们：如果我们不注重跨文化和跨国的文化公民的培育，中国电影的海外传播效果不佳的状况将不可能得到解决。海外中国电影观赏公民的缺失，确实已经为我们的电影生产敲响了警钟。它如同荧光粉，凸显了以中国观众为传播终端的中国电影的叙事、传播和接受问题。如果我们剥离意识形态带来的观影认知差异，光从电影《战狼Ⅱ》国内票房和国际票房的差异来思考问题，则会发现这种反差

---

① 金丹元，张咏絮：《一种不该被“忘却”的类型电影——对中国科幻电影实际上的缺席之思考》，《艺术百家》2018 年第 34 卷第 1 期，第 164-171 页。

② 张希：《2017 年中国内地电影的叙事征候》，《当代电影》2018 年第 5 期，第 108-112 页。

③ 符平：《中国电影与西方观赏公民》，《电影艺术》2019 年第 1 期，第 30-34 页。

说明了该部电影在叙事和传播方面对于建构国际性观赏公民的漠视。

上述学者对于中国电影工业美学不足的批评，主要在宏观层面，指出了中国电影工业美学存在的问题：①类型电影的工业美学建构能力不足，叙事能力不足；②类型多样性不够；③形式层面的开掘不够，导致能凸显中国性的电影文体也相对不够多元化。

在类型工业美学方面，中国的电影工业界缺乏工匠精神。所谓工匠精神的缺乏，是指在电影工业的微观层面，属于工业美学的技法范畴——诸如叙事（线性）剧情、画面、影像、人物、场景、对话、杂糅在一起的艺术等文体技法——的不足和欠缺。譬如，我们来比较中日的悬念片类型电影，它们在两国的语境里分别生成了两种文体：谍战电影和推理电影。诞生在新中国初期的《永不消逝的电波》(1958)、成熟在中国21世纪的谍战电影（诸如《暗算》《刀锋》），以浓重的中国历史特色和中国观众接受契合度，成为一种比较受到观众青睐的电影类型。在日本，很少有所谓的谍战片（除了少数包含谍战元素的电影，如黑帮片《极恶非道》），可以与之媲美的是另一种剧情和动作功能相似的电影类型——推理电影。中国谍战电影虽然代表作（如麦家同名原著改编的电影《风声》，该电影叙事出色，符合商业电影的特征）颇多。然而，在谍战片的类型生产中，终因为产品青黄不接、作品质量参差不齐，而没有形成如日本推理片一样的气候。推理电影在二战以后受到黑泽明导演，以及芥川龙之介、东野奎吾、村上春树等著名推理作家的文学改编的持久影响，已经成为日本电影产业的一个主要类型，出现了《罗生门》《所罗门的伪证》等优秀作品。日本电影商业成功的另两个成熟类型是恐怖片（俗称日式恐怖片）和动画片。两者均已经进军国际电影市场。

在惊悚电影的领域里，平成时代崛起的日本惊悚电影导演黑泽清是一位可以与北野武、是枝裕和相提并论的导演。他的《X圣治》(1997)已然成为悬念和惊悚电影的经典之作，他的较少为中国人知悉的杰作《东京奏鸣曲》(2008)将平成时代经济泡沫破碎之后日本普通家庭的危机展现得十分传神，令观众在日常图像背后体验到了一种深入骨髓的、令人毛骨悚然的精神恐惧。他的《岸边之旅》(2015)、《散步的侵略者》(2017)将虚构和现实之间的张力营造得惊心动魄，令人震撼。《旅途的结束，世界的开始》(2019)则脱掉了悬念和惊悚的类型外衣，开始在纯剧情电影的领域深耕。《间谍之妻》(2020)则又一次将叙事回归到他本人熟悉的领域：在日常生活中表现巨大的戏剧性魅力。

黑泽清的成功，来自他在继承悬念、推理和惊悚电影类型语言方面的杰出能力，说得精确一点，是黑泽清那种在日常生活中挖掘“视觉戏剧性”“动作戏剧性”的电影叙事能力。一般观众和专业评论家自然十分熟悉戏剧所蕴含的戏剧性元素。用这个自亚里士多德以来的经典概念，去评判当下任何一部虚构作品，可以说具有一定的适用性。但自从电影创造了属于自己的本体，乃至于电影在塑造戏剧性事件时，所采用的素材是电影特有的素材这个事实——说实话许多评论者还来不及消化。原因正是我们是被语言和文学灌输、喂养的审美主体。而电影的出现，一部分或者基本改写了电影的戏剧性之呈现方式。

黑泽清的上述电影的成功秘诀，源于他对电影须借助视觉和动作而生成形式性和内容性张力的深度领悟。譬如，《散步的侵略者》一片，故事甚为平凡：在东京大都市的两个破碎家庭（一个已经破碎，一个正在走向破碎），都邂逅了侵犯地球的外星人。他们实际上是这个任务的先遣队员，任务是采集地球人的想法和概念。这些概念和信息，被用于外星人入侵地球计划的制订。而戏剧性的地方在于，外星人可以收集地球人对于工作、攻击、集体等的概念，既可以令主人瞬间变成无思想之物，又可以因为抽离了被理性缠身的概念而获得解放。另外，外星人可以偷窃思想，但不能盗取爱。于是，收集了人类这些可理解和不可理解的概念的外星人，虽然最终将信息发送至外星球，使侵略如期而至，但是，爱（这种暧昧不清和凭着理性把握不定的概念）却让外星人在入侵途中改弦易辙，终止侵略。黑泽清的这个故事，并不是意在伦理说教、反映爱的价值。相反，他的叙事功力，体现在“如何在这个平凡的故事中，发掘与观众情感认同和引起惊悚的元素”。譬如，在一个假设（丈夫是外星人附体）的语境和一个误会（丈夫的怪异行为只是人间的一种病态而已）的语境之间、在一个平庸家庭的语境和一个丈夫由外星人附体的新颖家庭关系中，传统的丈夫和妻子的角色如何得以维护，叙事如何在一个英雄模式（丈夫是行动主体）的叙事和一个家庭伦理剧的模式（妻子是行动主体）之间实现转换，进而引导观众在不断转换的电影语境中思考，思考影片“阐述符码”、“布局符码”和“象征符码”所蕴含的审美价值。

相比之下，随着21世纪中国电影工业的发展，一些电影文体，诸如奇幻剧、动画片和科幻片，逐渐成为历年来叙事水准达到最佳的电影文体。这种对于符合中国国情、中国观众喜欢的电影类型和文体的走红之现实，说明了电影文体在文化内部具有一定的自我繁殖能力的事实。

另外，在文化与文化之间的本土移植依然是借他山之石生产符合国情和国民审美趣味电影文体的融合之道。中国第一代、第二代电影人深谙此道。譬如，1930年，中国借鉴西方的剧情电影，把剧情片（melodrama）移植进中国国破山河的困境中，表现出伦理情节剧的文体特征（而不是严格意义上的家庭情节剧文体）。《马路天使》等电影就具有这种基于当时家国破碎语境中伦理情节剧的文体特征。同样道理，西方的惊悚片，在日本被改写成日式的推理电影、悬疑剧、恐怖电影等文体，也是明证。

二、征候：语义和语法的匹配问题

在电影文体的生产和创造上，电影形式和内容的匹配，构成了叙事的张力。换言之，影像和其他情节元素之间的语义和语法之间的关系，组成了电影表意的向度和风格。

借用一个卡佛式的诘问语式——当我们谈论电影（诸如镜头、场景）文体语义和语法的时候，我们在谈论什么？顾名思义，语义就是“语言的意义”。语义来自语义场。而语言作为我们谈论的对象，又可以细分为诸多部件，譬如字、词汇、句子和段落。同样，当我们套用语言学的一些概念和方法去谈论电影的时候，短镜头、长镜头、场景或者段落的表意规模就成为我们考量的基础。同一个语言，在不同的语境和场所里，产生的意义截然不同；一个证据即一个相同的镜头，为不同地区、民族、文化修养、性别的观众所观看，得出的意义也截然不同。按照笔者的认知，笔者将之切分为两个产生意义的场域，一个是审美的，另一个是道德和伦理的。两者相互关联，但又各自独立。

（一）审美的征候

在审美的场域里，一个电影镜头、场景和段落的语义和语法，组成了电影的美学。事实上，电影意义的生成，还可以区分出从镜头范畴到整体范畴的一个广阔的厚度。因此，在谈论语义场的时候，我们也需要弄明白：当我们谈论一部电影的语义时，是在镜头的语义规模里面谈论，还是在段落的语义规模里面谈论，抑或在整体的表意的规模里面谈论。不同的规模之研究焦点，对于我们得出的结论也会截然不同。譬如，谈论是枝裕和的镜头，我们一般会将之与侯孝贤、小津安二郎的镜头联系起来，认为它们属于同一个美学的谱系；但是当我们谈论是枝裕和电影中的段落时，其产生的意义显然与侯孝贤、小津安二郎时代的段落表意不同。是枝裕和的电影《海街日记》因为采用高精度、强色彩饱和的摄影技术，比起小津安二郎的《东京物语》、侯孝贤的《恋恋风尘》《风柜来的人》更具有影像的清晰度，而在表意上具有一种时代性效应。除此之外，是枝裕和的段落塑造更在乎以季节作为段落，进行带有毕达哥拉斯几何特征般的精确推进（在电影中，观众看到春天，紧接着必然看到夏天）。而侯孝贤和小津安二郎在段落的推进上，似乎没有特定的季节性作为标点符号的这种修辞。这就是三位导演——哪怕他们在镜头上具有传承性，他们的段落表意技术和审美也会具有明显差异的原因。至于整体的表意——是枝裕和温和地批判时代、小津安二郎以天眼（慧眼）普度众生一般地俯瞰大地、侯孝贤则拍出了天地的苍茫和人间的悲喜之情，他们在折射现代文明的局限性的时候，对于资本主义批判的激烈程度，也会有所区别。（在整体美学的语义场和镜头谱系的语义场，以及时代性的语义场，《海街日记》与《恋恋风尘》同中有异。）

好的案例比比皆是。在一部文体美学丰盈，从镜头到段落意义丰富的文本里，一个场景组成一个意义的矩阵。一个场景或许是一个长镜头，或许是几个镜头（甚至是数十个和数百个镜头）的剪辑合成，但是它组成一个意义的矩阵。一个场景可以切分为无数个语义场。按照今天观众的认知，我们获悉的电影场景的语义场，（粗分一下）就由镜头技术学、道具学、电影美术设计学、摄影学、电影导演学、表演学、色彩学、构图学、电影叙事勾连社会的“艺术社会学”、洗印学、数码还原技术、数码创意学、剪辑学、非线性编辑、电影美学等语义场组成。

仅仅以电影美学的语义场为案例，我们就可以获知言谈不尽的意义。譬如，之前我们已将是枝裕和电影里的美学语义场作为研究对象，发现其美学的谱系（虽在大的范畴上与侯孝贤和小津安二郎等在一个谱系），但其自身也具有独立性，每部电影的镜头、场景和段落均包含着广阔的“意义”。这种意义在《故事策略——电影剧本必备的 23 个故事段落》这本书中，就是组成这些不同叙事桥段的意义。我们谈论场景，而不是情节，是因为情节模式过于宏大，如果再拆分这些组成“复仇”“帮助”“成长”“爱”“救赎”的情节，则会发现每一个作者对于这些情节的处理，都会不一样。

电影史上，凭借一个场景名留史册的电影比比皆是。如意大利电影《风烛泪》《偷自行车的人》中的场景、美国电影《风月俏佳人》中的场景。为什么笔者称《风月俏佳人》为不朽的伟大电影？因为它描写了对伦理和禁忌的颠覆。两个主人公都是因为勇敢可以载入电影人物史册的角色。但是，我们记住了爱德华·刘易斯是如何在酒店大堂门口改变原来只是雇用一个引路人的想法的。他想与薇薇安继续交往一下。这个场景想必看过这部电影的观众都会过目不忘。因为，它泄露了角色的心机，事实上也泄露了天底下所有男人的心机。那就是，对于美的一种普遍的需要。美与道德是两回事，有时候重合、有时候交叉、有时候并行不悖。爱德华的心机，其实就是现代社会中每一个男人的心机。对于他偶尔发现和体验到的美，是超越伦理（如门当户对、两小无猜）约束和“符号”约束的。

探究其原因，恐怕在于，文学乃是借由读者的想象力和认知等帮助，把叙述之中的空隙填满，从而假设有一个故事世界的连贯性的一种媒介。而电影则是由百来个场景组成的“小情境”之集会。一般意义上的电影，没有叙述者，也没有旁白，而是类似戏剧“代言体”性质的、对一次表演和场景技术匹配的影像展示。换言之，文学是沉思型的艺术，而电影是表象型的艺术。

一个场景如此，一部电影更是意义的一个集会，因此，我们更需要顺藤摸瓜找到电影的特定语义场。一个场景可以切分为多个语义场进行讨论，那么，电影作为场景之集合体，其语义的丰富性，怕是无法完全用语言进行分析的。

综上，我们可以得出一个初步的结论：如果我们谈论一部电影，没有找到“谈论这部电影时我们谈论什么”的语义场症结和独特之处，那我们也等于陷入了“无所不谈，无稽之谈”的窠臼。电影作为意义的集会——这个观念被笔者提出。提出这样的一个接通理论和实践教学的观点，是因为，笔者既想大力推进一种“镜头—场景—段落—整体式”整体语义分析的结构模式，又想在上述谈及的纷繁的意义矩阵里，找到属于这部电影的本质性、现象性问题（特定语义场）。而这需要敏感性、知识、认知和对当代社会（经济、文化、人性、发展等）诸多问题具有关切的伦理意识。

（二）语义场中的中国电影美学不足刍议

按照大卫·波德维尔的观点，语义场的划定，还可以按照语义生成的结构（比例、递进、层次）来进行。我们以电影中出现的影像（或某个镜头）作为研究对象进行思考。由于在一部电影中，既存在具有上下文联系的可能性，也存在着——其属性为突兀的、插入的、与上下文没有直接关联镜头的可能性，于是就为该镜头的语义场的评判提供了基础。

语义场之意义阐述，是最为传统，也是最为有效的观众对电影镜头、场景、段落和整体的解读。在这种传统的以电影美学目录分类标准出发的、对诸如——镜头、影像、精神、主题所做出的分类中，二级分类系统里所蕴含的丰富的脉络和层次，均依赖这种语义分析获得。对电影（包含了各个层级的意义产生之域）的剖析和阐述，使得电影的意义在“作者的本意”“再现的层次”等话语中获得了相应的阐发。这种观看之道是最为普遍的。学院派电影批评机构或者各地的影评协会对电影的解读，也大多遵从这种语义的解读法。在语义的阐述层面，一个好的文本可能使得电影的语义“行云流水”，使观众观之“若见仙境、若闻丝竹，若闻天籁之声”，反之，则可能产生“佶屈聱牙”“词不达意”“故作高深”“晦涩难懂”的效果。

事实上，电影的语句决定了最初层面的观影体验。一个好的镜头、场景和段落，会使得电影增色不少，反之，一个坏的镜头，可以使得电影瞬间失去其表意的价值。事实上，如果我们对电影的第一个镜头和最后一个镜头（并思考它内容是什么，以及为什么这样）进行统计，就会发现一种有趣的“索引现象”。就是说，第一个镜头和最后一个镜头（分别如何呈现，以及它们之间的关系）不仅会泄露导演的“心机”，也会将其叙事的策略和美学定位加以显影。正如美国明尼苏达大学出版社出版的《叙述死亡》（*Narrtive Mortality*）一书，将死亡和结局联系起来作为思考的元素，继而呈现新浪潮的叙事美学。对于电影的叙事来讲，可能结尾更能昭示作者的整体电影观。电影工业美学也包含了这样的美学思考。

对“语义场”的观看之道，有助于观众明白作品的工业品质和美学品格。譬如，贾樟柯的《三峡好人》，从语义的角度来讲，拍摄得十分出色。但是，因为该片的场景数量寥寥无几，观众在欣赏之余也不免产生诘问：难道中国第六代导演的叙事能力——创造完美的蒙太奇能力和贯穿文脉的叙事能力，是欠缺的吗？事实证明，这个问题是存在的，提出这个问题也是比较客观的“问题意识”所致。相比之下，王小帅电影中的“悲情”和结尾的“大团圆意识”有效继承了谢晋模式中对个体悲剧和家庭悲剧抒写的经验。例如王小帅的《地久天长》，其结尾的力量是巨大的：潜藏了二十年的秘密，终于由曾经害怕讲出来的孩子（浩浩）讲述出来，这件事情蕴含的道德也得到了升华。这个结尾的意义在于，并不是孩子（浩浩）揭示了真理（事实上，两个家庭早已经知道事件的真相，大家不去戳破糊玻璃窗的窗纸，只是为了保护孩子而刻意瞒着而已），而是他的错他自己讲述了出来。这才是最为感动的地方：事件本身再无意义，而有意义的是当下人们的道德状态。王小帅把握了结尾的意义和主题、题材、文体的勾连。作为电影的叙事手段，结尾常被忽略。但在电影中，实际上它的意义是巨大的。最好的结尾永远有两种，一种带给观众美学的满足，另一种带给观众情感的满足。不好的结尾，有千百种。其中，最为糟糕的无疑是，表面上给予了观众情感满足的大团圆，但是观众看后不满足于这个被硬塞进来的大团圆。

我们先在此停留——先来考证电影史上罗列的那些观众满意的、好的结尾。美学的满足，有意义明晰的结尾和意义模糊的结尾。前者在特吕弗《四百击》的主人公安托万奔跑向海滩的定格镜头中结尾。这个结尾从此成为大家模仿的对象。定格，意味着叙事的戛然而止，也意味着一种对于叙事本身的膜拜。因为定格在叙事上是停下，意味着故事停下了，也意味着是永恒的烙印、是记忆的封存、是“木乃伊”。这种定格，也与巴赞所说的电影再现的本体——“木乃伊情结”相得益彰。那些开放的结尾，之所以令观众迷醉，是因为开放的结尾是故事的一部分，但却是情节所省略的，即不可见的部分。在电影的意义中，不可见的事物（人生、境界）是令人迷醉的。在美学上，它因不可见而神秘。因此，当电影《嘉年华》中，即将踏入社会“黑暗丛林”的小米，最后在一个电视新闻中获得了某种不可见的力量，驱使她毅然从那个危险的地带返回。而一系列带着女性主义象征意味的蒙太奇和她的觉醒姿态混剪在一起，配以高潮的音乐……营造了一个美丽的结局。这个结局因不可见而生动，且得到了升华。在科幻电影《沙丘》的叙事中，结尾（预示的可能成功）也只是柳暗花明的一种造型罢了。可是在叙事上，它具有提振观众信念的强大力量。黑暗世界，从此有可能被正义的力量扭转。这个结尾的暗示让影片的意义走向了一种“大众神话”（它的伦理价值是“美”）。但是，《沙丘》再好，也好不过那些追求“真”和“善”的电影。最令人满意的，是那种让观众带着情感的满足——离开影院的故事结尾。而笔者认为，这就是伦理中的“真”和“善”。相比于情感满足的电影，“惊悚”元素的价值就次要一些。譬如，《雌雄大盗》里面，邦尼和克莱德最后都命丧黄泉。被万箭穿心，是他们咎由自取。这种结尾，令观众感到一种事件意义的重大，或者主题的崇高性，进而引发观众的情感共鸣。

在电影史上，最满意的结尾，当然是情景交融的一种满足，也就是说，此刻，你的情感世界，完全因为这个结尾而得到释放和升华。《一一》和《地久天长》就有这样的结尾。在《一一》中，曾经吝啬于对外婆倾诉的洋洋，最后敞开了心扉。他朗读了一封写给外婆的信，以弥补过去的不足，也在一定程度上救赎了整个家庭（由于之前对于最为珍贵的生命的忽视）

之伦理观。人恢复到一个理想的家庭里应该有的样子，这就是最感动的结尾。王小帅的《地久天长》结尾也具有这样的力量（故事最后的一瞬间，揭示了在过去失去儿子的夫妇，早已知晓造成悲剧的罪魁祸首是谁。而他们等待了后半生的唯一诉求，就是看到对方道歉后双方达成和解，而非寻求抵罪的报复）。这种伦理观，已经承载了中国人悲天悯人、舍己为人的传统美德。两部中国电影都有着这样伟大的结尾，还在于这种结尾的装配是符合中国人的符码特征的。两位导演都用看得见的影像，讲述了当下和过去中国人的遭遇，而用看不见的结构，讲述了中华文明的符号（它是内敛的，它是通向道德的真和善的）。对此，我们可以说，“真”和“善”，最后战胜了“美”。

但是，除了对之保持积极的评价，我们也应客观看待其缺点。一些电影在处理家庭悲剧的时候，用化解恩怨的方式，去获得观众的平衡，这无疑也有粉饰太平之嫌疑。我们在观影中，确实也大量接触到硬塞给我们的“大团圆”。日本平成时代的电影，遭遇了“大制片厂的衰落”以及“独立电影的兴起”，其创作水平也参差不齐。譬如，以日本北海道著名旅游胜地函馆作为故事发生地的电影——俗称函馆“四部曲”。函馆“四部曲”包含了以函馆为背景，以已故作家佐藤泰志原作为依据改编的四部电影作品：《海炭市叙景》（2010）、《只在那里发光》（2014）、《跨越栅栏》（2016）、《你的鸟儿会唱歌》（2018）。其中亮点很多，但由于这些作品均为小叙事作品，一些场景和叙事的节奏，就相对急躁，其结果的节奏处理（例如《海炭市叙景》《跨越栅栏》在表达和解等桥段的节奏处理）没有被观众充分接受，在叙事上产生了一种东施效颦的缺陷。这些电影里面都有相似的情节：故事以主人公生活的破败为起点，通过一番有救赎味道的交往和行动，主人公内心的阴霾散去，迎接他的是生活好转，甚至美满的可能性。但是，函馆“四部曲”的导演在讲故事方面，显然还不全然是行家里手。这样弥合破裂社会情绪的初衷，反而显示了过多“粉饰现实”的痕迹。

相比之下，拍摄了《无人知晓》、《海街日记》和《小偷家族》的是枝裕和，在表意的丰富性、镜头语言的诗学力量上，更为丰饶。是枝裕和的镜头和场景语义，是随着我们怎样界定语义场，以及语义场的性质的不同而变异和浮动的。譬如，我们称是枝裕和为社会学家，因为他电影中的场景具有引导观众借此“洞察资本主义社会危机”或者“洞察日本社会危机”的功能。是枝裕和电影中的许多场景，折射了一种社会学的语义场。观众清晰地感知到《小偷家族》影像中室内环境的底层色彩（这种色彩在韩国导演奉俊昊的《寄生虫》中也有体现），借此，电影索引了经济不景气的社会危机（影片的第一个社会问题索引）。除了索引日本社会的经济现状，该电影的剧情也索引了由于经济的不景气导致的日本人的集体性征候：糟糕环境导致的心理预警或者戒备心的日益增长。在影片的第 15 个场景段落中，信代和同事在讨论路过的一个女人以及最近的传染病。这个场景是下几场戏里信代由于经济不景气被解雇的铺垫。信代与同事闲谈中提及的传染病，是对社会环境进一步恶化的索引（既是第一个社会问题索引的重复，以增加观众的认同感，也是其他问题和状态索引——那是电影中除社会问题外更为宽广的领域：人类的整体性生存环境正在遭到威胁。而这也是与日本社会的独特岛国环境以及类似 3・11 日本地震引发的核辐射等生命威胁事件息息相关的）。当代的观众还知道，一个情节桥段索引了某个对象，而这些对象之间有时候是可以互为转换的。比如，第 24 个场景——初枝与亚纪取钱，泄露了一家人的生存危机和经济困境：靠着初枝奶奶的养老金才可以勉强度日。这给电影笼罩上了一层浓浓的令观众同情的氛围，也给后来的揭示——索引出的这个电影的另一个比较重大的社会问题（第二个社会索引）——骗取养老金问题。事实上，电影也构思自一则有关养老金骗领的真实社会事件。前一个社会问题的索引，与这个社会问题的索引，是主要和次级索引的关系。正是经济不景气，才导致了更多的人在生存危急的时刻选择了违法——提供了情感和伦理的一个出路：后来虽然揭示了信代骗取养老金的事实，但是观众由于看到了之前信代取钱是为了让这家人生存下来的事实，于是等于稀释了对违法这件事的厌恶程度，而给予了信代这位日本老人（也是日本老龄社会的一个缩影，第三个社会问题索引）以一定程度的同情。

在这部电影里，除了存在上述这些表面的社会问题索引性，实际上还有更深的日本人精神状态的索引性。信念符码的索引就是其中一种。虽然柴田治一家人游走在贫困和违法的边缘，但深深的羁绊将他们紧紧联系在一起，使他们的心不会随着冰冷的都市而寒冷下去。这是现代社会的人类生存的普遍信念（现代社会人的典型观念之索引）。电影用令人信服的镜头语言传达了这个信念。正如黑格尔所言，存在的就是合理的。日本电影中的这些反映义理和法制之间冲突的伦理暧昧性，正是日本社会原型和征候的写照。同样，他的《无人知晓》则采用了改编的形式，将新闻事件——“西巢鸭弃婴事件”以另一种角度向社会呈现出来。在符号和对象之间的关系，以及社会现实和本质之间的因果关系中，其索引性依然十分明显。

当我们将是枝裕和的场景——界定在一种“电影叙事学”或者“电影艺术”的语义场典范的时候，是对是枝裕和作为电影大师的这种身份的肯定。因为作为电影大师，是枝裕和电影中的美学丰富，密布着各种符码——既有集体性符码（如家庭离散、患难之交），也有介于集体和个人之间的符码（如孩子回家后遇见柴田治和信代衣衫不整、动作慌乱，脱口而出：“你们在干吗？”令观众会心一笑），更有纯粹个人的符码（是枝裕和的编剧风格）。是枝裕和作为20世纪60年代出生的导演，对于日本社会内部结构特别是家庭结构的观察是细致入微的，他也因此被标签为“善于在日常生活伦理中发现诗意”。该影片的基调贴近日本导演非常驾轻就熟的类型：家庭伦理剧（或者庶民剧）的路子，因为影片故事所发生的场景，基本是在家与外部世界这样的空间里。剧中人物的活动半径小得可怜，唯一一次比较像样的别处旅行，也大概只是去日本东京郊外的海滩中游泳和野餐而已。就在这样的平淡故事中，是枝裕和给予观众以新鲜的视听风格和场面调度。“并不是故事本身吸引人，而是是枝裕和在表现这个故事时采用的影像技术和蒙太奇等手段，十分新奇。”信代在老人初枝过世后由于掩埋尸体被警察抓后替柴田治去坐牢，影片运用的视角和叙事策略，就出乎意料，完全是作者风格的叙事编码体现。柴田治和少年祥太在海滩上玩耍和游泳，其间的一段对话也是个体性的，那就是柴田治问祥太为什么盯着亚纪的胸部看，当祥太懵然之时，柴田治坦白自己也爱女人胸部，随后两人都笑了。这一段故事就文学性而言，在其他作品中也并不鲜见（它的情节符号可以缩略为“性态度的认同”“性教育”等），但是枝裕和采用的摄像机和场面调度，让观众认识到这样的场面叙事意义：勾连一个温馨“拟家庭”的温情瞬间。它的潜台词还包括：这个家庭在天伦之乐上的幸福感，不比所谓的正常家庭少。如此种种，观众通过影像，感知到一种人文态度的感染和浸润。这样的叙事编码，只有是枝裕和才敢将之糅合在一个温情的社会伦理片中。与对话表面的色情相反，其深层效果的“悲悯气息”更为感人；不仅如此，是枝裕和在处理题材时也游刃有余，《第三度嫌疑人》（2017）就以一个侦破片的类型外壳，处理了一个伦理片故事的内核。

用是枝裕和在类型规制中的守约和超越之例子，是想说明，在电影的机制形态——突出电影生产、传播和消费（等领域的文体生成性）的上下游的联动上，中国电影的产业链还不完全成熟。照理，在喜剧电影的类型里衍生出小确幸、文艺片——民族性因素应该作为母法；在科幻电影（如融中国哲学和爱国母题的《流浪地球》）类型里孕育中国科幻体——哲学和对（母土、故乡）地球的情感关系营造和刻画应该成为母法；在传播领域的（胶片、网生代、竖屏）媒介凸显为沉浸电影、微短剧电影、科幻电影等文体母法时，媒介应被突出表现。事实上，在上述领域，中国电影文体的成熟度也没有达到最理想的程度。

三、征候：制作地理层面

当然，除了生产、传播和消费领域（或者以这三种场域和媒介中诞生的文体情况），中国电影文体也生成自独特的地理空间和广袤的自然空间。譬如，从电影制作的角度，地理（云贵川）、城市（重庆、北京、凯里、杭州）、江河流域（长江、江南）、摄影棚（横店）凸显为文体母法时，这些地理质感依然表现得不充分。电影对于这些特定地理和自然空间——生成的电影文体的路径考察，依然可以作为一种新颖电影文体的孕育之地。普遍而言，这些电影的制作水平参差不齐，制作的工业设备和条件也各有不同，很难用工匠精神或者统一的工业制作标准去衡量它们。

除了在当下凸显出的地域电影（贵州电影、杭州新浪潮、山西电影、三峡电影）或者特定空间电影（诸如贾樟柯关于世界公园的电影《世界》，关于三峡拆迁的电影《三峡好人》《风流一代》）、特定职业电影（冯小刚关于文工团的《芳华》、写悼词为职业的《不虚此行》）等涉及上述地理、职业的“小制作”电影，在制作上均质量平平。这种电影工业的水准，给增强中国电影文体意识和质量的策略实施，带来了障碍。在近阶段，只有以建设健全一个具有制作水准的电影工业体系为目标，整体提升我们的美学水平，才有可能制作出质量上乘、电影工业技法完美的工匠电影。

第二节　中国电影文体建设的现状和不足

正是由于美学储备的不足，中国电影文体建设问题也凸显出来。

随着中国电影产值和票房的快速递增，中国电影的文体问题也日益成为学界和大众批评的焦点。这方面的论文和批评文本（包括 IMDb 和豆瓣电影网络平台的观众评论）汗牛充栋，除了少量对中国电影当下叙事的溢美之言，大多数学者对于中国电影的叙事可以说莫衷一是。这些林林总总的聚焦中国电影叙事问题的论文和专著主要聚焦于两类大问题。

一、中国电影文体建设的亮点

笔者对中国电影文体体系的发展持积极态度。经过几十年努力，新时期的中国电影取得了长足的进步和发展。正如著名的电影理论家和史论家丁亚平在《中国当代电影艺术史》中对当代中国电影的重建与重振——国营转向市场导向（2000—2009），以及消费时代电影的生产与全球趋向（2010—2013）、电影中的历史与再生（2014—2017）进行了归纳和总结。在这部巨著中，丁亚平对于中国商业电影主流类型大片在新时期以来产生的诸多积极样态，予以了肯定。这其中包含着电影文体建设的成就。譬如，多维的创作大电影与业态的改变、电影的互动、掘进和突围、创作文本中的艺术、商业和文化互动和交流、电影叙事中重新发现"风景"、中国电影的叙事伦理展望和选择的责任等。在具体值得肯定的电影文体上，丁亚平对于冯小刚的《芳华》、万玛才旦的《洛塔》、曾国祥的《七月与安生》、毕赣的《路边野餐》，以及现象级畅销大片《大鱼海棠》、主旋律电影《湄公河行动》《血战湘江》《建军大业》《拆弹专家》、科幻电影《流浪地球》等予以了肯定。

哪怕从诗学比较角度看待中国电影的表意实践，我们也会欣慰（中国艺术电影和独立电影在国际各大电影节上尚属不错的成绩）。换言之，倘若我们从东方或者本国利益的角度看问题，则目前的电影状态至少还是令人满意的，这包括电影院线中播放的尚是具有一定质量，且大多是牵连中国人情感结构的故事。这种故事之精巧成分或许不及好莱坞，但是因为凸显了中国式情感结构或者符合中国观众的观赏口味，而获得口碑或者票房成功。如电影《嘉年华》、《亲爱的》、《失孤》、“反贪风暴”系列、《桃姐》、《风中有朵雨做的云》、《二十四城记》、《万箭穿心》、《山河故人》、《南京！南京！》所建构的具有中国特色的电影文体较为乐观的基本面。对于这类电影文体，如果说叙事尚存在问题的话，那便是如何进一步提升中国电影诗学或者中国式符号的表达问题。

另外一种乐观在于新近逐渐取得的对于中国电影接受者——观众认同和尊重引发的，具有中国传统诗学意蕴的电影，纷纷出品，也形成了一定的观影群体。下列电影的文体尝试，就获得了一定的观众美誉度。这些电影从商业电影的角度看也许并不完美，其制作水平也尚不能与好莱坞电影的制作工业同日而语，但其蕴含的独特表现形式和意义，也得到了比较高的认同。对于这些电影中所共同具有的诗学（技法）特征，我们可以将之纳入“反（传统好莱坞）电影”路径里生成的“语体母法”谱系。这些“语体母法”又可以分解成如下内容。①赋：《二十四城记》；②比：《芳华》；③兴：《路边野餐》；④动画电影：《捉妖记》；⑤一镜到底：《鸟人》；⑥场景诗：《三峡好人》；⑦诗意电影：《河边的错误》；⑧书法电影：《影》；⑨绘画电影：《春江水暖》等。

因此，其实我们在看到商业电影和艺术电影的时候，应该区别对待。我们如何去衡量一部电影的文化价值和商业价值，两者本身具有不同的标准。具体而言，如果电影观众（文化公民）完全是从艺术质量的角度去衡量电影的，则中国电影的叙事问题或许并不严重，一些甚至是寻求中国式故事的摹本。如《功夫》、《美人鱼》、“大话西游”系列、《捉妖记》等魔幻、虚构叙事，均已成为观众喜爱的叙事范式。退一步讲，谈论电影叙事策略是一个比较容易模棱两可、容易产生歧义的“场域”。对于这一点，也并不只有丁亚平教授等发现。譬如，早些年有学者曾借助第六代导演善于讲述“曲径通幽”的负面故事这一特点，对其叙事策略上的悖谬性进行了客观评述，认为：诞生在20世纪末的第六代电影虽然表面上呈现给我们的是颓废、迷茫、病态的青春景观和边缘人的灰暗人生，缺少理想主义和英雄主义光芒的烛照（既然没有新的价值可以凭靠，就将旧的价值彻底地“撕破给人看”；既然没有崇高的人生版本可以仿效，就让这迷茫的人生在堕落中沉沦），但仔细考察，隐藏在这些电影背后的价值尺度是正面的，它们表现的是旧的价值体系已经坍塌而新的价值观还未建立起来的一代年轻人“醒后无路可走”的心灵困境。[①]

正是这种悖谬性，让我们一旦沉浸入中国电影叙事问题就会看到两个面向和态度。一种是商业上的考量，另一种是艺术上的追求和实践。前者相对悲观，后者相对乐观。哪怕是对待在21世纪国际电影节上的获奖中国电影，我们依然有两种态度。近年来，少数几部在戛纳、威尼斯和柏林国际电影节上亮相并取得成绩的电影，其成功具有两重意义。①在电影本体的层面上，通过一种区别于好莱坞式的叙事模式——严格说来是通过内容和形式的方式表达，成为一种产生新的叙事可能性的产品。这些作品虽然尚具有一定的叙事缺陷，但整体的效果却不错，如《团圆》《白鹿原》《天注定》《大象席地而坐》《地久天长》《长江图》。②少数几部作品符合好莱坞（或者类型电影）的叙事标准，是以其精致的具有张力的故事表现力而获得成功的（比如《白日焰火》）。这种成功反证了好莱坞电影标准是一种电影市场的“硬通货”之事实。从这两个事实出发，中国电影在融合传统与现代、东方美学与西方叙事技巧的理念和思路均可以成立，且完全符合电影艺术的发展规律。于是，这种客观存在的电影本体和电影叙事的既有程式和潜在程式（东方程式、诗意程式或者尚在形成之中的程式）均可以成为中国电影人的美学追求。

---

① 黄献文，熊鹰：《中国电影路在何方？——基于中国电影现状的反思》，《湖北大学学报（哲学社会科学版）》2018年第45卷第2期，第44-50页。

二、中国电影文体建设的不足

但是，正如笔者在绪论里强调的那样——中国电影文体虽然有所进步，但是，中国电影理论界对于中国电影文体理论体系的建构意识是缺席的。譬如，当我们谈及电影文体生成的“语体母法”之路径之时，就发现，除了传统的电影类型和由之生成的文体（以及次级文体），中国电影还缺少丰富的语体。

（一）语体缺乏导致的文体匮乏

中国电影缺少的文体，首先体现在语体缺乏导致的诸如美术馆电影及其所衍生的跨界电影文体的匮乏。在当代——艺术跨界成为一种时尚的语境里，跨界性电影层出不穷。在21世纪，具有世界影响的跨界电影还包括展览馆、美术馆电影的混合体电影《双面情人》（弗朗索瓦·欧容）、美术电影和极简电影的混合体电影《寒枝雀静》（罗伊·安德森）、装置电影和边缘人物电影的混合体《郊游》《脸》，以及时装电影和剧情电影（灰姑娘电影）的混合体《穿普拉达的女王》（大卫·弗兰科尔）。上述这些电影以及它们所包含的特征，综合成当代十分流行的美术馆电影之母法。

相比之下，中国电影文体体系中缺乏从电影的美术渊源中生成的当代美术电影文体。美术馆作为放映电影的替代性场所，为生成一种有别于商业电影院的叙事电影之独特文体提供了可能性和条件。以此生成的美术馆电影，因此有着其独特的文体母法。与美术馆电影语体相似的电影文体有装置电影、绘画电影、展览电影等。在国际层面，由于受后现代艺术的熏染环境、主流文化语境、政治等因素的影响，除了蔡国强、蔡明亮的美术馆电影，进入了世界一流美术馆，其余的中国导演的作品，尚未在这个领域里展现出优势。

但只要我们从文体的角度去观察跨界艺术生成的“语体”之母法，我们依然对于美术馆电影谱系衍生的跨界电影的标识性“母法”具有可以敏感把握的认知能力。譬如，以下电影所共同具有的母法，就有着较为清晰的标识性。①绘画电影：《燃烧女子的肖像》（它具有风格鲜明的女性主义和返古到绘画时代的艺术先锋性）；②美术馆电影：《郊游》（它具有挣脱叙事电影框架的张力）；③装置电影：《广场》（它具有一种用现代美术馆展览的方式去替代传统叙事电影的线性故事展示技法的潜在艺术冲动）；④展览电影：《寒枝雀静》（它具有一种仪式性和将一切人类动作抽象化和简化为一种集体姿势的艺术表现冲动）等。只要你仔细分析上述电影，就会发现它们均具有一种迥异于通常商业电影叙事性的特征。

1. 装置电影

在装置电影中，艺术创造让位于形象和样式的构造，其目的就是改变艺术和建筑的存在，仿佛思想已经失去了它们的影响力。语言显然是存在的，但它们越来越被推向写的、画的或模仿的表现形式方面。它们唯一的功能就是被展示，就是作为美学消费品而存在：存在于墙上、纸上、屏幕上。真实的力量就只能存在于陈列仪式中。如果把价值归于展览形式，即按艺术和建筑展示的方式表达，那么展览装置的视觉机器就成为创造性新的觊觎对象。出于“方便”，一种带有一系列帮助理解作品、装置的范式的建筑以及各种各样的展览哲学成为“文本”，成为语言学的游乐场，在那里艺术和建筑扮演着文化生活中的角色。设计装置的条件与创作艺术或建筑的情形并不一样：装置总是位于它们之间，因为陈列方式必须能提供合适的景观，以调节空间构造与视觉材料安排之间的关系。

2. 美术馆电影

美术馆电影即指一种挣脱传统叙事电影特征，将非典型的电影手法（母法），如展览、装置和其他艺术元素糅合进电影叙事的电影文体。瑞典电影《方形》（*The Square*，2017）正是这样的混合体。在语法的体制里，属于以“小段落（场景、长镜头）”（信息和事件状态）为意义表现单位的叙事/非叙事杂糅的文体。

3. 反电影（反传统电影）

或者，我们也可以这样理解：美术馆电影也好，装置电影也好，它们在本质上都具有共性，即“反电影”。日本导演小津安二郎的朋友——导演吉田喜重曾经在评论小津安二郎的电影风格时说：“小津拍摄了没有戏剧性冲突的家庭剧他让相反的事物存于故事之中，并认为家庭成员没有意识到自己是家庭一员才是家庭最自然的形态。”[①] 这种违反好莱坞统一体制的做法，被吉田喜重标签为“反电影”。小津安二郎的技术，正是通过反电影的美学表达，达到了炉火纯青的境界。《东京物语》即典型代表。在《东京物语》中，小津安二郎通过越轴、神性凝视人间的视角（有时候是突然插入的空镜头），揭示了现代社会中日本传统父权家庭的崩溃——这是日本进入现代性社会的一种必然。

实际上，当我们站在电影的立场而不是文学的立场上思考类似小津安二郎的电影风格时，会消解“反电影”这个定义的合法性。因为，倘若我们从电影本体（其本质是再现、呈现和表现）的角度思考上述被标签为“反电影”的电影案例，会发现我们误入了命名的困惑之中。换言之，被标签为“反电影”的，可能恰恰是正常的电影。而被文学包裹和垄断的电影，有可能只是电影的一部分。因为按照这种新的标准，观众在电影中得到的审美享受是影像和声音的审美同步，是表面影像和深层次情感的交相辉映……这些特征与文学的审美范畴有着天壤之别。文学也有着文字符号的所指和能指之间的多元互动关系，也有着表面情节和深层次情感的交融（所谓想象力）。但文学审美和电影审美具有本质性差异：文学是通过文字符号出发的审美想象，而电影是通过影像的实在的物质感受出发的一次视

① ［日］吉田喜重：《小津安二郎的反电影》，周以量译，北京：世界图书出版公司北京公司 2015 年版，第 99 页。

觉意象、形象和碎片的审美和认知游戏。对于文学的文体美学和电影的本体美学（譬如巴赞所言的长镜头美学和写实主义的美学），电影和文学均产生了大量具有文体审美特征的作品。

对此，我们恰恰不能以唯一一种电影审美观去评判电影、分析电影的文体。

4. 跨界电影

当代电影类型演绎的另一个特征是类型混合，即走向跨界的实践越来越普遍。譬如，史诗电影和人物传记电影往往成为匹配元素。而在日本的小人物电影（庶民电影）中，往往又混合着爱情和事业叙事等（次级类型）叙事的规约。庶民剧的副主题——如果和爱情、事业的叙事结合，则必会产生神秘的力量。《阿信》这部庶民剧，是关乎一个女性生命和她含辛茹苦所坚持的事业之间的关系，它指涉日本社会特有的女性持家之道、创业精神和工匠精神。这种以女性个体作为叙事主体的电视剧，是庶民剧的叙事范式。在中国，小人物叙事也往往关乎社会伦理，其主题往往带有道德训诫和“个人成功神话”等混合因素。《我不是药神》就将小人物的坎坷成长与社会正义的副主题混合在了一起。

后现代社会的跨界叙事与非后现代社会的跨界叙事的形态不同。当代西方社会存在一种后现代思维导致的平面化倾向。在后现代的这股风气引领中，艺术之间的高低贵贱之分似乎也在走向“寿终正寝”的时刻。对于电影人和观众来讲，这是一个特别坏的时刻，因为它意味着电影故事越来越难讲，这也是一个特别棒的时刻，因为它意味着电影可以借由其他的艺术来表现。

5. 其他跨界组合的文体

在日本影视作品中，除了《阿信》《寅次郎的故事》《东京物语》，《谈谈情跳跳舞》《百元之恋》也是在后现代语境下的成功叙事。后者讲述了一个小人物逆袭（觉醒）的故事，而置换成中国语境的《热辣滚烫》(2024)后，则被评论界认为，没有它所改编（故事 IP 源头文本）詹金斯所言的文本盗猎源文本来得深刻和成功。两者的叙事差异体现在后者没有后现代文化语境的支撑，只停留在励志的单向度层面。

6. 组合电影

更多的语体，属于各种元素的组合文体。譬如，女性主义和一种反电影性质的绘画性进行组合，就产生了一种独特意蕴的电影。法国爱情电影《寒枝雀静》，即为这样的电影。

这里的女性主义，是指 20 世纪中后期兴起于美国和欧洲、以女性性别意识为焦点去阐释文学与文化现象的批评理论。女性主义批评的代表性文本，当属西蒙娜·德·波伏娃（Simone de Beauvoir）的《第二性》(1949)、凯特·米利特（Kate Millett）的《性的政治》(1970)、劳拉·穆尔维（Laura Mulvey）的《视觉快感与叙事性电影》(1975)、伊莱恩·肖沃尔特（Elaine Showalter）的《女性的疾病：女性、疯癫和英国文化 1830—1980》(1985)以及朱迪斯·巴特勒（Judith Butler）的《性别麻烦》(1990)等。此外，肖沃尔特的论文《荒原中的女性主义批评》对“女性批评”的界定为：其内容是女性写作的历史、风格、主题、文体和结构；女性创造的精神动因；个体或者集体的女性经验之轨迹；女性文学传统的演进及其规律；等等。而在纽约牛津大学出版社出版的《批评理论词典》中收录的“女性主义”词条中，蕴含着四个基本原则：其一是基于消除性别不平等的基点；其二是指消除性别不平等的诸多实践；其三指消除性别不平等的策略；其四是假设一个取消了性别不平等的社会前景。[①]

单纯的女性主义电影，已经具有众多的电影文体形态，而如果要推陈出新，则需要导演和主创者具有文体的创造意识。从这个角度看，电影《寒枝雀静》做到了文体创新。

---

① Buchanan，I.：*A Dictionary of Critical Theory*，New York：Oxford University Press，2010，p.165.

（二）中国电影文体体系的不足：来自儒家道德的制约

中国电影文体体系的不足还体现在对于大团圆结构的突破不够。相比之下，中国电影缺乏如日本电影般丰富的文体。一些具有突破传统观影思维和习惯的电影情节，我们也举步维艰，很少有突破和超越。譬如，丧电影就是我们比较缺乏的一种结构方式和主题技法。这种电影文体的原型为爱情电影的灰暗结局，来源于伍迪·艾伦的爱情电影《安妮·霍尔》（1977）。该电影第一次将爱情故事和分手组合在一起，并获得了第50届奥斯卡金像奖最佳影片奖。

如果说，《安妮·霍尔》的电影文体是好莱坞叙事和灰暗结局的组合，那么日本电影《花束般的恋爱》（2021）即为庶民剧和灰暗结局的爱情故事的组合。因为在好莱坞具有英雄气质的爱情电影中，一开始总是赋予其某种宏大的主题和使命，譬如《北非谍影》《美人计》中为国家献身的人物设计。这种宏大使命，使得电影具有悲剧、悲壮的韵味。爱情电影和爱国电影的组合，使得爱情电影被赋予了一种悲壮色彩，延续了亚里士多德《诗学》中的“悲剧”要求人物具有高尚品格（崇高特性）的刻画。但是，日本爱情电影却早已达到了利奥塔所谓的“取消宏大叙事”之谋略。笔者认为，产生这种叙事文体的深层原因有三个方面。①文学审美演绎、文体沿革和艺术体制的传统，譬如私小说、个体小说、亚文化小说的兴盛，就是一例。②后现代社会和平成年代的经济状态，孕育了御宅族式、颓废的躺平式生活方式。而这种颓废，本质上是资本主义社会个体自由的后果。③在“平成景气”与“失去的二十年”之颓势中，日本社会走向“消弭了中间阶层”的均质化社会，中产阶级叙事让给了电视剧这个领域与类型，而电影文体中，为了满足消费需求和观众的需要，就需要大量人物边缘故事和题材的电影来充实影院。

《花束般的恋爱》既呈现一种想象（情节、人物的虚构而达成）的恋爱世界，也呈现疫情之下日本社会的众生相，如图 5-1 所示。其文体特征——对爱情冷静而倒叙的再现，对社会冷静而无声地阐述、剖析，客观而不失激情，呈现了一种后现代社会日本年轻人的社会观（均质化社会的疲态、均质化社会的虚无主义、均质化社会的无限哀伤）。在爱情电影的谱系（类型）里，《花束般的恋爱》因此具有了一种悲怆性（通过前后恋爱状态的对比）、广延性（能指和所指的广阔性）和兼具社会批判性的三元性“母法”。而该电影的中国改编版《被我弄丢的你》（2024）将原本的丧电影结局改成了大团圆的结局。

图5-1　日本电影《花束般的恋爱》中的“丧主题”

另外一个案例来自《横道世之介》这部“丧主题”的电影。该片改编自小说家吉田修一的同名小说。主人公横道世之介——这个奇怪的姓氏，暗示了其来自偏远的乡下。他混迹于大都市，可是由于自己的身份和这个几乎等同于下里巴人的“称呼”，他的任何努力和打拼，最后都被打回原地。这种电影体制的摄制，体现了日本电影工业中比较顾及边缘群体以及在题材上借鉴“私小说”传统的一面。

在三宅唱（Sho Miyake）作品《你的鸟儿会唱歌》（图 5-2）这部电影中，“我”和佐知子成了男女朋友，但是佐知子后来与“我”的室友静雄走到了一起。佐知子某一天对着“我”道明她的情感时，我也没有感到意外。两人就以这种方式分手了。但是，正当佐知子走远后“我”突然意识到自己犯了错误。于是，电影中对于一切都无所谓的“我”，开始在街道上奔跑起来。终于追上了：

图 5-2　日本电影《你的鸟儿会唱歌》中的“丧主题”

我已经不知道自己在说些什么了，脑海里一片混乱，放任情绪泛滥。

我：佐知子，我喜欢你。

话刚一出口，我马上后悔了。完了，我说了不该说的话，现在表白是大错特错，一股强烈的懊恼之情涌上心头。真希望这一切都没有发

> 生。太丢脸了。好痛。真想马上转移开视线逃跑。可是，另一方面，我的心里又有一股昂扬之情油然而生。我终于能够坦诚地将自己的心情表达出来，这种激动同样难以克制。我就这么一直直勾勾地望着佐知子。
>
> 佐知子吓坏了，她以前从未见过我这副表情，不由得有些困惑。被表白是一件开心的事。不过，比起开心来，她更多的是惊讶，她万万没想到我居然会自私地在这个时刻表白。她非常愤怒，同时，又感到十分悲哀。因为她已经无力回应我的这份心意。她难过至极，什么话都说不出来，只是一动不动地望着我。①

探究这种丧电影模式在中国电影中罕见的缘由，不仅是创作界的思维瓶颈问题，更是全民的文化集体意识问题。哪怕是电影学者，也一般持相对谨慎乃至保守的观点。学者张希在《2017 年中国内地电影的叙事征候》一文中指出，所谓的"不变的结构"，其实就是中国传统儒家文化中蕴含的和谐和团圆的"基因"②，这种以和谐团圆为核心的文化特质使我们在突破传统家文化方面面临很多困难。

第三节　中国电影文体建设的体制和伦理路径

前文提及的美术馆电影、丧电影的缺失问题，正好引出对中国电影工业水准尚欠火候的客观评价。这方面，著名学者饶曙光的观点比较有代表性。他在归纳中国电影的叙事症结时指出，"我们业界和学界对好莱坞电影

① ［日］三宅唱，［日］松井宏：《你的鸟儿会唱歌》，徐怡秋译，《世界电影》2020 年第 2 期，第 115-136+193 页。

② 张希：《2017 年中国内地电影的叙事征候》，《当代电影》2018 年第 5 期，第 108-112 页。

的研究也不够深入和系统”[①]是造成目前中国电影叙事弊端的一大原因。言下之意，好莱坞电影体系不仅有着成熟的政策扶持（条件 1）、有效的行业规范和固定的工业体系流程作为依托（条件 2），也有文化环境作为依托（条件 3）——比如学者符平提及的“文化公民”就是其中文化环境好坏的一个指标。文化公民的存在，说明了在好莱坞的文化语境或者虚拟社区里面，观众形成了一种集体意识和无意识，这种集体性认知和集体性的审美共同体存在，对于电影文化的形成和可持续发展影响巨大。毋庸置疑，这种逻辑性的连带关系是客观的和有益的。同样，从电影和社会互动的机制角度来看，则不难发现，中国电影的叙事也出现了一定的问题。

于是，谈论中国电影叙事要往何处走，成为一种策略性或者需要分层的问题。换句话说，即我们平时对于泛泛而言的电影叙事的批评本身的困惑，本质上正是来自我们谈论问题的语境和态度是可以随着问题域的层次而浮动的。如果要深入研究这个问题，则至少我们面前有两个截然不同的路径用来“评判”其叙事。

一、电影文体创新的机制问题

如果从商业角度看中国电影的叙事问题，则好莱坞电影是我们学习的楷模，这样的表述是没有任何问题的。如果我们从商业层次考虑问题，类似“中国电影的叙事亟须学习好莱坞的深层结构和文化观赏公民之间的深度契合问题”“中国电影创作面临外部环境的重重挑战，行业内部的转变发展方式、优化经济结构、转换增长动力等发展问题”[②]——这些表述无疑是

① 饶曙光：《当前中国电影的十大挑战》，《电影新作》2017 年第 3 期，第 4-10 页。

② 张啸涛：《新时代中国电影——2011—2018》，北京：中国电影出版社 2019 年版，第 247 页。

有道理的。针对这个层次的问题，我们提出补救策略也顺理成章。

正是在这样的问题级差性和层次性下，笔者提出的策略也具有了立体结构。

（一）为谁而拍？——文化和接受问题

中国商业电影需要解决的一个问题是为谁而拍，是为国内观众而拍，还是为全球观众而拍。这是一个商业策略的问题，也是一个价值和意义系统的问题，它涉及两个根本问题。

1. 如何处理（制作和传播）电影的文化

电影中的文化是一个具有多重能指的概念，与电影的历史和美学相关，也与接受和传播的政治、社会语境息息相关。作为中国电影人，文化是其生存之本，也是其精神、情感符号显现之所。要在全球传播自己的文化符号，就需要处理好两个关系。①民族文化和全球文化的关系。一些中国电影人不知道自己所属的文化群体（或者找不到自己的文化归属），也不知道海外观众需要什么。这与历史和当代世界格局的演进有深层关系，但是除了外在因素，中国电影人缺少接受美学（观众意识）的滋养也是一种原因。因此，面对这种错综复杂的问题路径，有一点是肯定的，即一部面向全球的电影，培育“国际文化公民”和满足国内观赏公民之间，必须是充满了协商精神的。在这一点上，韩国电影《汉江怪物》的文化实践值得我们学习。②主流文化和亚文化之间的关系。一个健康的电影生态，应该是“池塘里什么鱼都有”。主流文化满足了大众“情感共同体”的需求，而亚文化也照顾了特定观众。亚文化是文化的生长点，也是经济增长和社会后工业化转型（中国必然会迎来的社会模式）的显现。电影中的亚文化，直接体现了电影文化的多样性、差异性和饱和度。在这一点上，日本电影对于亚文化的呈现，就值得我们学习。在题材上，日本电影的青春、爱情、改编经典文学、喜剧、历史、黑帮和犯罪、家庭伦理、惊悚和恐怖、真实记录和梦幻、社会、风土、动物等题材均有不俗表现。[①] 日本爱情电影蔚为壮观，数量惊人且多有卖座佳作，形成了迷情、奇情、狂情、纯情的谱系（它们均有自己的故事模式和影像模式，也拥有自己的粉丝），不能不说这是体现日本社会既分裂又具有“亚文化社群”和“情感共同体”的体现。在具体的处理上，我们还会遇见文化间性的问题。怎样用一种客观的、包容的价值观对之加以展现，则体现我们电影从业者的人道主义、价值观宽容与否。如果说，文化差异是一个难以用“孰是孰非”了断的话题，那么有一点是共同的衡量标准，即一部令全世界观众感动的电影，一定是一部解决了文化差异问题的电影。从这一点上，日本电影《小偷家族》《海街日记》《入殓师》的文化定位的成功，值得中国电影人学习。

2. 如何增强接受美学意识

反向思考到电影传播对象的需求，既是叙事策略的要求，也是一种规避“主流商业电影中存在的伦理危机”风险，提高价值、利益、善与恶判断的内在人格和伦理要素的“内功”需要。[②] 一个不断更新观念的人，会促使自己的作品形成国际化语汇，会尊重文化公民。未来，中国电影要在培育文化公民的同时提高自身和公民的文化素养，使得作品携带的文化、情感和伦理符码与发展中的文化公民素养形成一种协商关系。

（二）为什么这样拍？——叙事观、技术和谋略问题

1. 叙事观

如果说“我们为谁拍片”解决了我们究竟是逃逸向中国古典文化，还是接受现代文化、普遍性文化的问题，那么，“我们为什么要拍片”是为了

---

① 舒明：《平成年代的日本电影》，北京：世纪出版集团，上海人民出版社 2015 年版，第 7 页。

② 袁智忠，贾森：《中国主流电影的商业伦理危机》，《电影艺术》2014 年第 3 期，第 81-83 页。

维持社会传统价值观，还是促进社会进步和转型，改变现有的社会弊端？

从商业角度看中国电影，我们不难获得认同，中国电影之整体叙事谋略和视觉体系之营造技术还有很长的路要走。除了一些优秀的电影，多数电影推动叙事的逻辑性、情节的张力乃至故事的伦理层面存在一定的问题，在营造叙事、人物、思想、语言、音乐的视觉丰富性上也往往比较贫乏。目前，已经有一定数量的论文在探讨这一现象。如果把整部电影的意义系统的意指作为全盘考虑的对象，则中国电影实现自身的美学嬗变，需要的不仅是营造接轨国际化电影的叙事视觉体系（包括动作系统）的理念，还包含营造这个体系的具体技术和方式。

我们说在大的情节模式不变的前提下中国电影充满了叙事可能性，是指其中的具体情节编码充满了可能性。技术的获得是破译中西方电影叙事差异或者提高中国电影叙事水平的一个重要前提。从技术、谋略和故事内容的角度，还可以采用诸多建构之法。采用中西合璧的理论资源，活化中国古代丰饶的诗学以及西方哲学与文艺学关于艺术形式和内容之间张力如何“协调”方面的理论经验，消弭两者之间的语境差异。

2. 工匠意识：技术和谋略问题

当然，从观念问题、谋略问题，到产品层面的问题，还需要工业水平来保障。如果我们的工业水平，还是停留在参差不齐的状态，则任何“超前的观念”“电影的哲学”都是空谈。大力发展中国电影工业美学与电影文体理论建设不仅不冲突，而且互为弥补和促进，因此，这也成为笔者呼吁中国电影文体理论体系早日成熟的一个旁证。

因此，笔者提出的建构该理论体系，究其本质，是关于“电影文体”何以在“中国语境里产生特色”的体制问题。换言之，中国电影文体理论体系建设要解决“中国人何以正确地生产电影、中国人何以正确地传播和接受电影”的问题，以及如何建立正确培育中国电影文体的“语言秩序”和“语言体式”（换言之，这种借用自文学概念的方法如何贯彻到电影文体的生产、传播和消费层面）的问题。

中国电影文体建设隶属于中国电影学派，是构成中国电影“语式”的一种重要理论，但它具有主体性，即它以民族性为理论核心，使得中国电影学派的理论建设表现出鲜明的文化传承和历史观照特性。其中，“构建凸显民族性的理论体系”是中国电影学派的总诉求。“民族性”的同义词即“中国”“中国味道”，且包含在电影的生产、传播和消费这三个环节。但是，中国电影文体理论从本质上属于一种从电影体裁、语体生成到风格创造领域的实践。它针对的正是缺乏文体意识的前中国电影工业的体制和系统性的问题。

在提倡中国电影文体的语境里，我们不禁要问：中国当下流行的奇幻剧、悬念剧，真的代表了中国年轻人的审美理想了吗？中国贺岁片的喜剧和校园喜剧生产上（《你好，李焕英》《送你一朵小红花》等）的成功，使得中国贺岁片和其他节庆市场电影的生产成为一种中国电影生产和传播范式，对于该种电影文体的生成和消费，是否具有长久性？由于国情和地区文化语境的差异，中国内地的犯罪片和警匪片，一直超越不了中国香港的警匪片《无间道》。而在近些年兴起的谍战片，似乎也没有像麦家小说原著《风声》一般，在其电影改编获得大满贯之后，继续成为电影文体的翘楚。

我们也不应该忘记，在世界的电影文体版图上，中国的电影文体实践属于比较保守的状态。譬如，在电影史研究领域，当戈达尔辩论体受到非常高的持续关注的时候，中国电影的实践却从未涉足这个也许是中国观众喜爱的电影文体。

另外，中国电影学派在理论建构上具有丰富的理论资源和实践资源，其民族化话语具有文化和伦理上的优势，其理论可为中国电影文体理论体系提供政治正确的定位。中国电影文体理论体系弥补了过去目光过于远视（或对当下和中国电影文体不重视）的缺点。诚如前文所述，完善中的电影文体理论体系，具有大小两个矫正功能。

总之，笔者认为，讨论电影的文体建设，是一个系统的、辩证问题。

同样，我们谈论电影文体建设是否完善这样的问题，本身就是一个会随着语境和层次产生浮动的问题域。针对中国电影目前的叙事和诗学问题，笔者提出了一个动态模式，即从电影的商业性和艺术性两个方向来分门别类地谈论和分析，这两个问题具有不同的问题指向性和解决办法以及各自的等级性。这样建立一种思考问题域和解决方式之网络，意在为“从何种层次上谈论中国电影的叙事是合理的”这个问题澄清话语关系，做到研讨中国电影叙事，特别是文体的客观性。

二、中国电影文体创新中的伦理问题

我们对日本电影导演是枝裕和的《小偷家族》、俄国电影导演帕维尔·丘赫莱伊的《小偷》(1997)、法国电影导演克洛德·米勒的《小偷》(1988)和中国电影导演贾樟柯的《小武》进行叙事对比，不难发现，前三部作品，或聚焦20世纪50年代一个法国小偷的意乱情迷和流动的生活图景，或刻画东京底层群体的自足生活图像，或展现20世纪50年代在苏联一个小偷和一个平民家男孩之间那种自然生成的亲情和苏联民众对待社会的态度，可以说都达到了微言大义（用一个社会横剖面，或者一个不堪的职业——偷窃的生活图像的揭示，来反映社会）的艺术水准和价值高度。而贾樟柯在北京电影学院的毕业作品《小武》，属于用8—16毫米手持摄影机拍摄的一部虚构作品，虽然故事生动，叙事具有张力，但从电影工业美学的角度来看，则显得较为粗糙。

事实上，针对第六代导演贾樟柯的客观评价，国内电影史学者丁亚平，电影工业美学学者陈旭光，学院派学者汪晖、崔卫平，旅美中国学者张英进、张镇，英国学者裴开瑞，美国索引派理论家达德利·安德鲁（巴赞写实主义理念的当代流派，与技术主义的“技术派”观念相左）等，均有所涉及。上述学者除了对其作品中勇敢地批判现实主义精神、对于中国内地城镇空间的刻画等予以积极评价，还对其作品的叙事进行了必要的修正。譬如，有学者针对贾樟柯出品于2018年的《江湖儿女》进行了积极评价。从制作水准上，《江湖儿女》比贾樟柯之前的作品有了很大提升。作品的立意也具有一定的艺术水准，导演“把一个带有浪漫想象意味的时空放在了现代社会”①，这就对贾樟柯电影的历史作品的经验进行了一次颠覆和超越。影片聚焦当下社会中的江湖情义，描述了2001—2018年的时代变迁和社会转变。影片的时间跨度较大，为了保持真实时空的质感，贾樟柯用了6部不同的摄影机，还从自己以往拍摄的资料中选取素材，使得影片中的影像能够随着时间的推进呈现出不同的质感。因此，如果说贾樟柯的早期作品因为技术限制而显出工业美学品格的不足，那么到了《江湖儿女》，贾樟柯完全扳回一局。但对此，不同的学者有着不同的态度。学者张啸涛对此赞誉有加，认为“贾樟柯借助早期影片元素巧妙地完成了自我影像世界的串联，形成了一个集大成式的、有着深层内核和丰盈外延的堪称贾樟柯电影江湖的影像世界”②。

另一位学者杨林玉则持批判态度。认为影片类型片思维与纪实手法的生硬嫁接既损害了影片整体的“真实”，又造成了部分观众的观影落差。不同于贾樟柯早期底层视角电影对时代变革之下中国社会“现实”的正面进击，《江湖儿女》的“纪实”影像与被遮蔽的“现实”暴露了导演某种现代性的缺失，影片背离了贾樟柯所推崇的现代电影之“真实”法则，其局部的真实难以掩盖起承转合的生硬以及情感立场的偏颇。影片自身无法为导演追忆的江湖提供一个合理性的阐释，贾樟柯的转型之路需要审视、提升其世界观，克服自身经验、视角的局限。③

① 张啸涛：《新时代中国电影——2011—2018》，北京：中国电影出版社2019年版，第247页。

② 张啸涛：《新时代中国电影——2011—2018》，北京：中国电影出版社2019年版，第247页。

③ 杨林玉：《何种“现实”？——从〈江湖儿女〉看贾樟柯的转型困境》，《文化艺术研究》2019年第4期，第114-121页。

除了对导演“现代性”经验不足的批判，该文还指出了一个严肃的伦理问题：一个拍艺术片的导演，是否有经验拍摄商业片。因为论文作者警示读者，该片实际上是以“记录底层中国”著称的导演贾樟柯商业转型的一个信号。[①]因为从该片的创作要素，可以推测作者试图以故事性的题材打破纪实性镜头语言的沉闷，突破小众圈子而进入大众视域。然而事实上，这种尝试事与愿违。

由于口碑的两极分化，《江湖儿女》成为贾樟柯电影生产、传播和接受中的一个重要案例。在电影工业美学的层面上，这部作品“用6部不同的摄影机”来还原真实，不得不说，这代表了追求工业美学路途上中国电影导演的一种普遍身姿。但是，除了先锋姿态和创新精神，这部电影在叙事上也存在一些不足。《江湖儿女》明显忽视了中国社会的实情，即老百姓对于涉恶集团的恐惧与认知经验上普遍拒绝。

哪怕是艺术片，在刻画那些具有超越伦理价值评判的人物身上，也需要谋求与观众的伦理意识同步。特别值得指出的是，在中国电影文体的生成中，学界和业界还需要联动，共同坚守性别伦理和生活伦理的底线。与商业电影一样，艺术电影也有自己的伦理问题。无论是主要情节模式还是次要情节的构建，必须有一个伦理的底线。比如，在商业电影中，所有的好莱坞英雄电影，均有一个无意中放大了男性英雄能力从而实际上贬低了女性的这样一种叙事伦理出现。对此，好莱坞采用许多女性英雄或者边缘英雄人物的叙事策略，以抵消性别歧视和人种歧视的消极影响。女性主角在电影的叙事重心上逐渐接近男性主角的分配额度。中国的艺术电影《桃姐》《相爱相亲》《明月几时有》《嘉年华》《春娇与志明》《春娇救志明》《伊莎贝拉》《2046》《花样年华》均以女性作为主角，这种叙事主角的女性配置也是对男权社会叙事霸权的一种有效弥补。虽然按照女性主义电

---

① 杨林玉：《何种“现实”？——从〈江湖儿女〉看贾樟柯的转型困境》，《文化艺术研究》2019年第4期，第114-121页。

影理论，在银幕中的女性受到三重凝视（threefold gaze），即男性从摄影机后、男性的观点和女性对男性的认同这一观念已经得到公认，但如果更深一层，探究“观赏快乐感”——如著名的电影评论者罗拉·马尔维（Laura Mulvey）所做的研究，她认为观众会从不同角度认同银幕中的人物而产生观赏快乐[①]——则会发现，这些以男性（意识形态）视点为主的观看主体，在对待性别关系的问题上与女性视点不一样。于是，女性在电影中的呈现（主角配置和影像刻画比例）和女性在电影中被男性观众群体观看这个事实，就组成了永远的二律背反。这也进一步说明，女性身体在电影中的呈现，永远是一个指涉我们社会进步和伦理现状的窗口。但是，侦破电影《后窗》、浪漫主义电影《罗马假日》、现实主义电影《桃姐》《春娇与志明》，均从刻画女性电影之题材和风格的流变，把脉到性别在社会转型中的身份、动作系统的有趣嬗变，以此来巧妙地批评社会、警示观众，这种策略不愧为一种行之有效的叙事策略。中国电影文体的生产，也不可回避这个问题。

第四节　中国电影文体建设的诗学和交流路径

一、叙事和诗学层面的问题

如果我们仅从艺术的角度来看问题，则发现中国电影的美学生态并不成问题，甚至可以说通过这些年的砥砺和磨炼，已经造就了一批具有潜力的导演队伍。这样乐观的论述也比较多见，比如邵培仁教授就提出了华莱

① 符平：《中国电影与西方观赏公民》，《电影艺术》2019 年第 1 期，第 30-34 页。

坞的概念，这个概念具有不证自明的特点，即光看这个概念，就可以揣摩其潜在的含义：华莱坞的成功之一，是建立了自己的语汇体系。[①] 在这样的层次上，中国电影亟须形成自己的叙事诗学和叙事程式。为此，笔者也尝试性地提出如下问题清单和解决方案。

（一）中国电影诗学建构

21世纪，从表面上看，中国电影诗学建构的文本非常丰富。市面上流通的诗学文本，除了邵培仁的《华莱坞电影概论》、刘成汉的《电影赋比兴》等论著，《“枯槁”之美与中国电影诗性表达》《比较文学视野下的华语电影诗学的整体建构》《图像文化时代的电影诗学重设》《万玛才旦作品中的藏族悲剧电影诗学》《中国电影诗学断想》等论文也提出了建构中国电影诗学的诉求和建议。这些著作（除了《华莱坞电影概论》）和论文虽有各自的问题意识，但依然是一种局部论述、部分论述。

《华莱坞电影概论》作为一本教材，在传播中国电影的叙事程式和叙事伦理价值观的层面起到了一种知识和观念普及的作用，笔者认同其为传播中国电影所做的努力。然而，就建构一种中国电影文体的理论而言，中国电影学界依然是欠缺的。笔者因而也大胆认为：中国尚缺乏一个有系统性、代表性、权威性的总体论述中国电影诗学的论著。笔者的观点是，谈论中国电影诗学必须与西方传承的电影本体论有机结合起来，而不应该过于随意地用中国文学的诗学内容（如中国传统诗歌美学中的意象、节奏、字形等）资源来为自己观念先行的立论寻找依据。这样的做法远离电影诗学的本体。笔者认为，研究电影诗学最合适的方式是中西合璧。

---

① 邵培仁：《华莱坞电影概论》，杭州：浙江大学出版社2017年版。这种观点认为，每个有自己语言体系的电影工业都应该是在独特性上发扬光大的，正如印度宝莱坞电影的语汇谱系（包括剧场式的中间幕间休息）独特性或者非洲诺莱坞电影的录像电影工业的独特性。

另一种诗学的方式是兼顾宏大和细微层面的研究重点：对中间层面的深入研究。这种观点事实上契合了美国电影认知学家大卫·波德维尔的电影研究观点。电影本体论中非常重要的一个环节就是组成电影叙事结构的基本单位。历史上对最小叙事单位的探究众说纷纭，有电影主要情节和次级情节的构成说，有麦茨的八大组合段之说，有镜头说、长镜头说、段落说，也有事件说、场景说。如果把场景理解为电影诗意的组成单位，那么台湾导演杨德昌的电影《一一》（它的组接，不同于镜头组接或者段落组接）则更多的是一次场景组接诗学的实践。在场景与场景之间，现代电影创造出了手段多样的组合和聚合方式。笔者在前文引用了美国新批评学者关于现代诗基本特征（并列未经分析之事物）的观点。我们如果将这种诗学手段，运用到电影的场景组合和聚合中，则会产生无穷的诗意。对于这种场景组合、聚合产生诗意的电影，瑞典电影《方形》就是一例。笔者认为，正在成形中的中国电影诗学，是在这样的"表意单元"并置和拼贴中探讨电影意义产生方式的学问，这种美学的建构完全不同于以逻辑性为叙事基点的好莱坞电影美学。

（二）形成中国电影文体和情节符码的关联模式

在中等层面电影研究观的指引下，集体符码的研究，就成为水到渠成之事。符码（code）就是一套规则、规定或惯例。[①] 对于叙事符码这个问题，我们过去谈论得比较少，符号学形成气候传入中国之时（20 世纪 80 年代）正是西方符号学走向消弭之时（两者擦身而过，似乎落入了德里达说的语言表达和意义接收层面的"延异"窠臼）。特别是西方的电影符号学，在结构主义带动下，和精神分析相结合，产生了大量研究成果。罗兰·巴尔特、麦茨、艾柯和齐泽克就是这方面的集大成者。法国符号学家

① 胡妙胜：《演剧符号学》，上海：上海古籍出版社 2015 年版，第 85 页。

艾柯在《电影符码的分节》中提出了十种信码：知觉、识别、传输、声调、肖像、肖像化、体验和情感信码、修辞信码、风格信码及无意识信码。[①]无独有偶，澳大利亚电影学者格雷姆·特纳在《电影作为社会实践（第 4 版）》中，也对电影中无处不在的“符码与惯例”进行了梳理，区分了文本性符码和社会性符码，特纳将神话、信仰、文本的深层结构和社会实践都归入社会性符码的范畴，而将电影文本自身的叙事惯例（如节省、双情节模式、结尾模式、人物阶层和性格编码、性别编码、文化编码、程式和反程式）称为叙事事件的编码。

1. 强调形成中国电影情节符码模式，建立适合中国电影表达的符码库

形成中国电影文体生产的符码规律。从情节符码的角度研究中西电影情节符码差异，则比宏观、泛泛谈论中国电影叙事的缺陷更为可贵。

综合巴尔特、麦茨、艾柯等符号学家的观点，我们很快会发现，中国人独特的情感符码适合什么样的电影伦理和叙事结构。依笔者之见，中国电影就要发现“中国性”中的真善美，以及忍辱负重、良知和美德、沉默和救赎等主题。在符码的意识引领下，中国的电影人要善于区分电影情节和社会之间的关系，电影不仅有着社会现实的索引性，也有着创造现实的巨大潜力。

一部优秀的中国电影，必然会将中国人的内在美德和精神原型，与中国当下社会进行某种对接，接地气地创造出能感动中国人的作品。这里简单抛砖引玉两个策略：①将古老的神话、信仰、文本的深层结构、社会实践，以及电影文本自身的叙事惯例——中国电影中常有的情节模式（诸如节省、双情节模式、结尾模式）、文化和价值取向等归入集体性符码的范畴；②将作者处理人物阶层（性格编码、性别编码）、影像策略、次级情节的程式和反程式等编入作者符码，即作者处理相似叙事事件的独特编码方

① ［意］乌伯托·艾柯，等：《结构主义和符号学》，李幼蒸选编，台北：桂冠图书股份有限公司 1994 年版，第 79-83 页。

式。在此基础上，中国电影类型、题材（包括次级类和题材）的集体性和个人性互相联系、互为生存的电影符码库，也可以顺理成章地建立。

2. 情节模式和次要情节

厘清主要情节模式和次要情节模式之间的辩证关系，更多地朝着次级电影情节模式（文体）的认知提高和创造实践上发展。电影人可按照如下两个步骤进行。

第一步，建立对叙事模式的熟知和超越之认知。对于基本的电影叙事整体情节模式（或者类型电影模式）和具体叙事单元之关系而言，要学习西方整体的戏剧、电影的叙事模式，加强这方面的认知。从 20 世纪法国美学家普罗帝的《三十六种戏剧模式》、俄国普洛普的《故事形态学》，到美国学者托马斯·沙兹的《旧好莱坞 / 新好莱坞——仪式、艺术与工业》，再到 21 世纪美国学者大卫·波德维尔的《好莱坞的叙事之道——现代电影中的故事与风格》，均是中国电影人在进入这个行业时必须具备的知识储备。除此，中国电影研究者需熟知电影类型的叙事和观众情感介入及情感强度的关联。一般而言，在喜剧电影、科幻电影中，死亡是带着远距离的情感去认知，而在伦理电影等现实主义风格的电影中，观众的情感沉浸度、投入度会大大增加。

第二步，绘制次级情节的谱系。构建适合中国电影表达的符码库（比如情节符码库）的整理工作，包括各种主要类型背后的符合中国人情感符码的次级类型和题材的符码库（类似基因的编码工程）编制。从技术、谋略和故事内容的角度，甚至还可以借用国际情境主义者居伊·德波“抵抗景观”的纲领性术语“漂移”“异轨”“构境”[①]，化腐朽为神奇。在主要的情节模式上，可以说不同国家之间没有太大差异，差异主要出现在次级情节的营造上。比如中国、日本、韩国电影中的“交换的身体”“和解”“救

① ［法］居伊·德波：《景观社会》，王昭风译，南京：南京大学出版社 2007 年版，第 105+110 页。

赎”“人鬼情”“侠义”“牺牲”等次级情节的丰富，使得中国、日本、韩国电影具有一种凸显感性思维和民族人文形态的有利条件，无意中畅通了电影传播，也获得了在国际流通中的亚洲符号。

譬如，在喜剧的谱系里，周星驰作为中国香港喜剧导演，在其作品的创作中开拓了“无厘头”式的喜剧创作风格，在他的作品中，喜剧并非简单的笑料堆砌，而是通过精巧的情节设计和角色塑造来展现。他常常通过夸张、滑稽和荒诞的表演方式，营造出让人捧腹大笑的效果。他的喜剧风格主要体现在以下几个方面。第一，周星驰擅长扮演各种类型的角色，从天真可爱的小孩到滑头的流氓、从幽默搞笑的角色到颠覆传统的英雄形象……在电影《功夫》中，周星驰不仅在表演上运用了夸张的技巧和手法，在镜头的设计上也大胆使用了漫画式的分镜设计，其在银幕上的呈现打开了银幕空间与现实空间的距离感。第二，周星驰的表演手段多样（例如周星驰与包租婆追逐戏），包括夸张的面部表情、滑稽的肢体动作以及特有的语言技巧。他塑造的角色很容易令观众产生共鸣和情感上的连接，但又不会充分融入电影里去，产生一种“间离”的感觉。第三，周星驰的影片常常采用荒诞的情节设计，通过匪夷所思的情节安排和荒谬的冲突展开，制造笑料。他善于将平凡的日常场景和普通人的生活转化为荒诞搞笑的故事，从而引发观众的共鸣和欢乐。但周星驰的影片不仅仅是单纯的喜剧作品，更是对社会、文化和人性的深刻反思和讽刺。电影《长江七号》通过对主角学校同学势利行为的描写，以及对包工头刀子嘴豆腐心性格特点的刻画，结合主角家庭的场景，以幽默的方式展现社会中弱势群体的苦难和人性的弱点，使得影片不仅具有娱乐性，还具有思想性和深度。周星驰的影片常常融合多种文化元素，包括中国传统文化、香港流行文化以及西方文化。他善于将不同文化元素进行巧妙的融合和对比，从而产生出新颖有趣的效果，引发观众的共鸣和思考。喜剧的内核是悲剧，周星驰的影片中常常融入对社会现实和人性弱点的讽刺。他善于通过幽默的方式揭示社会的荒谬和人性的丑恶，使得观众在笑声中也能够思考和反思社会现实，从而产生出更深层次的共鸣。因此，虽然周星驰的影片以喜剧为主，但也常常融入感人肺腑的情感元素。总的来说，周星驰的影像风格独具特色，其作品不仅充满了创意和想象力，更是对社会、人性以及电影本身的独特诠释。总之，周星驰无疑是可以作为文体作者加以拷贝和生产的。但是，周星驰模式——其年代的语境、香港社会的语境，又是内地电影工业不能完全拷贝和模仿的。换言之，周星驰模式只能活用，而不能东施效颦。

又如，日本、韩国电影中的“交换的身体”“和解”“救赎”等丰富的次级情节，使得日本、韩国电影具有一种将西方基督教背景的观众归属为同一类“观赏公民”的有利条件，无意中畅通了电影传播。中国电影人也尝试在这方面做出努力，成功的案例有《后会无期》和《心花路放》，两者都是在同样的旅程中展现了各自的不同心态和人生轨迹，同时加入了“广场舞”“宽容地被接受的调情”等桥段和元素。因此以公路片模式无意间展现出中国社会对转型的渴望，契合了大部分对“社会转型”“消弭阶级差异”有着强烈心理期待的中国社会群体的诉求。同样是“冤家路窄”的故事原型，陈可辛导演的《如果·爱》中次级信码的展开增加了中国式情感符码，即对于“剪不断理还乱”予以重点刻画。于是，好莱坞电影中叙事推进的依据——对手博弈在这里置换成为情感错综、模糊的东方影像。同样地，好莱坞带着人鬼情元素的爱情叙事（如《人鬼情未了》）移植到中国语境中往往变成带着（中国观众需要的）温馨感的鬼片，诸如《胭脂扣》、《星愿》和《画皮》，其次级符码也与前者大相径庭。如《星愿》中，出现了比较适合中国人观看的“星空”“泳池”“弹琴”等人鬼情桥段（这种情节为中国观众熟悉）。同样，在前文所述的电影《十二公民》中，其在大情节模式（审判）之外次级情节上的成功在于它抓住了中国人在一个封闭空间里的表情和姿态系统，包括其细腻的人物神态和动作建构——暴跳如雷、奚落戏谑、摇摆不定、固执己见等，因此这种次级情节的铺展十分传神，该电影因而也被观众评价为“接地气”。

（三）中国应当大力发展书写地域文化的艺术电影

要把中国传统的文学文体传统转化为一种中国电影的文体诗学，尚有很远的路要走。

如果要改变这种状况，则需要我们在艺术电影的生产上注入新观念和新技法。艺术电影区别于注重市场性、娱乐性、话题性的商业类型叙事，在电影生产序列中具有独特而关键性的作用，其鲜明的文体意识（包括从导演层出发的建构“作者电影”文体，到传播和消费层面的接受文体和媒介文体）需要中国电影人具有深沉而广博的人文思考能力、不拘一格的艺术张力。在中国当代的电影文化景观中，第五代导演、第六代导演已经为我们展现了丰富多彩的电影叙事风格。从民族电影、地域电影，到新近的杭州新浪潮、缓慢电影、万玛才旦式的静穆电影、自然电影，均宣告了中国电影人文体意识的自觉生成，也标志着中国电影艺术自由拓展的幅度，锚定了中国电影文化人文哲思和现代性精神跃进的深度。

但我们也应该看到，要从电影大国走向电影强国，使中国电影成为世界电影文化阵营中独树一帜的先进力量，实现文化软实力出海，艺术电影事业的孵化、发展和纵深推进是不可缺少的一个系统。近年来，一种可以被标签为“江南影像”的以浙江地域文化为表现对象的浙江本土艺术电影发展势头高昂，《春江水暖》《漫游》《郊区的鸟》等以显著的在地性和强烈的吴文化标识在电影界掀起一股清新的“杭州新浪潮”，江南地区丰厚的文化积淀和时代转折中重要的窗口地位使艺术与现实完成了碰撞与交融。2021年，浪潮依旧持续，《柳浪闻莺》《龙井》等艺术电影从浙江本土地域文化出发，尝试以个体经验和人生记忆为基底，感知、触摸现实生活脉动，写照时代进程。[①] 当然，大力发展书写地域文化的艺术电影之实践，还包括

① 葛学斌，杨立平：《浙江电影年度发展报告（2021）》，杭州：浙江大学出版社2022年版，第11-40页。

从包含越剧元素的地域艺术电影《柳浪闻莺》到越剧电影《汉文皇后》的创作（图 5-3）。

图5-3 从包含越剧元素的地域艺术电影《柳浪闻莺》到越剧电影《汉文皇后》

同样，中国古代丰富的文学和民间文化资源，可以作为编制大量具有“中国性”的次级类型或者题材电影符码的依据，这方面的实验可以印证次级情节符码之于地域观众和世界流通的双重重要性。

二、借鉴中国传统诗学的文体塑造

（一）《二十四诗品》《文心雕龙》的诗学阐发

在电影文体的生产上，中国传统的诗学经验，可以为它带来认知上的提高和技法上的修养。譬如，中国电影工业美学和文体美学同时推崇一种具有古典韵味和风格气度的电影。在司空图的《二十四诗品》中的如下风格，就值得张扬：①雄浑（司空图描述为：“大用外腓，真体内充。返虚入浑，积健为雄。具备万物，横绝太空。荒荒油云，寥寥长风。超以象外，得其环中。持之匪强，来之无穷。”）风格、②洗练（司空图描述为：“如矿出金，如铅出银。超心炼冶，绝爱缁磷。空潭泻春，古镜照神。体素储洁，乘月返真。载瞻星辰，载歌幽人。流水今日，明月前身。”）风格、③自然（司空图描述为：“俯拾即是，不取诸邻。俱道适往，着手成春。如逢花开，如瞻岁新。真与不夺，强得易贫。幽人空山，过雨采苹。薄言情悟，悠悠天均。”）风格、④豪放（司空图描述为：“观花匪禁，吞吐大荒。由道反气，处得以狂。天风浪浪，海山苍苍。真力弥满，万象在旁。前招三辰，后引凤凰。晓策六鳌，濯足扶桑。”）风格，均成为中国电影工业美学的追求目标。

只有进入传统诗学的语境中，才能够领悟电影工业的美学与艺术电影的美学之间并无沟壑。只有进入细化的、具体的领域，才会融会贯通——意识到豪放与绮丽、雄浑不同，豪放的电影文体——指向对英雄气概的人生品格的颂扬，而绮丽（神存富贵，始轻黄金。浓尽必枯，淡者屡深。雾馀水畔，红杏在林。月明华屋，画桥碧阴。金樽酒满，伴客弹琴。取之自足，良殚美襟）之风格，则需展示电影特定题材上具有的叙事繁缛和织锦缎一般的丰饶和质感满足。这种绮丽的风格，与工业美学之想象力消费和制作水平美轮美奂的电影——类似蒂姆·伯顿的电影《剪刀手爱德华》、韦斯·安德森的《法兰西特派员》《布达佩斯大饭店》等电影，本质上一致，均属于绮丽风格。

（二）意境论（王国维）和赋比兴与中国电影文体的生产

中国传统的赋比兴诗学理论和王国维等前辈的意境论，可以为中国电影文体的生成起到指导的作用。譬如，台湾导演侯孝贤作品中的美学，正是摒弃了好莱坞剧情电影的强烈冲突性，代之以中国传统美学的平均性和万物皆可抒发而成为诗意生成的意象、元素、符号的精髓，即一种中国的诗学精神。侯孝贤的作品一向超越了推销英雄偶像之举，对他来说，百姓都是主角、众生皆是佛。《冬冬的假期》内的众生百态就如“青青翠竹无非般若、郁郁黄花皆是妙谛”那样呈现出无处不在的禅机。在美学上，《冬冬的假期》将电影“比兴”艺术运用得十分出色，而且处处显现出趣味盎然的禅机。[①] 而谢晋拍摄的《鸦片战争》则在赋比兴的“赋”上下功夫，再现了那个内忧外患的时代和中国面临的危机。

三、借鉴西方哲学成果为中国电影文体论“所用”

（一）借鉴西方哲学思想资源

西方的哲学可以为中国电影文体建设服务。西方哲学和中国电影文体建设之间存在互鉴潜能，理由是哲学上的中西、中外交流，一直以来就没有中断。从道的层面，中国哲学可以打开世界纷繁的历史演绎和对各种事件的阐释。同样的道理，西方从苏格拉底、柏拉图时代开始的对于人类精神本体的探索，也应该成为中国人广泛汲取的经验。大而言之，启蒙主义的理性意识和确立了人（主体）的怀疑意识。笛卡尔的身心二元意识（精神独立意识）、休谟的怀疑论、康德调和先验和经验的综合之法、尼采的谱系学、福柯的新历史主义、德勒兹的差异和重复理论等思想结晶，均是中国电影文体论建设的理论和思想资源。

这里笔者再次借用国际情境主义者居伊·德波“抵抗景观”的纲领性术语“漂移”“异轨”“构境”[②]，来为中国电影文体建设增加内涵进行尝试性的建构服务。①大力发展电影文体美学的探究和研究之风。以文体观强调适合时代语境和区域文化语境的创造观，为在适当的文化环节中生产出适当的电影文体服务（这方面可以参照杭州新浪潮和毕赣对于贵州电影的生

① 对于侯孝贤电影的美学阐述和理解中，学界一直流行一种“少即是多”的中国禅学。

② ［法］居伊·德波：《景观社会》，王昭风译，南京：南京大学出版社 2007 年版，第 105+110 页。

产经验）。在具体的文体生产语境中，要善用文体元素（题材、身份和逻各斯）的"漂移"。法国哲学家居伊·德波提出"漂移"的本意是建构一种新的心理地理学来明辨真伪，感受社会和生活的区隔。[①]笔者这里借用的"漂移"，是指通过"变动"实现一种审美的主观性。第一，题材的漂移。借助公路电影的成功叙事要素。中国电影《人再囧途之泰囧》就运用了漂移的创作方法。旅行题材是公路电影的一种，其故事和空间魅力在于"同一空间的多样性展现"。推而广之，旅行题材的故事电影都具有这样的叙事原型。但是，西方电影的公路片（如《德州巴黎》等其叙事目的在于将电影本体的动作性和人物弧线的双重运动展示出来）的卖点在于传播一种移动中的价值观。而《人再囧途之泰囧》《后会无期》《无人区》巧妙地利用公路片模式实现了本土化和在地性的逻辑和语汇置换。这些公路片的成功在于其借鉴了好莱坞电影的模式，又置换了其内涵。这部电影不仅使镜头的"冲撞美学"得到延续，而且将刻板印象中"中国人在国外"的身份改变（改革开放中国人的叙事符码）作为刻画重点。它一改贫穷落后的中国人形象，而转身以新贵或者新人类的姿态出现。第二，新的身份或者身份的漂移。在全球化时代，随着"何谓人生意义""何谓成功"这些问题的答案不断被时代改写，也出现了许多新的电影故事主人公身份。这种观念信码和人物信码也改写了电影的叙事模式。比如《贫民窟的百万富翁》就通过沿袭狄更斯小说套路又实际上改写了狄更斯的小说主题和叙事结构，最明显的是让一个现代社会底层的年轻人获得了世俗意义上的成功：爱情和金钱。这种两头讨好（既讨好对传统剧情情有独钟的观众又讨好转型的社会哲学观）的情节建构值得我们学习。又如日本电影《你的名字。》、韩国电影《我身体里的那个家伙》，均有一种糅合奇幻和科学两种元素的角色身份置换。同样，中国的《人再囧途之泰囧》也是这方面的成功案例，它将"国外的

---

① 万荣英：《影像的博弈——论居伊·德波的情境主义电影力》，《四川师范大学学报（社会科学版）》，2018 年第 45 卷第 6 期，第 117-125 页。

游客”这个商业电影中十分鲜亮的身份（通常是西方人）置换成“中国人”，从而获得了故事的新鲜度。第三，逻各斯的漂移。如《人再囧途之泰囧》（其目标观众定位为国内观众），虽然情节模式相似，但其主题模式与好莱坞电影主题模式不同。具体而言，《人再囧途之泰囧》之所以为中国观众所喜欢，是因为它在叙事的同时，巧妙置换了情节符码（或编码的“逻各斯”）。这里，《人再囧途之泰囧》的目的不再是树立一个基于西方资产阶级价值观的个体英雄，而是对中国式群像的刻画和在人情味上浓墨重彩地予以渲染，佐以一路搞笑的中国式幽默、中国式小情调桥段。在具体的场景衔接上，既有中国化、接地气的思维模式，也有神经喜剧和体态喜剧的流行因子起作用，可谓“左右逢源”。但总体而言，在中国电影叙事上，这种漂移策略的运用还是太少。②善用改写的“异轨”。同样，居伊·德波在《景观社会》中所言的异轨，是通过揭露暗藏的操纵或抑制的逻辑对资产阶级社会的影像进行解构。[①] 笔者这里借用的“异轨”，是指一种逆向思维的改写。对于优质 IP，它应该被理解为全人类的财产——它不仅可以消费，也可以移植和再创造。中国导演徐昂的《十二公民》就是这样一部“异轨”之作。与好莱坞于 1998 年根据中国古代南北朝时期的巾帼英雄花木兰的故事改编的动画电影《花木兰》的轨迹（从西向东）相反，中国版《十二公民》的“异轨”是改编自美国导演西德尼·吕美特的《十二怒汉》（*12 Angry Men*，1957）和俄罗斯人尼基塔·米哈尔科夫执导的《12 怒汉：大审判》（2007）的轨迹（从东向西）。问题是智慧地、巧妙地改写优质 IP 电影的策略目前在数量上还是太少。③善用“构境”。居伊·德波所言的“构境”，是根据自己的愿望重新设计。[②] 笔者借用的这个概念，是指

① ［法］居伊·德波：《景观社会》，王昭风译，南京：南京大学出版社 2007 年版，第 37 页。

② ［法］居伊·德波：《景观社会》，王昭风译，南京：南京大学出版社 2007 年版，第 37 页。

一种模仿背后的挪用。挪用也是改编的一个变种，它模仿源文本，却保持了一种距离。挪用——糅合了模仿、抵抗、反讽和反打等策略，也往往颠覆传统认知，因此笔者也称之为创新。如《智取威虎山》就运用了这样一种妙用英雄题材而将功夫电影、奇观电影的成功叙事经验移植其中的“构境”策略。巧妙挪用的策略将是中国电影提高叙事水平的一个十分有效的途径。

（二）普适性情怀的价值

1. 对情感世界晦涩性的尊重

我们可以借鉴那些具有独创性的导演的文体创作实践，进行举一反三。在梳理世界上具有独特才华的导演时，会找出一些共同点。譬如，我们发现，那些具有独创价值的电影文体，均是刻画了一些模糊的情感地带的电影，或者均形塑（形象化）了一个精神空间的电影。在《蓝白红三部曲之蓝》（*Trois Couleurs: Bleu*，1993）中，有一个这样的场景，主人公朱莉将自己献给了垂青自己而自己并不爱的律师。这是一个十分具有精神分析价值的场景。这个场景让这部电影永远具有可说性。这个场景的前奏是一场夺命的、突如其来的车祸，它改变了朱莉一家的生活。主人公朱莉一直默默支持丈夫的创作事业，照顾 5 岁的孩子，然而，平静的生活被一场车祸打破。丈夫和女儿的过世，令刚刚在病床上醒来的朱莉大为悲痛甚至想过一死了之。出院后，她把丈夫的曲谱付之一炬，以表明隔离过往的决心。人间生活对于万念俱灰的朱莉来说，已经无关紧要。然而，现实却让她开始思考自己对待生活的态度。她经过巨大的努力，将自己从泥潭一样的悲痛中拯救出来。这个过程充满了艰辛。于是，导演安排了这个奉献自己的场景。

在该片中，另外有一个场景起到了情感的转折作用，律师奥利维尔对朱莉情有独钟，但朱莉并不爱他。可是某一天夜晚，朱莉将身体献给了这位爱她的男人。朱莉这么做，是为了在第二天早上离开律师，并且对他说，自己只是一个平凡的女人，有蛀牙、身上有汗臭味……她并不是男人们心目中的“女神”的样子。朱莉将自己抛给对方，是一种精神分裂症的表现。在伦理上，也是对自己的一次玷污。正是这玷污，有可能将她从巨大的悲痛中挽救出来。因此，人生中的这个玷污自己贞操的行为，在精神分析学的层面，具有生命救生圈般的含义。她让作为女子的朱莉复活，而让纯洁的朱莉死亡。朱莉用自己的“献祭”一般的行为，完成了从圣女到世俗女性的转变仪式。经过纯个体（如何战胜自己）的斗争和与他者交往中（得知丈夫生前有情人）的斗争，朱莉终于获得了心灵的自由，有勇气迎接新的生活和新的感情，她的人生开始转变。只有这样，她才有可能迎接另外一个挑战——面对丈夫生前的情人。因为这部电影具有强大的感召力，我们也可以说，《蓝白红三部曲之蓝》是一部“心灵复苏”电影。

2. 对民族无意识的母题的眷顾

在陈凯歌的史诗电影或者梨园电影《霸王别姬》（1993）中，最为迷人的风景，是该电影对于民族无意识的触及。电影的故事具有悲剧性，但在展开悲剧性的同时，导演的集体符码意识是显见的。譬如，剧情最后的悲剧性的自杀场景，如同梦境中不断让我们返身的那个可怕的画面，成为生命中的“殇”。它的展现，是在电影开篇。而它的结束，则要到电影的结尾。它具有幽灵的属性，几乎主宰了电影观众的情感，并成为整部电影的基调，也对应了电影所描述的生活悲剧。就电影而言，它讲述了一个通俗的伦理故事：爱是不能分享的。第一个章节讲述两人的暧昧情愫。段小楼与程蝶衣是一对打小一起长大的师兄弟，两人一个饰生角，一个饰旦角，一贯配合天衣无缝，尤其一出《霸王别姬》，更是誉满京城，为此，两人约定合演一辈子《霸王别姬》。但两人对戏剧与人生关系的理解有本质上的不同，段小楼深知戏非人生，程蝶衣则是人戏不分。第二个章节就讲述爱情的不可分享。段小楼在认为自己该成家立业之时迎娶了名妓菊仙，致使程蝶衣认定菊仙是可耻的第三者，使段小楼做了叛徒，自此，三人围绕一出

《霸王别姬》生出的爱恨情仇战开始随着时代风云的变迁不断升级，终酿成悲剧。两个章节，所占据的时间相当。而结局和开头，都是表现一个场景（围绕“文革”结束后两个人可以重出江湖，但是已经不再有任何生活的意义）。它还昭示着整部影片将是倒叙的：从历史的帷幕里，提供给观众一种阴暗历史的感受之后，电影的叙事回到了那个瞬间。这时候，观众似乎什么都明白了。也就是说，电影在一开始用了一个定格一般的动作仪式，而电影的叙事仪式（要点睛的），无非是我们的常识。程蝶衣的自杀，是中国人的民族无意识决定的。这种赎罪般的情感，我相信每一位中国人都心里明白，毋庸置疑。

在电影叙事的伦理上，这样的安排，还具有另外一层意义。一开始的场景，照理应该是两个人继续演下去，突然而至的历史画卷，却给观众一记耳光。原来，我们不是在看当下（哪怕是在 1993 年电影出品之前看这个场景表现的“文革”后的 20 世纪 70 年代后期或许是 20 世纪 80 年代，依然是鲜活的）两个人如何演绎友谊（或者潜藏着的、观众猜测到的爱情），而是——残忍地——看到友谊（或者爱情）的不可能，是一段生命的灰暗轨迹。片头提示给观众，我们将要看到一段蒙尘的往事，一段让幸福戛然而止的悲剧性往事。事实上，这部电影的叙事结构说出了太多的东西。它甚至已经为悲剧点题——在展开鸿篇巨制之前。因为，喜剧不可能这样仪式化地表现凝重的动作，在一开始就凝固了画面。就如同所有生活里鲜活的色彩和活力，都被瞬间强制性地叱呵而停止。这是一个暴力的瞬间。而观众——受到受虐情感的驱动，竟然在黑暗无比的影院里坐了下来。对于观众而言，此刻影院的黑暗性，一点也不比电影将要呈现的社会的黑暗性弱。

（三）借鉴地缘政治和跨国文化交流优势，进行全球化战略下的电影文体生产

同时，中国电影的文体生成，还可以借鉴地缘政治和跨国文化交流战

略所带来的艺术交流的积极因素，进行“文体交流”。学者丁亚平认为，遵守工业化流程，运用好莱坞叙事拍摄而成的更具范式意义的电影，兼具现代特征与民族风格，具有开启民族电影创新思维的先行意义。未来中国电影的健康持续发展不仅是产业问题，更涉及社会、文化、经济、艺术等多个领域。[①] 由此，中国电影的文体发展，也势必与地缘政治、发展的地理和政治空间的和谐统一具有关联。中国电影的发展方向和路径成为中国文体自然生成和体制促成之间的有效张力。

事实上，如下议题和热点问题，正在成为一些电影学者关注的重点：《“一带一路”背景下中韩“一本两拍”电影文本的文化间性探析》（刘鹏）、《新媒体时代下丝路题材电影的传播研究》（韩思雨）、《“一带一路”背景下内蒙古电影的共同体美学》（苏也菲）、《从电影大国到电影强国——我国电影节展国际传播力研究》（丁钟）、《“一带一路”背景下的格鲁吉亚电影——产业与文化观察》（赵媛）、《文化协同视域下中华文化对外传播范式研究——以中日合作电影为例》（林玥秀、王媛、王秋菊）等。

今后，可以肯定的是，在国际互助和交流倡导理念下形成类似“一带一路”式、金砖国家联合摄制等集约内涵型的电影发展模式，这种电影产业良好生态与文体生成之间的和谐关系，值得弘扬和推广。譬如，2017年，金砖国家首部合作影片《时间去哪儿了》由贾樟柯监制，五位来自中国、俄罗斯、印度、巴西、南非的电影导演，以“不忘初心”的态度，分别以“时间去哪儿了”为主题拍摄一部电影短片。该片在电影文体的层面上，可谓独具特色，与戛纳国际电影节出品的《十分钟年华老去：大提琴篇》《十分钟年华老去：小号篇》等集合式、集锦式的共同创作电影文体殊途同归，更具人类文明互鉴的“交流之美”“和谐之声”。

正是基于上述商业电影和艺术电影分野（导致电影文体观也应该区别

① 丁亚平：《中国当代电影艺术史》，北京：文化艺术出版社2017年版，第790-791页。

对待）的事实，我们谈论中国电影的文体也会因为时间差异和层次差异而不断变化。学者张海燕在《论电影中普遍性追求及其实现途径——以〈大话西游〉系列为例》中提出：在世界电影生产和评价上存在两种普遍性目标和价值——如他所言的《泰坦尼克号》《战狼Ⅱ》《美人鱼》《大话西游》的商业价值和《水形物语》《三块广告牌》《至暗时刻》的艺术价值。[①]笔者认同这种区分也合乎中国电影的价值体系建构。中国的商业电影和艺术电影具有不同的审美向度和价值实现途径，其遇到的问题域也因此具有天壤之别。

具体而言，商业电影的叙事问题，包括解决为谁拍片和如何拍片的问题，具体又包含了文化公民培育、品位养成、叙事策略调整等问题。而在艺术电影层面，在取得一些中国电影文体创作成就的今天，我们如何发挥交流的优势、中西合璧的优势、哲学观念反哺创作的优势，逐渐形成中国电影诗学的独特表意方式、形成中国电影情节符码模式，处理好主要情节和次要情节、坚守伦理底线，是我们面临的电影文体突破的一个关卡。

① 张海燕：《论电影中普遍性追求及其实现途径——以〈大话西游〉系列为例》，《湖南科技学院学报》2018年第39卷第3期，第147-149页。

结 语

建构中国电影文体理论的初衷，是笔者在近几年阅读大量中国古典文论和西方电影诗学文本基础上，逐渐凝聚成的一种学术思考。

因此，在结语部分，笔者还需要啰唆几句，将中国电影文体论的学理讲透。

在本书中，笔者只是做了建构中国电影文体论的一种尝试，它只是一个开端，并未有到此告一段落之意。

处于开放状态中的中国电影文体理论体系之建设，凸显文体优势和中国两个关键词。此举可谓一箭双雕。前者，可以唤醒电影创作者和产业之间的“文体”价值，以及它对于生产、消费和传播的全方位的辐射和互动作用。后者，在认知上能够突出“国别”“文化语境”差异性的理解，无意中增加了不同文化和平共处的认知和意识。由于增加了（差异性基础上的）国族认同，又能进一步促进中国电影人更好地运用文体意识，反哺民族风格和作者风格电影创作，促进生成中国电影作品。同时，中国电影文体理论体系的建设也等于在电影类型理论的空缺之处，给过去语焉不详的中国电影文体“正名”和“赋权”。之所以以中国人为主体的电影文体理论如此重要，在于它是促成我们正确地生产电影，继而正确地观看电影的一种主体性理论。

此外，它还有诸多引申意义。在关于电影生产和传播、内容和形式的场域内，它的建构部分与中国电影工业美学的理论“邂逅”。它的建构，势必与中国电影工业美学适度重合，然后在厘清两者关系的基础上再度出发。它们的出发点相似，但诉求截然不同。中国电影工业美学（理论）所倡导的方法论的价值在于能够突破好莱坞电影日趋僵化的类型元素和表达模式，注入耳目一新的影像质感，其深层原理是打通中国传统艺术媒介与当代技术媒介的工具属性[①]。中国电影文体理论体系（文体库）建设在于恰逢其时（在 21 世纪这个时间窗口）、恰到好处（采用中层理论）地研究中国电影文体的生成语境和“语言秩序”“语言体式”，以及“入思”“道说”等问题，将中国电影类型和题材混淆中的“叙事方式”“道德功能”“大众接受”等话题转换、统筹为一种“文体”思路。

虽然建构中国电影文体论——在理论体系上属于原创性的理论，然而笔者也要强调，在体系结构上，中国电影文体研究仍然隶属于中国电影学派。因此，在学理上，凸显“中国性”“民族性”，也是中国电影文体论的根基。在总体问题意识上，中国电影文体论既围绕中国人的本质问题（消费文化产品的自主权、自我等问题），也周延许多相关的子问题。除了中国人主体问题，它也需要解决中国电影中蕴含的中国问题（主题）、中华民族性和中国电影生产之间的内在张力问题。除此之外，中国电影文体理论体系的构建，能够解决中国电影的具有价值最大化的生成和保持其持续性的“要义”，保证中国性在文体层面的体现，辅助中国电影学派建构往纵深推进，它既受惠于中国电影学派的整体性建构，也能反向、能动地对前者予以矫正。这种矫正包含两个倾向：过度集体化倾向（这个倾向，我们已经在 20 世纪中国现代化进程中体验和实践过了，被证明是极端的）和过度计划化倾向（这个向度与前者类似，或者是一个主体的两个面相，所谓一体

---

① 陈旭光：《电影工业美学研究》，北京：中国电影出版社 2021 年版。

两面，也被证明是弊端大于优势）。

唯其如此，建构中的中国电影文体理论之举措可以被认为是开放的，是永远处于不断朝着未来和电影可能性的建构进程中的。或者我们也可以这样理解，电影文体理论可以指导电影文体的生成和聚合，同时当代电影的实践也可以不断生成电影文体。在电影文体生产和电影文体理论的生产之间，永远有着互动和辩证的关联性。

参考文献

一、中文资料

［1］［意］乌伯托·艾柯，等:《结构主义和符号学》，李幼蒸选编，台北：桂冠图书股份有限公司1994年版。

［2］［法］安德烈·巴赞:《电影是什么？》，崔君衍译，北京：中国电影出版社1987年版。

［3］［法］弗朗西斯·瓦努瓦:《书面叙事·电影叙事》，王文融译，北京：北京大学出版社2012年版。

［4］［法］雅克·奥蒙，［法］米歇尔·玛利，［法］马克·维尔内，［法］阿兰·贝尔卡拉:《现代电影美学》，崔君衍译，北京：中国电影出版社2010年版。

［5］［法］米歇尔·福柯，等:《宽忍的灰色黎明——法国哲学家论电影》，李洋，等译，郑州：河南大学出版社2014年版。

［6］［法］克里斯蒂安·麦茨:《想象的能指——精神分析与电影》，王志敏译，北京：中国广播电视出版社2006年版。

［7］［法］让·米特里:《电影符号学质疑——语言与电影》，方尔平译，长春：吉林出版集团有限责任公司2012年版。

[8][匈]贝拉·巴拉兹:《电影美学》,何力译,北京:中国电影出版社1986年版。

[9][斯洛文尼亚]斯拉沃热·齐泽克:《欢迎来到实在界这个大荒漠》,季广茂译,南京:译林出版社2014年版。

[10][斯洛文尼亚]斯拉沃热·齐泽克:《享受你的症状!——好莱坞内外的拉康》,尉光吉译,南京:南京大学出版社2014年版。

[11][美]D.N.罗德维克:《电影的虚拟生命》,华明,华伦译,南京:南京大学出版社2019年版。

[12][美]芭芭拉·门奈尔:《城市和电影》,陆晓译,南京:江苏凤凰教育出版社2016年版。

[13][美]罗纳德·B.托比亚斯:《经典情节20种(第二版)》,王更臣译,北京:中国人民大学出版社2015年版。

[14][美]乔纳森·卡勒:《论解构——结构主义之后的理论和批评》,陆扬译,北京:中国社会科学出版社1998年版。

[15][美]大卫·波德维尔:《建构电影的意义——对电影解读方式的反思》,陈旭光,苏涛,等译,北京:北京大学出版社2017年版。

[16][美]大卫·波德维尔:《电影艺术——形式与风格(插图修订第8版)》,曾伟祯译,北京:北京联合出版公司2015年版。

[17][美]大卫·波德维尔,[美]克里斯汀·汤普森:《世界电影史(第二版)》,范倍译,北京:北京大学出版社2014年版。

[18][美]大卫·波德维尔:《好莱坞的叙事之道——现代电影中的故事与风格》,谢冰冰译,北京:世界图书出版有限公司北京分公司2018年版。

[19][美]大卫·波德维尔:《电影诗学》,张锦译,桂林:广西师范大学出版社2010年版。

[20][美]托马斯·沙兹:《旧好莱坞/新好莱坞——仪式、艺术与工

业》，周传基，周欢译，北京：北京大学出版社 2013 年版。
[21] [美] 唐纳德·里奇：《黑泽明的电影》，万传法译，海口：海南出版社 2010 年版。
[22] [美] 约瑟夫·安德森，[美] 唐纳德·里奇：《日本电影——艺术与工业》，张江南，王星译，长春：吉林出版集团 2010 年版。
[23] [美] W.J.T. 米切尔：《图像理论》，兰丽英译，重庆：重庆大学出版社 2021 年版。
[24] [英] 罗宾·伍德：《重访希区柯克》，徐展雄译，桂林：广西师范大学出版社 2013 年版。
[25] [加拿大] 安德烈·戈德罗，[法] 弗朗索瓦·若斯特：《什么是电影叙事学》，刘云舟译，北京：商务印书馆 2005 年版。
[26] [澳大利亚] 格雷姆·特纳：《电影作为社会实践（第 4 版）》，高红岩译，北京：北京大学出版社 2010 年版。
[27] [苏] B.A. 列克托尔斯基，[苏] B.C. 马拉霍夫，[苏] B. Л. 费拉托夫：《西方现代哲学辞典》，贾泽林，李树柏译，冯申，等译，北京：东方出版社 1995 年版。
[28] [日] 岩崎昶：《电影的理论》，陈笃忱译，成都：四川文艺出版社 2022 年版。
[29] 陈旭光：《电影工业美学研究》，北京：中国电影出版社 2020 年版。
[30] 刘成汉：《电影赋比兴》，北京：中国传媒大学出版社 2011 年版。
[31] 胡妙胜：《演剧符号学》，上海：上海古籍出版社 2015 年版。
[32] 郝建：《类型电影教程》，上海：复旦大学出版社 2016 年版。
[33] 童庆炳：《童庆炳文集　第四卷——文体与文体的创造》，昆明：云南人民出版社 1994 年版。
[34] 吴子林：《“毕达哥拉斯文体”——述学文体的革新与创作》，杭州：浙江工商大学出版社 2022 年版。

［35］赵毅衡：《广义叙述学》，成都：四川大学出版社 2013 年版。

［36］杨远婴：《电影理论读本（修订版）》，北京：北京联合出版公司 2017 年版。

［37］丁亚平：《中国百年电影理论文选（修订版　第一卷）》，北京：中国文联出版社 2016 年版。

二、英文资料

［1］Kuhn，A.，Westwell，G：*Oxford Dictionary of Film Studies*，Oxford：Oxford University Press，2012.

［2］Buchanan，I.：*Dictionary of Critical Theory*，Oxford：Oxford University Press，2010.

［3］ling，C.S.：*Narrative Mortality: Death, Closure, and New Wave Cinemas*，Minneapolis：University of Minnesota Press，1995.

［4］Baldick，C.：*The Oxford Dictionary of Literary Term*，Oxford：Oxford University Press，2015.

［5］Dissanayake，W.：*Melodrama and Asian cinema*. Cambridge：Cambridge University Press，1993.

［6］Grant，B.K.：*Film Genre: From Iconography to Ideology,* London：Wallflower Press，2007.

［7］Mercer，J.，Shingler，M.：*Melodrama: Genre, Style, Sensibility*，London：Wallflower，2004.

［8］Lehmann，H-T：*Postdramatic Theatre*，Karen Jürs-Munby（Trans），London and New York：Routedge，2006.

［9］Pavis，P.：*Dictionary of the Theatre:Terms, Concepts and Anlysis*，Shantz，C.（Trans），Toronto：University of Toronto Press，1998.

附录：电影文体和代表性（中、外）电影索引

一、语法母法生成的文体

（一）传统体裁

1. 喜剧体：《窈窕淑女》《赌神》

2. 悲剧体：《哈姆雷特》《霸王别姬》

3. 正剧：《芙蓉镇》《无名之辈》《我不是药神》

4. 历史剧：《角斗士》《清宫秘史》《黄金时代》

5. 史诗体：《返老还童》《活着》

6. 叙事体：《流浪地球 2》

7. 抒情诗体：《夜空总有最大密度的蓝色》《那山那人那狗》

8. 论文体：《西伯利亚来信》

9. 戏曲电影：《梁山伯与祝英台》

（二）电影叙事特有（类型和次级类型）文体

1. 复仇体：《老男孩》《一个母亲的复仇》

2. 行动体："007 系列"和《冈仁波齐》

3. 逃亡电影：《追捕》《鸳鸯大盗》

4. 公路电影：《后会无期》

5. 小偷电影：《小偷》《小武》

6. 街道电影：《偷自行车的人》《十七岁的单车》

7. 对手戏：《雌雄大盗》《史密斯夫妇》

8. 战争电影：《敦刻尔克》《红海行动》

9. 黑色幽默电影：《双重保险》《Hello！树先生》

10. 史诗（西部）体：《可可西里》

11. 歌舞电影：《芝加哥》

12. 爱情电影：《爱情故事》《花样年华》

13. 声景电影：《你的鸟儿会唱歌》《花束般的恋爱》

14. 温暖现实主义：《不虚此行》

15. 小清新：《小森林》

16. 家庭剧：《婚姻故事》《相爱相亲》

17. 人物传记片：《林则徐》《末代皇帝》《阮玲玉》

18. 复调电影：《错过你的那些年》

19. 合作电影：《时间去哪儿了》

20. 贵州电影：《地球最后的夜晚》

21. 江南电影：《春江水暖》《郊区的鸟》

22. 体育电影：《摔跤吧，爸爸》《绝杀慕尼黑》

23. 法庭 / 讨公理电影：《秋菊打官司》《我不是潘金莲》

24. 侦破片：《唐人街探案》《浮城谜事》

25. 武侠 / 古装电影：《空山灵雨》《卧虎藏龙》

26. 动作片：《喋血双雄》《精武门》

27. 复杂网络板块电影：《通天塔》《山河故人》

28. 女性主义电影：《嘉年华》

二、语体母法生成的文体

1. 赋：《隐入烟尘》《二十四城记》

2. 比：《芳华》

3. 兴：《路边野餐》

4. 动画电影：《你的名字。》《捉妖记》

5. 一镜到底：《鸟人》《十二怒汉》

6. 场景诗：《三峡好人》

7. 绘画电影：《寒枝雀静》

8. 美术馆电影：《郊游》

9. 装置电影：《广场》

10. 展览电影：《寒枝雀静》

11. 诗意电影：《潜行者》

12. 隐喻电影：《乡愁》

13. 书法电影：《影》

三、导演风格母法生成的文体

（一）以导演姓名命名

1. 费穆模式——以伦理情节剧取代家庭情节剧：《小城之春》

2. 谢晋模式——剧情电影和大团圆结构的取舍之道：《芙蓉镇》

3. 张艺谋模式——文化反思、命运风景和集体动作电影：《千里走

单骑》

4. 李安模式——糅合东方文化（儒释道）和西方文化精神：《推手》

5. 冯小刚模式——贺岁片：《非诚勿扰（1）（2）》/ 命运交响曲：《芳华》

6. 杨德昌模式——“都市抒情诗”：《一一》

7. 蔡明亮模式——展览电影和东亚语境：《郊游》

8. 贾樟柯模式——社会转型的寓言和符码：《三峡好人》《山河故人》

9. 曾国祥风格——内地语境和港台剧情模式：《少年的你》

10. 魏书钧风格——江南工业美学呈现：《河边的错误》

11. 顾晓刚风格——江南诗学：《春江水暖》

（二）以风格和气质命名

1. 雄浑体：《英雄》

2. 雅典体：《小城之春》

3. 繁缛体：《布达佩斯大饭店》

4. 婉约（哀怨）体：《小城之春》《恋恋风尘》

5. 自然体：《一江春水向东流》

6. 白描体：《秋菊打官司》

7. 洗练体：《一个都不能少》

8. 悲怆体：《我的父亲母亲》

四、媒介（播放和放映等）母法生成的文体

1. 5D 电影：科技馆电影《萤火》

2. 立体电影：《盗梦空间》

3. 科幻大片：《星球大战》

4. 网生代电影：网络文学和影视棚拍的结合《小时代》

5. 网络剧：抖音时代的新文体《19 层》

6. 微电影：快餐文化和电视剧模式《我的归途有风》

7. 竖屏电影：小叙事和流水制作《超越吧！阿娟》

8. 沉浸电影：对传统媒介的挑战《夜间咖啡馆》

五、消费环节（观众）母法生成的文体

（一）以观众感知和认知为主导

（1）催泪电影：《妈妈再爱我一次》

（2）苦命戏：《被嫌弃的松子的一生》

（3）惊悚电影：《闪灵》

（4）恐怖电影：《咒怨》

（5）数据库电影：《盗梦空间》

（6）妄想症电影：《空中危机》

（7）精神分裂症电影：《美丽心灵》《黑天鹅》

（8）失忆症电影：《记忆碎片》

（9）游戏电影：《密室逃生》

（10）沉浸电影：《夜间咖啡馆》

（11）都市抒情诗体：《一一》

（12）小确幸：《盛夏未来》

（13）文艺片：《百鸟朝凤》

（14）酷儿片：《蓝宇》《春光乍泄》《喜宴》

（15）男频短剧电影：《无双》（2023）

（二）观众感知的细化：情感和体验（朝向未来的观众主体电影）

1. 普遍具有的情感仪式

（1）牺牲、成长电影：《青春祭》

（2）男色、古装电影：《御法度》

（3）命运、史诗电影：《活着》

（4）寻找、西部电影：《寻枪》

（5）成长、少女和痛苦：《过春天》

（6）黑暗和无知电影：《盲山》

（7）纯真体：《苏州河》

（8）记忆体：《东京夜曲》

（9）拯救体：《辛德勒的名单》

（10）救赎体：《一夜》

（11）精神分析和探索（惊心动魄事件）电影：《沉默的羔羊》

（12）文艺电影：《周渔的火车》

（13）爱欲电影：《开往春天的地铁》

（14）悲哀、纪实、青春的诗学：《青春》

（15）反讽、悲悯和救赎：《蓝白红三部曲之蓝》

（16）苍凉美学：《我的父亲母亲》

（17）纪实电影：《四个春天》

2. 表示人类特定生存和精神状态的语义场文体

（1）反牺牲仪式电影：《马路天使》《神女》

（2）集体仪式电影：《开国大典》

（3）民族大义电影：《鸦片战争》

（4）傻瓜电影：《一个勺子》

（5）出狱者电影：《狗阵》

3. 表示一种不可言传之义的语义场文体

（1）暧昧体（模棱两可）：《两生花》

（2）江南体（春江水暖）：《郊区的鸟》

（3）怅然体（莫名惆怅）：《城南旧事》

（4）乡愁体（意味深长）：《潜行者》《乡愁》

（5）杂糅体（悬疑剧和江南电影的混合）：《河边的错误》

图书在版编目（CIP）数据

电影文体论 / 濮波著. --北京：中国国际广播出版社，2025.7. --ISBN 978-7-5078-5751-1

Ⅰ. I207.351

中国国家版本馆CIP数据核字第2025N1J031号

电影文体论

著　者	濮　波
责任编辑	屈明飞
校　对	张　娜
版式设计	陈学兰
封面设计	赵冰波
出版发行	中国国际广播出版社有限公司［010-89508207（传真）］
社　址	北京市丰台区榴乡路88号石榴中心1号楼2001 邮编：100079
印　刷	天津市新科印刷有限公司
开　本	710×1000　1/16
字　数	310千字
印　张	21
版　次	2025 年 7 月　北京第一版
印　次	2025 年 7 月　第一次印刷
定　价	78.00 元